GARRY KILWORTH

Im Reich der Mäuse

Buch

Im Leben einer jeden Maus kommt die Zeit, in der sie ihren bisherigen Lebensraum aufgibt und weiterzieht. So verläßt auch Trödler die Hecke, die ihm bisher als Unterschlupf gedient hat, und begibt sich auf den Marsch in ein fernes Land, das unter dem Namen »Das Haus« bekannt ist. Er kommt in eine aufregende neue Welt. Kriegerische Stämme wohnen in ihr: die Stinkmorcheln des Kellers, die Wilden in der Küche, die Buchfresser in der Bibliothek, die Totenköpfe, die Unsichtbaren und die 13-K-Gang. Des langen Streits untereinander müde, beschließen die Tiere, sich gemeinsam gegen die schlimmste Pest des Hauses zu wenden – die Menschen. Die Vertreibung der »Nacktlinge« und ihrer Satelliten, der Katzen und eines Hundes, will indes nicht so recht gelingen und würde sogar scheitern, wenn die Mäuse nicht so findig wären...

Autor

Garry Kilworth, 1941 geboren, verließ als Fünfzehnjähriger die Schule und trat in den Dienst der britischen Luftwaffe, der ihn in viele Länder der Welt führte. 1974 gewann er einen Preis für die beste Kurzgeschichte. Er schied aus dem Dienst, studierte in London englische Literatur und machte das Schreiben zu seinem Beruf. Seither hat er Romane, Kinderbücher und zahlreiche Kurzgeschichten veröffentlicht. Er ist verheiratet und hat zwei Kinder. Mit seiner Familie lebt er in Hongkong.

Außer dem vorliegenden Band ist von Garry Kilworth
als Goldmann-Taschenbuch erschienen:

Füchse unter sich. Roman (42743)

GARRY
KILWORTH

Im Reich der Mäuse

Roman

Aus dem Englischen
von Susanne Goga-Klinkenberg

GOLDMANN

Deutsche Erstveröffentlichung

Titel der Originalausgabe: House of Tribes
Originalverlag: Bantam Press, London

Umwelthinweis:
Alle bedruckten Materialien dieses Taschenbuches
sind chlorfrei und umweltschonend.
Das Papier enthält Recycling-Anteile.

Der Goldmann Verlag
ist ein Unternehmen der Verlagsgruppe Bertelsmann

Genehmigte Taschenbuchausgabe 9/97

Umschlagentwurf: Design Team, München
Farbige Umschlagzeichnung: Reinhard Michl
Satz: Uhl + Massopust, Aalen
Druck: Elsnerdruck, Berlin
Verlagsnummer: 43690
MV · Herstellung: Sebastian Strohmaier
Made in Germany
ISBN 3-442-43690-7

3 5 7 9 10 8 6 4

Die wichtigsten Figuren des Romans

Die Aussenmäuse

Trödler: gelbhalsiger Heckenmäuserich, Held der Geschichte.
Tinker: Trödlers Vetter in der Hecke.
Diddycoy: alter gelbhalsiger Weiser aus der Hecke.
Stone: Haselmäuserich, lebt neben dem Gartenklo, ein Grüner, der »Zurück zur Natur!« predigt.
Tunnelgräberin: gemeine Spitzmaus, die in einem Tunnellabyrinth unter dem Haus lebt, stets schlechtgelaunt und eine unbarmherzige Kämpferin.
Ulug Beg: Abkömmling einer uralten unbekannten Mäuseart, ein Einsiedler, der ein verlassenes Baumhaus im Garten bewohnt.

Stamm der wilden (Küchenmäuse)

Gorm der Alte: Hausmäuserich, Anführer der Wilden, ein barbarischer Schurke.
Astrid: Hausmaus, Hohepriesterin der Wilden, spricht zu den Schatten.

Hakon: Hausmäuserich, Gorms Bruder und dessen wichtigster Doppelgänger.

Tostig: Hausmäuserich, Gorms Bruder und dessen zweitwichtigster Doppelgänger.

Thorkils Dreibein: Hausmäuserich, ein übellauniger Invalide.

Gunhild: Hausmaus, der die militärische Disziplin am Herzen liegt, desertiert schließlich zur 13-K-Bande.

Jarl Gabelbart: Hausmäuserich, Autodidakt im Töten.

Weitere Mitglieder des Stamms der Wilden: Gytha Schönbart, Skuli, Ketil, Elfwin.

Buchfresser-Stamm

Frych die Gefleckte: Hausmaus, Anführerin des Buchfresser-Stamms, Anhängerin von Hexerei und Schwarzer Magie.

Jago: Hausmäuserich, Büchergourmet, Experte für Papierverzehr.

Gruffydd Grünzahn: Hausmäuserich, selbsternannter Hexenmeister und Magier.

Elisedd: Hausmäuserich, Jugendlicher, der den Kleinen Prinzen entdeckt.

Weitere Mitglieder des Buchfresser-Stamms: Owain, Hywel der Böse, Ethil die Kahle, Cadwallon, Mefyn, Rhodri, Marredud, Nesta.

Die Totenköpfe (Spirituelle Krieger)

I-kucheng: Gelbhalsmäuserich, wandernder Richter, dem die Göttin Unn besondere Aufgaben übertragen hat.

Skrang: Gelbhalsmaus, Beschützerin von I-kucheng.

Iban: Gelbhalsmäuserich, Anhänger des Gottes Yo und des Weges der Keuschheit, von dem er jedoch beständig abweicht.

Die Unsichtbaren (Dachbodenmäuse)

Wisperer: Waldmäuserich, polternder, geräuschvoller Anführer seines Stammes.

Leichtfuss: Gelbhalsmaus, schwerfälliges Weibchen mit einer besonderen Beziehung zu Trödler.

Nichtschwimmer: Waldmäuserich, hervorragender Schwimmer, Todfeind von Kellog der Dachratte.

Tolpatsch: Waldmaus, kann bei starkem Wind über ein Seil balancieren.

Töricht: Waldmaus, Nichtschwimmers Weibchen.

Grimmig: Waldmäuserich von schüchternem, sanftem Wesen, Trödlers Freund.

Zaghaft: Waldmäuserich, Nichtschwimmers Rivale und politischer Gegner.

Lauscherin: Waldmaus, taub, liebt die Standuhr und das Klavierspiel.

Elend: Waldmäuserich, Nichtschwimmers Bruder.

Stinkmorchel-Stamm (Kellermäuse)

Furz: Hausmäuserich, Anführer seines Zwei-Mäuse-Stammes, flohgeplagter Gewohnheitstrinker, unsittlich und unsolide.

Fusel: Hausmäuserich, teilt die Laster seines Kumpans Furz.

13-K-Bande (Holzschuppen-Rebellen)

Ulf: Hausmäuserich, Sohn Gorms des Alten, überzeugter Terrorist, Anführer der Bande.

Drenchie: Hausmaus, Ulfs Gefährtin.

Seiltänzer: Hausmäuserich mit Höhenangst, Rivale Ulfs.

Andere Bewohner des Hauses

Nacktlinge: menschliche Wesen, große, nutzlose Kreaturen, die ungeheure Mengen an Nahrung verzehren.

Kopfjäger: kleiner, todbringender Nacktling, der ohne Unterlaß Mäuse foltert und mordet.

Augapfel: blaue Burmakatze, verbirgt sich im Schatten, unglaublich schnell.

Spuck: alter, rotgelber Kater, langsamer als Augapfel.

Hirnlos: vergreister Spaniel.

Gnadenvoll: eiskalte, gefährliche Eule, lebt auf dem Dachboden, erhielt ihren Namen von den Unsichtbaren.

Kellog: alte Schiffs- oder Dachratte, wohnt jenseits des Wassertanks, Nichtschwimmers Todfeind.

Kleiner Prinz: weiße Maus, Haustier des Kopfjägers, Kannibale.

Die Schatten: Astrids Freunde und Vertraute.

1. Teil

Von der Hecke zum Haus

Stilton

Mäuse werden ebenso wie ihre alten Feinde, die Katzen, von Neugier geplagt.

Trödler wußte seit seiner Geburt von dem Haus. Es lag drei Felder weiter – zu weit, als daß er es von seiner Hecke aus hätte sehen können –, doch die Geschichten von dem Haus hatten sich mit den Reisenden verbreitet. Wandernde Nager unterhielten die Bewohner der Hecken und Gräben mit ihren Erzählungen von dem Haus.

An diesem Ort lebten die Mäuse angeblich in größter Behaglichkeit und hatten es das ganze Jahr über mollig warm. Zu jeder Jahreszeit, bei jedem Wetter, gab es dort Futter in Hülle und Fülle. Eine Vielzahl verschiedener Mäusearten errichtete dort ihre überirdischen Nester und war trotzdem vor Regen und Wind, vor Fuchs und Wiesel, vor Hermelin und Falke geschützt.

Als sich Trödler jedoch bei seinem älteren Vetter Tinker nach dem Haus erkundigte, warnte ihn dieser: »Da solltest du besser nicht hingehen – es wimmelt dort angeblich von Nacktlingen. Schmutzige Geschöpfe. Waschen sich wohl nie. Können sich schlecht in der Mitte biegen, und ihre Zungen sind viel zu kurz. Habe noch nie von einem Nacktling gehört, der sich auch nur die Zehen geleckt hätte – müssen total verlaust sein. Stell dir mal vor, du kannst dir nicht die Flöhe vom Bauch zupfen – darf man gar nicht dran denken, was?«

»Ich hatte eigentlich nicht an die Nacktlinge gedacht. Jeder weiß, was für aufgeblasene Trottel das sind. Nein, nein, ich meine das Haus selbst. Ich wüßte gern, wie es von innen ist. He, willst du dieses Stück Rübe gegen eine Mehlbeere tauschen?«

Die Leckerbissen wechselten den Besitzer, während Tinker mit seinen Gedanken bei dem Haus war. »Wie soll ein Haus voll schmieriger Nacktlinge wohl aussehen? Habe gehört, die veranstalten Wettsaufen – ja, so blöd sind die –, versuchen, in einem Zug so viel buntes Wasser wie möglich zu kippen. Und sie essen – na, eben wie Nacktlinge.« Tinker konnte sich in dieses Thema richtig hineinsteigern. Angeblich verachtete er die Nacktlinge, redete aber pausenlos über sie. »Ich begreife nicht, wie sie die ganze Zeit auf den Hinterbeinen stehen können«, meinte er, »und das, ohne umzufallen. Ist ja nicht so, als hätten sie den richtigen Körperbau für diese Haltung, oder? Man sollte glauben, sie fallen auf ihre vorspringenden Nasen. Angeblich haben sie auch nur ein winziges Fleckchen Fell – langes Zeug, das wie ein Grasbüschel oben auf ihrem Kopf wächst. Was wohl aus dem Rest geworden ist? Hatten sie vielleicht Federn und wurden gerupft? Könnte auch sein, daß sie als Frösche geplant waren und keinen Teich finden konnten, der groß genug für sie war...«

Allmählich langweilte sich Trödler bei den Erzählungen von den Nacktlingen. Das Haus schien ihm das eigentlich Interessante zu sein. Also ließ er Tinker weiter über sein Lieblingsthema schwadronieren und grübelte im stillen über das Haus nach. Er hatte gehört, daß Häuser die leeren Wohnungen ausgestorbener Riesenschnecken seien, und es gab keinen Grund, nicht daran zu glauben. Den Berichten zufolge mußten es harte, hohle Panzer sein.

Vermutlich wurde Trödlers Interesse durch den Gegensatz zwischen der Beschreibung des Hauses und seinem Leben in der Hecke geweckt. Zwar mußte das Haus in vielerlei Hinsicht ganz anders sein als seine eigene Welt, doch ahnte er bereits, daß er es einmal betreten und darin seßhaft werden würde wie jetzt in seiner Hecke. In mancher Hinsicht war Trödler mit der Hecke verwurzelt wie der Weißdorn in der Erde: Er gehörte zu ihr, sie gehörte zu ihm. Die Hecke wirkte wie ein Magnet; sie ließ ihre Geschöpfe ein Stück in die Wildnis hinauslaufen, bis sie mit klopfendem Herzen und der neuentdeckten Furcht vor weiten Räumen wieder zu ihr zurückkehrten. Doch Trödler wußte, daß er einmal etwas erfahren würde, das seine Seele aufwecken und ihm einen neuen Weg weisen würde. Er mußte nur die Willenskraft finden, der Hecke zu entfliehen.

Als er noch sehr jung war, erzählte ihm seine Mutter die folgende Geschichte: »In der Hecke können die Geister von Mäusen und Eulen einander flüchtig berühren. Die Wiesel und Hermeline sind unsere Feinde – ihre Sprache klingt furchtbar in unseren Ohren, ihre Freßgewohnheiten stoßen uns ebenso ab wie ihr Aussehen –, und doch schweißt uns die Hecke zusammen, weil sie unsere gemeinsame Heimat ist. Die Hecke ist erfüllt von den Seelen toter Tiere, von Vögeln, die über die Zeit hinausgeflogen sind und deren Geister sich im Netz des Schwarzdorns verfangen haben. Dies verbindet uns und verleiht der rohen Welt ein wenig Harmonie …«

In der Hecke war Trödler geboren, besser gesagt, im Erdreich darunter. Obgleich er zwischen ihren Zweigen und Dornen ebenso viel Zeit verbrachte wie auf der Erde, hatte ihn seine Mutter in einer Lehmhöhle unter dem grasbewachsenen Rand des Grabens zur Welt gebracht. Dort unten verlief ein Netz von Tunneln, die zu Höhlen führten. Darin lebten Waldmäuse und Gelbhalsmäuse zusammen.

Hier, in der warmen Sicherheit des heugepolsterten Nestes, von der Erde wie von einer großen, warmen Pfote umfangen, wurden Trödler und seine Geschwister geboren. In dieser Höhle sagte seine Mutter damals zu einer Nachbarin: »In dem Augenblick, als dieser Bursche zur Welt kam, trat ein Maikäfer in die Tür und raschelte mit den Flügeln.«

»Na und?« fragte die Nachbarin, die ihre eigenen Sprößlinge für sehr viel wichtiger hielt als die jeder anderen Maus.

»Was heißt hier ›na und‹?« ereiferte sich Trödlers Mutter. »Weißt du denn nicht, daß ein Maikäfer Größe prophezeit? Eine wandernde Waldmaus hat mir einmal erzählt, daß Frych die Gefleckte, die Hexenmeisterin aus dem großen Haus, es selbst gesagt hat. Dieser hier wird einmal Großes vollbringen, das kannst du mir glauben.«

»Maikäfer? Die haben doch nur ein Käferhirn. Und dann auch noch Frych die Gefleckte!« schnaubte die Nachbarin und kehrte zu ihrer eigenen kostbaren Brut zurück.

»Paß bloß auf«, brüllte Trödlers Mutter, »wenn du den Namen einer Zauberin mißbrauchst, verwandelt dich ihr Fluch vielleicht selbst in einen Maikäfer!«

Trödler lebte geschützt in der Hecke, bis er zu einem ausgewachsenen Gelbhals, der größten Mäuseart der Gegend, geworden war. Seinen Namen verdankte er der Angewohnheit, zunächst mit seinen Geschwistern, dann auch mit anderen Mäusen sein Futter zu tauschen. Die anderen fanden es ungewöhnlich, da Mäuse immer das fraßen, was sich ihnen an Ort und Stelle bot. In ihren Augen war Trödler komisch, weil er stets eine Beere gegen eine Nuß tauschen wollte, doch sie machten das Spiel mit und hatten ihren Spaß an dieser Erfindung.

Für viele Tiere und Vögel, die in ihr lebten, bedeutete die Hecke die ganze Welt. Trödler hatte schon einige Male die gefährliche Krone des nahen Baums bestiegen, wo ihn Turmfalken und Weihen sehen konnten.

Trödler hatte keine allzu guten Augen, da sich Mäuse mehr auf ihren Tast- und Geruchssinn verlassen, aber er spürte die Beständigkeit der Hecke. Sie war einfach da. Sie war seit der Ankunft der Bäume da gewesen und würde für immer da bleiben.

In diesem Heiligtum hatten Trödlers Ururgroßeltern und deren Vorfahren gelebt und waren hier gestorben. Ihre Linie ließ sich bis in die Zeit zurückverfolgen, als die ganze Welt eine samenreiche Wiese war und nur von Mäusen bewohnt wurde. Man spürte sie noch in den halb verwehten Gerüchen, den Pelzfetzen, die sich in Zweigen und Dornen verfangen hatten, dem Flüstern der Gräser.

Die dornige Hecke mit ihren pikenbewehrten Wällen und Palisaden diente auch als Burg und schützte ihre vielen Bewohner vor Greifvögeln und vierfüßigen Räubern.

Selbst Raubtiere suchten hier Zuflucht, wenn sie von den Nacktlingen und deren Hunden gehetzt wurden.

Trotzdem waren es eben jene Nacktlinge, die die Hecke beschnitten und am Leben erhielten, ihre breite Schulter im Frühjahr zurechtstutzten, vertrocknetes Laub aus dem Graben darunter harkten und ihre Zweige bogen und drehten, damit sie Wind und Sturm überdauerten. Solange sie nach Anweisung des großen Schöpfers arbeiteten, hatten selbst die Nacktlinge einen gewissen Nutzen und trugen zur Bewahrung von Trödlers Welt bei.

Und so überdauerte die Hecke als Gemeinschaft. Es war unwichtig, daß viele Bewohner, Schmetterlinge und Igel, Spinnen und Hermeline, verschiedene Sprachen besaßen. Es gab noch eine zweite, universelle Sprache, die aus Warnlauten, Bewegungen und Gerüchen bestand und der Bevölkerung der Hecke zur Verständigung in Notfällen diente. Wenn sich ein Sturm zusammenbraute, teilten die Tiere einander sein Kommen mit.

»Ein Sturm zieht auf, ein Sturm zieht auf«, riefen die Amseln in ihrer eigenen Sprache. Und alle, einschließlich Trödler, verstanden die Warnung, weil sie den Ruf schon so oft gehört hatten.

»Alle Mann nach unten«, ordnete sein Vetter Tinker stets an.

Einmal jedoch antwortete Trödler entschlossen: »Nein, ich möchte sehen, was passiert. Ich bleibe hier oben.« Sagte es und kauerte sich in eine Astgabel.

»Du bist verrückt«, murmelte Tinker. »Bekloppt wie ein Nacktling.«

Trödler wollte ein einziges Mal die Stimmen des Himmels in ihrer ganzen Macht hören, nicht gedämpft durch den Lehm über seinem Nest und die Grasnarbe. Er wollte den archaischen, dröhnenden Zungen des schlechten Wetters lauschen, die Geschichten von langverrauschtem Regen erzählten. Die Hecke sprach stets im Flüsterton zu ihm, als wolle sie die Geheimnisse der Urzeit mit ihm teilen. Jedes Blätterrascheln, jeder knarrende Ast trug ihm die Lehren seiner Ahnen zu. Nun wollte er sehen, wie der Himmel Blitz und Donner gebar. Er wollte hören, wie die Stürme durch den Stechginster tobten und der Regen auf die hohle alte Eiche prasselte.

»Tinker wird sich ärgern, weil ich den Mut hatte, draußen zu bleiben«, murmelte Trödler hoffnungsvoll. »Es wird ihm noch leid tun, daß ich so viel mehr erlebt habe als er.«

Der Geruch des Sturms rückte näher. Die ferne Regenwand wühlte die Erde auf und weckte neue Düfte, die wie Flüsse durch die Landschaft auf ihn zuströmten. Trödler saß da und wartete.

Wind kam auf. Er peitschte durch die hohen Brennesseln, zerrte an Knoblauchsrauke und Ackerwinde. Eine Mauerwespe wurde von ihrem Platz auf einem Dorn gerissen und im Nu ins ewige Nichts getragen. Trödler schluckte und klammerte sich fester an den Schwarzdorn. Hirschzunge und breitblättriger Ampfer wurden an den Boden gepreßt, die Primeln schlossen sich wieder zu Knospen. Der Wind fuhr kreischend durch die Hecke, verlieh ihr eine neue Gestalt, Wellen furchten ihre breite Flanke. Sie verwandelte sich in ein lebendes Wesen, das sich verzweifelt bemühte, eine Zuflucht hinter Bergen und Tälern zu finden.

»Das war nun also der Wind«, bemerkte Trödler, beeindruckt, aber nicht überwältigt von dessen Kraft. Er fragte sich, wie wohl die Nächte in jener fernen Vergangenheit gewesen waren, als es noch keine Hecken und Bäume gab. Wenn der Wind durch die langen Gräser peitschte, mußten sich seine Vorfahren wie Zwergmäuse an den Halmen festgeklammert haben.

Danach kam der Regen im dunklen Gewand und fuhr zischend vom Himmel herab.

Eine junge Wühlmaus hatte sich aus ihrem Loch unter Trödlers Aussichtsplatz gewagt, stieß einen schrillen Schrei aus und verschwand wieder in ihrem Nest.

Trödler keuchte, als die Flut auf ihn niederging. Er konnte kaum Luft holen, ohne Wasser zu schlucken. Blitz und Donner fegten ihn beinahe aus seiner Hecke. Seine Augen traten fast aus den Höhlen. »Schon gut, es reicht!« rief er. »Jetzt habe ich Angst.«

Beim Abklingen des Unwetters kletterte er durchs Schwarzdorngestrüpp nach unten und schlüpfte in das Loch in der Wand des Grabens. Zunächst stieg der Tunnel an, damit kein Wasser eindringen konnte. Dahinter kamen tiefergelegene Kammern. In einer davon befand sich Trödlers Nest.

Der Eingang zum Tunnellabyrinth lag unter einem knorrigen Haselzweig – einem sogenannten uralten Schnörkel –, der im überlieferten Mäusewissen als mächtiges Symbol galt. Die Magie eines uralten Schnörkels konnte gut oder böse sein: Er verteilte seine Gaben je nach Verdienst. Er beschützte die Nester vor Wieseln und Hermelinen, die sich daher auch ungern im Bannkreis eines so bedeutungsvollen Zeichens aufhielten.

Als Trödler an Tinkers Nest vorüberkam, rief ihm sein Vetter zu: »Hast du etwa schon genug?«

»Im Augenblick ja«, erwiderte Trödler knapp. Er überquerte seine eigene Duftgrenze und kuschelte sich ins warme Heu seines Nestes. Die Erdwände und das Dach über seinem Kopf schenkten ihm Wärme und Geborgenheit. Die Wurzel einer Zaubernuß, die sich über eine Wand zog, diente ihm oft als Wetzstein für die Zähne. Auch jetzt knabberte er am harten Holz und lauschte dabei dem fernen Donnergrollen.

Trödler hatte sich eingerollt und den Schwanz über die Augen gelegt. Bald nickte er ein und träumte den einen besonderen Traum. Darin erschienen ihm seine Vorfahren und drängten ihn, das Haus aufzusuchen, hinter dessen Mauern sein Schicksal liege. »Geschichte und Mythologie werden eins«, sagten die Ahnen. »Sie sind ineinander verflochten wie Efeu und Akelei.« Seine Vorfahren kamen in Gestalt von Nebelfetzen, ihre Stimmen klangen im Rauschen der Blätter, doch die Botschaft war klar und deutlich. Er sollte die Hecke verlassen und zum Haus gehen, um dort seine Rolle in den Ereignissen zu übernehmen, die dieses große Land heimsuchen würden. Ihre Prophezeiung lautete, er werde »der Eine sein, der mit den Vielen geht«.

Nachdem er zitternd aus dem Schlaf hochgefahren war, lief Trödler geradewegs zu einem alten, weisen Mäuserich namens Diddycoy.

Der verschrumpelte Bursche war mehr als vierhundert Nächte alt. Viele jüngere Mäuse fürchteten sich vor der ergrauten Gestalt. Diddycoy teilte mit einigen älteren Gefährten eine große Kammer am Ende der Kolonie, wo sie vor der rastlosen Energie der Jungen sicher waren.

Als Trödler zaghaft den Raum betrat, brummte Diddycoy: »Ich habe nichts zu tauschen, junger Kerl, ganz und gar nichts. Du kannst dich verziehen und woanders deinem Handel nachgehen.«

»Ich will gar nichts tauschen. Ich habe nur eine Frage«, erwiderte Trödler nervös.

Er durfte bleiben und Diddycoy von seinem Traum erzählen. Er fragte den alten Weisen, ob er wahr sei.

»Was meinst du mit ›wahr‹?«

»Ich möchte wissen, ob ich die Reise zum Haus unternehmen muß.«

»Natürlich«, befahl Diddycoy selbstsicher. »Wozu, glaubst du, ist dieser verdammte Traum gut? Gehorche den Stimmen deiner Vorfahren, Kleiner, sonst wird es dir noch leid tun.« Er blickte ihn neugierig an, als sehe er ihn mit völlig anderen Augen.

»Du meinst, ich muß jetzt gleich gehen?«

»Wenn dies ein Ruf ist, hat dein Leben eine besondere Bestimmung, und du wirst den Traum wieder träumen«, erklärte Diddycoy. »Deine Vorfahren werden dir sagen, wann die Zeit des Aufbruchs gekommen ist. Jetzt aber fort mit dir, ich bin alt und brauche mein Schläfchen!«

Trödler verließ Diddycoys Nest. Er fühlte sich geehrt, daß ein so gewöhnlicher Mäuserich wie er dazu ausersehen sein sollte, die

Weisheit seiner Ahnen zu empfangen. Als er wieder bei seiner eigenen Gruppe war und mit verspielten Mäusen wie dem jungen Totter und Pikey herumtollte, hätte man kaum geglaubt, daß er in irgendeiner Weise auserwählt sein könnte.

Der Traum kehrte einige Male wieder, und der Ruf wurde immer drängender. »Du wirst der Eine sein, der mit den Vielen geht.« Erst allmählich verstand Trödler, daß ihm vielleicht ein anderer Weg als den gewöhnlichen Mäusen vorherbestimmt war ...

Als der Frühling in seiner vollen Blüte prangte, wanderte Trödler weiter und weiter von der Hecke weg und in die Felder hinein. Er wollte sich selbst prüfen und sehen, wie weit er sich ohne Angst von den vertrauten Gerüchen, Geräuschen und Bildern entfernen konnte. Eines Nachts lief er so weit, daß die Gerüche der Hecke verschwanden und sie selbst im Mondlicht nicht mehr als ein winziger Strich auf der Krümmung der Erde war.

Er wußte, daß es auf den offenen Feldern nur wenig Tiere gab, doch im Schutz seiner Hecke hausten Hunderte, wenn nicht Tausende von Lebewesen. Zum ersten Mal konnte er sie nicht mehr riechen oder hören. Er fühlte sich, als lägen Welten zwischen ihm und seinen Nachbarn.

Erst hier draußen auf den Feldern begriff Trödler den Lebensrhythmus der Hecke, der mit den Rhythmen der Erde ein harmonisches Gefüge bildete. Nun erst, nachdem er diesen Rhythmus nicht mehr unmittelbar in sich spürte, verstand er, wie notwendig er für die Harmonie des Lebens war. Natürlich gab es in der Hecke Auseinandersetzungen, Verzweiflung und schreckliche Todesfälle, doch die Harmonie des Ganzen spendete Sicherheit. Die Hecke war fest in der Erde verwurzelt und wurde von ihren Schwingungen durchdrungen.

Trödler fand diese Erkenntnis ein wenig furchteinflößend. Er fühlte sich, als sei er im Exil und betrachte seine Heimat nur aus der Ferne. Allerdings mischte sich auch Aufregung in die Furcht, was ihm neue Zuversicht verlieh.

Er spürte, wie ihn die Hecke zurückzog, konnte diesem Sog jedoch so lange wiederstehen, bis er seinen Hunger gestillt hatte. »Die Rüben da hinten schmecken viel besser«, sagte er nach seiner Rückkehr beiläufig zu Tinker.

Die Bienen und Wespen veranstalteten einen Höllenlärm, und Tinker schüttelte heftig den Kopf, als traue er seinen Ohren nicht. »Du bist da draußen gewesen?« schrie er. »Du mußt verrückt sein. Ein Turmfalke kann dich im freien Feld problemlos von – von einer Wolke aus erkennen!«

Trödler hielt das für übertrieben. »Es ist eigentlich kein freies Feld – da sind jede Menge Rübenblätter, unter denen ich mich verstecken kann.« Er hielt inne und sprach dann nachdenklich weiter. »Du spürst, wie dich die Hecke zurückzieht. Ein seltsames Gefühl. Ich frage mich, ob man ihrem Einfluß jemals ganz entrinnen kann.«

Als Trödler hundertzweiundvierzig Nächte alt war, sagte ihm der Traum, er müsse nun Abschied nehmen und sich auf die Reise zum Haus machen. Es war an der Zeit, dem Graben und der Hecke am Rande der Felder, wo er seit seiner Geburt gelebt hatte, den Rücken zu kehren. Er mußte die geheimnisvollen »Vielen« suchen, mit denen er gehen sollte, um die Forderungen seiner Ahnen zu erfüllen. Die Spreu fiel um ihn her wie goldener Regen, und die Ampferblätter hingen wie ausgedörrte Zungen in der Sommerhitze. Trotzdem wollten sich seine Füße auf die Reise machen.

Vor dem endgültigen Abschied mußte er noch einige geheime und öffentliche Rituale vollziehen. Das geheime Ritual wurde während des Tages durchgeführt, wenn alle anderen schliefen, und bestand darin, eine wilde Hagebutte unter einer Primelwurzel zu vergraben. Dieser Vorgang besaß eine dreifache Bedeutung. Er sollte sicherstellen, daß man zurückkehren und die Früchte der Erde essen würde. Weiterhin stellte er eine Opfergabe für den einen Schöpfer dar. Trödler hegte die Hoffnung, daß sich der

Schöpfer dafür erkenntlich zeigte, sollte er unterwegs einmal hungrig sein. Schließlich diente die wilde Hagebutte als Symbol für das Mäuseherz, das er in seiner Heckenheimat zurückließ.

Das nächste Ritual hatte mit Wasser, dem Lebenselixier der Mäuse, zu tun. Trödler trank aus dem Graben und goß Wasser an die Stelle, an der er die wilde Hagebutte vergraben hatte.

Das öffentliche Ritual fand unmittelbar vor seinem Aufbruch statt. Er verkündete seine Absicht, indem er Teile seines Nestes an die Oberfläche brachte, wo sie der Wind davontragen konnte. Schließlich war seine Kammer leer. Dann schlief er eine Stunde in dem Raum auf der bloßen Erde. Andere Mäuse bemerkten sein Verhalten und versammelten sich am Eingang der Kammer. Als Trödler aufgewacht war, verließ er wortlos das Loch und wanderte die Hecke entlang. Er kehrte noch einmal zurück, wandte sich erneut ab und folgte dem Graben ein Stück weiter. Dann kam er ein letztes Mal zurück, um sich von der versammelten Menge zu verabschieden. Danach würde er sie verlassen und nur zurückkehren, um für immer zu bleiben.

Zahlreiche Mäuse hatten sich eingefunden, darunter auch der alte Diddycoy.

»Es sind nicht die harten Lebensbedingungen, die mich von hier vertreiben«, erklärte Trödler seinen Freunden und Verwandten in seiner Abschiedsrede. »Nun, da der Frühling eingekehrt ist, gibt es am Rande des Rüben- und Kornlandes genügend Futter. Auch die Einsamkeit ist nicht der Grund, obwohl ich als Einzelgänger gelte und keine Gesellschaft brauche. Auch hege ich keine Todesgedanken, da ich als Gelbhalsmäuserich eine Lebenserwartung von fünfhundert langen Nächten habe – einem halben Nachttausend! Wie die meisten Mäuse bin ich dankbar für meine Langlebigkeit. Die Eintagsfliege kommt und geht, ihr kurzes, heftiges Leben dauert nur einen einzigen Tag – doch eine Maus ist beinahe unsterblich.«

Ein Murmeln ging durch die Zuhörer. »Wie wahr, wie wahr ...«

»Nein, keiner dieser Gründe drängt mich zum Aufbruch. Ich

habe den Ruf meiner Vorfahren vernommen. Sie hießen mich ins Land des Hauses zu gehen, wo mich eine große Schar erwartet. Daher muß ich euch und meine geliebte Hecke verlassen. Mag sein, daß ich eines Nachts zu euch zurückkehren werde…«

»Mein lieber Vetter«, schniefte Tinker.

»… doch dann bin ich vielleicht so alt wie Diddycoy. Natürlich nicht so weise, denn er ist einzigartig.«

»Versuch bloß nicht, mich einzuwickeln«, brummte dieser sichtlich erfreut.

»Doch bis dahin, meine Freunde, lebt wohl – und nehmt euch in acht vor Hermelinen, Schleiereulen, Wieseln und Konsorten.«

Und so machte er sich mit klopfendem, angstvollem Herzen auf den Weg.

»Zeig's diesen Hausmäusen!« rief ihm der junge Pikey nach.

Diese Bemerkung erschien ein wenig taktlos, da viele Hausmäuse in der Hecke lebten. Einige von ihnen hatten sich sogar von Trödler verabschiedet. Man ließ es dem Kleinen jedoch durchgehen.

Trödler wackelte als Antwort mit dem Schwanz. Er dachte an seine gefährliche Reise und sagte sich, daß gute Ohren, eine feine Nase und schnelle Beine beträchtliche Sicherheit boten. Schließlich konnte er hoch in die Luft springen, so schnell flitzen, wie die Kreuzotter zubeißt, mit Hilfe seines Schwanzes auf den höchsten Zweigen balancieren und wie durch Zauberei die Farben seiner Umgebung annehmen. Sein Gehör war ausgezeichnet, die Sinne scharf, die Schnurrhaare empfangsbereit.

Trödler machte sich keine großen Sorgen wegen seiner Reise in die weite Welt und fürchtete nur den Hunger. Das Wichtigste war, daß er die Forderungen seiner Vorfahren erfüllte und sich vielleicht einen Platz in der Mäusegeschichte erwarb.

Und schließlich konnte er ja immer noch zurückkehren.

Ribblesdale

Nachdem er in den dichten Dschungel am Grabenrand getaucht war, kämpfte sich Trödler durch die Gräser und Halme. Er hoffte, keinem Raubtier über den Weg zu laufen. Unterwegs stieß er auf zahlreiche verschiedene Urinmarkierungen, doch solange er nicht stehen blieb, drohte ihm keine unmittelbare Gefahr.

Eine Weile zog sich sein Weg an der vertrauten Hecke entlang, doch irgendwann führte ihn seine Wanderung weg von ihr und in ein Getreidefeld. Er sagte sich immer wieder: »Du schaffst es, du schaffst es.« Und zu seiner Überraschung gelang es ihm auch.

Der junge Hafer war noch grün, die Ähren hoch über ihm ließen traurig die Köpfe hängen und bildeten eine Art Baldachin. Dann und wann kletterte er an einem Halm empor, um sich bei freundlichen und weniger freundlichen Mäusen nach dem Weg zu erkundigen. Er traf auf Gelbhälse wie ihn selbst, einige Waldmäuse und Zwergmäuse.

Manche vertrieben ihn, andere übersahen ihn einfach, ab und zu bekam er auch einen Hinweis.

»Entschuldigung«, sagte er stets, »wo geht's bitte zum Haus?«

»Lauf immer mit der Sonne über der linken Schulter«, erhielt er zur Antwort. »Dann kommst du an einen breiten Graben und fragst am besten noch mal nach.«

Das mit der Sonne über der Schulter klang ja ganz einfach, solange man sich nicht wie er am Boden eines dichten Getreidewaldes oder Kohlfeldes befand und die Sonne überhaupt nicht sehen konnte. Nach zwei Tagen und Nächten fühlte er sich allmählich wie ein altgedienter Soldat auf dem Feldzug. Er war immer auf der Hut vor Räubern – tagsüber vor Hermelinen, nachts vor Eulen. Er versuchte, sich nahe den Ackerfurchen, Gräben oder Baumwurzeln mit ihren zahlreichen Schlupflöchern zu halten. Wenn er Ruhe brauchte, vergrub er sich in weichem Moos, das ihm für kurze Zeit Schutz bot.

Einmal stieß er auf einen Dachs – einen gigantischen Burschen, der an den Eicheln am Fuß eines mächtigen Baumes schnüffelte. Trödler blieb beinahe das Herz stehen. Dachse waren nicht zu stolz, nach einer unvorsichtigen Maus zu schnappen. Der Riese zog vor Trödlers Augen einen Erdwurm aus seinem Loch und verschlang ihn genüßlich.

Irgendwann erreichte er lahm und müde ein fremdes Land jenseits einer breiten, verlassenen Straße. Ihm war, als sei er einmal um die Welt gewandert. Die glatte, harte Fläche unter seinen Füßen zeigte ihm an, daß er sich nun in einem Gebiet befand, für das neue Regeln galten. Er brauchte eine Weile, um den Teer, der zwischen seinen Zehen klebte, zu entfernen, doch schließlich konnte er sich gründlich umschauen.

Es dämmerte. Der Himmel verschwand beinahe hinter den langen, geschwungenen Gräsern, die fünfmal so hoch waren wie er selbst. Doch über diesem Wald ragte noch etwas empor, ein ungeheures, eckiges Gebilde, bei dessen Anblick ihn Erleichterung und zugleich Vorahnung durchflutete. Zweifellos hatte er sein Ziel erreicht. Dies mußte das Haus sein, zu dem ihn die Stimmen seiner Vorfahren gesandt hatten.

Irgend etwas regte sich in ihm, ein Wissen, das von Generation zu Generation überliefert worden war. Einige seiner Ahnen hatten in festen Steinbauten gelebt, inmitten dicker Wände, strohbedeckter Fliesenböden und zinnenbewehrter Mauern und Türme. Es waren herrliche Bauten mit vielen Zimmern und Gängen. Oft hatten die Nacktlinge, die diese Häuser bewohnten, eiserne Anzüge angelegt, nach eisernen Stöcken gegriffen und waren gegen andere Nacktlinge angetreten, die mit Baumstämmen an ihre Tür klopften. Alle diese Bilder stiegen in Trödler auf, als er die Erinnerungen an die Vergangenheit zu Hilfe rief, um die Gegenwart zu verstehen.

Das große Haus vor ihm warf einen unwirklichen Schatten über die ganze Gegend. Aus seiner Oberfläche starrten viele geheimnisvolle, viereckige Augen hervor, deren Licht den Gelbhalsmäuserich blendete. Das Haus selbst wirkte düster und böse wie ein lebendes Wesen.

Vielleicht hätte eine andere Maus an diesem Punkt kehrtgemacht, aber Trödler sagte sich, daß er der Eine war und die Vielen dort drinnen auf ihn warteten. Bei den Bewohnern handelte es sich vermutlich größtenteils um Hausmäuse, wilde, kleine Kreaturen, die zunächst bissen und dann erst Fragen stellten. Sie kannten jeden Winkel ihrer Heimat, was für Neuankömmlinge von draußen einen großen Nachteil bedeutete.

Trödler hörte die Stimmen einiger Zwergmäuse im Dschungel vor dem Haus und folgte ihren Spuren, bis er auf eine stieß, die an ihrem langen, nützlichen Schwanz von einem Grashalm baumelte. Er sprach sie freimütig in seinem Heckendialekt an. »Wer lebt in dem großen Land über den Gräsern?« fragte er unverblümt.

Die Zwergmaus schaute ihn überrascht an. Vermutlich hatte sie ihn nicht kommen hören. Sie ließ sich herunterfallen, setzte sich mit einem Samenkorn in den Pfoten auf die Hinterbeine und knabberte drauflos. Nachdem sie gefressen hatte, ließ sie sich nach vorn fallen. Sie schnüffelte und scharrte, um zu prüfen, ob von dem Neuankömmling eine Gefahr ausging, und entschied dann, daß der große Gelbhals harmlos sei.

»Land?« fragte sie ihn und kaute bereits auf dem nächsten Samenkorn herum. »Ach, das Haus. Da würde ich an deiner Stelle nicht hingehen. Steckt voller barbarischer Stämme. Die töten dich. Außerdem«, fuhr sie mit vollem Mund fort, »gibt es nur einen Weg hinein. Durch das Labyrinth unter dem Boden. Es wird von einer boshaften Spitzmaus namens Tunnelgräberin bewacht. Sie beißt dir den Kopf ab und spuckt ihn dir vor die Füße, das kannst du mir glauben.«

Trödler hatte schon öfter Bekanntschaft mit Spitzmäusen gemacht und wußte, daß es im allgemeinen übellaunige, gewalttätige Geschöpfe waren. »Und sie wird mich nicht kampflos vorbeilassen?«

»Du mußt ihr ein Stück Käse geben, um vorbeizukommen, und du siehst nicht gerade aus, als hättest du welchen.«

Selbstverständlich trug er keinen Käse als Wegezoll bei sich. Ihm war nicht einmal klar, was Käse überhaupt war, und er wollte nicht noch dümmer erscheinen. Es gab eine Pflanze namens Wiesenampfer, die auch »Brot und Käse« genannt wurde, aber die war nichts Besonderes und konnte keine derartige Bedeutung haben.

Er richtete sich auf und schaute sich um. Das Haus wirkte ehrfurchtgebietend. Noch nie hatte er etwas so Großes gesehen. Die Wände ragten senkrecht in die Höhe und berührten den Himmel. Das Dach diente sicher als Landeplatz für die Falken, die in den Wolken lebten. Als er so an der Frontseite emporblickte, kam sich Trödler plötzlich sehr klein vor. Kein Wunder, daß dieses kolossale Gebilde in der Hecke so berühmt war.

Das obere Stockwerk ragte über das untere hinaus. Seine Fensterscheiben waren wie Diamanten geformt. Schwarze Balken hielten das Mauerwerk zusammen und zeichneten dreieckige und quadratische Muster auf die weißen Gipswände. Unter dem Vordach befand sich eine schwere, nagelbeschlagene Holztür. Kletterrosen und Efeu rankten empor und umschlangen einander auf dem Dach des Vorbaus. An der Seite des Hauses stand ein Holzschuppen.

Die Macht des Hauses erstreckte sich in alle Richtungen und verlor sich irgendwann in der wilden Natur. Wo der Garten endete, war nicht zu erkennen, da der kurze Rasen in langes Straußgras überging und die Wurzeln der Zierblumen sich mit denen von Disteln, Kerbel und Lichtnelken verschlangen. Der Neuankömmling wußte nicht zu sagen, ob die Wildnis auf dem Vormarsch war und bald das Haus überwuchern würde oder ob der Garten sich ausdehnte und allmählich die Wildnis verdrängte.

Trödler spürte tief in seinem Inneren, daß alles, was sich hinter diesen Mauern befand, auf irgendeine Weise mit seinem eigenen Schicksal verknüpft war. Die Wände zogen ihn an. Voller Neugier dachte er an die angeblich so gewalttätigen Wesen, die in diesem begrenzten Raum lebten. War seine Wißbegierde einmal angestachelt, mußte er den Fragen auch auf den Grund gehen.

Er putzte sich die Schnurrhaare und betrachtete eingehend das massive Gebilde vor seiner Nase. Irgendwo mußte der Eingang zu der Welt hinter den Mauern liegen. Er würde die Stellen, an denen die Wände auf den Erdboden trafen, genauestens untersuchen.

Er ließ sich wieder auf alle viere nieder und sagte zu der Zwergmaus: »Ich werde es wohl im Labyrinth versuchen, ob mit oder ohne Käse.«

Sie nickte. »Ja, wenn du wirklich fest entschlossen bist, findest du vielleicht einen Weg. Irgendwann gab es mal einen Eingang im Holzschuppen, wo jetzt die 13-K leben. Damals war er aber noch aus Holz. Den neuen haben sie aus Ziegelsteinen und Beton gebaut, so daß man an Tunnelgräberin vorbei muß.«

»Wer sind die 13-K?«

»Ein Haufen junger Tunichtgute, die von Ulf angeführt werden. Er ist der Sohn von Gorm dem Alten. Besteht aus dem Abschaum des Hauses.«

Diese Information erschien Trödler vollkommen unverständlich. Er beschloß, nicht weiter nachzufragen, doch die Namen kamen ihm aufregend exotisch vor. Ulf, der Sohn von Gorm dem Alten! Ein Holzschuppen, der einer blutrünstigen Bande von Schurken als Unterschlupf diente, und ein Labyrinth, das von einer unzivilisierten Spitzmaus bewacht wurde... Trödler erkundigte sich nach der Lage des Eingangs, wünschte der Zwergmaus noch einen gesegneten Appetit und zog weiter.

Nach einer eingehenden Untersuchung stellte er fest, daß die Maus recht hatte. Es gab nur ein einziges, kleines Loch, das in der Nähe des Kellerfensters unter dem Fundament des alten Hauses verschwand. Vielleicht konnte er der gefürchteten Tunnelgräberin entgehen; ansonsten würde er vernünftig mit ihr reden. Trödler wußte, daß diese Tiere schlecht sehen und hören. Auch waren ihm ihre fieberhafte Aktivität und nervöse Energie bekannt, die sie zwangen, selbst bei der Jagd auf Käfer und Erdwürmer das eine oder andere Nickerchen einzuschieben. Möglicherweise konnte er sich an Tunnelgräberin vorbeischleichen, während sie schlief.

Trödler warf einen letzten Blick auf die Welt und ihre Unermeßlichkeit. Der weiche, blaßblaue Himmel sank auf die Erde nieder. Trödler konnte nur die höhergelegenen Felder hinter den hohen Gräsern sehen. An einer Seite des Gartens standen Obstbäume, auf der anderen bot sich ein freier Ausblick. Durch dieses natürliche Fenster entdeckte er die verschwommenen Umrisse der Hecke, seiner früheren Heimat.

Er zuckte mit dem Schwanz. Tief im Herzen sehnte er sich danach, wieder in der Sicherheit der Dornen zu leben, drunten in seinem warmen Zimmer im Bau. Was tat er hier eigentlich? Warum schickte er sich an, eine unbekannte Welt voller Gefahren zu betreten, wenn er faul auf einem Haselzweig liegen und sich an Mehlbeeren und Tau gütlich tun konnte? Die Hecke würde ihm fehlen. Andererseits konnte das Leben nicht nur aus Behaglichkeit und Ruhe bestehen, das wäre doch langweilig gewesen. Man mußte sich den Herausforderungen stellen, Abenteuer erleben, neue Welten entdecken. Und er, Trödler, würde dem Ruf des Lebens folgen!

Er glitt in das Loch hinter der Regentonne und fand sich in einem Labyrinth von Tunneln wieder, die in alle Richtungen führten. Die oval geformten stammten von Spitzmäusen, die runden von Wühlmäusen. Es gab auch Waldmaustunnel. Solche grub Trödler selber auch, da er ein naher Verwandter dieser Art war. Seine sensiblen Schnurrhaare streiften die Seitenwände des Ganges, um festzustellen, ob er genügend Platz hatte und nicht Gefahr lief, stecken zu bleiben. Die Dunkelheit verwirrte ihn ein wenig. Bald jedoch hatte er sich an die neue Umgebung gewöhnt und setzte Nase, Schnurrhaare und Instinkt ein.

Der stechende Geruch markierter Erde durchflutete seine empfindsame Nase, während er durch die Tunnel eilte. Unterwegs hinterließ Trödler eigene Geruchsmarkierungen und mußte nur zu bald feststellen, daß er im Kreis gelaufen war. Er hatte sich hoffnungslos verirrt. Gerade befand er sich in einem Tunnel mit frischer Erde, als ihm schon wieder der eigene Duft in die Nase drang. Doch noch ein anderer Geruch, der einer Spitzmaus, hatte sich mit dem seinen vermischt und die Wände des Labyrinths durchdrungen. Vermutlich Tunnelgräberins Markierung. Allmählich weitete sich das Tunnelsystem.

Trödler blieb so plötzlich stehen, als sei er gegen eine Wand gelaufen. In der pechschwarzen Nacht spürte er eine Gestalt vor sich und nahm wenig später den überwältigenden Geruch einer Spitzmaus auf. Dann ertönte eine Stimme in der Dunkelheit und bestätigte seinen Verdacht. Die Stimme klang scharf, gereizt und überaus bedrohlich.

»Wer ist da? Sprich, bevor ich dich töte.«

Trödler zwang sich, ruhig zu antworten. »Ein Gelbhalsmäuserich mit Namen Trödler. Ich bin auf dem Weg ins Haus.«

»Ein Gelbhalsmäuserich?« kreischte Tunnelgräberin wütend. »Was hast du in meinem Labyrinth zu suchen? Raus hier! Verschwinde!«

Trödler bekam es mit der Angst. Tunnelgräberin durfte man als Gegnerin nicht unterschätzen. Allerdings war er schon immer ein ausgemachter Dickkopf gewesen. Neben der Angst verspürte er auch Zorn. Glaubte dieses Weibchen etwa, ihm gehöre die ganze Welt? Er hatte das gleiche Recht, die Tunnel zu passieren wie sie selbst. Bestimmt hatte sie nicht allein das Netz von Gängen gegraben; dafür benötigte man eine ganze Armee von Nagern. Trödler nahm an, daß Tunnelgräberin das Gebiet einfach von den Wald- und Wühlmäusen übernommen hatte, als diese es nicht mehr brauchten.

»Laß mich durch«, grollte Trödler die Torwächterin zwischen den Welten an. »Ich will keinen Streit mit dir anfangen...«

»Den Wegezoll«, kreischte Tunnelgräberin, »gib mir etwas zu essen!«

Trödler hätte es ja mit einer Nuß oder einem Stück Obst versucht, doch die Zwergmaus hatte das Wort Käse erwähnt. Dann sprach er die schicksalsschweren Worte: »Ich habe nichts zu essen.«

Tunnelgräberin stieß einen Schrei aus und stürzte sich im selben Augenblick auf ihn. Trödler spürte einen scharfen Schmerz am Ohr, in dem sie sich verbissen hatte. Dank ihrer schlechten Augen erwischte sie jedoch nur den Rand, und er schüttelte sich heftig, bis die Spitze seines Ohres abriß. Die Spitzmaus flog im hohen Bogen davon.

Trödler unterdrückte den Schmerz. Am Geruch konnte er erkennen, wo sich seine Gegnerin aufhielt. Mit Hilfe seiner Nase zeichnete er im Kopf Landkarten seiner Umgebung, selbst wenn er mit den Augen nichts sehen konnte. Er wußte, daß Tunnelgräberin einen nur schwach ausgeprägten Geruchssinn hatte und sich auf ihren Tastsinn verlassen mußte. Spitzmäuse fühlten sich durchs Leben. Er wollte diesen kleinen Vorteil nutzen und verharrte völlig reglos.

Tunnelgräberin warf sich von einer Seite auf die andere, um ihren Gegner zu lokalisieren. Sie kroch und sprang mit erschreckender Energie und Geschwindigkeit durch die Dunkelheit. Verzweifelt versuchte Trödler, sich vor ihren schnappenden Kiefern in Sicherheit zu bringen. Schon zweimal wäre sie ihm um ein Haar an die Kehle gegangen. Ihm war klar, daß sie sich nicht mehr mit seinem Ohr zufriedengeben würde. Sie hatte bereits ein paarmal seine Flanke erwischt.

Doch auch Trödler hatte den einen oder anderen Biß landen können. Einmal bekam er sie unter dem Kinn zu fassen und versuchte, ihr mit den starken Hinterbeinen den Bauch zu zerkratzen. Sie rollten hin und her, während die Spitzmaus wie eine Wahnsinnige strampelte. Trödler mußte schließlich loslassen, worauf sie ihn beim Rückzug noch in die Nase biß. Ein sehr empfindliches Organ. Die Wunde schmerzte höllisch, und ihm traten Tränen in die Augen.

Am Ende stürzten die beiden Mäuse gleichzeitig vor und verbissen sich ineinander.

Keiner hatte die Absicht nachzugeben. Die Bisse taten nicht weh, führten aber in eine Sackgasse, aus der sie sich nur mit beiderseitiger Zustimmung befreien konnten. Egal, wie sehr sie sich auch schüttelten und zogen, sie mußten begreifen, daß sie aneinander gefesselt waren, bis sie sich beide entschlossen loszulassen.

Nach einem langen Kampf legten sich die beiden noch immer ineinander verbissenen Mäuse auf den Boden und verharrten dort. Man hat schon Gegner in dieser Position tot aufgefunden. Wenn beide zu stur sind, um ein Unentschieden hinzunehmen, bleiben sie ineinander verkeilt und sterben vor Hunger und Durst.

Trödler und Tunnelgräberin blieben lange in dieser Position, bis es ersterem zu langweilig wurde. Er lockerte seinen Biß ein wenig. Tunnelgräberin tat das Gleiche. Allmählich öffneten sie die Kiefer und ließen schließlich los. Ein solcher Vorgang erfordert beiderseitiges Vertrauen, denn ein blutiger, vielleicht tödlicher Angriff ist auch beim Rückzug durchaus möglich.

Allerdings entschied sich keines von ihnen dafür. Trödler war ein Mäuserich mit Stolz und Ehrgefühl. Er wäre lieber gestorben, als eine solche Gemeinheit zu begehen. Zu seiner Verwunderung erkannte er, daß die Spitzmaus die gleichen Prinzipien vertrat. Auch sie hatte ihm wortlos zu verstehen gegeben, daß sie ihn während des Rückzugs nicht angreifen würde, und hielt ihr Versprechen.

Während er sich in einiger Entfernung ausruhte, hörte Trödler, wie Tunnelgräberins Atem allmählich ruhig ging. Er begriff, daß sie eingeschlafen war. Da er nicht an ihr vorbeikonnte und auch nicht in die Außenwelt zurückkehren wollte, legte er sich auf den Bauch, um sich noch ein wenig zu erholen. Lange blieben die beiden so liegen.

Als sich Trödler gerade fragte, ob er die Spitzmaus aufwecken und zu einem neuen Kampf herausfordern sollte, sprang sie auf ihn zu. Er war völlig überrumpelt.

Die Spitzmaus hielt kurz vor ihm inne und schnappte etwas vom Boden. Flügel knisterten, gefolgt von einem Knacken. Trödlers Herz schlug bis zum Hals, als er das Zuschnappen der Kiefer hörte. Nun war wieder alles ruhig, bis auf die regelmäßigen Kaugeräusche. »Was war das denn?« fragte er. »Was tust du da?«

Seine Gegnerin rülpste vernehmlich, schmatzte und antwortete dann: »Ein schöner, fetter Käfer.«

»Aber du hast doch geschlafen«, erwiderte Trödler verblüfft. »Oder etwa nicht?«

»Käfer höre ich auch im Schlaf. So einen Leckerbissen kann ich mir doch nicht entgehen lassen.«

Sie schwiegen, bis Trödler fragte: »Läßt du mich nun vorbei, oder müssen wir weiterkämpfen?«

»Du hättest weglaufen können, während ich gedöst habe.«

»Ja, aber nur nach draußen. Ich habe geschworen, das Haus zu betreten.«

Nach einer langen Pause kam ihre Antwort: »Nun, dann solltest du das auch tun. Ich kämpfe nicht mit einem Dickkopf wie dir, der die wirkliche Welt verläßt, um freiwillig ins Irrenhaus zu gehen. Wozu willst du nur da hinein? Es steckt voll wilder Mäusestämme – Hausmäuse, Waldmäuse und Gelbhälse wie du. Sie besitzen schon so viel und bekommen den Hals nicht voll. Verrücktes Haus.«

»Ich muß einfach hinein«, erklärte Trödler. »Meine Vorfahren haben gesagt, daß mein Schicksal mit diesem Haus verknüpft ist. Im Traum hatte ich eine Vision...«

»Ach so, eine Vision«, entgegnete Tunnelgräberin sarkastisch. »Na ja, dann wärst du beim Buchfresser-Stamm genau richtig. Wenn du ein Mystiker bist, nehmen sie dich gerne auf.«

Trödler schüttelte den Kopf. »Nein, ich bin im Grunde kein Seher oder Mystiker. Ich erlebe keine blendenden Lichtblitze oder Visionen in meinem Kopf. Der Traum brachte mir eine klare, deutliche Botschaft, und der alte Waldmäuserich Diddycoy sagte mir, ich müsse gehorchen. Und da bin ich nun. Ich bin über viele Felder gereist und werde nicht einfach zurückkehren... Was ist übrigens der Buchfresser-Stamm?«

Tunnelgräberin senkte die Stimme. »Ich muß noch ein Nickerchen halten. Du bist der erste, der mich jemals im Kampf besiegt hat…«

»Es war unentschieden«, berichtigte Trödler sie. »Ganz eindeutig.«

»Also gut, dann eben unentschieden«, gähnte die Spitzmaus. »Ich will nicht darüber streiten. Jedenfalls hat nur dein Körper ein wenig gelitten, deine Ehre ist unversehrt. Das ist noch keinem gelungen. Normalerweise bleibe ich immer die Siegerin. Es wäre mir lieb, wenn du nicht allzu sehr damit prahltest. Sag einfach: ›Tunnelgräberin und ich kämpften bis zum Unentschieden und gingen als Feinde auseinander.‹«

»Als Feinde?«

»Du würdest mich doch nicht allen Ernstes als Freundin bezeichnen, oder? Wir sind Feinde, die einander bewundern. Die einander achten. Trotz allem aber Feinde. Ich habe nämlich keine Freunde. Selbst wenn ich einer anderen Spitzmaus Zärtlichkeiten erweise, sind es aggressive Zärtlichkeiten – ich bin leidenschaftlich, nicht sanft. Für andere Tiere empfinde ich keine Freundschaft. Für niemanden auf der ganzen Welt. Und so gefällt es mir auch.«

Während ihrer Rede wurde Tunnelgräberins Stimme immer leiser. Als das letzte Wort verklang, war sie eingeschlafen. Glücklicherweise lag sie an einer breiten Stelle der Kammer, so daß Trödler an ihr vorbeischleichen konnte. Dabei streifte er ihre kleine Gestalt und wunderte sich über das samtweiche Fell. Sie fühlte sich so warm und einladend an, daß er sich am liebsten an sie gekuschelt hätte. Allerdings wußte er nun, wie wild Spitzmäuse werden konnten, und zog es vor, einem leichten Luftzug zum Ausgang zu folgen.

Der Luftzug führte einen starken Duft mit sich, der ihm anzeigte, daß er sich erneut dem Territorium einer fremden Maus näherte. Er diente als Warnung, doch Trödler lief tapfer weiter.

Schließlich erreichte Trödler eine Kreuzung, an der zahlreiche Löcher von der Hausseite her auf die Gänge des Labyrinths stießen.

Er entschied sich für ein Loch, aus dem ein starker Luftzug drang. Vermutlich handelte es sich um einen kürzeren Tunnel. Er mißachtete die deutlichen Urinmarkierungen anderer Mäuse und betrat einen weiten Raum mit einem steinernen Boden, Steinwänden und einer Holzdecke mit dicken Stützbalken. Sorgfältig betrachtete er seine Umgebung und hielt sich dabei in der Nähe des Ausgangs.

Nicht zum ersten Mal fragte er sich, warum er seine Hecke verlassen und den Weg ins Unbekannte angetreten hatte. Das Heimweh saß ihm wie ein Kloß im Hals. Schon jetzt vermißte er das Aroma der Wildblumen, den kräftigen Geruch der Erde in den Gräben, den grünen Duft von Kleeblättern in der Mittagssonne. Ihm fehlte die rauhe Berührung der Baumrinde und der Geschmack der Pflanzensäfte. Er wollte spüren, wie die Blütenblätter des Weißdorns gleich sanftem Regen auf sein Fell rieselten. Die warme, vertraute Erde rief ihn zu sich. Seine Gefährten in der Hecke, ihre Geräusche und Gerüche zogen mit sanften Krallen an seiner Seele. Es fiel ihm schwer, diesem Ruf nicht zu folgen, doch seine Aufgabe trieb ihn voran.

Am anderen Ende des großen Raumes erkannte er einige Holzstufen, die zu einer Tür führten. Darunter drang Licht hervor. Vermutlich war er nun im Haus angelangt.

Das Gebäude erschien ihm unermeßlich, zehntausendmal größer als eine Kammer im Mäusebau. Vielleicht sogar noch größer. So etwas hatte Trödler noch nie erlebt. Angstvoll starrte er auf die weite, glatte Fläche des Fußbodens und kam sich sehr einsam vor.

Sein Verstand konnte die Unermeßlichkeit des Hauses kaum

fassen. Hier gab es tiefe Täler, echoerfüllte Höhlen und Berge, an denen er kaum hochzuschauen wagte. Er war ein Mäuserich in einer fremden Welt, einer Welt, in die die ganze Mäusenation hineinpaßte. Es kam ihm vor, als habe der Schöpfer gesagt: »Schau her, in dieser Kiste habe ich das Universum geliefert.«

Trödler hielt sich in der Nähe des Lochs und kämpfte die Angst nieder, die er angesichts der überwältigenden Szenerie vor seinen Augen empfand. Zunächst mußte er sicherstellen, daß er sich in die Kammer hinauswagen konnte. Dort draußen konnte alles mögliche auf ihn warten: Katzen, Wiesel oder Hermeline. Er befand sich in der Fremde. Um zu überleben, mußte er mit dem Unerwarteten rechnen. Er schlug mit dem Schwanz hin und her, um mögliche Feinde aufzuscheuchen. Beim ersten Anzeichen von Gefahr würde er in dem Loch verschwinden, aus dem er gekommen war.

In der riesigen Kammer befanden sich verschiedene Gegenstände, von denen er einige erkannte. Dort standen zwei hohe Flaschenregale. Flaschen kannte er aus seiner Zeit am Graben. Sein Blick fiel auf Kartons und Schachteln wie jene, die die Nacktlinge ebenfalls im Graben abgeladen hatten. Dann gab es noch zwei kleine Fässer, die quer auf einer Art Gestell lagen. Aus diesen Fässern tropfte eine Flüssigkeit, die nach gärendem Obst roch. Gleich daneben bemerkte Trödler zwei Gestalten, anscheinend Mäuse, eine etwas kleiner als die andere. Trödler hatte den Eindruck, er habe sie bei irgend etwas gestört. Sie schauten ihn an. Eine kam langsam und mit unsicheren Schritten auf ihn zu.

»Bleib, wo du bist«, schnappte Trödler, als die Maus nur noch zwei Körperlängen von ihm entfernt war. »Sag, was du willst.«

»Wozu denn, Meister«, erwiderte die Kreatur mit undeutlicher Stimme und richtete sich auf. »Wir hier unten sind ganz freundlich, Fusel, oder etwa nicht?« rief sie über die Schulter nach hinten.

»Klaro, Furz«, ertönte die Antwort ihres Kumpels, gefolgt von einem lauten Rülpser und den Worten: »Entschuldige bitte, meine Verdauung.«

Trödler betrachtete eingehend den Mäuserich, der Furz genannt wurde. Vermutlich handelte es sich um einen Hausmäuserich, obwohl er keineswegs danach aussah. Das Fell war matt und wies kahle, mit Ekzemen übersäte Stellen auf. Die Reste des Fells waren zottelig und ungepflegt wie Grasbüschel an einem Wintermorgen. Die Schwanzspitze fehlte, das linke Ohr war zerrissen, drei Schnurrhaare verkrümmt. Seine Augen waren rotgeädert und wäßrig, die Nase inmitten der Hängebacken wirkte aufgeschwemmt. Da Furz Fett angesetzt hatte, hing sein Bauch sackartig herunter. Zu alledem stank er nach etwas Verfaultem, dessen Quelle nicht so einfach zu ergründen war. Vielleicht der Atem – oder der Körpergeruch – oder auch beides.

»Darf ich fragen«, Furz ergriff plötzlich mit arrogantem Tonfall das Wort, »was du auf Stinkmorchel-Gebiet zu suchen hast? Nur eine Frage, kapiert?«

»Stinkmorchel?«

»Das ist der Name von unserm Stamm, dessen Häuptling zu sein ich stolz bin.« Furz plusterte sich auf, soweit es ihm seine Körperfülle erlaubte.

Trotzdem war Trödler größer, von seiner besseren Haltung ganz zu schweigen. Er richtete sich auf und schaute sich um. »Wie viele Mäuse gehören zu eurem Stamm?«

»Schlaue Frage«, höhnte Furz. »Aber wenn du schon fragst, nicht so viele. Nur Fusel hier und meine Wenigkeit. Waren mal mehr, sind ein bißchen geschrumpft. Aber ich und Fusel, wir kämpfen wie die Wilden, nicht wahr, Fusel?«

»Klaro«, lautete die von einem Schmatzen begleitete Antwort. »Wie die Wilden.«

»Wir nehmen es mit jedem auf, der reinkommt und Streit sucht. Dem zeigen wir's dann so richtig. Ach, wie bist du eigentlich reingekommen? Haben dich gar nicht kommen sehen.«

»Durch das Loch am Ende dieser Kammer.«

»Keller. Das hier ist ein Keller. Aus dem Loch da hinten? Du meinst, aus dem Labyrinth?«

»Stimmt genau.«

Furz stocherte zwischen seinen Zähnen herum. »Bist du nicht zufällig Tunnelgräberin begegnet?«

»Du meinst die Spitzmaus? Sicher, wir sind uns begegnet.«

»Und?«

»Und haben bis zum Unentschieden gekämpft.«

Furz schwankte näher heran. »Du – hast – mit – Tunnelgräberin – gekämpft?« flüsterte er heiser.

»Bis zum Unentschieden. Wir trennten uns als Feinde.«

»Ist ja ein Ding!« bemerkte Fusel, der unter einem der Fässer lag. Der struppige, kleine Mäuserich wurde von einem Hustenanfall geschüttelt und spuckte etwas Undefinierbares auf den Boden. Nachdem er sich von diesem unwillkommenen Klumpen befreit hatte, wandte er sich an seinen Anführer: »Hat Tunnelgräberin eine Tracht Prügel verpaßt, was? Na, dann wird er's dir auch mal zeigen, Furz, nicht wahr?«

»Halt deine verkommene Schnauze«, brüllte der Chef zurück. Dann drängte er sich plötzlich an Trödler heran und blies ihm seinen fauligen Atem ins Gesicht. Sie standen einander Schnurrhaar an Schnurrhaar gegenüber.

»Hör mal zu, Meister«, flüsterte Furz verschwörerisch, »war nicht so gemeint, kapiert? Müssen nur unser Hab und Gut schützen. Ist unser gutes Recht. Aber du bist uns sehr willkommen, ganz ehrlich. Könntest gar nicht willkommener sein. Unser Keller steht dir zur Verfügung. Würdest du gern eine flüssige Erfrischung zu dir nehmen? Haben jede Menge Rotwein. Haben uns schon ein Schlückchen gegönnt. Willst du mithalten?«

»Rotwein?« Trödler war plötzlich sehr durstig. »Ich glaube, ich weiß nicht, was das ist.«

Furz lachte. »Hast du das gehört, Fusel?«

»Warum findet der Meister das nicht selber heraus?« rief Fusel.

Und so folgte Trödler dem Anführer zu der roten Lache auf dem Kellerboden. Er neigte den Kopf und kostete. Schmeckte wie Beerensaft. Und schon saßen sie zu dritt da und schlabberten die rote Pfütze auf. Zunächst blieb Trödler noch achtsam, bewahrte einen kühlen Kopf und schaute sich ständig um. Nach einer Weile jedoch war ihm alles egal.

Während sie den Wein aufleckten, sagte Fusel zu Furz: »Also weiter. Er kommt von draußen. Frag ihn.«

Furz sah zu Trödler hinüber und räusperte sich. »Kommst du von draußen?«

»Ja, sagte ich doch schon.«

»Dachte ich mir. Also, was Fusel und ich gern wissen möchten, hast du jemals den purpurfarbenen Pilz mit den roten Punkten gesehen?«

»Wie bitte?« fragte Trödler verblüfft.

»Ist doch eine einfache Frage, oder?« schnappte Fusel. »Bist du taub oder was?«

»Na, na«, tadelte ihn Furz. »Er hat nicht ganz verstanden, was wir meinen. Also, die Sache ist so. Ich hatte einen Onkel – hieß übrigens Große Galle –, der mal nach draußen ging und die Pilze entdeckte. Als er sie fraß, hatte er wunderbare Visionen. Dachte, er läuft auf Mehlwolken. Versteht du?«

Allmählich fühlte sich Trödler auch ein wenig umwölkt. »Glaube schon.«

»Na ja, dann kannst du uns – also mich und Fusel – zu solchen Pilzen führen, oder nicht? Wir könnten dich zur Ehren-Stinkmorchel ernennen.«

»Tut mir leid, ich kenne diese Pilze nicht«, erwiderte Trödler. »Wäre mir aber eine Ehre.«

Fusel stieß ein verächtliches »Zu nichts zu gebrauchen« hervor, und Furz starrte Trödler lange an, bevor er das Wort ergriff. »Und du willst die Pilze nicht einfach für dich behalten?«

»Ich weiß überhaupt nicht, wovon du redest«, meinte Trödler mit Nachdruck. »Wenn du mich weiter so anstarrst, beiße ich dir die Nase ab.«

»Entschuldige, daß ich überhaupt atme«, brummte Furz und kehrte zu seiner Pfütze zurück.

Trödler begriff, daß seine Sorgen wegen des Weins unbegründet gewesen waren. Er entspannte sich und genoß das Trinken. Bald schon spürte er gar keine Furcht mehr und hätte es problemlos mit einer Armee von Wieseln aufgenommen. Er fühlte sich unbeschwert und stark. »Das ist gut«, nuschelte er, an die Stinkmorcheln gewandt. »Habt ihr noch mehr davon?«

»Klaro, jede Menge. Rot, weiß, mit Sprudel drin. Was du willst. Irgendwo gibt's immer ein Loch, und wenn nicht, machen wir uns eins«, prahlte Furz.

Und der flohgeplagte Fusel fügte hinzu: »Der in Flaschen ist am besten, aber die gehen nicht so oft kaputt, schade drum.« Er stieß Trödler freundschaftlich an.

Dieser verspürte plötzlich eine unerklärliche Wut über diese plumpe Vertraulichkeit. »Stoß mich nicht an«, grollte er und warf Fusel einen drohenden Blick zu.

»Was?« rief dieser überrascht. »Mist, einer von denen!«

»Einer von was?« fragte Furz und leckte sich die Tropfen von den Schnurrhaaren.

»Einer von denen, die pampig werden, wenn sie einen intus haben.«

Furz drehte sich zu Trödler um, der sich hin und her wiegte und die beiden anstarrte.

»Ich lass' mich nicht herumstoßen, kapiert?« schnarrte er.

»O Mann. Ich glaub', du hast recht, Fusel. Und was für einen wir hier haben.«

»Stoß mich bloß nicht herum«, grollte Trödler und fragte sich gleichzeitig, warum der Fußboden unter seinen Füßen verschwand.

»Wahnsinnsstoff«, staunte Fusel. »Was der mit der Sprache machen kann. Atemraubendes Vokabular.«

Die beiden Hausmäuseriche nippten weiter von ihrem Wein und behielten dabei ihren neuen Gefährten im Auge. Dieser starrte wie blind an die Decke. Interessiert schauten sie zu, als sich Trödlers Kopf zu drehen begann. Dann kippte er ganz allmählich zur Seite. Schwer atmend lag er auf dem staubigen Kellerboden, die Augen weit aufgerissen. Irgendwann fielen sie ihm zu.

Trödler wachte auf, als ihm die Sonne ins Gesicht schien. Sein Kopf tat weh, und er verspürte ein seltsames Gefühl im Magen. Als er sich umschaute, entdeckte er die beiden Mäuse von vorhin, die an der Kellerwand kauerten. Dann erklangen schwere Schritte auf der Treppe, und die Sonne verlosch mit einem leisen Klicken.

Furz und Fusel kamen zu ihm herüber.

»Fast wäre ein Nacktling auf dich getreten«, berichtete Fusel nicht ganz ohne Schadenfreude. »Die Riesenfüße haben dich knapp verpaßt. Schwein gehabt, war nämlich der mit dem weißen Kopf und Gesichtsfell. Ist blind wie ein Regenwurm.«

Trödler nahm die Nase-Hoch-Position ein und rieb sich die Augen. Schmerzensblitze durchzuckten seinen Kopf. »Ihr habt mich vergiftet«, krächzte er. »Ihr habt mich krank gemacht.«

»*Wir* sollen dich vergiftet haben?« rief Furz. »Ist ja wohl ein Witz! Hast dich wohl eher selber vergiftet. Keiner hat dich gezwungen, unsern Wein runterzukippen. Warst du doch selber, oder nicht? Gib's zu.«

»Ihr habt mir das Gift gezeigt«, erwiderte Trödler anklagend.

Fusel protestierte. »Ist kein Gift, sondern Wein. Wenn du's nicht vertragen kannst, mußt du Bier trinken.«

»Bier?« stöhnte Trödler.

»Vergiß es. Bleib in Zukunft einfach weg von dem guten Zeug. Hast uns bedroht, wir sollten dich nicht anstoßen. Dachte, du wärst ein harter Brocken, von wegen der Prahlerei mit Tunnelgräberin. Hättest sie verprügelt.«

»Ich habe nicht geprahlt – und sie auch nicht verprügelt. Wie gesagt, wir kämpften bis zum –«

»– bis zum Unentschieden. Klaro. Haben wir alles gehört, Kumpel. Aber an Tunnelgräberin ist noch nie einer vorbeigekommen. Hast sie so gut wie verprügelt, oder nicht?«

Trödler war nicht nach einer Diskussion zumute, und er verzog sich in einen anderen Teil des Kellers.

»Ist wohl kotzen gegangen«, bemerkte Fusel.

Trödler blieb eine Weile auf den kühlen Steinen liegen, bis er sich halbwegs erholt hatte. Die beiden anderen Mäuse kehrten zu der Weinlache zurück. Komisch, daß sie keine Vergiftungserscheinungen zeigten; vermutlich waren sie schon immun geworden. Anscheinend wurde diese Flüssigkeit nur Mäusen von draußen zum Verhängnis.

Trödler fragte sich, was für ein Sonnenlicht er wohl gesehen hatte. Gerade hatte die Sonne noch an ihrem höchsten Punkt gestanden, im nächsten Augenblick war es stockdunkel. Was tat die Sonne überhaupt im Inneren des Hauses? Er beschloß, sich bei Furz zu erkundigen.

»Das ist Licht. Noch nie Licht gesehen?«

»Wie bei den Sternen?«

»Nein«, schnaubte Furz verächtlich. »Ich weiß, du kommst von draußen, aber ich weiß mehr als du. Hat mir Onkel Galle alles erzählt. Ich weiß, es gibt Straßenlaternen und solches Zeug. Und was ist mit den fahrenden Kisten, die die Nacktlinge gebrauchen? Nie gesehen, wenn die nachts mit Licht die Straße lang fahren?«

Trödler fiel der Feldweg bei der Hecke ein. »Ach so, ist das dasselbe?«

»Licht ist Licht. Gibt's im ganzen Haus. Manchmal ist es an, manchmal nicht. Normalerweise ist es an, wenn ein Nacktling im Zimmer ist, außer am Tag, oder natürlich im Schlafzimmer, dann schläft der Nacktling vielleicht, dann ist es aus, verstehst du?«

»Glaube schon«, meinte Trödler. »Kann man es vorhersagen?«

»Manchmal«, erwiderte Fusel. »Hier ist es nie an, nur wenn ein Nacktling kommt. Wenn die Tür aufgeht, ist eine Sekunde danach das Licht an. Außer es ist der Nacktling, den wir Kopfjäger nennen – der kommt manchmal im Dunkeln.«

»Wieso? Wer ist der Kopfjäger?« fragte Trödler beunruhigt.

»Ein halbgroßer Nacktling«, erklärte Furz. Er furzte und rülpste gleichzeitig und fügte stolz hinzu: »Wie war das? Beide Enden auf einmal.«

Trödler beachtete diese vulgäre Vorstellung nicht und fragte weiter nach dem Kopfjäger. »Warum kommt er im Dunkeln hier herunter?«

»Um uns zu fangen«, antwortete Fusel düster. »Oder ein anderes Lebewesen, das ihm über den Weg läuft. Ist ein richtiger Dämon. Hat letzte Woche Faulig erwischt. Faulig war auch ein Mitglied unseres Stammes, bis der Kopfjäger kam. Hat den alten Faulig sicher bei lebendigem Leib gekocht.«

»Dieser Kopfjäger-Nacktling? Er foltert uns?«

»Uns, Katzen, Hunde, was du willst. Solltest mal seine Augen sehen. Direkt aus der Hölle. Hab' gesehen, wie er einer Spinne die Beine ausgerissen und den Körper gequetscht hat, bis sie platzte. Der Kopfjäger trägt hier«, Fusel zeigte auf die Stelle, wo bei Nacktlingen das Revers ist, »einen Mäuseschädel, so eine Art Abzeichen.«

»Katzen spielen auch mit Mäusen«, meinte Trödler. »Das habe ich im Graben an der Hecke erlebt.«

»Klar«, gab Furz zu, »aber sie sind nicht so hinterhältig wie dieser kleine Nacktling. Der ist echt clever. Unheimlich schlau. Verschlagen, gemein und zehnmal klüger als jede Katze.«

Trödler kam zu der Ansicht, daß die beiden Stinkmorcheln vermutlich übertrieben, um ihn zu beeindrucken. Was zählte, war, daß er nun das Funktionieren der Hauslichter durchschaute. Sie gingen ohne Vorwarnung an und aus, doch manchmal konnte man das durch Beobachtung der Nacktlinge vorhersagen. Bisher war er noch keinem begegnet. Er wartete mit Spannung darauf, denn sie schienen keinem ihm bekannten Tier zu gleichen. Sie standen die ganze Zeit in Nase-Hoch-Position und senkten die Nase nur zum Schlafen. Von Tinker hatte er erfahren, daß sie beim Schlafen ihre großen, plumpen Körper ausstreckten und dafür mehr Platz benötigten als ein Dutzend Katzen.

»Ich möchte eines dieser Wesen sehen«, erklärte er dem versammelten Stinkmorchel-Stamm. »Könntet ihr eine Besichtigung arrangieren?«

»Klaro, Meister«, antwortete Furz nach einem langen Blick auf Fusel. »Kommt bloß drauf an, was du für unsere Speisekammer spendest.«

»Wie soll das gehen? Soll ich etwa im Haus Futter beschaffen und es euch bringen?«

»So in der Richtung«, sagte Furz. »Obwohl ich mir bei dem Wort beschaffen nicht so sicher bin. Würde es um Futter kämpfen nennen. Was meinst du, Fusel?«

»Kämpfen«, bestätigte dieser.

»Ich soll um Futter kämpfen? Mit wem denn?«

Furz richtete sich auf und kratzte sich den flohgeplagten Bauch. »Mal sehen. Du könntest beim Buchfresser-Stamm anfangen – aber die haben keinen Käse, vergiß es. Sind die Schwächsten.«

»Nach uns«, unterbrach ihn Fusel stolz, wurde aber von seinem Anführer mit einem tadelnden Blick bedacht.

»Dann sind da noch die Unsichtbaren. Ist aber ein weiter Weg zum Dachboden hoch. Haben im übrigen auch keinen Käse. Könntest es mal bei den 13-K probieren.«

»Von denen habe ich bereits gehört«, erklärte Trödler.

»Dann ist da noch der Stamm der Wilden. An die würde ich mich nicht wagen, außer du kannst eine Katze töten. Eine Katze töten ist leichter als einen Zusammenstoß mit den Wilden überleben, ehrlich. Gorm würde dein Herz rausreißen und es an seine Jungen verfüttern.«

»Warum nennt man sie die Wilden?« fragte Trödler. »Ich weiß, sie sind wild, aber was ist der Grund dafür?«

»Sie haben viel zu beschützen«, seufzte Furz. »Haben die himmlische Speisekammer auf ihrem Gebiet. Das ist ein Raum, der immer voll ist und mit Käse drin. Wird niemals alle. Es ist wie – ich weiß nicht. Für einen wie dich ist es wie eine Ernte, die das ganze Jahr dauert.« Er rückte näher an Trödler heran und blies ihm wieder seinen stinkenden Atem ins Gesicht. »Solltest dich besser von den Wilden fernhalten, Meister. Im Wohnzimmer gibt's manchmal ein nettes Stück Kuchen oder Brot, sogar Käse und Keks, oder in der Bibliothek, wenn ein Nacktling drin war.«

»Da wir gerade von Futter sprechen«, Trödler schaute sich um, »gibt es hier etwas zu essen?«

Furz trat schnell einen Schritt zurück. »Ach so, jetzt willst du *unser* Essen? Wußte doch, daß du ein Schnorrer bist. Kommst rein, säufst unseren Stoff, und jetzt noch Futter? He, Fusel!«

»Verdammter Schnorrer«, bestätigte der treue Gefolgsmann.

Trödler schüttelte sich. Er hatte es satt, mit diesen verachtenswerten Kreaturen zu sprechen, und beschloß, sich selbst auf die Suche nach Futter zu machen. Irgendwo im Keller mußte es etwas zu fressen geben, und wenn es nur ein paar Samenkörner waren. Er schnüffelte den Boden ab, bis er etwas halbwegs Vielversprechendes aufgestöbert hatte. Er folgte dem Geruch und stieß auf einen geplatzten Kartoffelsack, der in einer Ecke lag. Damit konnte er als Landmäuserich gut leben.

Er fraß sich satt. Danach fühlte sich sein Magen schon viel besser an. Als er zu den Kellermäusen zurückkehrte, sahen sie ihn anklagend an.

»Schämst du dich nicht, unser Futter zu stehlen?« fragte Furz.

»Wovon redet ihr überhaupt? Von diesen Kartoffeln kann eine ganze Armee von Feldmäusen monatelang leben. Ihr werdet das bißchen gar nicht vermissen. Bei mir zu Hause gehört einem das Futter übrigens erst dann, wenn man es in den Pfoten hält. Wer zuerst kommt, frißt zuerst.«

»Hier unten ist es aber anders«, erwiderte Furz. »Wirst du bald merken. Hier unten gehört das Futter dem Stamm, in dessen Gebiet es liegt. Hier ist Stinkmorchel-Gebiet, und du hast unser Futter gefressen.«

»Nimm es zurück oder bestrafe mich dafür.« Trödler war dieses ganze Besitzergetue allmählich leid.

»Wir könnten ihn zur Stinkmorchel ernennen«, schlug Fusel vor. »Dann wär's doch legal, oder nicht?«

»Ich will aber keine Stinkmorchel sein!« entgegnete Trödler nachdrücklich. »Lieber werfe ich mich vor einen Fuchs, als eine vergammelte Stinkmorchel zu werden.«

In diesem Augenblick ertönte aus dem Nebenraum ein Donnern. Trödler sprang vor Schreck in die Luft. Der schreckliche Lärm hielt ein paar Sekunden an. Unter der Tür zum Nebenraum quollen schwarze Rauchwolken hervor.

Trödler zitterte. Sein Herz klopfte bis zum Hals. Seine Beine zuckten unentschlossen.

Furz und Fusel standen vor ihm und betrachteten in aller Ruhe seine nervösen Zuckungen.

»Mannomann, schau ihn dir an«, kicherte Fusel. »Macht jeden Augenblick auf den Boden.«

Trödler zwinkerte hilflos. Was war hier los? Plötzlich ertönte wieder der Donner, noch lauter als zuvor.

»He, he!« lachte Furz. »Nächstes Mal trifft er die Decke.«

Das Donnern verklang, die schwarzen Wolken drangen wieder unter der Tür hindurch.

»Was ist das?« kreischte Trödler.

Furz grinste. »Kohle, rutscht über die Schütte nebenan. Die Nacktlinge füllen den Kohlenkeller für den nächsten Winter. Angst gehabt, Meister?«

»Und ich dachte, er wär' ein harter Bursche, nicht wahr, Furz?« grinste Fusel. »Dachte, mit ihm wäre nicht zu spaßen. Und jetzt hat er Angst vor ein bißchen Kohle... «

Trödler machte einen Schritt auf die beiden Mäuse zu, die daraufhin die Flucht ergriffen. Er jagte sie durch den Keller und die Treppe hinauf. Auf halbem Weg öffnete sich die Tür, und das Licht ging an. Trödler sah, wie zwei ungeheuer große Füße die Stufen herunterkamen. Er schaute nicht hoch, sondern rannte immer weiter, überholte die beiden Mäuse und schoß zur Tür hinaus.

Im nächsten Augenblick fiel die Tür hinter ihnen zu. Sie befanden sich nun in einem langen Raum mit glattpoliertem Boden, auf dem ihre Krallen ständig abrutschten. Anstatt die anderen zu jagen, lief Trödler hinter ihnen her, alle drei auf der Suche nach einer dunklen Ecke. Schließlich drängten sie sich in den Schatten der Fußleiste. Trödler überwand seine Abneigung und preßte sich an ihr verlaustes Fell.

Die drei Mäuse japsten nach Luft. Am schlimmsten erging es den Stinkmorcheln, denen die Augen beinahe aus dem Kopf quollen und deren Lungen kurz vor dem Zerplatzen standen.

Als sie wieder zu Atem gekommen waren, sagte Fusel zu Trödler: »Wirklich toll. Jetzt hängen wir hier in der Halle rum, und das Gwenllian-Loch ist meilenweit entfernt.« Er starrte ihn wütend an. »Jeden Augenblick kann die Katze um die Ecke kommen oder ein Haufen Wilder oder der verdammte Kopfjäger mit einer seiner teuflischen Fallen. Das haben wir nur dir zu verdanken, Vollidiot.«

Cheddar

In der Fußleiste hinter der Garderobe befand sich das Rajang-Loch, das nach seinem Erbauer Rajang dem Friedvollen, einem längst verstorbenen spirituellen Krieger des Totenkopf-Stamms, benannt war. Das Rajang-Loch – und einige weitere Löcher – kannten nur die Totenköpfe. Es war so geschickt zwischen Licht und Schatten angelegt, daß man es von keiner Seite der Garderobe aus erkennen konnte. Um es zu entdecken, mußte eine Maus schon unmittelbar davor stehen. Seine genaue Lage kennzeichnete eine getarnte Kerbe in der unteren Zierleiste am Rande der Tapete.

Aus dem Loch, das nicht mehr war als ein Schlupfwinkel in der Täfelung, tauchte eine Maus namens Skrang auf. Sie gehörte zu den Totenköpfen und war Anhängerin der Lehre von Unn, einem Gelbhals, und hingebungsvolle Beschützerin von I-kucheng, dem ältesten Totenkopf. Jede richterliche Entscheidung befriedigt eine Partei gewöhnlich mehr als die andere. I-kucheng jedoch hatte durch seine Urteilssprüche so viele Mäuse gegen sich aufgebracht, daß er zur Zielscheibe zahlreicher Attentatsversuche wurde. Skrang hatte ihm oftmals, und ohne daß er es wußte, das Leben gerettet.

Früher erledigte I-kucheng jede Maus, die es wagte, ihn offen anzugreifen, mittels einer besonderen Kampfsportart namens Ikto. In seinen späteren Nächten wurde er jedoch schwerhörig und bemerkte nicht, wenn sich ein Angreifer von hinten anpirschte. Skrang war mit ihren dreihundertsiebzig Nächten noch relativ jung und hatte sich selbst zu seiner heimlichen Beschützerin ernannt. I-kucheng ruhte sich im Augenblick sicher und bequem im Rajang-Loch aus. Skrang nutzte diese Pause, um sich ein wenig die Füße zu vertreten.

Als sie zur Ecke der hoch über ihr aufragenden Garderobe kam, warf sie einen prüfenden Blick durch den Raum. Die schweren Vorhänge waren zugezogen, das Schlafzimmer lag im Halbdunkel. Der Nacktling, der diesen Raum bewohnte, war eine alte Frau, die erst spät aufstand. Sie schlief noch tief und fest in ihrem Bett. Zu ihren Füßen hatte sich ein großer, alter Kater mit streitsüchtigem Gesichtsausdruck zusammengerollt. Skrang war nicht größer als eine seiner Pfoten.

Dieser rötlichgelbe Kater wurde von den Mäusen Spuck genannt, weil er die Gewohnheit besaß, alles zu bespucken, was sich in seiner Nähe rührte. Normalerweise durchstreifte Spuck mit Vorliebe bei Nacht den Garten, doch manchmal blieb er im Zimmer, um die Mäuse zu verwirren. Obwohl nicht halb so gefährlich wie Augapfel, die blaue Burmakatze, stellte er auch im Alter noch einen nicht zu unterschätzenden Gegner dar. Als Maus tat man gut daran, Spuck nicht den Rücken zu kehren.

Aufmerksam lauschte Skrang dem regelmäßigen Atem von Katze und Nacktling. Als sie die Gewißheit hatte, daß beide fest schliefen, sprang sie auf die Fußleiste und rannte die Wände entlang bis zur offenen Tür. Sie schoß auf den Treppenabsatz hinaus und war zunächst einmal in Sicherheit.

Bei ihrem Weg über das polierte Holz mußte sie an einer offenen Tür vorbei, die zum fünften Schlafzimmer des Hauses und damit zum Sitz des gefürchteten Kopfjägers gehörte. Ihr Herz schlug schneller, obwohl Totenköpfe angeblich keine Furcht kennen. Sie kroch zur Türkante und blieb in deren Schatten hocken. Kurz darauf ertönte die Stimme des Kleinen Prinzen. Das Blut gefror ihr in den Adern, als sie den schrecklichen spöttischen Tönen lauschte.

»Ich kann dich riechen, süße Maus, köstliches Mäuschen, du schmutzige, gemeine kleine Maus. Ich weiß genau, daß du da bist.«

Die Stimme klang honigsüß und überaus selbstzufrieden.

»Denkst du etwa, du kannst den Kleinen Prinzen zum Narren halten? Nicht lange, du dreckige kleine Hausmaus mit deinem wohlschmeckenden, appetitlichen Fleisch. Der Kleine Prinz kann eine ungezogene Hausmaus zwei Zimmer weit riechen. Schmutziges Hausmäuschen, ich kann dich jetzt riechen. Ich wette, du hast süße, knusprige Ohren.«

Gelbhals, nicht Hausmaus, du elender Kannibale, dachte Skrang. Wenn sich ein Nacktling im Raum befand, würde er das Geplapper des Kleinen Prinzen nicht verstehen. Sie nahm allen Mut zusammen und schoß an der Tür vorbei. Mit einem Blick nahm sie die weiße Maus mit den rosageränderten Augen, den rosigen Lippen und dem rosafarbenen Schwanz wahr, die sie aus ihrem silbernen Käfig eindringlich anstarrte.

»Ha!« rief der Kleine Prinz und preßte seinen weichen, fetten Körper an die Gitterstäbe. »Ich wußte es! Ich wußte es! Du kannst den Kleinen Prinzen nicht zum Narren halten. Dein Fleisch wird mich nähren. Ich fresse die üppigen Lebern mausiger Mäuschen, nachdem mein Herr sie bei lebendigem Leibe gekocht hat. Deine Augäpfel werden zwischen meinen Zähnen zerplatzen. Mausimaus, ich liebe den Geschmack deiner köstlich-süßen Zunge. Komm zu mir. Komm zum Kleinen Prinzen… «

Skrang war dankbar, als die Stimme allmählich in der Ferne verklang. Schließlich hatte sie die Stufen nach unten erreicht.

Alle Mäuse im Haus hatten ihre besondere Eigenart, was das

Hinauf- und Hinabsteigen der Treppen anging. Manche rutschten das Geländer hinunter, andere bevorzugten die Haltestange darunter, und manche benutzten die Zierleiste an der Tapete, so auch Skrang. Sie kletterte an der Samttapete hoch und rannte über die Zierleiste bis ins Erdgeschoß.

Unten angekommen blieb sie vor der Haustür stehen. Ihr fiel ein, daß sie Stone seit vielen Stunden nicht mehr aufgesucht hatte. Stone, ein alter Haselmäuserich, bewohnte ein hölzernes Klohäuschen am Ende des Gartens. Da diese Toilette nur in Notfällen benutzt wurde, hatte Stone meistens seine Ruhe. Der Garten um ihn herum wucherte üppig, was seiner Leidenschaft für die wild wachsende Natur entgegenkam. Er haßte die Art und Weise, auf die manche Nacktlinge die Pflanzen beschnitten, zurechtstutzten und verformten.

Stone wünschte sich, daß alle Mäuse aus diesem und allen anderen Häusern wieder in ihren natürlichen Lebensraum zurückkehrten: Felder, Wiesen, Gräben und Hecken. Alle Mäuse wüßten schließlich, so seine Worte, daß Häuser einmal die Wohnstätten vorgeschichtlicher, inzwischen ausgestorbener Riesenschnecken gewesen seien. Die Mäuse hätten sie allmählich bevölkert, gemeinsam mit Ratten, Fledermäusen und anderen Lebewesen. Vor kurzem waren natürlich noch die Nacktlinge hinzugestoßen – doch sie waren nur Eindringlinge in einem fremden Heim.

»Mäuse wurden geschaffen, um draußen zu leben, im Gras, zwischen Kerbelbüschen, im Unterholz. Sie sollen frisches Wasser aus den Blüten des Aronstabs trinken, Holzäpfel fressen und in Heunestern schlafen.«

Bei diesem Thema entwickelte Stone eine ungeahnte Leidenschaft.

Während Skrang noch überlegte, ob sie nach draußen laufen und Stone rufen sollte, schlug die Uhr in der Halle sieben und riß sie aus ihren Gedanken. Die Entscheidung war gefallen. Die Nacht wich allmählich dem Tag.

Ihr Instinkt, ein kaum merkliches Jucken am Schwanzansatz, befahl ihr, sich umzudrehen und die Treppe hochzuschauen. Spuck war im Begriff, lautlos die Stufen herunterzuschleichen, und starrte sie mit halbgeschlossenen Augen an; sein Blick glitzerte wie poliertes Glas. Sein Gang wirkte entschlossen. Das Gesicht war ausdruckslos wie eine Ziegelmauer.

Er spürte, daß man ihn entdeckt hatte, und sprang die letzten Stufen in einem Satz herunter.

Skrang war schnell verschwunden, bei weitem zu schnell für den alten Kater. Sie schoß den Flur entlang und ins Wohnzimmer. Unterdessen verfluchte sie ihr Pech. Schließlich lag der eigentliche Fluchtweg zum Gwenllian-Loch genau entgegengesetzt, noch hinter der Treppe. Doch dort wäre sie Spuck genau in die Arme gelaufen.

Skrang hetzte in den Schatten der Treppe und stieß dort beinahe mit drei anderen Mäusen zusammen. Kurz darauf tauchte Spuck auf und warf wilde Blicke in alle Richtungen. Weder sein Geruchssinn noch seine Augen waren allzu gut. Er spuckte und zischte vor Wut, krampfhaft bemüht, seine Beute aufzuspüren.

Bis Skrang aufgetaucht war, hatte Furz dem hysterischen Fusel, der den Keller noch nie verlassen hatte, geduldig erklärt, daß sie lediglich zm Gwenllian-Loch am anderen Ende der Halle laufen mußten. Leider wurde der einzige Fluchtweg nun von einem ungeheuren Kater blockiert, der scheinbar darauf aus war, wenigstens *eine* Maus zu erwischen.

»O Mann«, flüsterte Fusel, »Mannomannomann… «

»Klappe«, zischte Skrang.

Spuck lief auf und ab, spähte in jede Ecke und Nische, während sein Speichel wie Fett in der Pfanne in alle Richtungen spritzte. Anscheinend würde er nicht verschwinden, bevor er nicht auch den letzten Winkel durchstöbert hatte. Er wußte, irgendwo in der Nähe hielt sich eine Maus auf, und er wollte sie um jeden Preis finden.

Plötzlich öffnete sich die Klappe des Briefkastens. Die Post flatterte auf die Fußmatte, und die Klappe schloß sich mit einem

Klacken. Ein alter Hund bog um die Ecke, nahm die Briefe in die Schnauze und trabte in den Salon zurück.

Spuck achtete nicht weiter auf diesen Zwischenfall, da er nur an Mäusen interessiert war.

Trödler hatte bewundernd mitangesehen, wie Skrang um Haaresbreite entwischte, und konnte sich des Eindrucks nicht erwehren, daß sie zum Untergang verurteilt waren. Seine Phantasie reichte aus, um sich vorzustellen, wie ihn zwei krallenbewehrte Pfoten an den Boden preßten und seine Eingeweide in der Halle verteilten. Dieses Bild blockierte sein ganzes Denken und die Hoffnung auf eine mögliche Flucht, obwohl der Kater allerhöchstens zwei Mäuse auf einmal fangen konnte.

In diesem Augenblick hätte Trödler alles dafür gegeben, wieder geborgen in seiner aromatisch duftenden Hecke zu sitzen.

Spuck lief weiter auf und ab, murmelte vor sich hin und peitschte mit dem rötlichen Schwanz den Boden.

Plötzlich tauchte in der Wohnzimmertür die zweite, weitaus gefährlichere Katze auf. In den vier Mäusen wuchs jetzt die felsenfeste Überzeugung, ihr Ende sei gekommen. Augapfel, die kleiner, schneller und athletischer gebaut war als Spuck, schlich in die Halle.

Wie durch ein Wunder trug sie schon etwas im Maul. Als das Licht auf sie fiel und tanzende Schatten auf ihr blaues Fell warf, erkannten die Zuschauer, daß es sich bei diesem Etwas um einen Artgenossen handelte. Er hing schlaff zwischen den Kiefern der Katze. Seine Augen wirkten glasig, die Gliedmaßen baumelten herunter, doch er war eindeutig noch am Leben. Irgendeine törichte Maus hatte es also gewagt, Augapfels ureigenes Territorium, das Wohnzimmer, zu betreten, und mußte nun den Preis für dieses waghalsige Unterfangen zahlen.

Spuck war an der Beute sehr interessiert. Er wirkte ein wenig erbost.

Skrang konnte die Gedanken des rötlichgelben Katers lesen: Er glaubte, Augapfel habe die Maus gefangen, die er selbst gejagt hatte. Der Anblick *seiner* Maus im Maul seiner Rivalin gefiel ihm ganz und gar nicht. Er sträubte sein Fell, spuckte und miaute leise vor sich hin.

Augapfel würdigte ihn keines Blickes. Sie ließ die Maus auf den Teppich fallen. Diese kam augenblicklich wieder zu sich und wollte fliehen. Die Katze wartete eine Sekunde, schnappte zu und warf ihre Beute hoch in die Luft. Die Maus landete auf dem Boden, überschlug sich und lief in die andere Richtung. Augapfel sah gleichgültig zu, sprang dann los, warf die Maus von einer Pfote in die andere und biß mit einem grauenhaften Knirschen zu. Sie spielte weiter, schmetterte die tote Maus gegen die Wand, warf sie noch einmal hoch in die Luft und fing sie geschickt mit dem Maul auf. Schließlich nahm sie die Beute zwischen ihre Vorderpfoten. Ihr Gesicht sprach eine stumme Drohung aus: Wehe dem, der versucht, sie mir wegzunehmen.

Trödler beobachtete dieses Schauspiel voller Ekel. Ihm war speiübel. Er konnte sich kaum vorstellen, daß die Maus, die so durch die Luft gewirbelt worden war, gerade noch gelebt hatte. Wozu war das alles gut? Eben noch glücklich und zufrieden, erfüllt vom Gedanken an die nächste Mahlzeit – und schon bist du selbst die nächste, der Appetithappen für eine Kreatur mit mörderischen Krallen und scharfen Zähnen.

Ihm war nicht danach, diese Gedanken weiterzuspinnen, da sich in der Halle etwas Interessantes abspielte. Der rötliche Kater war offensichtlich zu dem Schluß gekommen, daß ihn die junge Katze, mit der er sich das Haus teilte, seiner rechtmäßigen Beute beraubt hatte. Nun näherte er sich spuckend, zischend und überaus feindselig der Burmakatze.

Augapfel kam flink auf die Füße, die tote Maus wieder im Maul. Sie stieß ein leises, warnendes Grollen aus, das dem eines Hundes gar nicht unähnlich war. Spuck preschte mit gesträubtem Nackenhaar vor. Seine Lippen waren drohend geöffnet und gaben den Blick auf spitze Zähne frei. Augapfel holte blitzschnell mit der krallenbewehrten Pfote aus. Sie traf den Angreifer hinter dem Ohr, riß an seinem Fell. Blut floß. Die beiden verwandelten sich in ein Knäuel aus Beinen und verschlungenen Körpern. Die ältere Katze schien dabei den kürzeren zu ziehen. Nachdem sich die beiden voneinander gelöst hatten, zog sich Spuck klugerweise zurück, außer Reichweite der Krallen seiner Gegnerin. Von seinem linken Ohr perlten rote Tropfen.

Den vier Mäusen kam die Situation wie ein Zweikampf unter Göttern vor. Katzen waren unbesiegbar, furchtlos, die Herrscher des Universums. Es gab niemanden, der kaltblütiger und entschlossener schien als eine Katze. Der Zusammenstoß dieser Geschöpfe kam dem Zusammenstoß zweier Planeten gleich, die aus entfernten Milchstraßen aufeinander zufliegen.

Trödler warf einen Blick auf Fusel. Seine Augen waren vor lauter Angst weit aufgerissen, der Unterkiefer klappte herunter.

Skrang hingegen schien ganz ruhig zu sein. Sie stand im Schatten und konzentrierte sich kühl und nachdenklich auf die Situation in der Halle. Man mußte genau abwägen, wann die Zeit zum Verharren oder Wegrennen gekommen war. Davon hing das Überleben ab. Skrang würde nicht sterben, nur weil sie vor Angst festgefroren war, wenn sie weglaufen mußte. Ebenso würde sie ihr Leben nicht bei der Flucht aufs Spiel setzen, wenn sie hinter der Fußleiste sicher aufgehoben war.

Fusel sah aus, als könne er jeden Augenblick losrennen. Seine Muskeln wölbten sich hervor, die Sehnen waren gespannt, sein ganzer Körper zuckte. Trödler stand bereit, Fusel anzuspringen, falls dieser eine Flucht wagen und damit ihren Aufenthaltsort verraten sollte.

Die beiden Katzen gingen wieder ihrer Wege und ließen die tote Maus auf dem Teppich zurück. Noch nie hatte Trödler eine derart mäuseverachtende Geste erlebt. Also war es bei dem ganzen Kampf überhaupt nicht um die Beute gegangen, sondern nur um Machtfragen. Den angeblichen Grund der Auseinandersetzung hatte man einfach zurückgelassen, da keinem dieser Monster wirklich daran gelegen war.

Sobald die Katzen verschwunden waren, sausten die beiden Stinkmorcheln zum Gwenllian-Loch am anderen Ende der Halle.

Trödler und Skrang blieben zurück. Trödler fühlte sich erschöpft. Draußen in der Hecke hätte er sich in einem Loch, unter dornigen Ästen oder einem Haselzweig versteckt. Noch nie war er Katzen so nahe gekommen. Der Gestank ihrer Felle steckte ihm jetzt noch in der Nase. Trotz der ungeheuren Erleichterung, noch am Leben zu sein, schlug sein Herz bis zum Hals. Er kauerte sich an die Wand, um wieder zu sich zu kommen, schluckte, um den Kloß im Hals loszuwerden.

»Ich habe dich noch nie gesehen«, bemerkte Skrang.

»Ich bin neu hier«, gestand Trödler und kam unwillig aus der Geborgenheit der Wand hervor. »Die Mäuse, die ich bisher getroffen habe, finde ich nicht gerade beeindruckend. Von dir natürlich abgesehen – du scheinst ja halbwegs vernünftig zu sein. Den beiden von vorhin bin ich auf dem Weg ins Haus im Keller begegnet. Sind die anderen hier eher wie du oder wie sie?«

Skrang zuckte die Achseln. »Weder noch. Warum bist du eigentlich hergekommen?«

»Die Stimmen meiner Vorfahren haben es mir befohlen. Ich mußte ihnen gehorchen und die Hecke verlassen. Dann hatte ich gemerkt, daß mich das Haus irgendwie anzieht.« Die genauen Worte der Stimmen behielt Trödler wohlweislich für sich.

Skrang nickte. »Stimmen der Vorfahren? Du mußt zu etwas Besonderem auserwählt sein. Na ja, wenn du schon einmal hier bist, mußt du das Beste daraus machen. Zunächst solltest du dir einen Stamm suchen, der dich aufnimmt. Du bist ein Gelbhals wie ich, da ist es nicht so leicht, mit den Hausmäusen zurechtzukommen. Für ein Totenkopf-Training scheinst du mir ein bißchen zu alt, aber die Buchfresser werden dich vielleicht aufnehmen. Sie haben eigentlich keine Vorurteile, auch wenn sie ein wenig weich in der Birne sind. Falls dich eine Horde von Traumtänzern nicht weiter stört, könntest du ganz gut mit ihnen auskommen.«

Trödler dachte kurz darüber nach. »Kann ich auch allein bleiben, so wie du?«

»Ich bin nicht allein. Ich gehöre zu den Totenköpfen, einer halbreligiösen Sekte. Wir haben keine Zeit für Erklärungen, aber eins sage ich dir: Als einzelne Maus wirst du nicht lange überleben. Du brauchst einfach den Schutz eines Stammes. Das einzige Problem bei den Buchfressern ist, daß sie so selten Käse bekommen.«

Trödler zuckte die Achseln und seufzte. »Ich weiß nicht viel über Käse. In der Hecke kursierten wohl einige Mythen darüber, aber ansonsten... Na ja, die Buchfresser scheinen mir auch nicht schlechter als die anderen zu sein. Kannst du in meinem Namen mit ihnen reden?«

»Ich habe eine noch bessere Idee. Ich bringe dich zu ihnen«, erwiderte die spirituelle Kriegerin. »Du brauchst dich nicht zu bedanken. Schließlich wurde ich dazu ausgebildet, anderen Mäusen Hilfe zu leisten. Wie bist du eigentlich ins Haus gelangt? Hast du die Torwächterin bezahlt?«

»Ich bin ohne Futter durch das Labyrinth gekommen und mußte gegen Tunnelgräberin kämpfen.«

»Und du hast gewonnen?« fragte Skrang erstaunt.

»Wir kämpften bis zum Unentschieden.«

»Jetzt bin ich aber wirklich beeindruckt«, erklärte der Totenkopf. »Komm mit.«

Skrang lief vor Trödler durch die Halle bis zu einem Astloch in den Dielenbrettern. Sie glitt durch das Loch, das zur Hälfte von einem dicken Teppich verborgen wurde, und bedeutete Trödler, ihr zu folgen. Dort unten zwischen Kellerdecke und Fußboden erklärte Skrang, was es mit dem Loch auf sich hatte.

»Dieses Astloch ist das Gwenllian-Loch. Es trägt den Namen einer Priesterin des Buchfresser-Stamms. Im ganzen Haus hat man die Löcher nach toten Mäusen benannt. Manche von ihnen sind geheim, andere der Öffentlichkeit zugänglich. Von allen Räumen führt ein einziger Gang ins Labyrinth, nur für Notfälle. Auch das Gwenllian-Loch ist allgemein zugänglich. Von hier aus kommen wir in die Bibliothek.«

»Und was ist die Bibliothek?«

»Ein Ort voller Bücher, in dem der Buchfresser-Stamm seinen Sitz hat.«

»Ich weiß zwar nicht, was Bücher sind, aber das werde ich wohl bald herausfinden. Wie steht's mit dem Stamm der Wilden. Ist er in der Nähe?«

»Jedenfalls nicht allzu weit entfernt. Sie leben in der Küche und herrschen über die göttliche Speisekammer, die niemals leer wird.«

»Warum sind sie so gefürchtet?«

»Weil es fette, starke Krieger sind. Müssen sie auch sein, um ihren großen Reichtum zu bewachen. Und da ihnen die überquellende Speisekammer gehört, haben sie immer genug zu fressen, um fett und stark zu bleiben. Ein Hund, der sich in den Schwanz beißt.« Plötzlich wurde Skrangs Stimme leise. »Einen Augenblick… «

Sie blieb vor einem Bündel elektrischer Leitungen stehen, das an einem Balken entlanglief. Trödler verhielt sich mucksmäuschenstill und schaute Skrang fragend an. Bald wußte er, warum sie so plötzlich angehalten hatte. Vor ihnen glitt eine dunkle Gestalt durch einen schmalen Gang zwischen Fußbodenbrettern, der ihren eigenen Weg kreuzte. Das Wesen war viel größer als die beiden Mäuse. Trödler überlief ein Schauder. Dann verschwand die Gestalt zwischen den staubigen Brettern im Dschungel der Balken.

Trödler wagte wieder zu atmen und fragte: »Was war das?«

»Kellog«, antwortete Skrang und setzte sich wieder in Bewegung.

»Tut mir leid, daß ich so unwissend bin, aber wer bitte ist Kellog?« Je länger er im Haus blieb, desto mehr finstere Geheimnisse entstiegen dessen Tiefen.

»Entschuldigung, du bist ja neu hier. Kellog ist eine Dachratte.

Vermutlich unterwegs, um ihren Tribut vom Stamm der Wilden einzufordern. Keiner außer ihnen ist reich genug, Kellog zu bezahlen. Er hat sein Nest auf dem Dachboden. Die Unsichtbaren – also die Waldmäuse, die auch auf dem Dachboden leben – haben oft Probleme mit ihm. In der Bibliothek wirst du nicht viel von ihm mitbekommen, denn er geht nie in die Zimmer, sondern hält sich immer zwischen Wänden und Fußböden auf, damit ihn die Nacktlinge nicht entdecken.«

»Ich habe noch nie von einer Dachratte gehört«, meinte Trödler und eilte hinter seiner Gefährtin her. »Wir hatten draußen in den Gräben gewöhnliche Ratten und Nutrias, aber keine Dachratten.«

»Man nennt sie Schiffsratten; manchmal bezeichnen sie sich auch selbst mit diesem Namen.«

»Was ist ein Schiff?«

»Keine Ahnung. Du stellst wirklich viele Fragen, Landmaus. Ich weiß auch nicht auf alles eine Antwort. Soviel ich gehört habe, ist ein Schiff so eine Art Reisekiste für Nacktlinge, aber sie fährt auf dem Wasser. Frage mich nicht, wieso; ich weiß es nicht. So, hier ist der Eingang zur Bibliothek. Ich werde dich dem Anführer der Buchfresser vorstellen und dann verschwinden. Mein Freund I-kucheng wacht bald auf, dann möchte ich in seiner Nähe sein. Wenn er allein herumwandert, finde ich ihn niemals wieder.«

»Klingt, als sei er ein bißchen senil«, bemerkte Trödler.

Skrang hielt inne und sagte in scharfem Ton: »Er ist ein feiner alter Mäuserich und weiß mehr als du und ich und ein Dutzend Mäuse zusammen. Mit seinem Kopf ist alles in Ordnung, glaube mir. Augen und Gehör haben nachgelassen, nicht aber sein Verstand.«

»Entschuldigung. Ich habe mir nichts dabei gedacht. Ist mir so herausgerutscht.«

Sie erreichten eine senkrecht in die Höhe steigende Wand, über die sich Stützen und Verstrebungen zogen, die die Mäuse als Kletterhilfen benutzten. Skrang steuerte sie durch den Dschungel aus

Balken, Klammern und Trägern, bis sie an ein Ausgangsloch kamen.

Skrang blieb stehen. »Hallo!«

»Wer da?« antwortete eine Stimme. »Name und Anliegen?«

»Das ist die Wache«, flüstere Skrang an Trödler gewandt und rief zurück: »Hier ist Skrang, der Totenkopf. Ich habe Besuch für Frych die Gefleckte mitgebracht.«

»Wen hast du mitgebracht? Wie viele sind es?«

»Nur einer. Ein Gelbhals namens Trödler. Kommt von draußen.«

Der Wächter stieß ein Brummen aus. »Ihr solltet besser hereinkommen.«

Erst jetzt schlüpfte Skrang durch das Loch, gefolgt von Trödler.

Dies war nun wirklich eine seltsame Gegend. Er blickte von einigen viereckigen Gegenständen hinunter in einen eichegetäfelten Raum. Dort stand ein verstaubter Nußbaumschreibtisch. Davor hockte ein großes Lebewesen mit faltiger Haut, aus dessen Kopfhaut und Gesicht weiße Haare sprossen. Es schien völlig in einen der viereckigen Gegenstände vertieft zu sein. Trödler zweifelte nicht daran, daß er einen Nacktling vor sich hatte. Er war alles andere als beeindruckt, eher ein wenig enttäuscht. Der Nacktling sah wie ein großes, dummes Tier aus. Einige Mäuse spielten keine drei Körperlängen von ihm entfernt auf dem Boden, und er hatte sie noch nicht einmal bemerkt.

»Ich habe sie mir größer vorgestellt«, flüsterte Trödler.

»Wen?« fragte der Wächter, ein Hausmäuserich, der den Neuankömmling verächtlich anblickte.

»Die Nacktlinge.«

Skrang erklärte ihm die Lage. »Das kommt daher, daß er im Augenblick zusammengeklappt ist. Sie setzen sich hin, indem sie sich an zwei Stellen falten: an den Beinen und in der Mitte. Wenn sie aufstehen, sind sie doppelt so groß.«

»Ach so«, erwiderte Trödler zweifelnd. »Na ja, trotzdem habe ich sie mir beeindruckender vorgestellt.«

»Tut mir leid, wenn ich deine Erwartungen nicht erfüllen kann«, erwiderte der Wächter ein wenig beleidigt. »Tatsache ist, die Nacktlinge können ganz schön aggressiv werden, wenn ihnen danach ist. Ich nehme an, das hier ist dein erster.«

»Im Prinzip ja«, sagte Trödler und konnte seinen Blick einfach nicht von dieser doppelt gefalteten Kreatur mit der verschrumpelten Haut abwenden. »Das ist der erste, den ich sehe, obwohl ich schon welche gehört habe und vor kurzem einem von ihnen durch die Beine gelaufen bin. Mir war allerdings nicht nach Hinschauen zumute. Der hier sieht am Kopf und an den Pfoten ein bißchen blaß aus, was? Ich meine, so, als wäre er schon tot.«

»Nein, nein, er lebt noch, auch wenn er sich nicht bewegt. Siehst du? Da hat sich was gerührt. Die Haut auf dem Rücken ist nicht seine eigene – die stehlen sie irgendwo. Wir wissen, daß sie Dinge aus Schafwolle tragen, manche ziehen auch Fuchspelze über – eben alle möglichen Felle anderer Tiere. Seine echte Haut ist das weißgraue Zeug im Gesicht und am Hals. Es gibt weiße Nacktlinge wie ihn, und einige der älteren Buchfresser behaupten, manche seien sogar schwarz. Dazwischen liegen viele Schattierungen, auch die Größe variiert ein wenig.«

»Ich habe gehört, hier läuft auch ein geschrumpfter Nacktling herum, der Kopfjäger heißt.«

»Nein, nein, Kopfjäger ist ein junger Nacktling. Das ist wieder etwas anderes«, erwiderte der erfahrene Wächter. »Kopfjäger wird mal so groß wie der da unten.«

»Bloß nicht«, murmelte Skrang.

Trödler verlor das Interesse an dem Nacktling und schaute sich in der Bibliothek um. Dabei fiel sein Blick auf einen Gegenstand unter einem Stuhl, der verdächtig nach einem schlafenden Hund aussah. Dann ließ er die Augen durch den ganzen Raum wandern. Ein außergewöhnlicher Ort voller interessanter Dinge.

Die wenigen Möbel bestanden aus Hartholz, das auf Hochglanz poliert war. Trödler hatte von reisenden Artgenossen etwas über Möbel gelernt und kannte daher die gewöhnlichen Dinge wie Tische und Stühle, Teppiche, Vorhänge und Betten. Manches in der Bibliothek war ihm jedoch fremd. Es gab eigenartige Riesenblumen, die aus kleinen Tischen wuchsen und vom Wächter als Lampen bezeichnet wurden. Sie verbreiteten künstliches Licht wie das im Keller.

An den Wänden ringsherum standen komische Blöcke. Sie sahen aus wie der, auf dem Trödler Platz genommen hatte. Die Außenseiten waren in verschiedenen, meist gedämpften Farben gehalten. Sie rochen vermodert und ledrig. Trödler erahnte die Geister des Waldes in ihnen, die jedoch nur noch ein trauriger Hauch ihrer selbst waren.

»Bücher«, erklärte Skrang. »Daher auch der Name Buchfresser-Stamm. Bücher werden aus Papier hergestellt. Das sind dünne Blätter, die ein wenig holzig schmecken. Und auf diesen Blättern finden sich überall tote Insekten, die in Reihen angeordnet sind. Die Nacktlinge kommen oft in die Bibliothek, um sich aus irgendeinem Grund die Bücher anzuschauen. Da es sie nicht weiter zu erregen scheint, kann es wohl nichts mit Sex zu tun haben. Und sie essen die Bücher auch nicht wie wir, so daß es sich nicht um Futter handeln kann. Sie scheinen einfach einen geheimnisvollen Nutzen daraus zu ziehen, wenn sie die toten Insekten auf der Seite anstarren. Manchmal bewegen sich ihre Lippen dabei, und sie geben Töne von sich. Ganz schön gruselig.«

Trödler schaute sich staunend um. Alles in diesem Raum war von einer dünnen Staubschicht bedeckt, durch die sich Mäusespuren zogen. Selbst im Lichtstrahl, der durch die verschmierte Fensterscheibe fiel, tanzten Staubkörnchen. Diese Bibliothek war ein stiller Ort, an dem eine Maus ausgezeichnet schlafen konnte.

Eine weitere Buchfresser-Maus kam herbei, um ihn nach unten zu führen. Während ihres Abstiegs bewegte sich das Wesen unter dem Stuhl. Es war tatsächlich ein Hund.

»Dort liegt ein Hund«, warnte Trödler seine Begleiter.

Der Führer sah ihn verächtlich an. Skrang kam ihm zu Hilfe. »Er ist noch nicht lange hier.«

Skrang erklärte Trödler die Lage. »Das ist Hirnlos, der Spaniel. Jede Nacht streift er durchs Haus und hat noch niemals eine Maus gefangen. Insekten liegen ihm anscheinend mehr. Wespen und Fliegen kann er ganz gut aus der Luft schnappen, aber wenn es um die Mäusejagd geht, ist er ein hoffnungsloser Fall. In letzter Zeit versucht er es gar nicht mehr.«

»Verstehe.« Trödler bemerkte, wie tief unter ihm eine Maus an dem dösenden Hund vorbeischlenderte, der sie kaum eines Blickes würdigte.

Als sie auf halber Höhe des Bücherregals angelangt waren, ließen sie sich zwischen die Tapete und die Rücken einer Reihe dicker Bücher fallen. Diesen Raum zwischen Wand und Büchern hatte der Stamm zu seinem geheimen Territorium erkoren.

Überall lag Mäusekot. Trödler war etwas Kot in der Nähe seines Nestes gewöhnt, doch hier stapelten sich ganze Berge davon. Er kam an einigen Nestern aus Papier vorbei, in denen Mütter ihre Jungen säugten. Insgesamt schien der Buchfresser-Stamm eine kleine Truppe zu sein. Ob dies wohl der richtige Ort für ihn war? Auch fragte er sich, ob diese Buchfresser tatsächlich »die Vielen« waren, von denen in der Traumbotschaft seiner Vorfahren die Rede war.

Schließlich stießen sie auf ein Nest, in dem ein Weibchen seine Jungen säugte. Skrang machte Trödler mit der Mutter bekannt.

»Dies ist Frych die Gefleckte«, sagte er, »die Anführerin des Buchfresser-Stamms und eine der gefürchtetsten Mäuse im ganzen Haus. Selbst Gorm der Alte hat Angst vor ihr.«

Die Mutter zuckte mit den Schnurrhaaren und starrte Trödler wortlos an. Sie schien auf einer kochenden Masse aus rosigen Körpern zu sitzen, die sich überall unter und neben ihr wanden. Das Gewimmel schien sie jedoch nicht weiter zu stören, und sie bewegte sich hin und her, damit alle an die Milch kamen.

»Ich habe von dir gehört«, sagte Trödler aufgeregt. »Meine Mutter hat mir von Frych der Gefleckten erzählt. Bist du nicht eine berühmte Hexe oder so etwas? Du mußt wirklich uralt sein.«

Skrang erklärte, daß Frych wie ihre Mutter und Großmutter eine angesehene Hexenmeisterin sei. Ihre Zaubereien waren legendär. Sie steckten bis zu den Krallenspitzen voller Magie.

»Wer ist dieser Gelbhals?« fragte Frych. »Gib mir seinen Namen, und ich erkenne die Geheimnisse seines Herzens.«

Die Zauberin schaute Trödler durchdringend an. Ihm lief ein Schauer über den Rücken, als er entdeckte, daß Frychs Fell am Kopf mit weißlichen Punkten übersät war, den Überbleibseln irgendeiner Krankheit. Vermutlich rührte ihr Namenszusatz von diesen Flecken. Ihre Gegenwart und Ausstrahlung beeindruckten ihn, und er zweifelte keine Sekunde daran, daß sie ihn mit dem leisesten Schwanzzucken in eine Mücke verwandeln konnte.

»Ich heiße Trödler«, stieß er heiser hervor.

»Tröd-ler«, sie schien die Silben einzeln auszukosten wie einen besonderen Leckerbissen. »Ein seltener Name – ein Heckenname.«

»Ja, ja, von dort komme ich her.«

»Trödler«, sagte sie langsam, schaute ihm tief in die Augen und nickte, »du bist zu Großem auserwählt.«

»Das hat meine Mutter auch gesagt«, schrie er aufgeregt, »damals, als der Maikäfer mit den Flügeln geraschelt hat.«

»Aha, die knisternden Maikäferflügel?« fragte die Seherin. »Dann bist du sicher dazu ausersehen, große Taten zu vollbringen.«

»Frych«, unterbrach Skrang die beiden, »ich kann nicht lange bleiben. I-kucheng wartet auf mich. Trödler kommt von draußen und gehört zu meiner eigenen Gattung, aber er möchte mit deinem Stamm leben. Er hat mit Tunnelgräberin bis zum Unentschieden gekämpft. Kannst du ihn aufnehmen?«

Frych rutschte ein wenig zur Seite, damit ihre Sprößlinge besser an die Zitzen kamen, und wandte sich dann wieder an Trödler. »Du hast Tunnelgräberin besiegt?«

Allmählich wünschte sich Trödler, er hätte Tunnelgräberin den Garaus gemacht. Dann hätte er sich viele Erklärungen sparen können.

»Nicht besiegt. Es war unentschieden.«

»Das genügt doch schon, oder nicht? Held ist Held. Wenn du dich von Tunnelgräberin trennst und noch alle Körperteile beisammen hast, mußt du zweifellos ein Held sein. Willkommen, Apodemus flavicollis, in der bescheidenen Residenz von Mus musculus, der Maus unter den Folianten. Du erscheinst mir wie ein baumstarker Kriegsmann. Wesen wie du entrollen das Banner der Freundschaft, sind auf ewiglich wünschenswert, und ich übermittle meine hochgeschätzten Grüße.«

»Wie bitte?« fragte Trödler verblüfft.

Skrang flüsterte ihm die Erklärung ins Ohr. »Das kommt von den Büchern, die sie frißt. Sind voller komplizierter Wörter. Die Hälfte von ihnen kennt sie selbst nicht. So sind alle älteren Buchfresser. Sie will damit sagen, daß sie dich mag und du gerne hier bleiben kannst.«

»Verstehe«, gab Trödler zurück und hoffte inständig, daß von ihm keine entsprechende Antwort erwartet wurde. »Hm, vielen herzlichen Dank, Frych die Gefleckte.«

»Du bist ganz außergewöhnlich – eine so noble Rede- und Verhaltensweise. Skrang, laß die Flavicollis bei uns und steige die Regale hinab. Unsere Empfehlungen an deinen Freund, den hochwerten I-kucheng.«

Skrang verabschiedete sich von Trödler und ließ ihn beim Buchfresser-Stamm zurück.

Zunächst suchte er sich einen Schlafplatz für tagsüber, hinter einigen ledergebundenen Büchern. Er war erschöpft von der Wanderung und den vielen Abenteuern. Irgendwie erinnerte ihn der Geruch der Bücher an Kühe.

Als er einige Zeit später erwachte, untersuchte er seine nähere Umgebung. Er lief die Rückseiten der Regale entlang und merkte sich die Lage von Fluchtlöchern und Schlupfwinkeln. Man konnte nie wissen, wozu so etwas gut war. Er traf viele Mäuse. Manche von ihnen sprachen so erhaben wie Frych die Gefleckte, doch die jüngeren Mäuse nahmen es nicht so genau damit.

Da gab es Gruffydd Grünzahn, Owain, Mefyn, Hywel den Bösen, Ethil die Kahle, Rhodri, Marredud, Nesta, Cadwallon und noch ein gutes Dutzend anderer Buchfresser. Ethil die Kahle und Rhodri, zwei Mäuse seines Alters, waren ihm auf Anhieb sympathisch. Sie hatten noch nicht die Schnauze voller hochtönender Wörter, auch wenn ihnen das eine oder andere gedrechselte Exemplar entschlüpfte. Oft waren sie davon genauso überrascht wie ihr neuer Freund.

In dieser Stunde kostete Trödler sein erstes Buch. »Welche lassen sich am besten knabbern?« erkundigte er sich bei Ethil und Rhodri.

»Na ja«, erwiderte Ethil, »die alten sind leichter zu kauen und besser für die Verdauung, doch an den neuen ist mehr dran. Es liegt nur an dir. Wenn du einen guten, starken Unterkiefer hast, würde ich dir zu den neuen Büchern raten.«

»Zeig mir, wo sie sind.«

»Hier lang«, sagte Rhodri. »Glänzend oder matt?«

»Matt für den Anfang«, antwortete Trödler. »Glänzend versuche ich dann später.«

Und so führten sie ihn zu einem Regal, in dem die Bücher nach frischer Druckerschwärze rochen und das Papier noch knisterte. Mißtrauisch begann er an den Seiten zu knabbern, fand sie nach einer Weile jedoch ganz schmackhaft. Natürlich war das keine zufriedenstellende Mahlzeit, aber auch nicht anstrengender als das Kauen von Samenkörnern. Das Papier füllte den Magen und vertrieb das schmerzhafte Hungergefühl.

Während Trödler fraß, betrat der Nacktling, den er schon kannte, mit einem Glas Milch und Keksen die Bibliothek. Dann schien er sich derart in sein Buch zu vertiefen, daß er nur ein wenig trank und das Essen ganz vergaß. Rhodri sagte, sie würden hinuntersteigen und die Kekse fressen, sobald der Nacktling weg war.

»Hier kämpft jeder nur für sich, tut mir leid«, meinte Ethil. »Du mußt die Augen offenhalten. Niemand wird dir einen Krümel aufheben. Hier drinnen bekommen wir so wenig annehmbaren

Proviant, und Bücher schmecken nach einer Weile über die Maßen fade. Manchmal erwischen wir sogar ein Stückchen Käse – obwohl das sehr selten vorkommt, wie ich zugeben muß.«

»Diese Sache mit dem Käse macht mich wirklich neugierig«, meinte Trödler. »Warum seid ihr bloß alle so scharf darauf?«

»O Mann, das ist die Nahrung der Götter – laß mich dir eine Geschichte erzählen…«

Hervé

Die Suche nach dem heiligen Käse

Es war einmal ein großer Anführer, der in einem Haus bei den Docks der Nacktlinge lebte. Sein Name war Rigolet, und viele andere Mäuse dienten ihm. Diese Gefährten wurden von Rigolet ermutigt, sich in Debatten als Gleichgestellte zu betrachten. Daher fanden ihre Ratsversammlungen immer im Kreis statt, damit keine Maus der anderen übergeordnet schien. Rigolet selbst nahm jedoch in der Mitte des Kreises Platz, weil er der Herr der Mäuse war.

Das Haus war eine Festung zum Schutz gegen die Katzen, denen es nie gelang, über seine Schwelle zu treten. Rigolets Stamm wurde stark und fett und galt als mächtigster im ganzen Umkreis. Rigolets Absicht war es, alle Mäusestämme zu einer großen Nation zu vereinigen. Sein Zauberer Fröhlich-mit-Flöhen hatte prophezeit, daß Rigolet eines Tages in eine lebendige Gottheit verwandelt werde. Dann wäre der große Herrscher unverwundbar, ein himmlisches Wesen, dem sich die Sterblichen nur mit aller Ehrfurcht nähern könnten.

Fröhlich-mit-Flöhen sagte zu ihm: »Es gibt für dich nur einen Weg, zu einem lebendigen Gott zu werden. Du mußt vom heiligen Käse kosten, dem Käse aller Käse.«

»Wie ist der Name des wunderbaren Käses?« wollte Rigolet von seinem Zauberer wissen.

»Er hat keinen Namen«, erwiderte Fröhlich-mit-Flöhen, »aber er ist doppelt so reif wie Blauschimmel, dreimal so flüssig wie Brie und riecht siebenmal so stark wie der schlimmste Stinkkäse, den du jemals zu riechen die Ehre hattest.«

»So gut?« schrie Rigolet. »Dann muß ich meine Gefährten hinaussenden, damit sie die Docks nach diesem Käse absuchen.«

Und so machten sich Rigolets Gefährten auf den Weg, um den heiligen Käse zu suchen. Man hatte ihnen versprochen, daß die Maus, die mit dem Käse aller Käse zurückkehrte, mit Rigolet gemeinsam über die große Mäusenation herrschen würde. Sie gingen nach Süden und Norden, Osten und Westen. Sie erlebten mehr Abenteuer, als in eine Geschichte hineinpassen. Sie kämpften gegen Ratten und Schlangen, Wiesel und Hermeline, Falken und Adler. Sie überwanden Flüsse, erkletterten Berge, entdeckten neue Täler und Dschungel. Sie überquerten Seen und Ozeane, Wüsten und Einöden, Sümpfe und Betonwüsten.

Nacheinander kehrten sie entmutigt, erschöpft und abgerissen zurück und konnten die Schmach ihres Versagens kaum ertragen.

Nur eine Maus namens Désirée, der Rigolet das größte Vertrauen schenkte und die er als seine rechte Pfote betrachtete, setzte die Suche unbeirrt fort.

Zu einer Stunde, als die Eule schwieg und das Wiesel schlief, stieß Désirée auf ein großes Gebäude, ein Lagerhaus, in dem eine Unzahl in feuchte Tücher gehüllter Käse bis unter die Decke gestapelt war. So weit das Auge sehen konnte, Käse, nichts als Käse. Désirée quetschte sich durch ein kleines Loch und wanderte zwischen Käsesäulen und Käsebergen hindurch. Ihre Nase war schier überwältigt von den mannigfaltigen Düften, die diesen Wundern entströmten. Bestimmt mußte hier der Käse aller Käse zu finden sein.

Tatsächlich lagerten dort viele Sorten, von Pont-l'Évêque bis Sage Derby und Pfefferkranz. Désirée kostete alle. Die Maus verbrachte siebzig Nächte in dem Lagerhaus und probierte siebzig Käsesorten. Schließlich stieß sie auf ein winziges Bröckchen, das auf einer kühlen Schiefertafel lag. Augenblicklich wußte sie, daß dies der Käse der Götter sein mußte.

Nun war sie sich darüber im klaren, daß sie zu fett für das Loch geworden war, und hungerte sieben Nächte lang, um das Lagerhaus verlassen zu können. In dieser Zeit saß sie neben dem kostbaren Käse aller Käse und saugte sein Aroma tief in sich hinein.

Als die Maus schließlich dünn genug war, um sich durch das Loch zu quetschen, nahm sie das Käsestückchen vorsichtig in die Schnauze, um es Rigolet zu bringen. Sie lief in die Nacht hinaus, immer in Richtung des Hauses, in dem ihr Anführer und die Gefährten so sehnsüchtig die Rückkehr der ehrenwertesten und mutigsten unter ihnen erwarteten. Désirée hatte nie den Wunsch gehabt, eine lebendige Gottheit zu werden. Schließlich würde der Finder des Käses mit Rigolet gemeinsam herrschen. Es wurde jedoch eine qualvolle Reise. Sie hatte so lange gehungert und trug nun diesen wundervollen Käse mit sich herum. Désirée lebte in ständiger Angst, das Bröckchen in ihrem Heißhunger unabsichtlich zu verschlucken.

Endlich erreichte sie das Haus und bat um eine Audienz bei Rigolet. Der Anführer eilte beflissen herbei, um seine langvermißte Freundin zu begrüßen. Er lobte sie über alle Maßen als Treueste von allen.

Der heilige Käse wurde dem Herrn dargeboten, der ihn genüßlich verschlang.

Auf der Stelle verwandelte sich Rigolet in eine Katze.

Sie fraß Désirée, während sich der Rest des Stammes, darunter auch der Zauberer, entsetzt im ganzen Haus zerstreute.

Und so erfüllte sich die Prophezeiung. Rigolet wurde in der Tat zum lebendigen Gott, und sein Stamm brachte ihm auf immerdar Ehrfurcht entgegen. Désirée regierte gemeinsam mit der Katze das Haus, denn die treue Maus war in der Tat ein Teil ihres Herrn geworden. Doch es sollte niemals eine vereinigte Mäusenation geben, denn dies ist nicht die natürliche Lebensform der Mäuse. Sie leben in vielen kleinen Stämmen.

Brie

Ethil sollte recht behalten. Als der Nacktling mit den weißen Schnurrhaaren das Zimmer verließ, war jede Maus auf sich gestellt. Die große, alte Kreatur erhob sich von ihrem Schreibtisch, streckte sich und gähnte – und schon brach ein gewaltiger Tumult los. Junge wurden in den Nestern zurückgelassen; die Mütter entrissen ihnen einfach die Zitzen. Das Kauen der Mitternachtsleckerbissen verstummte, und der Brei aus halbzernagten Büchern wurde verächtlich ausgespuckt. Die Mäuse hielten sogar beim Kacken inne und legten bei Kämpfen und Gesprächen eine Pause ein. Bei Stammesangehörigen, die sich gerade paarten, verflüchtigte sich im Nu die Leidenschaft.

Dutzende von Mäusen krabbelten, sprangen, kratzten und schubsten, um Milch und Kekse zu erhaschen. Sie hofften entgegen aller Wahrscheinlichkeit, es könne sich um Mäusekräcker handeln. Vielleicht hatte man auf demselben Teller schon ein Käsesandwich zubereitet, und es waren winzige Krümelchen der kostbaren Nahrung übriggeblieben. Auf dem Schreibtisch brach offene Feindseligkeit zwischen Familien und Freunden aus, die alle nur an Futter dachten. Mäuse wurden umgeworfen und fielen vom Tisch in die Tiefe, erkletterten aber sofort Schublade um Schublade, um sich erneut ins Gewühl zu stürzen. Frych die Gefleckte war dabei und zankte sich mit Gruffydd Grünzahn um ein Keksbröckchen. Mefyn und Nesta wehrten Hywel den Bösen ab, als dieser sich zwischen sie drängen und einen Krümel unter ihrer Nase stibitzen wollte. Selbst Ethil und Rhodri steckten irgendwo in diesem Durcheinander.

Trödler wurde sehr vorsichtig angesichts der zuckenden Masse aus Körpern. Noch nie hatte er eine solche Disziplinlosigkeit bei Mäusen erlebt. Aus Angst vor Verletzungen hielt er sich fern.

Eine Maus namens Cadwallon stürzte sich mit Todesverachtung von einem Regal in die Milch des Nacktlings. Auf die Umstehenden ging ein weißer Sprühregen nieder. Es ertönten Alarmrufe, als das Glas unter dem Zusammenprall ins Schwanken geriet. Cadwallon geriet kurzzeitig in Lebensgefahr und strampelte in der Milch, doch das Glas fiel glücklicherweise unter dem Ansturm der Mäuse um. Cadwallon schoß mit dem Milchstrom auf den Tisch und wurde über die Schreibtischkante gespült. Trödler beobachtete, wie er sich sofort wieder aufrappelte und die weiße Flüssigkeit aufleckte, die von der Tischkante tropfte.

Ein solcher Aufstand um ein bißchen Futter war Trödler völlig fremd. Er schaute nur mit ungläubigem Staunen zu. Als das Futter verschwunden und wieder Ruhe eingekehrt war, unterhielt er sich mit Ethil. »Das war eine seltsame Vorstellung«, sagte er. Im Grund hielt er diese Gier für abstoßend, behielt seine wahren Gedanken aber lieber für sich, um seine neuen Freunde nicht vor den Kopf zu stoßen.

»Oh, das ist noch gar nichts«, entgegnete Ethil stolz. »Du solltest mal dabei sein, wenn es Buttercremetorte gibt. Ein wahres Massaker.«

»Läuft das jedes Mal so, wenn es ums Fressen geht?«

Ethil schaute ihm in die Augen. »Hör zu, gelbhalsiger Freund, wenn du erst einmal so lange Folianten verdaut hast wie wir, begreifst du auch, daß Bücherkauen sehr, sehr langweilig ist.«

Im Augenblick konnte Trödler mit dieser Bemerkung nicht viel anfangen, doch sollte er sich nach einigen Stunden in der Bibliothek noch an Ethils Worte erinnern. Zunächst jedoch fand er auf einem Eckregal einen schönen, dicken Stapel Kontobücher und knabberte drauflos, um seinen Hunger zu stillen. Diese Freßerfahrung war allerdings schon nicht mehr so befriedigend wie die erste. Obwohl sich sein Magen voll anfühlte, blieb ein Hungergefühl zurück.

Insgesamt war der Buchfresser-Stamm eine friedliche Truppe. Gewalt brach nur dann aus, wenn ein anderer Stamm sie angriff oder richtiges Futter zu haben war. Diese Mäuse stolzierten umher, promenierten die Bücherregale entlang, gestikulierten und sprachen ganz hochgestochen. Bei Trödler rissen sie sich jedoch zusammen, und er fand sie eigentlich ganz nett. Als die Nacht hereinbrach, fanden einige ungewöhnliche Zeremonien statt.

Trödler bemerkte es, als er nach einem kleinen Verdauungsschläfchen auf den Kontobüchern erwachte. Der Raum war sehr dunkel. Eine Art leiser Gesang, der von den Glastüren herüberdrang, hatte ihn geweckt. Er lief die Regale entlang und entdeckte ein Dutzend Mäuse, die im Mondlicht einen sonderbaren Tanz aufführten. Sie wiegten sich im Rhythmus einer fremden Melodie hin und her und verdrehten die Augen, so daß nur das Weiße zu sehen war. Trödler bemerkte Ethil am Rand der Gruppe. Ethil nahm am Tanz selbst nicht teil, schien aber völlig gebannt von der unheimlichen Zeremonie.

Trödler ging zu ihr. »Was ist hier los?«

»Pssst!« flüsterte eine Maus neben Ethil. »Du störst die magischen Rituale.«

Ethil flüsterte ihm ins Ohr: »Sie versuchen den Geist von Megator-Megator zu beschwören. Er war die Riesenmaus, die das Haus vor der Ankunft der Nacktlinge beherrschte.«

Trödler hatte noch nie von Megator-Megator gehört. »Wieso?« fragte er. »Wozu?«

»Umm, umm, umm, umm, umm, umm, umm«, sangen die Tänzer und zeichneten mystische Muster auf den Boden der Bibliothek.

»Damit er den Stamm der Wilden auslöscht – dann gehört die Küche uns.«

Trödler fand dies ziemlich beunruhigend. »Warum sollte er als Riesenmaus uns helfen, andere Mäuse zu dezimieren?«

Rhodri hatte die Frage gehört und schaute Trödler an. »Dezimieren? Woran hast du zuletzt geknabbert? Dezimieren ist nicht dasselbe wie auslöschen – es bedeutet, jede zehnte Maus wird getötet...«

Trödler war die Bedeutung des Wortes ohnehin nicht bekannt, und er war selbst überrascht, daß er es benutzt hatte.

»Umm, umm, umm, umm«, sangen die Tänzer.

Ethil ergriff das Wort. »Um deine Frage zu beantworten: Wir machen es, weil uns die Magie im Blut liegt. Selbst wenn Megator-Megator keine Mäuse auslöschen will, wird er es tun, weil wir ihn in einen Zombie verwandeln. Wir werden seinen Geist unterwerfen. Das können wir, ehrlich. Dies ist eine Höhle voller Hexerei und Zauberkraft. Der Stamm der Wilden mag seine Kraft und Stärke haben, wir aber besitzen Magie.«

Eine singende Tänzerin löste sich aus der Gruppe und verdrehte wild die Augen. Sie hielt sich die Ohren mit den Pfoten, taumelte drei Schritte vorwärts, bis sie in einem Mondstrahl stand, und verharrte dort. Die anderen Tänzer hielten inne und wandten ihr alle Aufmerksamkeit zu.

Als sie sicher war, daß alle Blicke auf ihr ruhten, öffnete die einzelne Maus die Augen und stieß einen Schrei aus. »Das Haus wird in der fünfmillionenundzehnten Stunde untergehen!«

»Eine Prophezeiung! Eine Prophezeiung!« brüllten die Zuhörer.

Ethil stöhnte nur. »Nicht schon wieder. Das ist die siebte Hausuntergangsprophezeiung innerhalb von achtzehn Stunden. Eigentlich sollten sie es besser wissen. Sie fallen in Trance, weißt du«, erklärte sie Trödler, »und im Zustand der Katalepsie haben sie Visionen. Ich wünsche mir nur, sie würden etwas Originelleres als den Untergang des Hauses sehen.«

Trödler hatte noch nie zuvor eine Prophezeiung gehört und fand die Sache recht dramatisch. Ihm liefen kalte Schauer über den Rücken. Er fragte sich, ob dies alles vielleicht etwas mit seiner Rolle als der Eine, der mit den Vielen geht, zu tun hatte. Die Prophetin hatte sehr echt geklungen. Trödler glaubte nur allzu gern, daß in der fünfmillionenundzehnten Stunde etwas Derartiges geschehen würde, und sprach Ethil darauf an.

Sie verzog das Gesicht und schüttelte den Kopf. »Erstens weiß niemand, wann die fünfmillionenundzehnte Stunde sein wird, weil das Alter des Hauses nicht feststeht. Und wenn nichts geschieht, ziehen sie sich geschickt aus der Affäre. ›Ach, dann muß das Haus wohl jünger sein, als wir dachten‹, oder etwas in der Art. Warte nur ab.«

Trotz allem fand Trödler die Szene sehr bewegend. Noch nie zuvor war er mit Magie in Berührung gekommen. Der Buchfresser-Stamm schien unter ihrem Einfluß zu stehen, obwohl es eigentlich nichts Greifbares, keinen Beweis für Hexenkunst gab. Außer... außer dieser Atmosphäre, die die ganze Bibliothek durchdrang und sie zu einem geheimnisvoll verwunschenen Ort machte. Zwischen den staubigen Büchern, in den Ecken des Raumes lauerte verborgenes, verbotenes Wissen. Fremdartige Wörter hingen in der Luft, finstere, unergründliche Wörter, die anders als jede Fremdsprache klangen, die Trödler je gehört hatte.

Er war sich nicht sicher, ob ihm die Bücher gefielen: weder ihr Gechmack noch der Inhalt. In der Bibliothek lagen mehrere Bände, die Nacktlinge in die Hand genommen, aufgeschlagen und dann vergessen hatten. Die meisten von ihnen enthielten die üblichen seltsamen Symbole, die wie Insekten aussahen, doch manchmal gab es auch Bilder. Trödler hatte in einem der aufgeschlagenen Bücher voller Entsetzen ein Bild entdeckt, auf dem zwei Mäuse in Nacktlingskleidung gehüllt waren. Waren es nun Mäuse, die versuchten, wie Nacktlinge auszusehen, sogar welche zu werden? Oder hatten sich Nacktlinge in Mäuse verwandelt? Beim Anblick dieses bizarren Bildes zitterte er am ganzen Körper; sein Fell sträubte sich. Dies war der machtvollste Beweis von Zauberei, den er bisher erlebt hatte. Hier drinnen spielte sich etwas Gräßliches, Beunruhigendes ab.

Die Tanzzeremonie fand ein eindrucksvolles Ende, als sich eine arme, verstörte Maus in Raserei steigerte, zu Boden fiel und Laute in einer unverständlichen Sprache stammelte. Trödler machte sich auf die Suche nach Futter. Hier in der Bibliothek wurde er einfach nicht satt. Als Gelbhals war er größer als die Hausmäuse des Buchfresser-Stammes und besaß einen längeren und natürlich eleganteren Schwanz. Daher brauchte er nahrhafteres Futter als

Buchseiten. Anscheinend mußte er den Schutz der Bibliothek verlassen, um sich woanders im Haus nach besserer Nahrung umzuschauen.

Trödler verließ die Bibliothek durch eines der bewachten Löcher in der Wand. Er sagte dem Wächter, daß er in einer Stunde zurück sei. Diesem schien ohnehin alles egal zu sein. Trödler lief zwischen den Wänden und unter den Fußbodenbrettern hindurch und schlüpfte durch das Gwenllian-Loch in die Halle.

Allmählich fand er sich in der Geographie des Hauses zurecht und hielt sich in sicherer Entfernung des Wohnzimmers, des Lieblingsortes der Katzen. Auch wagte er sich nicht in die Nähe der Küche, denn ein Zusammenstoß mit dem Stamm der Wilden schien ihm beinahe so gefährlich wie die Begegnung mit einer Katze. So beschloß er, sich oben in den Schlafzimmern umzusehen. Er hatte gehört, daß Nacktlinge oft Essensreste an ihren Schlafplätzen zurückließen.

Er lief die Fußleiste zum oberen Treppenabsatz hinauf. Er hatte keine Ahnung, was ihn hinter der ersten Tür erwarten würde, und huschte einfach ins Zimmer. Drinnen schnüffelte er. Der Raum roch muffig und war ziemlich dunkel. Er lief über einige Teppiche und fand eine Stelle, an der einige kaum genießbare Krümel lagen, die er schnell verschlang und dabei immer wieder zur Tür blickte. Satt werden konnte man von ihnen jedenfalls nicht.

Trödler kroch unter das Nacktlingsnest und stöberte in den Staubflocken herum, fand aber nur eine tote Spinne. Sie lag schon so lange hier, daß sie bei der geringsten Berührung zerfiel. Er kam auf der anderen Seite wieder hervor. Durch die bleiverglasten Fenster fiel rosiges Abendlicht. Er kletterte auf eine geschnitzte, hölzerne Kommode und schaute auf die Welt da draußen. Der vertraute Anblick beruhigte ihn.

Die Sonne versank langsam in einem blutroten Teich. Schwalben segelten durch die Luft und webten ihre Muster in den Himmel. Der verwilderte Garten erschien ihm von hier oben aus ziemlich klein. Dahinter lagen die braunen und grünen Felder, die sich in einem fernen Schleier verloren, aus dem Bäume emporragten und ihre Köpfe schüttelten.

Die Welt draußen quoll über von plappernden, glücklichen Lebewesen. Hier drinnen, in dieser modrigen, verstaubten Welt, wehte kein frischer Wind, fiel kein süßer Regen, schien ihm keine wärmende Sonne aufs Fell. Die Hausbewohner nahmen das Leben anscheinend tödlich ernst.

Er seufzte schwer und dachte sehnsüchtig an sein altes Nest aus warmem Heu und vertrockneten Schwarzdornblättern. Die Wände hatten sich an seinen Körper geschmiegt, und alles dort drinnen roch nach Trödler. »Diddycoy, ich hoffe, du hattest recht«, sagte er zu sich. »Ich hoffe es wirklich.«

Dann tauchten Erinnerungen an den guten alten Tinker in der Kammer nebenan auf, der sich stets um Trödlers Ahnenstimmen sorgte. Jetzt hatten ihn die Vorfahren in eine schöne Lage gebracht! Und noch immer hatte er nicht die »Vielen« gefunden, die ihn brauchten.

»Nichts für ungut, Meister«, krächzte eine Stimme hinter dem Vorhang. »Kannst irgendwann nach Hause gehen.«

Trödler fuhr heftig zusammen. Dann roch er den fauligen Atem, den Wein und die ranzigen Ausdünstungen eines ungepflegten Fells. Vor Ekel zuckte er mit den Schnurrhaaren und schob den Vorhang mit der Schnauze beiseite. Dort saß Furz und knabberte an etwas herum.

»Schön, dich zu sehen«, sagte Furz und blinzelte ihn mit seinen rotgeränderten, blutunterlaufenen Augen an. »Habe gehört, du lebst jetzt mit den Buchfressern. Komischer Haufen. Haben dich mit ihren langen Wörtern vollgequatscht, was? Sehen aus, als würden sie dich in eine Katze verwandeln, bevor du piep sagst.«

»Sie waren sehr freundlich zu mir«, sagte Trödler. »Du solltest nicht so über sie herziehen, Furz.«

Furz richtete sich auf und sah ihn hochmütig an. »Dir fehlt unser Futter, was? Bücher sind nur was für den Notfall, wie Staub in der Schnauze, nicht wahr?«

Trödler nickte. »Da muß ich dir recht geben.«

»Habe gedacht«, Furzens Blick schweifte in die Ferne, »du hättest vielleicht Spaß an einem bißchen Käse. Schon mal gefressen? So gelbes Zeug aus Milch.«

»Ich habe gehört, er sei sehr nahrhaft«, erwiderte Trödler.

»Nahr ... was?« rief Furz und fiel vor Erstaunen über diese Untertreibung auf alle Viere. »Er ist das Lebensblut der Mäuse! Käse ist, na ja, krümelig und weich zugleich. Käse hat so einen Geschmack, da wird dir ganz schwindlig. Käse ist ... na, eben Käse.«

»Du weißt nicht zufällig, wo es hier welchen gibt?« fragte Trödler, dem das Wasser im Mund zusammengelaufen war.

»Ich? Denke schon. Bin doch die Quelle des Wissens, kapiert? Hast doch wohl draußen gehört, was?«

»Nein, das nicht. Kannst du mich nun zum Käse führen?«

Furz nickte verschwörerisch. Sein mottenzerfressenes Gesicht näherte sich Trödlers gepflegten Schnurrhaaren. Die stinkenden Ausdünstungen stiegen in Trödlers sensible Nasenlöcher.

»Folg einfach Furz, Meister. Der findet Käse. Kannst dir den Wanst damit vollschlagen.«

Furz führte Trödler durch Claudes Loch, unter den Fußbodenbrettern und zwischen den Wänden hindurch. Der Anführer des Stinkmorchel-Stammes bewegte sich außerhalb seines eigenen Territoriums sehr vorsichtig. Trödler verlor beinahe die Geduld und befürchtete, sie würden überhaupt nicht mehr zum Käse gelangen. Schließlich kamen sie in einen dunklen, offenen Raum mit weichem Filz auf dem Boden. Über ihnen ragten Balken aus der Decke. In dem Raum war es ziemlich kühl.

Furz klapperte mit den Zähnen, als er schließlich stehen blieb.

»Was ist los?« fragte Trödler. »Ist dir kalt?«

»Kalt? Darauf kannst du einen lassen. Außerdem hängt irgendwo da oben eine verdammte Eule herum. Und Kellog hat sein Nest gleich um die Ecke.«

»Ach so, du hast Angst. Wo sind wir denn hier?«

»Im Land der Unsichtbaren. Ist so ein Waldmaus-Stamm auf

dem Dachboden. Kannst sie nur sehen, wenn sie's wollen. Los, weiter! Der Käse ist nicht mehr weit.«

Noch immer zitternd lief Furz vor Trödler her. Dieser dachte bei sich, daß Käse wirklich herrliches Futter sein mußte, wenn man dafür solche Schrecken auf sich nahm. Natürlich war er selbst nicht allzu gut auf Eulen zu sprechen. Draußen in der Hecke galten sie als die gefährlichsten geflügelten Räuber. Waldkauz, Schleiereule, die todbringende Kurzohreule und die gefährliche Zwergeule. Sie waren lautlose Mörder, die grauen Gesichter der Nacht. Glücklicherweise spürte man wohl nicht allzu viel, wenn einer dieser Räuber zuschnappte.

Trödler starrte angestrengt ins Halbdunkel und konnte einige undeutliche Formen erkennen: rund, gezackt, glatt. Dort drüben lag ein geheimnisvolles Gebirge im uralten Lichtschein, Staub hatte sich wie ein Tuch über die ganze Gegend gebreitet.

Trödler peitschte nervös mit dem langen Schwanz hin und her, während er Furz hinterherkroch. Dann gab es da noch den berühmt-berüchtigten Kellog. In der ganzen Mäusewelt kannte man Ratten als boshafte Kreaturen. Gemeine Ratten waren schon schlimm genug, doch Trödler hatte gehört, daß eine Dachratte mit einem Biß einen Mäusekopf abtrennen konnte. Er überlegte, was er tun sollte: etwa einem unzuverlässigen Wesen wie Furz ins große Unbekannte folgen, an einen Ort, den Eulen und Dachratten beherrschten?

Plötzlich blieb er stehen. Er schnüffelte mit zuckenden Schnurrhaaren. In der Luft lag ein absolut köstlicher Geruch nach etwas, das seine Haltbarkeitsdauer überschritten hatte.

Furz bemerkte, daß Trödler stehen geblieben war, und schaute sich um. »Hast du's gerochen? Nicht schlecht, was? Zitterst am ganzen Körper, was?«

»Ist das der Käse?« fragte Trödler andächtig.

»Klaro. Netter Blauschimmel. Gibt jede Menge Sorten. Der hier ist ein bißchen älter und feuchter, weicher als der feste gelbe Käse. Da wackeln dir die Zehen, was?« Furz lief durch Spinnweben und Staubflocken weiter voran, bis sie in der Nähe einiger Kartons stehen blieben.

Trödler sah ein Lichtquadrat auf dem Boden, das vermutlich von einer Klapptür herrührte. Daneben befand sich ein flaches Holzbrett mit einem Drahtaufbau.

Auf dem Brett lag der Käse.

Trödler trat ein wenig näher heran, doch Furz zuckte zurück.

»Was ist los?« erkundigte sich Trödler. »Willst du etwa keinen Käse?«

»Hä?« fragte Furz nervös und kratzte sich mit der Kralle an der Nase. »Klaro, Mann. Sofort. Du – äh – du zuerst. Ich warte, bis du fertig bist. Hast ja noch nie dran probiert, was? Kriegst den Vortritt.«

»Du scheinst sehr nervös zu sein«, gab Trödler zurück und fragte sich, was mit dem Hausmäuserich nicht stimmte. »Ist die Eule in der Nähe?«

»Hm, ja und nein – mach schon. Grapsch dir einfach den Käse, und wir verdrücken uns!«

Trödler lief zu dem kleinen Holzbrett und schaute den Käse an. Er schien auf einer Art Stachel zu stecken, doch das sah nicht weiter schwierig aus. Das Holz roch leicht nach Nacktling, aber das war auch bei anderen Dingen im Haus – Büchern, Möbeln, Teppichen – der Fall. Eigentlich roch alles nach Nacktling. Furz hatte recht. Am besten, er, Trödler, schnappte sich den Käse und verschwand so schnell wie möglich aus dem Eulenland.

»Na los, na los, mach schon!« schrie Furz schrill. »Worauf wartest du? Hol den Scheißkäse!«

Trödler drehte sich um und sah ihn durchdringend an. »Keine Beleidigungen, Kellermaus. Mein Biß würde dir nicht gefallen.«

»Entschuldigung«, murmelte Furz. Sein Atem ging pfeifend. »Bin nur ein bißchen erhitzt. Achte nicht auf mich.« Er schaute sich die ganze Zeit mit aufgerissenen Augen um und saß in Nase-Hoch-Position, als wolle er über die Stützbalken nach Feinden spähen.

Trödler dachte: Jetzt oder nie. Er ging einen weiteren Schritt auf den Käse zu.

»Gut so, gut so«, murmelte Furz. »Wunderbar…«

Vorsichtig trat Trödler auf die Holzplatte zu. Alles in Ordnung. Nichts geschah. Er bewegte sich zur Mitte hin und beschnüffelte den Käse. Herr im Himmel, war das köstlich! Er leckte mit seiner langen roten Zunge an dem Bröckchen. Ein Hochgenuß!

Furz lief inzwischen aufgeregt hin und her, die Augen auf Trödler und den Käse geheftet, und murmelte unverständliche Worte. Trödler wandte sich wieder dem Käse zu.

Da erscholl eine Stimme von den Dachbalken über ihm. »Paß auf, du Trottel. Spring!«

Instinktiv warf sich Trödler zur Seite.

Mit einem donnernden Knall schoß das Brett hoch und knallte gegen den Drahtbügel. Trödler blinzelte und wußte nicht, wie ihm geschah. Er spürte einen leisen Schmerz am Ende seines Körpers. Als er hinschaute, entdeckte er, daß ein kleines Stück seines Schwanzes fehlte. Was um Himmels willen war passiert? Wo steckte Furz? Und wer hatte gerufen?

»Wer ist da?« fragte er und blickte nach oben. »Wer hat da eben gerufen?«

»Ich heiße Wisperer«, dröhnte die Stimme aus den Schatten über ihm. »Wieso hast du mit einer Schnappfalle herumgespielt? Du hättest dabei sterben können. Bist du wirklich so hungrig?«

»Schnappfalle?« fragte Trödler. »Ich habe noch nie von Schnappfallen gehört.«

»Wo lebst du eigentlich? Die werden von Nacktlingen aufgestellt«, brüllte die Stimme von oben. »Sie legen ein Stück Käse auf die Falle, um dich anzulocken. Und wenn du zugreifst, schnapp, bricht dir die Drahtguillotine das Genick oder Rückgrat. Oder sie klemmt dir das Bein ab, so daß du es durchnagen mußt, um zu entwischen. Scheußliche Dinger, diese Schnappfallen. Glücklicherweise bin ich gerade vorbeigekommen. Sonst würde deine Halsschlagader jetzt an einem Holzbrett kleben…«

»Ja, dafür bin ich dir auch sehr dankbar«, erwiderte Trödler und versuchte, in der Finsternis etwas zu erkennen. »Vermutlich wußte Furz nicht, daß die Falle jeden Augenblick zuschnappen konnte...«

»Furz?« Die körperlose Stimme explodierte förmlich. »Zur Hölle mit ihm! Dieses flohzerfressene Zerrbild einer Hausmaus hat dich hergeführt, nicht wahr? Du bist noch naiver, als ich dachte. Furz war nur hinter dem Käse her. Er konnte ihn erst erwischen, wenn die Falle zugeschnappt war – im übrigen sind die immer bereit zuzuschnappen –, und du Idiot solltest das für ihn besorgen. Er wäre notfalls über deinen zuckenden Körper gelaufen, um an die Beute zu gelangen. Dann hätte er dich einfach liegen lassen.«

Zunächst war Trödler verblüfft über die Worte der unsichtbaren Maus, dann packte ihn die Wut. »Willst du damit sagen, dieser Säufer hätte es zugelassen, daß ich für ein verdammtes Bröckchen Käse getötet worden wäre?«

»Furz würde für ein verdammtes Bröckchen Käse seine eigenen Kinder vergiften«, schrie die geheimnisvolle Stimme. »Furz würde auch seine eigene Großmutter fressen, wenn sie aus Käse wäre.«

»Ich bringe ihn um«, grollte Trödler. »Ich beiße ihm den Kopf ab!«

»Falls du ihn erwischst«, rief die Stimme. »Er ist wahrscheinlich schon auf halbem Weg zum Keller. Er bleibt doch nicht hier, wenn sein Plan aufgeflogen ist.«

»Warum schreist du so?« fragte Trödler und sah sich nervös auf dem Dachboden um. »Wirst du nicht die Aufmerksamkeit auf uns ziehen?«

»Kann nichts dafür«, donnerte die Maus. »Deshalb nennen sie mich ja Wisperer. Na ja, ich kann mich nicht die ganze Nacht mit dir unterhalten. Viel Glück noch, Gelbhals.«

»Trödler, bitte.«

Keine Antwort. Trödler meinte eine Bewegung in den grauen

Schatten im Gewirr der Balken zu entdecken, war sich aber nicht sicher. Stille trat ein. Wisperer mochte zwar eine laute Stimme haben, doch seine Schritte waren lautlos. Kein Schwanzzischen im Staub. Nicht einmal das Rascheln von Schnurrhaaren an Holz. Nur das Wissen um aufgewirbelten Staub, der sich auf die Balken legte, und das Gefühl, daß ein bestimmtes Fleckchen dort oben nun leer war.

Trödler wandte sich wieder dem Käse zu. Da die Falle zugeschnappt war, konnte er ihn beruhigt fressen. Er zwang sich, das Brett noch einmal zu betreten. Nach dem grauenhaften Zuschnappen des Drahtbügels fiel ihm das nicht leicht. Sein Instinkt befahl ihm, sich von solchen Fallen fernzuhalten. Für den Augenblick jedoch war der Käse zu köstlich, ein himmlischer Genuß.

Als er sich sattgefressen hatte, stopfte er etwas Käse in seine Backentaschen, um ihn Ethil und Rhodri in der Bibliothek zu bringen. Plötzlich jedoch ging eine dramatische Veränderung mit dem Licht vor. Er schaute hoch und sah eine riesige, gefiederte Gestalt, die quer über den Dachboden segelte, geradewegs auf ein Loch am Ende des Hauses zu. Sie landete auf einem Balken und sah sich um. Anscheinend bereitete sie sich sorgfältig auf die Jagd vor.

Die Eule!

Trödler hatte viele Geschwister und andere Verwandte durch Eulen verloren. Sie besaßen im Gesicht und an den Füßen zahlreiche Waffen, glitten mühelos durch die Luft und konnten auch im Halbdunkel ausgezeichnet sehen. Hatten sie sich eine Maus als Beute ausgeguckt, konnte sich diese nur noch von ihren Liebsten verabschieden und der Welt adieu sagen.

Trödler blieb mit klopfendem Herzen stehen.

Die Eule bewegte sich zeitlupenartig über einen Stützbalken. Ihre Augen glühten orange im kargen Licht, das durch das Loch hereindrang. Es handelte sich um eine Zwergeule. Die charakteristischen weißen Flecken am Hals bildeten ein V. Sie kroch geduckt über den Balken. Ein wahres Ungeheuer.

Trödler verhielt sich mucksmäuschenstill und wagte nicht einmal zu atmen.

Als die Kreatur schließlich abhob und durch das Loch flog, kroch er davon und duckte sich unter einen Balken. Er wand sich wie eine Schlange zwischen verrosteten Nägeln hindurch, die aus dem Holz ragten. Erst als er den Dachboden durch das Loch verlassen hatte und wieder zwischen den Wänden saß, atmete er durch. Jetzt konnte er seinem Zorn über Furz freien Lauf lassen.

Er war so außer sich, daß er eine unschuldige Streichholzschachtel zertrümmerte, die ein Nacktling zwischen den Wänden verloren hatte. Er sprang darauf herum und zerfetzte sie, dann verstreute er die Überbleibsel in der langen, schmalen Höhle. Die Schachtel war etwa so groß wie der Anführer der Stinkmorcheln und gab einen guten Ersatz ab. Danach verspürte Trödler eine gewisse Erleichterung. Er machte sich wieder auf den Weg und hoffte, im Labyrinth der Wände irgendwo die Bibliothek zu finden.

Als er zwischen den Büchern ankam, bemerkte er zu seinem Erstaunen, daß sich die Welt hier unten nicht verändert hatte. Alles war beim alten, während er selbst um ein Haar dem Tod entronnen war. Es schien, als lebe das Haus nach einem eigenen Rhythmus, auf den Trödlers Ankunft keinen Einfluß hatte. Tatsächlich begrüßte ihn Ethil so fröhlich, als habe er die Bibliothek überhaupt nicht verlassen!

Rhodri hingegen warf einen Blick auf seinen Schwanz. »Was ist denn mit dir passiert?« fragte die Bibliotheksmaus. »Du siehst aus, als hätte es einen Kampf gegeben.«

»Kampf ist nicht das richtige Wort«, meinte Trödler. Es gefiel ihm gar nicht, daß er die Spitze seines schönen, langen Schwanzes eingebüßt hatte. »Wird er wieder nachwachsen?«

Leider war Rhodri eine überaus ehrliche Maus. »Manchmal ja, manchmal nein. Meistens wachsen sie nicht nach.«

»Vielen Dank, wie tröstlich«, erwiderte Trödler.

»An deiner Stelle würde ich Frych die Gefleckte bitten, ihn gesund zu zaubern. Sie ist eine ausgezeichnete Schamanin. Kann manchmal einen Zauber hinlegen, daß einem die Tränen in die Augen treten.«

»Ich will keine Tränen in den Augen, ich will meinen Schwanz wiederhaben«, jammerte Trödler. Trotzdem ging er später zu Frych und bat sie, sich um seine Schwanzspitze zu kümmern.

Sie erwiderte, er müsse aber an sie glauben. Dann folgte eine seltsame Zeremonie, bei der die uralte Sprache verwendet und viele magische Bewegungen und Tänze um Trödlers reglosen Körper aufgeführt wurden. Ihm selbst war es eher peinlich, als Frych Gedichte in Richtung seines Schwanzes vortrug. Mühsam verbiß er sich das Lachen. Frych wäre sicher tödlich beleidigt gewesen, da sie ihre Hexenkünste sehr ernst nahm.

Als alles vorbei war, erkundigte sich Trödler bei Frych, wie er sich dafür revanchieren könne.

»Du wirst Mittel und Wege finden, Frych zu assistieren, bevor sich die Epoche selbst verbrannt hat.«

»Tatsächlich? Dann erst mal vielen Dank.«

Die nächsten Stunden verbrachte er damit, seine Schwanzspitze zu begutachten und auf eine Veränderung zu hoffen. Schließlich vergaß er sie und dachte nur noch daran, wenn jemand anderes die Sache zur Sprache brachte.

Caerphilly

»Assundoon! Assundoon!« Der Schlachtruf des Stammes der Wilden hallte über die Küchenfliesen, als die Hausmäuse aus ihren Löchern stürmten. Das Mondlicht strömte durch die hohen Fenster und fiel auf Töpfe, Pfannen, Messer, das kostbare Porzellan auf der Anrichte und das Alltagsgeschirr im Regal.

»Zerstört ihre Nester!« erscholl die Antwort der Eindringlinge. »Raubt ihre Jungen!«

Dieser Überfall der 13-K-Bande, die Schlacht, hatte wie alle

Schlachten im Haus nur eine einzige Ursache, eine köstliche Leckerei – Käse, Käse von unschätzbarem Wert –, die immer in der Küche zu finden war. Käse war das Salz, die Trüffeln und der Kaviar der Mäusewelt. Sein Aroma war geheimnisumwobener, wunderbarer als Myrrhe oder Weihrauch. Sein Geschmack war erlesen. Junge wie alte Mäuse konnten Stunde um Stunde über seine Beschaffenheit sprechen. Eine Maus würde die Vorzüge des einen gegenüber dem anderen so lange preisen, bis sie alt und grau war. Eine Maus würde öffentliche Debatten über den besten Käse führen. Der Himmel – so verkündeten sie von der Fußleiste hinab – bestand aus Feldern von Hartkäse und tropfenden Käsespringbrunnen. Die Hölle war ein käseloses Land, durch das nur ab und zu ein quälender Hauch von überreifem Käse wehte und seine Bewohner folterte. Für Käse würde eine Maus sterben. Für Käse würde sie töten. Käse war das Nahrungsmittel schlechthin. Nichts kam den Käsesorten dieser Welt mit ihren mannigfaltigen Geschmacksrichtungen, ihren blauen Schimmeladern und roten Rinden, ihren ganzen, himmlischen Unterschieden gleich.

Für Käse kämpften Mäuse auf Leben und Tod.

Ein oder zwei Scharmützel fanden am Durchgang vom Holzschuppen zur Küche statt, doch das Hauptziel der Angreifer war die Speisekammer. Dorthin eilten nun auch die Verteidiger des Stammes der Wilden. Gorm der Alte ging mit drohender Miene sofort an die vorderste Front und vergrub seine Zähne in der Flanke eines 13-K-Kriegers. Die Kreatur stieß einen gequälten Schrei aus.

An seiner rechten Flanke agierte Hakon, ein Doppelgänger von Gorm. Seine Aufgabe bestand darin, den Feind zu verwirren, indem er sich als der große Anführer ausgab. Hakon benutzte die gleichen Wörter, ahmte Gorms Bewegungen nach und wirkte wie ein Spiegelbild seines Herrn. Unglückliche Feinde, die diesem Duo begegneten, gerieten in Panik und Verwirrung. Die meisten machten kehrt und liefen davon. Sie wollten gar nicht wissen, wer der echte Gorm war. Diejenigen, die mutig genug waren, vor Ort zu bleiben, fielen dem gemeinsamen Angriff und den scharfen Zähnen des Mäusepaars zum Opfer.

Ein Berserker der 13-K rannte mit aller Wucht auf Gorm los, wurde aber vom flinkeren Hakon hochgerissen und quer über die Fliesen geschleudert. Hakon und sein Zwillingsbruder Tostig, ein zweiter Doppelgänger von Gorm, kämpften stets voll Wut, um ihren Herrn vor Schaden zu bewahren. Dafür gab es einen praktischen Grund. Alle Wunden, die Gorm während der Schlacht erlitt, würde man ihnen, seinen Doppelgängern, nachher ebenfalls zufügen. Andererseits mußten sie auch Vorsicht walten lassen, um selbst keine Verletzungen davonzutragen: Gorm war nicht gerade erfreut, wenn man ihm im Gegenzug die Wunden jener beibrachte.

Tostig führte jetzt den Angriff gegen Eindringlinge, die den Kochtopf erobern wollten, der über dem Herd hing.

Drenchie von den 13-K leitete den Entsatzschlag gegen den Herd. Einem ihrer Krieger gelang es, den Bratspieß hinaufzulaufen und auf den Griff des Kochtopfs zu springen. Der Plan bestand darin, um den Rand herumzusausen und Eintopfreste abzukratzen, die noch am Topf klebten. Leider war der Griff ziemlich fettig, und der athletische Krieger rutschte ab und fiel in den Eintopf. Ein kurzer Schreckensschrei ertönte, gefolgt von einem saugenden Geräusch. Dann herrschte Schweigen im Topf. Der Herd war ausgeschaltet und der Topfinhalt abgekühlt; trotzdem schien das Ertrinken im Eintopf keine wünschenswerte Todesart.

»Reißt ihnen die Augen aus!« erscholl der Schlachtruf Ulfs, des Rebellenführers und Sohnes von Gorm. »Zerfetzt ihre Kehlen!«

Ulf war von seinen Beschützern, den Auserwählten, umgeben, besonders treuen und bevorzugten Mitgliedern seiner Bande. Sie wehrten jeden Versuch des Stamms der Wilden ab, auch nur in die Nähe ihres geliebten, gutaussehenden Anführers zu gelangen. Die 13-K verfügten nur über sehr begrenzte Kampferfahrung, machten dieses Manko aber durch große Begeisterung und jugendliche Tapferkeit wett. Ulf lenkte seine Krieger entschlossen zur offenen

Tür der Speisekammer. Es gelang ihm, die Linie der Verteidiger zu durchbrechen und die überquellende, niemals leer werdende Speisekammer der Wilden zu betreten. Die 13-K, die bei ihm geblieben waren, nutzten den Vorteil einer reichen Auswahl köstlichen Futters. Allerdings mußten sie nun gleichzeitig kämpfen und fressen.

Gorm der Alte war außer sich angesichts dieses Durchbruchs. Seine persönlichen Leibwächter, die Unsterblichen, hatten einen Ring um ihn und Hakon gebildet. Es gelang dem Anführer einfach nicht, sich durch die Eindringlinge zu seinem verlorenen Sohn vorzukämpfen.

»Mein eigenes Fleisch und Blut!« polterte Gorm. »Vom eigenen Sohn beraubt! Ich reiße ihm die Milz heraus! Ich ziehe ihm Haut und Fell vom Bauch! Ich will sein Blut fließen sehen!«

Inzwischen war Drenchie zum Gegenangriff auf Tostigs Streitkräfte übergegangen und hatte die Verteidiger bis zum Küchentisch zurückgedrängt. Zwei oder drei 13-K-Krieger kletterten an einem Tischbein hoch und stießen Jubelrufe aus. Sie hatten dort oben Unmengen von Brot, Käse und Gemüse entdeckt. Ein Futterregen ging auf Drenchies Krieger nieder, die die Stücke eifrig schnappten und damit zur Küchentür rannten. Seiltänzer, ein Hauptmann der 13-K, machte einen Fluchtweg für die Mäuse frei, die mit Vorräten beladen den Rückzug antraten.

In einer Ecke der Küche war eine Milchflasche umgefallen. Eine schwangere 13-K-Maus zwängte sich durch die Öffnung, um einen Eierbecher voll Milch zu ergattern. Sie trank die sahnige Flüssigkeit, bis ihr Bauch wie ein Pendel hin und her schwang. Sie geriet in Panik, als sie feststellen mußte, daß ihr der Rückweg durch den engen Flaschenhals versperrt war.

»Wälze dich in der Milch«, rief ihr ein Freund von draußen zu. »Das macht dein Fell naß und schlüpfrig.«

Das ängstliche Weibchen befolgte seinen Rat und schaffte es, sich mit Mühe durch den Hals zu quetschen. Es eilte auf dem schnellsten Weg zum Holzschuppen zurück.

»Assundoon! Assundoon!« wütete der Anführer des Stamms der Wilden. Er rannte törichterweise weit vor den Unsterblichen her, die ihn von hinten decken sollten, und jagte den Räubern der 13-K nach, die seine geliebte Speisekammer plünderten.

Einige 13-K-Krieger wandten sich gegen den schutzlosen Anführer. Sie hofften, mit einem Angriff auf den Häuptling des wildesten Stammes aller Zeiten ein wenig Ruhm zu ernten. Hakon kam seinem Herrn zu Hilfe. Er mußte ihn erreichen, bevor sich zu viele Feinde versammelt hatten. Hauptmann Gunhild von den Unsterblichen eilte ebenfalls herbei. Die 13-K stießen ein Triumphgeschrei aus, als sie auf die einsam dastehende Gestalt zustürmten.

Als es so aussah, als würden sie Gorm überwältigen, wurde die ganze Küche in blendendes Licht getaucht, und das Schlachtfeld leerte sich in Sekunden. Ein Nacktling war aus dem Schlafzimmer heruntergekommen. Die Mäuse zerstreuten sich blitzschnell in alle Richtungen und suchten nach dem nächsten Unterschlupf. Nacktlinge waren zwar dumm, konnten aber sehr gefährlich werden. Keine vernünftige Maus ließ es auf eine Konfrontation mit einem von ihnen ankommen.

Der Überfall war vorbei. 13-K-Angehörige zwängten sich durch die Löcher in der Fußleiste und liefen die Gänge hinter den Wänden entlang. Die Wilden zogen sich in ihre Nester in der Küche zurück. Die Flucht vom Schlachtfeld hatte sich so rasch vollzogen, daß der verschlafene Nacktling vermutlich nicht eine einzige Maus bemerkt hatte.

Nachdem die Eindringlinge verschwunden waren, berief Gorm der Alte eine Zusammenkunft der wichtigsten Stammesmitglieder ein. Dazu gehörten Gytha Schönbart, Gunhild, Elfwin, Ketil, Skuli, Astrid und Thorkils Dreibein wie auch das vertrauenswürdige Zwillingspaar Hakon und Tostig.

Zunächst dankte die Hohepriesterin Astrid dem Herrn der Schatten für das rechtzeitige Eingreifen der Götter von Assundoon, das ihren Anführer vor Tod und Verletzung bewahrt hatte.

Danach hielt Gorm eine seiner verhaßten Einsatzbesprechungen ab. »Ich möchte genau wissen, was heute nacht passiert ist«, grollte er. »Warum haben die Wächter nicht Alarm geschlagen? Die 13-K hätten unsere Geruchslinie niemals überschreiten dürfen. Ich hoffe, es gab ordnungsgemäße Markierungen in den Ecken der Küche.«

Gorm meinte damit die in allen Mäusestämmen verbreitete Methode, durch Urin die Grenzen eines besetzten Gebietes zu markieren.

Die Runde nickte.

»Dann hat jemand geschlafen.«

Elfwin studierte eingehend das Gesicht seines Anführers. Seine Nase war von hundert Schlachten gezeichnet, ein Ohr im Zweikampf mit seinem Vorgänger abgerissen, die linke Wange hing tiefer als die rechte, nachdem sich spitze Zähne hineingebohrt hatten. Gorms Häßlichkeit war unbestritten, ebenso sein übellauniges Wesen. (Nur Thorkils Dreibein war noch cholerischer, was man auf den Verlust des vierten Beines zurückführte.) Im ganzen Haus kannte man Gorm als klugen und furchtlosen Kämpfer. Obwohl vierhundert Nächte alt, war seine Stärke nach wie vor ungemindert.

»Wer hat heute nacht die Posten eingeteilt? Wer war Hauptmann der Wache?« erkundigte sich Elfwin.

Die Anwesenden scharrten mit den Füßen.

Schließlich meldete sich Ketil zu Wort. »Ich bin heute Hauptmann der Wache. Einer meiner Wächter muß wohl ein wenig unaufmerksam gewesen sein ...«

»Ein wenig unaufmerksam?« donnerte Gorm. »Sie lagen mit der Nase unten im Traumland, darauf wette ich! Bist du nun dafür verantwortlich oder nicht?«

»Ja, das bin ich«, murmelte Ketil. Irgend jemand mußte für den Angriff büßen, und es sah aus, als sei er derjenige.

Gorm näherte sich Ketils Gesicht, bis sie Nase an Schnurrhaar standen. »Ich müßte dir eigentlich die Leber herausreißen«, knurrte er.

»Ja.« Ketil zuckte unwillkürlich zusammen.

Danach herrschte langes Schweigen. Ketil stand nur da und bebte vor Angst, sein Fell sträubte sich.

Dann ergriff Astrid das Wort. »Drei Extrawachen, zwei Stunden lang kein Futter und der Verlust der Hauptmannsprivilegien für sieben Stunden sollten reichen, Gorm«, meinte sie.

Astrid war einer von Gorms Lieblingen. Sie hatte ihm mehrere Würfe Junge geschenkt (sein verhaßter, abtrünniger Sohn Ulf war nicht unter diesen Früchten seiner Lenden). Sie konnte keine Kinder mehr bekommen, doch Gorm rief sie noch immer zu sich ins Nest. Manchmal trat Astrid zugunsten der anderen Hauptleute ein, wenn sie das Mißfallen ihres Anführers erregt hatten und Gefahr liefen, auf der Stelle exekutiert zu werden.

Gorm starrte Ketil weiter tief in die Augen, so daß sich der arme Hauptmann vor Angst kaum auf den Beinen halten konnte. Schließlich sagte der alte Stammesführer: »Du kannst von Glück sagen, daß jemand für dich eingetreten ist. Die Strafe ist hiermit verhängt. Thorkils, du wirst die Zeit mit den Schlägen der Standuhr in der Halle messen. Zwei Stunden lang kein Futter und sieben – nein, acht Stunden Verlust aller Privilegien«, donnerte er mit der ganzen Autorität seiner Persönlichkeit.

Ketil schluckte. »Danke. Ich werde dafür sorgen, daß die Wachen angemessen bestraft werden.«

»Beiß ihnen die Schnurrbarthaare ab«, grollte Gorm. Ein Kräuseln der Unterlippe verriet jedoch, daß dieser abscheuliche Ratschlag nicht ganz ernst gemeint war. Dann wandte sich der große Anführer seinen Doppelgängern zu. Er zeigte Hakon und Tostig eine blutige Bißwunde am rechten Vorderbein, die er in der Schlacht davongetragen hatte.

Die beiden wirkten wenig erfreut. Trotzdem untersuchten sie sorgfältig die Wunde und ihren Verlauf.

»Wie sollen wir es machen?« fragte Gorm, der ihre Gefühle kannte.

»Wir machen es gegenseitig«, erwiderte Tostig gottergeben.

»Hauptsache, die Narben sehen aus wie diese. Wenn ich euch das nächste Mal sehe, möchte ich wieder in einen Spiegel schauen.«

Das unglückliche Paar nickte. So war es nach jeder Schlacht. Hakon und Tostig bemühten sich, Gorm davon zu überzeugen, daß sein Platz hinter den Truppen sei. Er solle von sicherer Stelle aus seine Soldaten dirigieren. »Du bist zu wertvoll, als daß du dein Leben in vorderster Front aufs Spiel setzen solltest«, erklärten sie hoffnungsvoll.

Leider waren die Anführer des Stamms der Wilden seit alters übellaunige Kerle, die gerne kämpften und sich das Töten und Verstümmeln nicht entgehen ließen. Schließlich waren sie deshalb überhaupt erst Anführer geworden. Daher stießen Hakons und Tostigs Schmeicheleien bei Gorm auf taube Ohren.

Die Mäuse erhoben sich. Anführer und Hauptleute gingen ihrer Wege, und Thorkils Dreibein folgte dem unglücklichen Ketil, um sicherzustellen, daß die Strafe auch ausgeführt wurde.

»Wenn es nach mir ginge«, brummte Thorkils, »hätte ich dein Bein abgebissen und Schluß.«

»Wenn es nach dir ginge, würdest du jedem das Bein abbeißen. Alle sollen so leiden, wie du gelitten hast, boshafter Alter.«

»Paß auf, was du sagst, Verurteilter«, schnappte Thorkils und hinkte mit erstaunlicher Anmut hinter Ketil her. »Sonst werde ich mich um dich kümmern.«

»Du und wer sonst noch?«

»Fordere mich nicht heraus, oder ich verzähle mich bei den Schlägen der Standuhr. Und zwar nicht zu deinen Gunsten.«

Nach dieser Drohung hielt Ketil den Mund. Seine unmittelbare Zukunft lag in Thorkils' Händen, vor allem, da er selbst nicht zählen konnte. Er fragte sich, ob Thorkils das wußte. Ein ausgesprochen beunruhigender Gedanke …

Fourme d'Ambert

Astrid, die Seherin und Prophetin des Stamms der Wilden, zog sich zurück, um mit den Schatten Zwiesprache zu halten. Da sie keine Beziehungen zu anderen Mäusen aufbauen konnte, von den flüchtigen Treffen mit Gorm einmal abgesehen, hatte sie eine seltsame, exotische Verbindung zu den Schatten um sie herum geknüpft. Sie sprach mit ihnen und erhielt Antwort. Natürlich konnte keine andere Maus diese Antworten hören. Astrid störte das nicht. Sie fühlte sich im Gegenteil von den Göttern auserwählt.

»Schatten«, sagte sie, und ihre Stimme hallte zwischen den Töpfen und Pfannen wider, »warum habt ihr mich nicht vor dem Angriff gewarnt?«

Ihre Stimme klang streng, denn sie empfand keine Angst vor den dunklen, nebligen Gestalten, mit denen sie sprach. Sie war der Ansicht, man hätte ihr ein Zeichen geben sollen, daß ein Angriff der 13-K auf die niemals leer werdende Speisekammer bevorstand. Wenn sie ihren Stamm rechtzeitig hätte warnen können, wäre ihr große Ehre zuteil geworden.

Die Schatten wollten nicht sprechen.

»Nun?« fragte sie beharrlich.

Schließlich erhielt sie eine Antwort: »Du hast uns vernachlässigt.«

»Nein, das stimmt nicht. Ich habe erst vor drei Stunden mit euch gesprochen.«

»Du warst aber mit deinen Gedanken woanders. Du hattest Gorm im Sinn, nicht uns. Du hast genüßlich an deine letzte Zusammenkunft mit ihm gedacht, damals hinter dem Gemüseregal. Eine Priesterin sollte sich keinen fleischlichen Freuden hingeben, sondern der Keuschheit pflegen.«

»Für mich ist es jetzt anders. Ich bin unfruchtbar. Ich kann keine Jungen mehr gebären.«

»Es gefällt uns nicht, daß du die Gegenwart dieses barbarischen Mäuserichs genießt. Er empfindet keine Zärtlichkeit für dich. Er benutzt dich nur, um seinen Spaß zu haben.«

»Und ich benutze ihn. Ich kann nichts dafür, er ist der einzige, der mich will.«

Astrid war den Tränen nahe. Immer schalten die Schatten sie wegen ihrer Liaison mit Gorm. Sie schienen eifersüchtig auf ihn zu sein, weil er ihr etwas geben konnte, dessen sie nicht fähig waren. Trotzdem brauchte sie diese Gespräche mit den Schatten, da sie die einzige echte Freude ihres Lebens waren.

»Ihr Schatten habt einfach nicht diese Gefühle. Ihr seid nur neidisch, weil ihr nicht wißt, wie man zärtlich zueinander ist...«

»Natürlich sind sie neidisch.«

Astrid blinzelte. Die kupfernen Töpfe und Pfannen glänzten im Mondlicht. Sie sah nichts als ihre Schatten. Und doch stammte die kritische Stimme sicher nicht von einem ihrer Freunde. Irgend jemand hatte frevelhafterweise ihre Unterhaltung mit den Schatten belauscht. Sie würde Gorm davon in Kenntnis setzen. »Wer ist da?« fragte sie.

»Ich bin es, Iban!« Ein Gelbhalsmäuserich trat hinter einem großen Topf hervor. Er war größer als Astrid und wirkte ebenso bescheiden wie guterzogen.

»Ich kenne dich«, sagte Astrid. »Du bist ein Totenkopf.«

»So nennt man mich«, seufzte Iban, »aber ich bin ein unwürdiger Anhänger des Gottes Yo, des Finsteren. Als sein Schüler muß ich mein Gedächtnis wie auch mein Selbst auslöschen, aber ich kann einfach nicht vergessen, wer und was ich war. Mir fällt es ungeheuer schwer, mich von meinem Wissen zu trennen, um die Große Unwissenheit zu erlangen. Gerade jetzt bedroht dein Duft meine Gelübde.«

»Wie schade.« Astrid fühlte sich durch dieses Geständnis geschmeichelt. »Was meintest du damit, als du sagtest, die Schatten seien natürlich eifersüchtig?«

»Nun ja – die Götter und ihre Schattenboten mißbilligen es,

wenn du bei Gorm in Ekstase gerätst, weil eigentlich sie die Ekstase versprechen – in der Anderwelt, in Assundoon, dem Leben danach. Es ist ihr ureigenes Gebiet. Sonst haben sie nichts anzubieten. Also versuchen sie, die Ekstase zwischen Männchen und Weibchen abzuwerten.«

»Du scheinst ja eine Menge über Ekstase zu wissen.«

»Ich selbst lebe als Totenkopf natürlich keusch.«

»Und du glaubst, meine Schatten seien bloß eifersüchtig?«

»Ich weiß es genau. Das wäre jeder an ihrer Stelle. Du bist so schön.«

»Ich?« fragte sie verblüfft. »Man nennt mich immer unscheinbar.«

»Das sagen jene, die nicht wie ich in deine Seele blicken können. Sie ist ein wunderbarer Ort. Ein Ort der Schönheit. Der Gedanke, ein Nest mit dir zu teilen – oh, ich habe es dir ja gesagt. Ich bin nicht würdig, Totenkopf zu heißen. Mich beherrschen noch immer wilde, unbezähmbare Gedanken. Ich muß mich selbst mit meinem Schwanz peitschen, um meinen Geist zu reinigen...«

»Das würde ich nicht tun«, sagte Astrid schnell.

»Ich muß es tun! Ich bin so unwürdig. Ich muß dich jetzt verlassen, bevor meine Gelübde gebrochen sind.«

»Ja, du mußt gehen«, flüsterte Astrid und wandte ihm halb den Rücken zu. Jedes andere Männchen hätte diese Geste als Einladung aufgefaßt.

Aus Ibans Kehle drang nur ein trockenes Krächzen. Astrids Geruch überflutete ihn. Er war überwältigend. Iban konnte nichts sagen. Er empfand eine tiefe Zärtlichkeit für Astrid, obwohl ihm derartige Gefühle untersagt waren. Ein Schauer durchzuckte seinen Körper. Er sah, wie auch sie zitterte, und wollte sie beschützen. Er wollte sie für sich, sie festhalten, sich um sie kümmern. »Du bist so wunderbar«, keuchte er.

Noch nie war er einer Maus so nahe gekommen, obwohl er beinahe vierhundert Nächte erlebt hatte. Eine himmlische Erfahrung. In seinem Kopf zuckten gleißende Lichter, Blitze tanzten vor seinen Augen. Er nahm Gerüche wahr, die unbekannte Gefühle von Freude und Staunen freisetzten. Er liebte ihr weiches Fell und die seidigen Schnurrhaare, mit denen sie über sein Gesicht strich.

Astrid kam es wie ein Traum vor, als sie so in die Leidenschaft eines anderen eintauchte. Wenn sie mit Gorm zusammen war, schien er nur darüber nachzudenken, wen er in dieser Nacht auf Wache schicken sollte. Von Iban hingegen wurde sie verehrt. Leider hatte er geschworen, enthaltsam zu leben.

Schließlich richtete er sich auf und schaute auf sie hinunter. »Sollen – sollen wir uns wiedersehen?«

»Sehr gern«, sagte Astrid und bemerkte nebenbei, wie kräftig seine Muskeln im Mondlicht wirkten. »Kannst du wirklich nicht noch ein wenig bleiben?«

»Lebe wohl, Priesterin.«

»Lebe wohl, Totenkopf.«

Nachdem Iban hinter den Küchengeräten verschwunden war, flüsterte Astrid seinem Schatten zu: »Führe deinen Herrn wieder zu mir.« Dann schlüpfte sie in ihr Nest, wo sie herrliche Träume erwarteten.

Roulé

Im Lager der 13-K herrschten Freude und Kummer. Alle außer dem Krieger, der im Eintopf sein Leben gelassen hatte, waren in den Holzschuppen zurückgekehrt. Der Tod des Kriegers war zwar bedauernswert, aber Mäuse trauern nicht im herkömmlichen Sinn. Einige unter ihnen hätten es insgeheim sogar amüsant gefunden, den Nacktlingen beim Essen des Eintopfs zuzuschauen. Leider beschränkte sich ihr Lebensraum weitgehend auf den gemauerten Holzschuppen, der an die Küche gebaut war.

Das erbeutete Futter wurde ausgegeben – nicht immer gerecht, Hauptsache, jeder bekam überhaupt etwas. Ulf und Drenchie erhielten ein leckeres Stück Weichkäse. Sie brachten einen Toast auf ihren verlorenen Kameraden aus, während sie sich zwischen den Holzstapeln ausstreckten und das Faulenzen nach dem großen Angriff genossen.

Dann richtete sich Ulf in Nase-Hoch-Position auf dem höchsten Holzscheit auf. »Freunde, ihr habt heute nacht ganze Arbeit geleistet. Wir können richtig fressen, anstatt auf vertrockneten Spinnenbeinen und toten Holzläusen herumzukauen. Heute gibt es Käse für die Sieger!«

Seine jugendlichen Anführer jubelten ihm zu. Die 13-K-Bande bestand ausschließlich aus jungen Mäusen, die den anderen Stämmen davongelaufen waren. Ulf gehörte ursprünglich zum Stamm der Wilden, Drenchie zu den Buchfressern, Seiltänzer war ein Unsichtbarer vom Dachboden. Sie steckten voller Eifer und wußten genau, wie eine bessere Welt auszusehen hatte. Ihre Weltanschauung war die Philosophie der unzufriedenen, desillusionierten Jugend. Wenn sie erst einmal das Haus beherrschten, würde es sich dort auch besser leben lassen.

»Die alten Anführer müssen uns Platz machen«, sagte Ulf gern und oft. »Ihre Vorstellungen sind überholt. Sie haben Spinnweben im Hirn. Wir sind das leuchtende Beispiel für Mäuse, die wissen, was gut und richtig ist in dieser Welt.«

Die 13-K saßen mit Vorliebe in Gruppen herum und sprachen von Gerechtigkeit und geistiger Erleuchtung. Sie wünschten sich eine Welt, in der nur Friede herrschte, in der jeder jeden liebte, in der es keine Tyrannen und Despoten gab, in der Mäuse gerecht und weise regierten als Gleiche unter Gleichen. In ihrer Welt nahm das Lernen nach der mündlichen Überlieferung eine wichtige Stellung ein. Ein Geschichtenerzähler wurde als Stammesangehöriger hochgeschätzt. Die Historiker, Mathematiker, Philosophen – jene klugen Mäuse, die Wissen in ihren Köpfen trugen und es anderen mündlich weitergeben konnten – wurden sehr verehrt.

Um eine solche Welt voller Licht und Liebe zu verwirklichen, mußten die 13-K natürlich kämpfen und töten.

Im Gegensatz zu vielen seiner Kameraden wäre Ulf nur zu gern ein Totenkopf gewesen, einer der heiligen Krieger des Hauses, die auf alle weltlichen Güter und Begierden verzichteten und sich Unn, der Göttin des Lichts und der Weisheit, weihten. (Allerdings verschrieb sich der eine oder andere außergewöhnliche Totenkopf wie Iban auch Yo, dem Gott der Finsternis und Unwissenheit.) Sie tranken nur Regenwasser und fraßen steinharte Krumen, die seit tausend Nächten im Staub gelegen hatten. Die Anhänger Unns strebten nach der Auslöschung des Ichs, die Anhänger Yos nach der Auslöschung ihres Gedächtnisses. Aufgrund der hohen Selbstmordrate blieb die Gruppe der Totenköpfe stets klein.

Das Hauptziel dieser spirituellen Krieger war die Reinheit von Geist und Körper. Ihr bekanntester Vertreter hieß I-kucheng – der Vermittler, Schlichter oder (mit den Worten seiner Feinde) der »infernalische Richter«.

Schon oft hatte Ulf zu Drenchie gesagt, er würde gern eine Nacht als Totenkopf verbringen. Allerdings ging der spirituellen Erleuchtung eine lange und harte Schulung von Geist und Körper voraus. Die Totenköpfe mußten nächtelang meditieren, Verzicht üben, Gesänge und Gedichte auswendig lernen, Kampfkünste erwerben, die Angst vor der Isolation überwinden. Darüber hinaus mußten sie wirkliche Freude an Keuschheit und Abgeschiedenheit entwickeln. Für Lebewesen, die von Natur aus größten Spaß am Fressen, an müßigen Spielen und der übermütigen Gesellschaft ihrer Mitmäuse hatten, war das keine leichte Aufgabe.

Und schließlich brauchte man dreihundertfünfzig Nächte, um ein Totenkopf zu werden. Den meisten 13-K erschien das wie ein ganzes Leben. Wenn sie schon keusch und demütig sein sollten, dann auf der Stelle, und nicht erst wenn sie zu alt waren, um mit diesen Eigenschaften zu prahlen und Bewunderung einzuheimschen. Ulf war ebenso ungeduldig wie der Rest seiner Bande. Trotzdem sprach er unablässig von seiner Absicht, »jede Stunde« mit dem Totenkopf-Training zu beginnen.

Selbstverständlich erzählte er seinen Anhängern sogar von

seinen Plänen, während er seinen Anteil an der Beute fraß. »Ein Totenkopf erkennt den Weg zur Wahrheit durch die Lehren von Unn«, eröffnete er ihnen. »Diesen Weg findet man nur, wenn man das Ich auslöscht. Ein wahrer Totenkopf weiß nicht, wer oder was er ist – er befindet sich in einem Zustand völliger Unwissenheit.«

Drenchie hing schlaff über einem Kienspan und bemerkte säuerlich: »Ich dachte, der Weg zur Unwissenheit führe durch Yo, nicht durch Unn.«

Ulf starrte seine ständige Begleiterin und gelegentliche Bettgefährtin an. »Ja, das stimmt natürlich, aber es ist eine andere Art von Unwissenheit. Beim Gott der Finsternis weißt du einfach nichts, während du bei Unn absichtlich alles vergessen hast.«

»Hört sich völlig gleich an«, meinte Drenchie und erregte allgemeine Aufmerksamkeit. »Wenn dein Kopf leer ist, ist er halt leer, oder nicht?«

Ulf kaute angestrengt auf einem Stückchen Schweinefleisch. »Der Weg zu dieser Leere ist das Entscheidende – um der Reinheit der Seele willen. Drenchie, du siehst einfach nur den geistigen Zustand, aber du mußt auch den spirituellen Zustand betrachten. Du kannst unwissend sein und eine rabenschwarze Seele voller Sünde haben, oder du kannst unwissend und rein sein.« Er war sehr stolz auf diese Worte, die ihm gerade eingefallen waren. »Verstehst du, was ich meine?«

»Ja, dein Kopf ist voller Mäuseküttel«, erwiderte seine Gefährtin.

Ulf antwortete mit der Herablassung, die sie auf die Palme brachte: »Das ist wohl kaum ein vernünftiges Argument.«

»Es interessiert mich nicht den Käse, ob es vernünftig ist oder nicht«, schnappte Drenchie. »Ich kenne dich. Ich weiß genau, wann du nur redest, um deine Stimme zu hören. Wenn du ein Totenkopf werden willst, dann geh doch und werde einer, aber rede nicht die ganze Zeit darüber.«

Ulf bedachte sie mit seinem arrogantesten Blick. »Das werde

ich demnächst auch tun. Im Augenblick werde ich aber hier gebraucht, als Anführer.«

»Ha!« war Drenchies kurzer Kommentar.

Diese abtrünnige Buchfresserin verwirrte Ulf wie schon so oft. Er wandte sich von ihr ab und mischte sich unter die anderen Bandenmitglieder. Viele von ihnen lümmelten sich auf den Holzscheiten und Kienspänen. Meistens machten sich die 13-K nicht die Mühe, Wachen um den Holzschuppen aufzustellen, da sie nichts besaßen, was ihnen andere Mäuse hätten rauben können. Der Holzschuppen war daher ein ziemlich sicherer Ort. Ab und zu holten die Nacktlinge Feuerholz, doch Augapfel hatte sich nur einmal vor vielen, vielen Nächten in den Schuppen geschlichen.

Es gab zwei Eingänge und somit auch Ausgänge – zur Küche und zu Tunnelgräberins Labyrinth. Der eine Weg führte in die Schlacht, der andere zu einer schlechtgelaunten Torwächterin, die Futter für freien Durchgang verlangte. Die Lage der 13-K war nicht ideal, doch sie befanden sich nah bei der Küche mit ihrer übervollen Speisekammer. Darin lag der feine Unterschied zwischen Leben und Tod. Gelangte jedoch eine Katze in den Holzschuppen, hatten sie schlechte Karten.

Sicher, Augapfel hatte während ihres Kurzbesuchs vier 13-K in vier Sekunden getötet. Ulf wußte aber auch, daß man nicht vierundzwanzig Stunden in Alarmbereitschaft sein konnte, nur weil alle Jubeljahre einmal eine Katze den Schuppen überfiel. Das war eine vom großen Schöpfer gesandte Heimsuchung, genau wie eine Seuche. Man saß ja auch nicht herum und fragte sich, ob eine Seuche ausbrechen würde. Man vergaß es einfach, bis es wirklich passierte, und machte sich dann erst Sorgen. Außerdem gab es keinen Schutz vor Augapfel. Sie war das schnellste Wesen auf vier Beinen. Die blaue Burmakatze verbarg sich gern im Schatten. Ihre aufgerissenen Augen waren das letzte, was Mäuse sahen, bevor sie der Tod ereilte.

Ulf schlenderte zwischen seinen zechenden Kriegern hindurch. Ihm stieg der beruhigende Duft von trocknendem Apfelholz in die Nase, und ihm fiel ein, daß für die nahe Zukunft eine Expedition zum zweiten Schrank auf dem Treppenabsatz anstand. Dieser besondere Schrank gehörte den 13-K, da sie ihn erobert hatten. Alle Schränke und Schubladen im Haus gehörten unterschiedlichen Stämmen, und zwar ungeachtet des Territoriums, auf dem sie sich befanden. Gelegentlich mußte geprüft werden, ob derartige Außenposten des eigenen Reiches nicht von rivalisierenden Stämmen benutzt wurden. Verstöße wurden durch Überfälle geahndet.

Gewöhnlich fand sich in den Schränken und Schubladen nichts, das für die Mäuse interessant gewesen wäre. Sie dienten lediglich als sicherer Unterschlupf, wenn ein Stamm Vorstöße in unbekannte Gegenden des Hauses unternahm. Die 13-K wußten, daß sie in eine Schublade oder einen Schrank huschen konnten, wenn sie sich vor Augapfel oder einem frei herumlaufenden Nacktling in Sicherheit bringen mußten. Gleiches galt für die Wilden, die Unsichtbaren, die Stinkmorcheln und die Buchfresser, die alle Schutzräume besaßen. Nur die Totenköpfe streiften frei und ungebunden durchs Haus.

Ulf rief zwei neue Mitglieder zu sich, langschwänzige Zwergmäuse, die erst vor kurzem aus den Feldern ins Haus gekommen waren, und erklärte ihnen seine Pläne. Dann überraschte er sie mit der Nachricht, daß sie die nächste Expedition übernehmen würden.

»A-aber«, stammelte eine der beiden Auserwählten verschreckt, »wir kennen doch gar nicht den Weg zum Schrank.«

»Ich werde euch natürlich nicht allein losschicken«, erwiderte Ulf lachend. »Ihr bekommt einen Führer. Miskie wird euch bis oben an die Treppe bringen. Sie zeigt euch den Schrank, und ihr müßt nur noch über den Treppenabsatz huschen und euch durch die Schranktür quetschen. Überhaupt kein Problem.«

»Kein Problem«, echote die andere Zwergmaus dumpf.

»Ach, noch etwas«, fügte Ulf nachdenklich hinzu. »Falls ihr Augapfel begegnet – nein, vergeßt es einfach.«

»Oh, was denn, was? Sag es uns!« schrie die erste Maus und richtete sich auf.

»Nein, ist egal.« Ulf schlenderte davon. »Viel Glück euch beiden. Wir sehen euch hoffentlich in ein, zwei Stunden wieder. Ich schicke Miskie sofort zu euch.«

Die beiden Mäuse sahen aus, als hätte man ihr Todesurteil gesprochen. Wahrscheinlich bedauerten sie, das Haus jemals betreten zu haben. Vermutlich hatten sie nicht die geringste Chance, wieder ins Freie zu gelangen. Sie besaßen nichts, mit dem sie Tunnelgräberin hätten bestechen können, da sie kaum genug Futter für sich selbst fanden.

Kurz darauf schlichen sie mit Miskie über das verlassene Schlachtfeld in der Küche. Nur so konnten sie in die anderen Räume des Hauses gelangen. Sie rechneten damit, daß jederzeit der Alarm losgehen und ein Dutzend Wilder über sie herfallen und sie in Stücke reißen würde.

Eine von ihnen zitterte so sehr, daß sie sich kaum auf den Beinen halten konnte. In den Holzschuppen zu gelangen war eine Sache, ins Haus selbst einzudringen eine ganz andere. Die verängstigte Maus schoß mit klopfendem Herzen und hervorquellenden Augen aus dem Schatten des Tischbeins zum Stuhlbein und dann zur Anrichte.

Nach einer Ewigkeit erreichten sie die Halle und rannten das Treppengeländer hinauf. Hier befanden sie sich auf angeblich neutralem Territorium, doch die Hauskatze und der Hund hielten sich nicht an die Spielregeln. Die Standuhr schlug die halbe Stunde, und die ängstlichere der beiden schreckte zusammen, rutschte ab und fiel auf die Treppe. Flaschen klirrten aneinander, als der Milchmann seine Lieferung vor der Tür abstellte, was zur weiteren Verwirrung der gestürzten Maus beitrug. Sie brauchte zwei Minuten, um sich zu sammeln und wieder aufs Geländer zu klettern, wo ihre Gefährten auf sie warteten.

Als die drei das Ende der Treppe erreicht hatten, rutschten sie am Pfosten hinunter.

»Hier werde ich euch verlassen«, erklärte Miskie. »Unser Schrank steht dort drüben.«

Die beiden Zwergmäuse schauten über den Treppenabsatz, der scheinbar in die Unendlichkeit führte, und entdeckten die bewußte Tür.

»Was machen wir, wenn wir drinnen sind?« fragte eine.

»Ihr müßt nach Kot suchen«, erklärte ihre Führerin. »Wenn ihr welchen findet, prüft ihr, wie frisch er ist. Dann sucht ihr nach Anzeichen, von wem er stammen könnte. Papierreste darin beweisen, daß Buchfresser in unser Territorium eingedrungen sind. Satte Färbung und üppiger Geruch sind ein Hinweis auf den Stamm der Wilden – sie fressen viel Obstkuchen.«

»Verstehe«, sagte die zweite Maus. »Und wenn wir nun feststellen, daß Eindringlinge in eurem, ich meine: unserem Territorium waren?«

»Dann überfallen wir den schuldigen Stamm, um die Eindringlinge zu bestrafen. Ich muß jetzt gehen.« Miskie warf einen nervösen Blick über die Schulter. »Wir sehen uns dann im Holzschuppen.«

Die beiden Neuen blieben allein im ersten Grau des Tages zurück. Sie kauerten lange am Eckpfosten des Geländers und schauten im Halbdunkel die Fußleiste entlang. Irgendwo dort hinten stand der Schrank. Bei jedem Geräusch, jedem Knarren und Stöhnen des alten Hauses preßten sie sich fester an den Pfosten.

Ein leiser Singsang drang an ihr Ohr. «Hübsche, honigsüße Mäuschen – kommt her zum Kleinen Prinzen.«

In diesem Augenblick ertönte ein lautes »Klack« an der Haustür, und sie sprangen vor Schreck in die Luft. Jemand hatte die Zeitung durch den Briefschlitz geschoben, und sie war stecken geblieben. Ein frischer Luftzug wehte durch die Klappe und die Treppe hinauf. Die Späherinnen rochen das Gras und die Bäume, den Duft von Blumen und Erde. Das alles erinnerte sie an die Welt draußen im Garten, weit hinter der Haustür. Schließlich waren sie doch Mäuse von draußen. Dort lebten Artgenossen, die ihre sonnenvergoldeten Nester im hohen Gras bauten und über die moosigen Fleckchen der großen Ebene tollten.

Da kam das Wunder!

Der Briefkasten besaß eine schwere Feder und klappte meistens wieder zu. Zeitung und Briefe landeten gewöhnlich auf dem Fußboden, wo Hirnlos sie aufsammelte. Doch ihre Furcht schien von göttlicher Hand geplant zu sein. Es war, als habe der Gott der Zwergmäuse, der goldene Getreidegott, seinen Finger durch die Tür des Hauses gestreckt und ein Loch geschaffen, durch das sie entfliehen konnten.

Sie sahen einander an. »Meinst du, unser Stamm wird uns wieder aufnehmen?«

»Ist mir egal. Ich verziehe mich auf jeden Fall. Kommst du mit?«

Die Gefährtin nickte kurz. Sie liefen den Pfosten hinauf, das Geländer hinab, an der Türverkleidung hoch und durch den Schlitz, im dem die Zeitung steckte. Draußen in der Morgenluft blieben sie stehen, um Luft zu holen. Am grauen Himmel über ihnen standen noch blasse Sterne. Die beiden Ausreißerinnen zitterten am ganzen Leib. Sie schworen an Ort und Stelle, nie wieder freiwillig dieses Haus zu betreten.

»Da drinnen sind alle bekloppt«, bemerkte die eine.

»Ist wirklich ein verrücktes Haus«, erwiderte die andere. »Gut, daß wir draußen sind.«

Die beiden Zwergmäuse glaubten, sie seien zufällig dem Haus entkommen. Astrids Schatten aber hätten ihnen sagen können, daß dieses Haus grundsätzlich keine Zwergmäuse in seine Mauern aufnahm. Das Haus entschied selbst, wer in ihm leben durfte und wer nicht.

Erst kürzlich hatte es einen Außenseiter in seine Mauern eingeladen. Allerdings war diese Handlung lange vorherbestimmt. Der Name des Neuankömmlings war Trödler, und das Haus bereitete sich auf die Ereignisse vor, die seiner Ankunft folgen sollten.

Edamer

Der Stamm der Wilden mußte die 13-K-Bande für ihren Überfall auf die Küche bestrafen. Gorm der Alte führte den Vergeltungsschlag gegen den Holzschuppen in Begleitung seiner Doppelgänger Hakon und Tostig, die ihre neuen Narben zur Schau stellten. Hauptmann Gunhild und die Unsterblichen hatten wie immer die Aufgabe, Gorm von der Seite und von hinten zu decken.

»Assundoon! Assundoon!«

Der Schlachtruf der Wilden erscholl und beschwor die Götter der Anderwelt herauf, in die alle Krieger nach ihrem Tod eingingen. Immer vorausgesetzt, sie starben mit den Zähnen im Fleisch des Feindes.

Einmal trafen Gorms Unsterbliche auf Ulfs Auserwählte. Als die persönlichen Leibwachen der Anführer bemerkten, wen sie da bekämpften, zogen sie sich schnell zurück. Da sie einander ebenbürtig waren, entschieden sie sich, ihre außergewöhnlichen Fähigkeiten nicht sinnlos zu vergeuden.

Zum Zeitpunkt des Überfalls befand sich auch Iban, der spirituelle Kriegerpriester der Totenköpfe, im Holzschuppen. Alle Stämme gestatteten es den Totenköpfen, nach Gutdünken unter ihnen zu weilen, da sie ja ohnehin nichts anderes als steinharte Krumen fraßen. An eigenen Territorien waren sie nicht interessiert. Die Totenköpfe trugen die Verantwortung für die geistigen Bedürfnisse der gesamten Mäusegemeinschaft und fungierten als ihr Gewissen.

Iban hatte den Versuch unternommen, einigen 13-K-Mäusen die Lehren Yos näherzubringen. Er hatte ihnen erklärt, daß Yo kein böser Gott war, obwohl er der Finstere und Unn die Strahlendhelle genannt wurden. Unn betrachtete Yo vielmehr als ihr Gegenstück, ihren Gefährten.

Als Gorm und seine Vorhut die äußeren Posten durchbrachen, versuchte Iban davonzulaufen, anstatt seine Neutralität zu verkünden. Er wollte Astrid nicht noch einmal begegnen, da er sich seit ihrer letzten Zusammenkunft im Zustand der Sünde befand. Außerdem fürchtete er sich vor Gorm. Astrid war zwar nur ein Teil seines umfangreichen Harems, aber es würde ihm trotz allem nicht gefallen, wenn sich ein Kriegerpriester an eine seiner Favoritinnen heranmachte.

Er sauste auf dem schnellsten Weg zum Loch von Tunnelgräberin. Unterwegs mußte er ein paarmal innehalten und sich verschiedene Berserker mit Ik-to-Bissen vom Leibe halten. Sie waren trunken vor Kampfeslust und achteten nicht mehr darauf, wen sie eigentlich angriffen. Plötzlich standen sich Iban und Astrid gegenüber.

Ihr Gesichtsausdruck war alles andere als erfreulich. Sie verstand sich ausgezeichnet darauf, ihr Gesicht in eine wütende Maske zu verwandeln, um die Gegner abzuschrecken. Mit Erfolg. Noch nie hatte Iban einen so fürchterlichen Ausdruck gesehen. Astrid hatte die Zähne gebleckt, ihre Augen waren nur noch haßerfüllte Schlitze, die Nasenlöcher rot und gebläht.

»A... Astrid... ich...« Seine Stimme versagte.

Die Schreckensmaske verwandelte sich sekundenschnell in Anbetung. »Iban! O Iban!« Sie schaute sich rasch um und zischte: »Um Mitternacht auf dem Pfannenregal.«

Sie war verschwunden, bevor Iban ihr die Sache erklären konnte. Leider war es nicht Yos Wille, daß er die Erleuchtung vom letzten Mal noch einmal erleben sollte. Er eilte in den Garten hinaus, wo die Zwergmäuse mit ihren biegsamen Schwänzen an Grashalmen baumelten. Sie verfolgten die Schlacht im Holzschuppen. Iban konnte Drenchies schrilles Quietschen hören, als sie noch mehr Krieger an ihre Seite rief, um den rabiaten Thorkils Dreibein zu bekämpfen.

»Blutrünstiger Haufen«, schnappte Iban und schüttelte im Vorbeigehen einen Grashalm. Die arme Zwergmaus, die daranhing, klammerte sich fest, um nicht herunterzufallen.

Iban lief vorsichtig durch den dschungelartigen Garten. Überall standen Riesendisteln, große, purpurköpfige Pflanzen mit Stacheln, die bis in die Wolken emporwuchsen. Er kannte sich in der Außenwelt nicht aus, obwohl er wie alle Totenköpfe die eine oder andere Pilgerfahrt zu Stone, dem Haselmäuserich, unternommen hatte. Die Welt verwirrte ihn. Er liebte die engen, dunklen Ecken kleiner Zimmer. Dieses blendende Licht war ganz und gar nicht nach seinem Geschmack.

Schließlich kam er zum Nest des Haselmäuserichs unter dem Klo. Die frische Geruchslinie sagte ihm, daß er sein Ziel erreicht hatte. Stone lief geschäftig umher, um die Grenzen seines Territoriums mit Urin zu markieren.

»Nimm Platz, nimm Platz«, rief der Haselmäuserich. »Ich komme sofort.«

Iban suchte sich ein Plätzchen im Schatten des Klos. Hier fühlte er sich halbwegs sicher vor Kreaturen, die vom Himmel herabstießen und ihn ins Jenseits tragen wollten.

Stone gesellte sich wenig später zu ihm und rollte den flauschigen Schwanz neben seinem gepflegten Körper ein. Er seufzte und sah sich glücklich um. »Ist die Welt nicht herrlich? Ihr Haselmäuse wißt ja gar nicht, daß ihr überhaupt lebt...«

»Ich bin ein Gelbhals«, berichtigte ihn Iban.

»Gelbhals, Hausmaus, wo ist denn da der Unterschied? Ihr sitzt alle in dieser verstaubten Kiste. Ihr solltet draußen in der Wildnis leben und etwas Vernünftiges fressen. Nicht diesen Müll da drinnen. Anständiges Futter. Die Früchte von Schneeball, Weißdorn, Haselstrauch und Wildrose. Das einzig Wahre!«

»Wenn du meinst.« Iban wirkte wenig überzeugt. »Ich persönlich halte die Außenwelt für ziemlich furchteinflößend. Ich bekomme Angst draußen. Diesen ganzen Streß würde ich keine Stunde überleben.«

»Unsinn, Unsinn«, erwiderte der andere. »Bevor du dein Urteil fällst, solltest du das Leben draußen erst einmal ausprobieren. Du würdest dich schnell daran gewöhnen. Wir Mäuse müssen zurück zur Natur. Dem Rest der Welt zeigen, wo es langgeht. Nimm

Rinde zwischen die Krallen! Spüre die frische Erde! Vor Tausenden von Nächten, bevor uns die Nacktlinge vom rechten Weg abbrachten, lebten die Mäuse in endlosen Grasländern… Sie erstreckten sich bis in die Ewigkeit.« Seine Augen verschleierten sich. »Man sah nichts außer wogenden Halmen. Viele Arten. Dutzende und Aberdutzende. Uralte Grasländer. Damals gab es zahllose verschiedene Samen. Alle verschwunden.«

»Na ja, es ist natürlich schade, daß diese Gräser verschwunden sind, aber…« Iban wußte nur, daß er im Haus geboren und aufgewachsen war. Er hatte niemals etwas anderes gekannt, bis er beschloß, ein Totenkopf zu werden. Die Totenköpfe mußten, auch wenn sie Anhänger Yos waren, zunächst alles erlernen und Erfahrungen sammeln (außer mit dem anderen Geschlecht). Entschieden sie sich für die Lehre Yos, waren sie verpflichtet, ihr gesamtes Wissen wieder zu vergessen.

Eine typische Aufgabe war der Besuch der Außenwelt. Iban hatte die Übung pflichtgemäß durchgeführt, ohne jedoch in Begeisterung über die Wildnis da draußen zu geraten. Mäuse wie Stone vertraten die entgegengesetzte Ansicht. Stone war einmal im Haus gewesen und hatte danach die Absicht verkündet, nie wieder einen Fuß über die Schwelle zu setzen.

»Atme diese reine Luft ein!« sagte der Haselmäuserich und füllte seine Lungen mit der Gartenluft.

Iban konnte die Nähe des Klos nicht aus seiner Nase verdrängen und hielt die Atmosphäre für alles andere als rein; vor allem wurde das Klo nicht oft genug entleert, da es von den Nacktlingen nur noch im Notfall benutzt wurde.

»Und der Gestank?«

»Landluft, frische Landluft«, erwiderte Stone zufrieden. »Das gehört einfach zum Leben in der freien Natur.«

Iban wechselte das Thema. »Ich bin aus privaten Gründen hier. Ich brauche deinen Rat.«

Der Haselmäuserich wischte sich mit den Pfoten die Schnurrhaare. »Ehrlich? Ein spiritueller Krieger fragt mich um Rat?«

Iban war peinlich berührt. »Nun ja, es ist eine weltliche Angelegenheit.«

»Gut, gut, sprich nur weiter. Weltliche Angelegenheiten sind meine Stärke. Ich weiß wenig über häusliche Fragen, du verstehst, aber in weltlichen Dingen bin ich erfahren.«

»Nun«, fuhr Iban fort, »die Sache ist die – ich bin Yo geweiht und damit dem Weg der Finsternis und Unwissenheit.« Während er sprach, biß er geistesabwesend in eine Pflanze, die gleich neben ihm wuchs.

Der Haselmäuserich sah ihn mitfühlend an. »Ja, und du kannst nicht – entschuldige bitte, aber kaue nicht auf dieser Lichtnelke herum, sie sind so selten. Da drüben wächst jede Menge Ruprechtskraut. Es hängt uns schon zum Hals heraus. Wo waren wir stehen geblieben? Ach ja, du kannst nicht alles vergessen, was du weißt, wer du bist und wozu du hier bist? Keine Sorge, Iban, das renkt sich schon ein. Ich bin sicher, der alte Yo weiß, wie sehr du dich bemühst.«

Iban seufzte, dann platzte es aus ihm heraus. »Ich liebe eine Maus. Ihren Namen darf ich nicht nennen.«

Stone zwinkerte und zuckte die Achseln. »Alles ganz normal«, sagte er in weisem Ton. »Brauchst dich nicht dafür zu schämen. Ich selbst benötige natürlich kein Weibchen, aber es spricht nichts dagegen, wenn Mäuse im eigenen Nest ein wenig kuscheln. Was die Umwelt betrifft, sollte man sich selbstverständlich fortpflanzen. Die Erde ist ein schöpferisches Ganzes – sie gedeiht weiter mit jedem neuen Leben, solange es organisch und natürlich ist.«

Iban schrie ihn an: »Nein, nein, du verstehst mich nicht. Ich habe als Totenkopf ein Keuschheitsgelübde abgelegt.«

Der Haselmäuserich nickte. »Aha. Jetzt kapiere ich. Und du kannst dieser Versuchung nicht widerstehen, oder?«

»Genau. Meine unsterbliche Seele leidet Qualen.«

Stone dachte nach. »Nach meiner Erfahrung wird man eine Besessenheit nur los, indem man sich eine neue, ungefährliche sucht.«

»Was zum Beispiel?« fragte Iban.

»Vermutlich ist die, die du jetzt hast, schon die ungefährlichste. Ich meine, du könntest auch von Krankheit und Tod besessen sein. Oder vom Essen und Trinken wie diese abscheulichen Kellermäuse.« Stone legte Iban freundschaftlich den Schwanz um die Schultern. »Vergiß mal eine Weile den Zustand deiner Seele. So wie ich die Totenköpfe kenne, schaden ihr ein paar dunkle Flecken nicht. Es kann auch zu große Reinheit geben, weißt du ... Willst du schon gehen?« rief er, als Iban sich dem Haus zuwandte. »Paß auf, daß du nicht auf die Sternmiere trittst, sie ist beinahe ausgestorben ...«

In dieser Nacht trug Iban einen schrecklichen Kampf mit sich selbst aus und verlor. Schlag zwölf wartete er im Mondlicht zwischen den kupfernen Pfannen auf Astrid.

Boursin

Bei den Totenköpfen gab es keine Stammeshierarchie. Der altehrwürdige I-kucheng, der gerade an der Standuhr vorbei durch die Halle schlurfte, war das Gegenstück eines herkömmlichen Anführers. Er bemerkte nicht die Maus, die ihn durch das Schlüsselloch, durch das die Uhr aufgezogen wurde, beobachtete. Es handelte sich um ein Mitglied der Unsichtbaren namens Lauscherin. Sie war stocktaub, sah dafür aber um so besser und wohnte oftmals als stumme Zeugin den Ereignissen in der Halle bei. In diesem Moment erlebte sie den Beginn einer Friedensmission.

Skrang folgte I-kucheng auf dem Fuß und inspizierte dabei alle Ecken und Winkel, an denen sie vorüberkamen.

Plötzlich stürzte eine Gestalt aus einer Nische unter der Treppe hervor. Skrang sprang auf den Eindringling zu und riß ihn mit einem geschickten Ik-to-Tritt von den Füßen. Er blieb auf dem Rücken liegen und reckte die Beine in die Luft. Skrang stürzte sich mit gefletschten Zähnen auf die ungeschützte Kehle.

»Bitte – bitte beiß mich nicht«, flüsterte die unterlegene Maus.

I-kucheng schlurfte weiter, als habe er die Gefahr überhaupt nicht bemerkt, und sagte über die Schulter gewandt: »Komm schon, Skrang, wir müssen noch in dieser Stunde mit Gorm reden.«

»Warum wolltest du meinen Kameraden angreifen?« zischte Skrang.

»Dieser verdammte unfähige Richter«, erwiderte die Maus. »Er ist schuld, daß meine Familie nicht mehr mit mir redet.«

»Sein Urteil ist immer weise und berücksichtigt alle Aspekte einer Auseinandersetzung.«

»Er ist ein sabbelnder alter Trottel«, fauchte die Maus. »Man sollte ihn einsperren.«

Skrang kannte diese Vorwürfe zur Genüge und war ihrer überdrüssig geworden. »Beim nächsten Mal reiße ich dir die Kehle auf, kapiert?«

»Kapiert«, murrte die Maus.

»Wir kommen zu spät«, rief I-kucheng. »Beeil dich, Skrang.«

Skrang ließ die Maus ziehen, die wie der Blitz in den Schatten der Halle verschwand.

»Ich komme schon«, antwortete sie matt. »Ich folge dir, wie immer.«

»So eine ungemütliche Maus«, brummte I-kucheng. »Will mir nie richtig Gesellschaft leisten. Trottet immer nur hinter mir her ...«

»Hör auf, mit dir selbst zu reden«, rief Skrang. »Die anderen glauben sonst, du wirst senil.«

Um in die Küche zu gelangen, mußten sie durch eine Ecke von Augapfels Wohnzimmer huschen. Skrang hatte gesehen, daß die Katze an diesem Morgen in einem Korb weggebracht wurde. Folglich würde sie bei der Rückkehr nach der Medizin im Badezimmer riechen. Bis dahin war das Wohnzimmer ein relativ sicherer Ort. Spuck döste im Salon vor sich hin. Er würde es nicht einmal in Augapfels Abwesenheit wagen, ihr Reich zu betreten. Sein Leben war ihm schließlich lieb und teuer.

Im Wohnzimmer saßen nur zwei Nacktlinge und tranken Kaffee. Sie gaben dabei laute Töne von sich und wedelten mit den Armen in der Luft herum. Sie verbreiteten einen süßlichen Duft, der Skrang überhaupt nicht zusagte. Einer trug etwas auf dem Kopf, das an einen verbeulten Mülleimer erinnerte. Um den Hals des anderen hing ein Kranz aus bunten Zähnen. Beide hatten sich in leuchtendbunte Vorhänge gehüllt.

Die beiden Totenköpfe zwängten sich unter der Küchentür hindurch. Ein Nacktling mit dicken Augengläsern arbeitete an der Spüle. Er jagte gelegentlich Mäuse, und die Botschafter machten, daß sie weiterkamen. Sie schlüpften hinter den warmen Ofen, wo sie auf einige Wachen der Wilden trafen, die ihr Territorium beschützen wollten.

»Ich bin es, I-kucheng, mit meiner Gefährtin Skrang.«

Ein Wachtposten starrte sie im Dämmerlicht an und winkte den herbeieilenden Mäusen zu. »Falscher Alarm. Totenköpfe.«

Grollend zogen sich die Wachen in ihre warmen Nester zurück. I-kucheng und Skrang durften die Küche betreten. Sie liefen geradewegs zu Gorm dem Alten, der ebenfalls den Ruf des Wachtpostens vernommen hatte. Der Weg führte hinter der Spüle vorbei und durch die Tür zum Heizungsraum, wo Gorm bereits seine Offiziere hinbeordert hatte.

»Welchem Umstand verdanken wir diesen erfreulichen Besuch?« schnarrte er. »Will uns der ehrenwerte I-kucheng zum großen Sieg gratulieren?«

»Ganz gewiß nicht«, erklärte I-kucheng und ließ sich nieder. »Ich mißbillige den Krieg.«

»War auch nicht ernst gemeint«, schnappte Gorm.

»Dein Humor zieht bei mir nicht«, entgegnete I-kucheng. »Hebe ihn lieber für die auf, die ihn zu schätzen wissen.«

»Warum verrätst du uns nicht einfach, wieso du hergekommen bist? Wir können es kaum erwarten.«

I-kucheng beachtete den sarkastischen Ton nicht und erwiderte mit aufreizender Ruhe: »Ich bin hier aufgrund der fortgesetzten

Feindseligkeiten zwischen dem Stamm der Wilden und den 13-K. Das muß aufhören. Im Haus herrscht zu viel Gewalt. Wir zerstören einander. Dabei ist es schon schlimm genug, daß wir es mit zwei Katzen, einer Eule, einer tyrannischen Ratte und dem Kopfjägernacktling zu tun haben.«

Gorm zuckte die Achseln. »So ist es immer gewesen. Wir müssen unseren Stamm schützen oder untergehen.«

Elfwin, der zu seiner Linken saß, meldete sich zu Wort. »Gorm hat recht. Wir sind im Besitz der übervollen Speisekammer, die alle anderen im Haus begehren. Daher schicken sie Truppen aus, um sie zu plündern. Wir antworten darauf mit Strafexpeditionen. Schwäche können wir uns nicht erlauben, sonst nehmen die Überfälle womöglich kein Ende. Glaube mir, I-kucheng, es ist ein Teufelskreis. Ich sehe keine Lösung. Ein permanenter Kriegszustand erscheint mir unumgänglich.«

Skrang trommelte wütend mit dem Schwanz auf den Boden und stampfte mit den Füßen auf. »Ihr könntet auch beschließen, den Inhalt der Speisekammer mit den anderen Stämmen des Hauses zu teilen. Dann wären zur Abwechslung einmal alle glücklich.«

Thorkils Dreibein schnaubte. Er saß niemals mit erhobener Nase da, wenn Fremde anwesend waren, sondern kauerte sich in Kampfstellung nieder, um seine Behinderung zu verbergen. Viele Mäuse ließen sich davon einschüchtern.

Skrang gehörte nicht dazu. »Was hat dieses Schnauben zu bedeuten?« fragte sie. »Hältst du nichts vom Teilen?«

»Saublöde Idee«, erwiderte Thorkils. »Völlig idiotisch.«

Gorm ergriff das Wort. »Er will damit sagen, daß es nicht genug für alle gibt. Sicher, es sieht nach viel aus, und die göttliche Speisekammer wird niemals leer, aber den größten Teil des Futters fressen die Nacktlinge. Was sie nicht wollen, geben sie den verdammten Katzen und dem Hund. Wir haben hier genug zu fressen, aber nicht genug für das ganze Haus, basta.«

Ketil war nicht gerade ein Genie unter den Mäusen. Selbst innerhalb seines Stammes, der eher durch Kampfesmut als Intelligenz berühmt war, galt er als leicht beschränkt. Nun seufzte er und sagte: »Ja, die Nacktlinge müßten verschwinden, dann wären wir die Katzen und den Hund auch los. Dann hätten wir die niemals leere Speisekammer für uns allein.«

Alle Köpfe drehten sich wie auf Kommando in seine Richtung.

Die kleine Haselmaus sah alle nacheinander an. »Was ist? Was habe ich denn gesagt?«

»Du hast gesagt«, wiederholte Gorm, »die Nacktlinge müßten verschwinden, dann wären wir die Katzen und den Hund auch los.«

»Ehrlich?« quiekte Ketil. Diesmal hatte er bestimmt etwas besonders Blödes von sich gegeben und würde Sonderwache schieben müssen. »Ehrlich?«

Elfin stieß einen Schrei aus. »Das ist geradezu brillant!«

»Tatsächlich?« erkundigte sich Ketil verblüfft. Ob man ihn wohl auf den Arm nehmen wollte?

Gytha Schönbart fügte ehrfürchtig hinzu: »Nicht nur die Katzen und Hunde, auch den Kleinen Prinzen und seinen Herrn, den Kopfjäger. Wenn die Nacktlinge gehen, wären wir alle auf einmal los.«

Gorm holte tief Luft. »Worum geht es hier eigentlich? Schauen wir uns einmal die Fakten an. Es gibt fünf Nacktlinge, die ständig im Haus leben. Dann ist noch der eine mit dem Glas im Gesicht, der tagsüber in die Küche kommt...«

»Vergiß nicht den, der alle paar Tage mit der Saugmaschine herumfährt und die Regale abwischt«, gab Skuli zu bedenken.

»Das macht zusammen sieben, nicht wahr? Astrid, es sind doch sieben, oder?«

»Astrid ist nicht hier«, unterbrach ihn Elfwin. »Ich habe sie vor kurzem beim Töpfe-und-Pfannen-Regal gesehen.«

Gorm brummte vor sich hin. »Diese Priesterin ist nie da, wenn man sie braucht. Weiß sie nicht, daß ich eine Versammlung einberufen habe? Alle müssen anwesend sein.« Gorms Gesicht furchte sich, während er im Geiste seine Berechnungen anstellte. »Doch, ich glaube, das macht sieben. Ungefähr jedenfalls.«

I-kucheng schüttelte den Kopf. »So etwas hat es noch nie gegeben. In allen Stunden meines Lebens habe ich noch nie von einem Stamm gehört, der Nacktlinge losgeworden wäre. Sie sind einfach zu groß und dumm, wie riesiges Gemüse auf Beinen. Was soll man mit einem Wesen dieser Größe und einem Senfkorn als Hirn anfangen?«

»Der Kopfjäger ist aber nicht dumm«, meinte Thorkils. »Der Irre weiß genau, was er tut.«

»Die Kleinen können denken, aber ihr Gehirn wächst scheinbar nicht mit«, erklärte Skrang.

»Ich habe jedenfalls noch nie so etwas gehört«, wiederholte I-kucheng. »Die Nacktlinge sind immer hier gewesen, wie große wandelnde Möbelstücke. Ihre Anzahl ändert sich, obwohl sie anscheinend niemals werfen, doch sie sind immer da.«

»I-kucheng hat recht. Wie sollen wir sie loswerden? Es ist nur ein Traum«, meinte Skrang.

»Sie sind eine verdammte Pest«, grollte Gorm frustriert. »Eine Pest! Sie stopfen nur Unmengen Futter in sich hinein und rülpsen eine Stunde in der Gegend herum.«

»Manchmal stecken sie Samen in die Erde, reißen andere Pflanzen aus und machen Rauch«, fügte Ketil hinzu. »Ich habe mal ein hübsches Nest aus solchen Samenpackungen gebaut.«

»Das wissen wir bereits«, bemerkte Gorm kurzangebunden. »Aber machen sie auch einmal etwas Sinnvolles? Etwas Vernünftiges? Sie benehmen sich überhaupt nicht wie anständige Tiere. Keiner von ihnen markiert sein Territorium, so blöd sind sie. Um Wasser zu lassen, suchen sie den kleinen Raum neben dem Schlafzimmer auf. Was für eine Verschwendung von Duft! Der ganze schöne Urin in dieser komischen weißen Schüssel...«

Elfwin seufzte. »Na ja, so sind sie eben. Sie schütten Wasser auf den Küchenboden, spülen wertvolle Krümel weg, aber sie fügen nichts hinzu. Nacktlinge sind schlicht und einfach Ungeziefer.«

Gorms Augen glühten vor Leidenschaft. »Aber wäre es nicht herrlich, wenn wir sie vertreiben könnten? Wenn wir alle Kräfte darauf konzentrieren, die Nacktlinge zu schikanieren, anstatt uns gegenseitig zu bekämpfen? Wir müssen darüber nachdenken. Es gibt bestimmt einen Weg.«

»Mir ist es zuerst eingefallen!« schrie Ketil begeistert.

»Reiner Zufall«, murmelte Elfwin.

»Ja, aber trotzdem ist es mir zuerst eingefallen.«

»Dafür gibt es eine Extraration«, warf Gorm großzügig ein. »Ich werde mich höchstpersönlich darum kümmern. Eine Maus wird für ihr Vergehen bestraft, auch wenn sie es nicht absichtlich begangen hat. Ich sehe keinen Grund, aus dem man sie für unbeabsichtigte Wohltaten nicht belohnen sollte, oder?«

Die Versammelten schlossen sich dieser Auffassung an.

Als nächster sprach I-kucheng. Er war in einer Friedensmission unterwegs und hatte anscheinend eine Revolution ausgelöst, und das in wenigen Minuten. Falls diese Revolution jedoch den Frieden brachte, hatte er sein Ziel erreicht. Sein Hauptanliegen bestand darin, die freigesetzten Energien in sinnvolle Kanäle zu leiten. »Gorm, als nächstes mußt du eine Versammlung aller Stämme einberufen. Dein Sohn Ulf muß kommen, Frych die Gefleckte, vielleicht auch Wisperer von den Unsichtbaren. Die Stämme brauchen während der Planungen einen Waffenstillstand.«

»Genau, einen Waffenstillstand«, brummt Gorm. »Aber wenn mir ein Stamm komisch kommt, dann ...«

»Postitiv denken heißt die Devise«, zischte Skrang. »Du mußt eine positive Grundeinstellung haben.«

»Schon gut. I-kucheng, du übernimmst die Organisation.«

In diesem Augenblick gesellte sich Astrid, die Hohepriesterin, mit einem dümmlichen Grinsen auf dem Gesicht dazu. Ihre Miene änderte sich schlagartig, als sie die ganze Versammlung entdeckte.

Gorm fuhr sie an: »Hast du nicht den Ruf zur Versammlung gehört? Wo bist du gewesen?«

»Hm, ganz in der Nähe.«

»Wo genau?«

»Ich war auf dem Pfannenregal«, erklärte Astrid. »Ich habe mit meinen Schatten gesprochen.«

»Du bist ständig auf dem Pfannenregal«, fauchte Gorm. »Was ist an diesen Töpfen und Pfannen so faszinierend? Kannst du dich nicht woanders mit diesen verfluchten Schatten unterhalten? Wenn du da hinmachst, streuen die Nacktlinge wieder vergiftetes Pulver. Willst du etwa die Jungen in Gefahr bringen?«

Astrid wedelte verlegen mit dem Schwanz. »Natürlich nicht, tut mir leid.«

»Das sollte es auch«, tadelte Gorm. »Vor allem, da du etwas Einzigartiges versäumt hast. Wir haben überlegt, wie wir uns von der Pest des Hauses befreien können. Was hältst du davon?«

»Pest?« fragte Astrid verständnislos.

»Die Nacktlinge«, knurrte Thorkils. »Wer sonst?«

»Uns von denen befreien? Darüber muß ich meditieren.« Sie verfiel augenblicklich in Trance. Im Gegensatz zu den meisten Bibliotheksmäusen war Astrid eine echte Mystikerin mit übersinnlichen Fähigkeiten. Sie konnte – wenn auch verschwommen – gewisse Aspekte der Zukunft voraussehen.

Ihre orakelhaften Aussagen fand Gorm, der präzise Angaben bevorzugte, meist unbefriedigend. Das Deuten von Prophezeiungen lag ihm nicht. »Nun?« brüllte er und riß Astrid aus ihrer Trance.

»Tut es nicht«, sagte sie mit leerem Blick. »Vertreibt nicht die Nacktlinge. Es wird in einer Katastrophe enden.«

»Unsinn!« schrie Gorm.

»Es wird eine große Hungernot ausbrechen«, flüsterte Astrid. »Eine Seuche wird das Haus heimsuchen.«

»Sinnloses Geschwätz!« rief Gorm.

»Viele werden sterben, wenige überleben«, schloß Astrid ihre Aussage.

»Was für ein Haufen Blödsinn!« schimpfte Gorm. »Da stellt

man diese Leute ein, um vernünftige Prophezeiungen zu hören, und was kommt dabei heraus? Düstere Drohungen! Wir machen weiter mit dem Plan, was immer diese hysterische Stümperin behauptet.«

Skrang ergriff das Wort. »Sollen wir das wirklich tun? Erinnert ihr euch an die Legende vom heiligen Käse? Vielleicht hat Astrid recht – wie meistens.«

»Diesmal nicht. Und diese Mythengeschichte ist idiotisch – wann bitte hat sich eine Maus schon einmal in eine Katze verwandelt?«

»Trotzdem gefällt es mir nicht«, meinte I-kucheng. »Hast du ihre Augen gesehen?«

»Es mußt dir ja nicht gefallen«, sagte Thorkils grob. »Es liegt bei Gorm.«

Dessen Gesicht drückte Entschlossenheit aus. »Wir machen weiter.«

Gorm der Alte war schon zu Lebzeiten eine Legende. Jedes Kind des Stammes der Wilden kannte die Geschichte seines Aufstiegs zur Macht. Und nun warf er diese Legende in die Waagschale.

Gietost

Ursprünglich hatte Gorm sechs Geschwister. Allerdings war sein Appetit auf die Milch seiner Mutter so groß, daß nur drei von ihnen übrig blieben. Mit ihm überlebten seine Brüder Hakon und Tostig die Schlacht um die Zitzen. Obwohl die Brüder anfangs ungefähr gleich groß und schwer waren, entwickelte sich Gorm schon bald zum boshaftesten, brutalsten und rücksichtslosesten Mitglied des Trios. Die anderen folgten ihrem Anführer auf Schritt und Tritt.

Gorm kannte nur zwei Ziele im Leben: seinen unermeßlichen Ehrgeiz und das Wohl seiner Mutter. Als Heranwachsender hatte er seinen Vater getötet, weil dieser mit seiner Mutter um ein Stück Käse kämpfte. Gorm zerfetzte seinen Leib, während die Brüder zuschauten. »Niemand rührt meine Mutter an«, erklärte er.

Seine weichherzige, aber törichte Mutter bestärkte diesen furchtbaren Mäuserich in seinem Traum, Anführer zu werden, obwohl Gorms Vater nur ein einfacher Soldat gewesen war. Als Gorm dem damaligen Anführer, Olaf dem Abscheulichen, offen seine ehrgeizigen Pläne darlegte, lachte dieser nur und nannte Gorm »zu alt für seine Jahre«. Von da an trug er voller Stolz den Namen Gorm der Alte.

Gorm der Alte wurde schnell befördert, weil er sich durch ungeheuren Kampfesmut auszeichnete. Er schien unbesiegbar zu sein. Immer an vorderster Front, schlug er sich mit Geschick und Kraft. Bald war sein Name gefürchtet. Auf diese Weise wurde er automatisch zum Nachfolger Olafs des Abscheulichen, als man diesen tot auffand. Olafs Verwandte streuten das Gerücht aus, er sei von Gorms Anhängern ermordet worden, da sie selbst seinen Sohn Harald, den nicht so Abscheulichen, als neuen Anführer propagierten. Gorms Kriegern gelang es jedoch, diese Kampagne weitgehend zu unterdrücken, und er selbst schlug Harald im blutigen Zweikampf. Die verbleibenden Aufrührer stießen zu Gorms Armee, doch seither herrschte im Stamm der Wilden der Geist der Rebellion. Nur dank seiner Schreckensherrschaft gelang es Gorm, seine Untertanen im Zaum zu halten.

Der neue Anführer festigte seine Position, indem er seine Mutter zur Allerhöchsten Hohepriesterin ernannte und seinen Brüdern hohe Posten in der Armee verschaffte. Als seine Mutter starb, wandelte Gorm den Titel der Allerhöchsten Hohepriesterin in den der Hohepriesterin ab, die nun höchste Würdenträgerin im Tempel des großen Gottes Assundoon war. Zur Zeit bekleidete Astrid dieses Amt.

Schon zu seinen Lebzeiten rankten sich Legenden um Gorms Aufstieg zur Macht. Später berichtete die Mäusehistorie, daß diese Machtübernahme schicksalsträchtig mit der Ankunft des

Mäuserichs zusammenfiel, der sie alle in der Stunde der Veränderungen anführen sollte. Frisches Blut regierte den Stamm der Wilden. Die alten Traditionen der Küchenbewohner galten nichts mehr und ermöglichten den Anbruch einer neuen Ära.

Wensleydale

Draußen in der Hecke bildeten die Rhythmen des Lebens und der Erde eine Harmonie. Hier drinnen schlug der Puls des Lebens unabhängig von dem der Natur. Das Haus besaß einen eigenen Herzschlag. Trödler spürte dieses störende Mißverhältnis während seiner Mußestunden in der Bibliothek. Löste sich etwas aus der Harmonie des Planeten, bestimmte keine übergeordnete Macht mehr wie bisher seinen Lebensrhythmus.

Diese Isolation barg Gefahren in sich.

Trödler war nicht besonders glücklich in der Bibliothek. Von Büchern konnte man nicht leben und nicht sterben. Er unterhielt sich oft und lange mit Jago, dem Gourmet unter den Buchfressern. Dieser hatte ihm geduldig erklärt, welches die besten, schmackhaftesten und nahrhaftesten Bücher waren.

»Vorsicht bei glänzendem Papier. Es wirkt anziehend auf Laien, verklebt aber leicht die Eingeweide. Achtung auch bei knusprigem Papier mit dicken, schwarzen Insektenlinien – schon viele Mäuse haben sich damit vergiftet. Halte dich fern von Büchern mit Käsebildern. Ich kenne Mäuse, die im Wahnsinn endeten. Meist überfressen sie sich daran in der Hoffnung, die Bilder stellten echten Käse dar. Das führt nach kurzer Zeit zum Tod. Schau solche Bücher am besten gar nicht erst an. – Ein Ledereinband ist viel kulinarischer als ein Pappumschlag. Denk immer an meine Maxime: ›Besser alt und weich als steif und frisch.‹ Seiten, die sich wie Löschpapier anfühlen, sind am angenehmsten. Ansonsten solltest du dich nach Büchern umschauen, die mit toten Ohrwürmern gekennzeichnet sind...« Jago zeichnete mit der Pfote die folgenden Hieroglyphen in den Staub: Klassiker. »Bücher mit zerquetschten Spinnen auf der Vorderseite sind leicht verdaulich, besitzen aber nur geringen Nährwert und können Durchfall hervorrufen...« Wieder malte er Hieroglyphen: Sachbuch. »Dann sind da noch die mit den stacheligen Insekten, die einem im Hals stecken bleiben, die mit Insektengruppen von unglaublicher Länge, die Würmer hervorrufen, große, runde Spinnen ohne nennenswerten Inhalt, seltsame, kleine Ameisen mit zu viel Säure – alle zusammen ergeben einen Eintopf, der die Geschmacksnerven enttäuscht. Diese Werke tragen irgendwo auf ihrem langweiligen Einband die folgende Aufschrift: Moderne Erzählliteratur. »Was ich mir wirklich wünsche«, fuhr Jago fort, »sind vollkommen geformte Insekten mit sämtlichen Beinen, die frisch zerquetscht wirken, aber reif schmecken wie guter Käse. Ich träume von einem Buch, das eine Mischung dieser Insekten auf gutverdaulichem, schlichtem Papier enthält. Das nicht vorgibt, mehr zu sein als eine hübsche Mahlzeit mit angenehmen Nachgeschmack – aber leider habe ich so etwas noch nicht gefunden.«

Für welches Papier er sich auch entscheiden mochte, Trödler blieb immer unbefriedigt.

Sicher, gelegentlich kam ein Nacktling mit Futter in die Bibliothek, aber die Schlacht um die Krümel war äußerst brutal. Trödler wunderte sich stets, daß diese Kämpfe nicht mehr Verletzte forderten. Die ganze Kolonie lebte am Rande des Existenzminimums.

Außerdem befanden sich die Buchfresser an der Schwelle zum Wahnsinn. Da sie ständig dem Hungertod ins Auge sahen, neigten sie zu Halluzinationen und Visionen, die sie Magie nannten. Die meiste Zeit waren sie völlig außer sich, sangen oder brabbelten seltsame Litaneien, deren Bedeutung, gelinde gesagt, verschwommen war. Manchmal wurde Trödler durch Schreie aus dem Tiefschlaf gerissen, bei denen ihm das Blut in den Adern gefror. Dann rannte er zum Rand seines Regals. Statt eines grauenhaften Gemetzels bot sich ihm nur der Anblick einer einsamen

Maus, die mit glasigem Blick umherwanderte und »Eine Vision! Eine Vision!« brüllte.

Oft sprach Frych die Gefleckte zu ihrem Stamm, während sie ihre Jungen säugte. »Buchfresser«, hatte sie an diesem Morgen erklärt, »ich habe euch zusammengerufen, weil Begebenheiten ihre Schatten vorauswerfen. Gorm der Alte hat sein Begehren angekündigt, eine Zwiesprache mit eurer Anführerin zu halten. Nun bemerken wir alle Ungeschlachtheit im Stamm der Wilden. Die Kundgaben des Anführers sind außergewöhnlich ungefüge. Jedoch sind meine sensiblen sozialen Filter sehr anstellig, wenn es um die Entschlüsselung jener rohen Botschaften geht. Daher werde ich mit Gorm zusammentreffen und seinen Vorschlägen mein Ohr leihen, denn im Kern seiner Empfehlungen liegt der Weg zu unbegrenztem Käse verborgen.«

Ein aufgeregtes Murmeln erhob sich, als das mythische Wort fiel.

»Worum geht es eigentlich?« erkundigte sich Trödler bei Owain und Mefyn, die in Nase-Hoch-Stellung neben ihm auf dem Regal saßen.

Owain runzelte die Stirn, doch Mefyn antwortete: »Gorm der Alte möchte mit Frych reden.«

Trödler war überrascht. »Das ist alles?«

»Na ja, für dich mag das nicht weiter beeindruckend sein«, erwiderte Owain leicht herablassend, »aber für uns ist es ein folgenschweres Ereignis, wenn sich die Anführer zweier Stämme treffen.«

»So hatte ich es eigentlich nicht gemeint. Ich wollte nur wissen, ob Frych sonst nichts gesagt hat. Sie hat so viele komplizierte Wörter benutzt und hat so lange gesprochen, daß ich dachte – nun, ich dachte, sie müsse viel mehr gesagt haben.«

»Nein, das war der Kern der Sache«, entgegnete Mefyn.

»Verstehe. Also werden der Stamm der Wilden und die Buchfresser über etwas sprechen, nicht wahr?«

»Genau.«

»Worüber wohl?«

»Ich vermute, sie werden es uns zu gegebener Zeit mitteilen«, antwortete Owain.

»Du vertraust diesen Anführern?« Trödler gelang es nicht, seine Skepsis zu verbergen.

Mefyn wirkte schockiert. »Natürlich! Sie sind doch aufgrund ihrer intellektuellen Überlegenheit unsere Anführer! Sie verstehen, was wir einfachen Mäuse nicht begreifen können. Dann vereinfachen sie es und übertragen es in unsere Sprache.«

Trödler fragte sich, ob er besser den Mund halten sollte, konnte sich aber nicht bremsen. »Ich bin noch nicht lange bei euch, doch ich dachte, Gorm sei der Anführer der Wilden, weil er ein rücksichtsloser, gieriger, machtverliebter Tyrann ist...«

»Natürlich fehlt es ihm an einer gewissen Rücksichtnahme, das gebe ich zu«, räumte Mefyn ein.

»...und Frych die Gefleckte ist die Anführerin der Buchfresser, weil sie droht, jegliche Opposition mit Schwarzer Magie zu zerschlagen.«

»Frych kann eine Maus auf fünfzig Schritte Entfernung mit einem einzigen Blick verglühen lassen«, gab Mefyn zu.

»Und wie paßt dann bitte schön der ganze Kram mit intellektueller Überlegenheit da hinein?« fragte Trödler.

Mefyn wirkte ziemlich unglücklich. »Du mußt einfach glauben, daß sie besser sind als gewöhnliche Mäuse. Sonst würden schlicht und einfach brutale Gewalt und Unwissenheit unser Schicksal bestimmen.«

Daraufhin sagte Trödler nichts mehr. Er bemerkte, wie aufgebracht die anderen Mäuse waren. Sie billigten nicht, daß er ihr ganzes politisches System vor ihren Augen zerpflückte. Mefyn hat recht, dachte er. Du mußt einfach glauben, daß dich das Gute und Wahre leitet. Wenn nicht, bleibt dir nur die Erkenntnis, daß die Welt auf Chaos gegründet ist.

Draußen in der Hecke hatte sich Trödler auf seinen eigenen Verstand verlassen. Hier im Haus sollte er nun auf den Verstand anderer Mäuse vertrauen. Und mehr noch: Die anderen Mäuse folgten selbst wiederum Mäusen, die – so kam es ihm jedenfalls vor – keinen blassen Schimmer von irgend etwas hatten. Die Blinden führten die Blinden. Obwohl er sich nicht traute, es als Neuankömmling auszusprechen, erschien es Trödler, als hätten die Allerschlimmsten hier das Sagen. Sicher, es gab kluge Mäuse. Da waren Cadwallon und Ethil, beide recht vernünftige Zeitgenossen. Leider hatte Trödler noch keinen Stamm kennengelernt, der von solchen Mäusen regiert wurde, denn es fehlte ihnen an Ehrgeiz, Anmaßung und Rücksichtslosigkeit. Eben diesen Eigenschaften verdankten die Anführer ihre hohe Stellung.

Anscheinend mußte man beschränkt und eiskalt sein, um es hier zu etwas zu bringen.

Trödler seufzte. Das alles war zu hoch für ihn. Wenn es darum ging, Dinge zu verändern, tat er ebenso wenig wie alle anderen. Der einzige Unterschied zwischen ihm und Mefyn oder Owain lag darin, daß er um die Misere wußte. Die anderen glaubten tatsächlich, sie hätten alles unter Kontrolle.

Er wanderte trübsinnig die Regale entlang, probierte das eine oder andere Buch. Nichts konnte den quälenden Hunger vertreiben. Sein Magen war wie eine Höhle, in der ein Tier saß und sich einen Weg ins Freie nagte.

Jago sprach ihn auf dem dritten Regal an und gab ihm ein paar Tips. Allmählich aber gewann Trödler den Eindruck, daß Jago außer technischem Jargon und professioneller Geheimnistuerei nicht viel zu bieten hatte. Er zog weiter, von Buchrücken zu Buchrücken. Er interessierte sich nur für frische, appetitliche Tinteninsekten.

Eine halbe Stunde später betrat ein Nacktling die Bibliothek. Die ganze Kolonie wartete geduldig, ob er Futter dabei hatte. Leider setzte er sich nur hin, wendete die Seiten eines Buches und starrte auf die Insekten.

Nach einer Weile gestand Trödler: »Ich bin so hungrig, ich könnte einen Hund verschlingen.«

Eine Maus namens Gwladys drehte sich zu ihm um. »Er würde scheußlich schmecken.«

»Ja, wahrscheinlich schon. Schau dir nur diesen Nacktling an, wie er zusammengefaltet dasitzt. Seltsame Wesen, nicht wahr?«

»Sie sind so blöd«, meinte Gwladys. »Sicher, sie haben viel Fleisch und Knochen, aber ihr Gehirn ist nicht größer als ein Staubkorn. Ein Wunder, daß ihre Gattung noch nicht ausgestorben ist.«

Trödler verzog sich in sein neues Nest im Rücken eines riesigen, ledergebundenen Buches, das am Ende des höchsten Regals lag. Die Höhe bot ihm Sicherheit. Das Wichtigste war aber der Rückentunnel zwischen dem Einband und den Seiten des Buches, denn er erinnerte ein wenig an das Nest unter der Hecke.

Er hatte den dunklen Tunnel mit weichgekautem Papier und Baumwolle ausgestopft. In der Bibliothek war es eigentlich warm genug, doch auch dieser Luxus erinnerte ihn ein wenig an sein Zuhause. Er quetschte sich in die schmale Röhre, so daß er durch die andere Öffnung in die Bibliothek schauen konnte.

Er lag in seinem behaglichen Tunnel und träumte von Sommerfeldern mit goldener Spreu und Getreidekörnern, Beeten mit reifem Gemüse, Nüssen und anderen Knabbereien. Sicher, das Haus war gemütlich, doch Behaglichkeit hatte er auch in der Wildnis erlebt. An einem sonnigen Tag konnte es nichts Schöneres geben, als auf weichem Moos zu liegen.

Ja, er vermißte noch immer seine alte Heimat. Seltsamerweise fehlten ihm auch die Stimmen seiner Ahnen, die in den Heckennächten zu ihm gesprochen hatten. Sie hatten ihn schließlich hergeführt. Die weiteren Schritte mußte er selbst tun. Er war der Eine. Wo steckten die Vielen, die angeblich auf ihn warteten? Mit diesem Gedanken kroch Trödler wieder aus seinem Nest hervor.

Er kam an zwei schwatzenden Mäusen vorbei, die ihre Worte selbst nicht verstanden, da sie sich in einer Verdauungstrance befanden und sich einfach ihrem Redefluß hingaben.

»Gaspedal, Bremsbelag, Schalthebel, Differential, Zündkerzen, Verteilerkappe, Auspuffkrümmer und Kolbenringe mit Spindellenkgetriebe«, sagte eine Maus.

»Füge eine Prise Salz, Thymian und Rosmarin hinzu«, erklärte die andere, »und lasse es zwei Minuten köcheln. Durch ein Sieb streichen und die Flüssigkeit für den Fond verwenden. Auf diese Weise bleibt das Aroma des Gemüses erhalten.«

Das brachte das Faß zum Überlaufen. Anscheinend hatten diese Mäuse vollkommen unterschiedliche Bücher gefressen. Trödler entschied, daß es an der Zeit war, einen anderen Teil des Hauses mit all seinen Gefahren und Geheimnissen zu entdecken.

Er verließ die Bibliothek durch den Kamin. Natürlich brannte im Sommer kein Feuer, doch der Abzug war völlig verrußt. Die anderen Mäuse hatten ihm erzählt, daß das Feuer nur bei großer Kälte entfacht wurde, weil es überall im Haus eiserne Heizkörper gab. Der große Boiler im Heizungsraum hinter der Küche wurde im Herbst angeschaltet. Danach wurden die Heizkörper und die Rohre so heiß, daß man sie kaum betreten konnte.

Trödler kletterte den Kaminschlot hinauf und tauchte als schwarze Maus in einem Schlafzimmer auf. Unter dem Bett und auf dem rosa Teppich hinterließ er eine Rußspur. Er schlüpfte durch ein Loch in der Fußleiste und gelangte an einen kalten, ungemütlichen Ort, von dem man ihm schon berichtet hatte. Dies mußte eine Toilette oder ein Badezimmer sein. Anscheinend gab es dort nichts, was eine nähere Untersuchung gelohnt hätte. Er glitt unter der Tür hindurch auf den Treppenabsatz – und hatte Glück.

In einer besonders finsteren Ecke fand er Futter. Da war wieder der köstliche Duft von Käse, der sich diesmal nicht auf einer Schnappfalle befand, sondern in einer Art Drahtkiste.

Trödler lief um die Drahtkiste herum, beschnüffelte sie, suchte vergeblich nach gespannten Federn oder Guillotinen aus Draht. Nichts erinnerte an die grausame Falle auf dem Dachboden. Diese Kiste wirkte vollkommen harmlos.

Er war schon öfter in Kisten gekrochen, ohne Schaden zu nehmen. In der Bibliothek gab es einen Pappkarton, in dem die jungen Mäuse spielten. Manche Mütter suchten ihn auf, um darin ungestört ihre Jungen zur Welt zu bringen. Im Keller hatte er bei seiner Ankunft eine Holzkiste gesehen, in der Furz und Fusel gewöhnlich ihren Rausch ausschliefen. Kisten schienen harmlose Gegenstände zu sein, die die Nacktlinge einfach im Haus herumliegen ließen.

Trotzdem war sich Trödler bei diesem Exemplar nicht ganz sicher und wollte alles überprüfen, bevor er sich hineinwagte. Bei dem Käseduft lief ihm das Wasser im Mund zusammen, aber er blieb vorsichtig. Schließlich hätte es ihn auf dem Dachboden beinahe erwischt; das sollte nicht noch einmal passieren. Über den Käseträumen durfte er nicht die möglichen Gefahren vergessen. Er mußte sich einen Fluchtweg offenhalten, falls ein Nacktling oder eine Katze auf der Bildfläche erschien.

Die Tür zur Drahtkiste stand weit offen. Was sollte schon passieren, wenn er flink hineinlief und sich den Käse schnappte? Es wäre der reine Wahnsinn, auf dieses köstliche Futter zu verzichten. Er nahm allen Mut zusammen und schlüpfte hinein.

Ein Schritt. Nichts geschah. Ein weiterer Schritt. Noch immer keine Stacheln, die ihn aufzuspießen drohten, keine Schlingen, die ihn erdrosseln, keine Metallzähne, die zuschnappen konnten. Nur die offene Kiste und der Käse in der Mitte. Er griff danach, leckte daran und schoß zurück zum Eingang. Alles blieb ruhig.

Der Käse schmeckte herrlich. Er lief wieder hin, knabberte ein bißchen, schaute sich nervös um, suchte nach der tödlichen Guillotine. Nichts. Alles in Ordnung.

Am besten, er zog den Käse aus der Kiste und rannte damit in sein Nest auf dem Bücherregal zurück. Er schnappte nach dem Käse.

Ein lautes »Klack!« ertönte. Er fuhr hoch und mit dem Kopf an die Decke der Kiste, rannte zum Eingang, prallte dagegen und fiel hin.

Voller Panik startete er einen zweiten Versuch.

Nach weiteren vergeblichen Anläufen begriff er, was geschehen war. Eine Drahtklappe hatte die Kiste verschlossen. Er war gefangen. In wilder Panik nagte er an der Tür, an den Scharnieren, dem kleinen Riegel. Nichts rührte sich.

Als nächstes überprüfte er alle vier Ecken der Kiste auf einen zweiten Ausgang hin. Fehlanzeige. Die ganze Konstruktion bildete eine kleine, abgeschlossene Welt, und der einzige Fluchtweg führte durch die Öffnung, durch die er hereingelangt war.

Eine Katastrophe.

Trödler kauerte verschreckt in der Mitte der Kiste. Welches Schicksal erwartete ihn hier drinnen? Wie sollte er nun den Willen seiner Vorfahren erfüllen? Was wäre, wenn Spuck oder Augapfel ihn entdeckten? Würde es ihnen gelingen, die Kiste zu öffnen? Sicher war gar nichts mehr. Wozu sollte die Kiste überhaupt gut sein?

Während er in Gedanken versunken dahockte, trat ein Wesen vorsichtig aus den Schatten hervor und näherte sich der Kiste. Eine Maus! Trödler erkannte sie schon am Geruch. Das konnte nur Furz sein.

Der Anführer der Stinkmorcheln richtete sich auf, kratzte seine Flohstiche und schaute Trödler nachdenklich an. »Schöne Patsche, was, Meister? Wie bist du denn in den Käfig geraten?«

»Käfig?« schrie Trödler und klammerte sich am Maschendraht fest. »Das ist ein Käfig?«

»Klaro, du Blödmann«, höhnte der Kellermäuserich. »Mein Großvater, der große und ehrenwerte Rotz, wurde auch mal darin gefangen. Hätte es besser wissen sollen, war aber ein bißchen beschwipst. Kommt vor unter Einfluß von Alkohol. Du hast keine Entschuldigung.«

Trödler rüttelte am Draht. Er gab keinen Millimeter nach. Dann nagte er wie wild daran herum.

Furz schüttelte nur angewidert den Kopf. »So nicht, Kumpel. Keine Chance. Was glaubst du, was das ist? Papier? Von wegen.

Das ist gottverdammtes Metall, Mann. Könnte selbst Augapfel nicht durchbeißen. Wenn ich du wäre, würde ich einfach aufgeben.«

»Furz, ich muß hier raus. Ich kann nicht ewig hier festsitzen. Ich habe – habe Dinge zu erledigen ...« Trödler wußte nicht weiter. Wie konnte er diesem Kellermäuserich klarmachen, daß er ein Erwählter mit einem Schicksalsauftrag war?

»Nicht ewig, Meister«, grinste Furz. »Der Kopfjäger stellt die Dinger auf. Kann jeden Augenblick kommen. Guckt nach, ob er was erwischt hat.«

Bei diesen Worten rastete Trödler völlig aus und rannte im Kreis herum, warf sich gegen das Drahtgitter, kratzte, biß, riß und drückte dagegen.

Furz betrachtete interessiert diese sinnlose Energieverschwendung. »Ihr Landmäuse seid echt in Form. Habe noch nie so eine Akrobatik erlebt. Wäre manchmal selbst gern ein Athlet. Bringt dir aber nicht viel, was?«

Trödler lag keuchend am Boden. »Du bist ein verdammtes Miststück, Furz. Irgendwann kriegst du die Rechnung dafür. Leider werde ich es wohl nicht mehr erleben.«

Furz preßte die Nase ans Gitter und blies Trödler seinen fauligen Atem ins Gesicht. »Vielleicht doch, Meister.« Er kehrte zu seiner früheren kriecherischen Höflichkeit zurück. »Könntest gemütlich zusehen, wie ich in Fett gebrutzelt werde. Könntest erleben, wie deine Kleinen groß und fett werden. Könntest vielleicht sogar mitkriegen, wie Augapfel steif wie ein Brett eines Morgens aus dem Haus getragen wird. Das heißt, wenn du sehr schlau bist. Ich weiß, das kannst du sein, Meister – sonst würde ich mich doch nicht mit dir abgeben, oder?«

In Trödler erwachte neue Hoffnung. Er preßte sich dicht an den Käfig, Nase an Nase mit der üblen Stinkmorchel, und versuchte, den Mundgeruch und die Ausdünstungen des feuchten Fells unbeachtet zu lassen.

»Was muß ich tun, Furz? Sag es mir. Ich verzeihe dir auch, daß du mich in die Schnappfalle gelockt hast. Sag mir, wie ich schlau sein kann, Furz.«

»Zuerst mußt du mir den Käse holen, Meister.«

Trödler warf einen Blick über die Schulter. Jetzt erst fiel ihm der Käse wieder ein. Der Köder. Deshalb saß er jetzt in diesem Käfig. Statt zu denken, war er nur seiner Nase, seinen Augen und seinem Magen gefolgt. »Was willst du damit?« fragte er.

»Wie bitte? Fressen, was sonst?«

»Furz, du bringst mich hier raus oder...«, fauchte Trödler.

»Aber, aber, Meister«, gluckste Furz, »zuerst holst du mir den Käse. Quetsche ihn bröckchenweise durch das Gitter, kapiert, und dann hole ich dich raus. Ist doch fair, oder? Ich brauche den Käse, um zu denken.«

Trödler begriff, daß er den Käse opfern mußte, um etwas zu erreichen. »Woher weiß ich, daß du mir hilfst?«

»Überhaupt nicht. Mußt mir schon vertrauen, Meister. Das ist alles. Habe meinen Großvater ja auch rausgelassen...«

»...den großen und ehrenwerten Rotz«, vollendete Trödler den Satz.

»Genau, Mann!«

Trödler war jetzt klar, daß seine Zeit knapp wurde. Wer den Käfig auch aufgestellt hatte, er würde bald herkommen. Ja, er, Trödler, mußte Furz wohl oder übel vertrauen.

Er schleppte Käsestückchen herbei und schob sie Furz durch das Gitter zu. Dieser fraß gierig und behielt dabei den Treppenabsatz im Auge. Noch nie hatte Trödler Futter so schnell verschwinden sehen. Als das hastige Hin und Her seinen Höhepunkt erreicht hatte, vernahmen sie ein Geräusch auf der Treppe. Die Schritte eines Nacktlings.

Furz erstickte beinahe an einem Käsebrocken.

»Schnell«, zischte Trödler, »laß mich jetzt raus!«

»Geht nicht«, Furz hustete Trödler winzige Käsestückchen ins Gesicht, »weiß nicht, wie.«

Trödlers Hoffnungen stürzten in sich zusammen wie ein Kartenhaus. »Aber du hast doch gesagt, du hättest deinen Großvater …«

Die Zimmertür ging auf, Nacktlingsstiefel polterten über den Fußboden.

»Habe gelogen«, erwiderte Furz schlicht. Dann verschmolz die Stinkmorchel mit den Schatten am Treppenabsatz, schlüpfte in ein Loch zwischen den Bodendielen und war verschwunden.

»Du – du – du – verfluchter …«, keuchte Trödler, doch es war zu spät.

Ein riesiger Schatten senkte sich auf den Käfig. Trödler blickte hoch und entdeckte einen Nacktling, der auf ihn herunterschaute. Furchteinflößende Zähne blitzten in seinem Gesicht. Eine dunkle Haartolle fiel ihm in die Stirn. Die Augen waren brennendes Eis, die Nasenöffnungen tiefe Mauselöcher im teigigen Oval. Er starrte Trödler an, kratzte sich mit einem dicken Finger an der Nase und stieß ein schreckliches Grunzen aus.

Dann faltete sich der Nacktling in der Mitte zusammen und streckte den Arm nach dem Käfig aus. Trödler wurde so schnell hochgehoben, daß sein Magen einen Purzelbaum schlug. Eine Körperlänge vor ihm gähnte der grauenvolle Mund. Die dicke Zunge rollte durch die Höhle wie ein monströser Wurm. Der Atem verbreitete ein süßliches Aroma von Marmelade und Rinderbrühe. Trödler mußte sich beinahe übergeben und flüchtete in die andere Ecke des Käfigs.

Von dort aus konnte er den ganzen schrecklichen Kopf des Nacktlings erkennen, der ihn gefangen hatte. Es mußte der Kopfjäger sein! Es gab keinen Grund, an den Worten des Kellermäuserichs zu zweifeln. Er befand sich in den Händen des berüchtigten Mäusemörders, des Meisters der Folter. Sein Ende konnte nicht mehr weit sein. Nun mußten die Stimmen der Vorfahren eine andere Maus erwählen, die seine Rolle übernahm.

Der Nacktling trug das Abzeichen mit dem Mäuseschädel, das Fusel einmal erwähnt hatte. Mit einem dröhnenden Geräusch trug er Trödler im schwankenden Käfig über den Treppenabsatz ins

Schlafzimmer. Er stellte das Gefängnis mit lautem Knall auf einen Tisch, so daß es Trödler von den Füßen fegte. Er schaute hoch und wünschte sich sofort, er hätte es nicht getan. Ihm bot sich ein makabrer Anblick. Auf einem Regal in Augenhöhe waren furchterregende Schädel und Knochen fein säuberlich aufgereiht.

Die skelettierten Überreste von Mäusen!

Trödler war außer sich vor Angst. Neben den Mäuseköpfen gab es auch Vogelschädel. Flügelknochen waren wie Schmetterlinge an die Wand geheftet, auf einer Pinnwand aus Kork steckten aufgespießte Käfer. Dann waren da noch ein Kaninchenschädel, der Schwanz eines Eichhörnchens, der Brustkorb eines Wiesels... Das Regal bildete einen Friedhof voll ausgebleichter Knochen. Hier und da lagen auch Pelzfetzen und einzelne Federn herum.

Auf einem anderen Regal drängten sich versiegelte Gläser mit einer Flüssigkeit, in der seltsame Gegenstände schwammen. Manche waren unerkennbar, nichts als grau-rote, wolkige Klumpen, doch bei anderen handelte es sich eindeutig um ganze Mäuse. Trödler kamen sie sehr friedlich vor, wie sie da in ihren Gläsern schwebten. Friedlich – und tot.

»Süße, süße Maus, fleischiges Mäuschen, zeige mir deinen molligen kleinen Körper...«

Trödler schoß herum. Glitzernde, rosageränderte Augen starrten ihn an. Eine fette weiße Maus saß in einem silbernen Käfig, der direkt neben seinem auf dem Tisch stand. Sie hatte einen kurzen rosa Schwanz und eine rosige Nase. Sie saß in Nase-Hoch-Position und fixierte ihn mit einem seltsamen Gesichtsausdruck.

»Bist du auch gefangen worden?« fragte Trödler, um den Blick von sich abzulenken.

Die Maus wimmerte. »Hast du etwa noch nicht vom Kleinen Prinzen gehört?«

»Ja, ich habe von dir gehört«, erwiderte Trödler, »aber ich kann mich nicht an den genauen Zusammenhang erinnern.«

»Ich werde deinem Gedächtnis auf die Sprünge helfen«, bot der Kleine Prinz in seiner Singsangstimme an. »Wie wäre es mit –

Kannibalismus? Klingelt da ein Glöckchen, Gelbhals? Haben sie dir nicht erzählt, daß ich andere Mäuse fresse?«

Trödlers Fell sträubte sich. »Du – du machst doch Witze.«

Der Kleine Prinz stieß ein Übelkeit erregendes Lachen aus. »Natürlich mache ich gerne Witze, du Zuckerstück, aber nicht, wenn es ums Futter geht. Darüber mache ich grundsätzlich keine Witze.«

Trödler schluckte und schaute sich um.

Der Nacktling fuchtelte an einem Regal herum. Dann drehte er sich um, warf einen Blick auf Trödler und ging aus dem Zimmer. Trödler blieb nur die Gesellschaft dieser undurchsichtigen Kreatur, die das Fleisch ihrer Artgenossen liebte.

»Wo kommst du her?« fragte er. »Warum hast du so eine komische Farbe?«

»Komische Farbe?« flötete der Kleine Prinz. »Du hast hier die komische Farbe. Ich bin die perfekte zahme Maus, perfekt gezüchtet mit perfektem Fell. Die Nacktlinge lieben mich. Mein Herr streichelt mir gern mit dem Finger übers Fell. Er singt mir in den Tönen der Nachtigall vor. Ich bin sein Haustier, sein wunderschöner Kleiner Prinz, und er schenkt mir Zärtlichkeit und Verständnis.«

»Anderen Mäusen nicht?«

»Jedenfalls keinen schmutzigen, gewöhnlichen Hausmäusen und Gelbhälsen mit ihren dreckigen Fellen und abscheulichen Manieren ...«

»Wir sind weder dreckig noch abscheulich«, japste Trödler empört.

»Schlampig und schäbig, schmierig und ungepflegt – boshafte, kleine Wesen, aber mit zuckersüßem Fleisch – o ja, mit honigsüßem Fleisch. Ich liebe eure Lenden, Lungen, Lebern. Ich begehre eure Backen. Ich koste eure Kehlen. Ich hänge an euren Herzen. Eure Milz mag ich sehr. Euer Hirn ist hinreißend. Euer –«

»Klappe!« brüllte Trödler.

Der Kleine Prinz blinzelte mit den rosageränderten Augen und fuhr in seiner eigenartigen Litanei fort: »Sprichst du nicht gerne mit mir, du leckeres Mäuschen? Ärgere ich dich, Süßer? Darf ich das Mark aus deinen Knochen saugen, wenn du tot und in Brühe gekocht bist? Darf ich? Darf ich? Darf ich das Hirn aus deinem Schädel lecken und deine Zehen beknabbern? Darf ich?«

»Du bist abstoßend«, erwiderte Trödler verächtlich. Er wandte sich von der weißen Maus ab und schaute zur Wand.

Als der Kleine Prinz wieder das Wort ergriff, klang seine Stimme halbwegs normal. »Ich bin schon lange hier. Mein ganzes Leben. Ich weiß nicht, seit wann ich schon in diesem Käfig sitze. Vermutlich wurde ich darin geboren. Ich heiße Kleiner Prinz, bin aber der Kaiser meines Reiches. Ich herrsche über die Gefangenen in ihren Käfigen. Du mußt mir gehorchen. Du mußt nett zu mir sein. Mein Herr wird dich erst töten, wenn ich dich ansehe und mir die rosa Lippen mit meiner kleinen rosa Zunge lecke. Dann erst sticht er dir eine Nadel in die Augen, direkt ins Gehirn, und kocht dich in der Brühe. Er weiß nämlich, daß ich dich fressen möchte. Er sieht gern zu, wenn ich das Fleisch meiner Artgenossen verschlinge. Es gefällt ihm.«

Trödler fragte: »Wirst du es nicht irgendwann leid, dir selber zuzuhören?«

»Doch, sicher. Deshalb sollst du mir ja zuhören. Dann lasse ich dich noch ein bißchen leben.«

Trödler stieß einen schweren Seufzer aus. »Was willst du mir sagen?«

»Alles, einfach alles«, schrie der Kleine Prinz fröhlich. »Komm, wir spielen. Ich denke mir etwas Leckeres zu fressen aus, und du mußt raten, was es ist. In Ordnung?«

»Käse«, sagte Trödler.

»Neiiiiin!« schrie der Kleine Prinz.

»Kuchen.«

»Neiiiiin! Ich gebe dir einen Tip. Es ist das Allerköstlichste auf der Welt.«

»Eine Maus«, grollte Trödler.

»Etwas ganz Besonderes.«

»Das Herz einer Maus.«

»Ja, ja«, rief der Kleine Prinz erfreut. »Wie bist du so schnell darauf gekommen? Ich hebe mir das Herz gerne für den Schluß auf, weil es so weich und süß ist. Sollen wir noch ein Ratespiel machen?«

»Nein«, schnappte Trödler, »lieber würde ich sterben. Selbst ein langsamer Tod ist besser, als dein Gewäsch zu ertragen. Eine schlimmere Folter habe ich noch nie erlebt.«

»Du tust mir weh«, erwiderte der Kleine Prinz tadelnd. »Schämst du dich nicht, du boshafte Kreatur? Ich habe eine liebliche Stimme. Ich singe das Lied der Singdrossel. Du solltest froh sein, daß ich dir deine letzten Augenblicke verschönere. Wie kannst du süßes Mäuschen dich nur beschweren?«

Trödler stöhnte und drehte sich wieder zur Wand. Du bist der Eine, der mit den Vielen geht, dachte er. Sollte es das nun gewesen sein? War er der Eine und die bereits gefressenen Mäuse die Vielen, denen er folgen würde? Die Stimmen der Vorfahren hatten ihm mit ihren Prophezeiungen und ihrem Drängen in der Fremde ein furchtbares Ende beschert.

Pfefferkranz

»Das Licht bei dem Balken dort drüben hat sich ein wenig verändert. Bist du das, Grimmig?« fragte eine körperlose Stimme.

»Ja – wer ist da?«

»Ich bin's, Tolpatsch. Bin gerade unterwegs zum anderen Ende des Dachbodens.«

»Wo bist du, neben dem alten Sessel?« fragte Grimmig.

»Nein, hier drüben bei der kaputten Uhr.«

»Kann dich immer noch nicht sehen. Egal, wir treffen uns später. Bin auf der Suche nach Futter.«

»Viel Glück.«

Die beiden Mäuse, Angehörige des Stamms der Unsichtbaren, gingen ihrer Wege, ohne einander gesehen zu haben.

Eigentlich waren die Unsichtbaren Waldmäuse mit großen, runden Ohren und riesigen Augen. Ihre Größe lag zwischen der einer Hausmaus und der eines Gelbhalses. Sie verbrachten die meiste Zeit ihres Lebens im Dunkeln, ja, sie liebten die Finsternis geradezu. Dachböden eigneten sich hervorragend für ihr nächtliches Leben. Sie gebrauchten Nase und Ohren viel stärker als die anderen Sinne, konnten aber auch Formen in der Dunkelheit wahrnehmen, die anderen Mäusen nicht aufgefallen wären. Der Schöpfer hatte sie mit der Gabe des Verschwindens bedacht. Sogar wenn man wußte, daß sie da waren, wenn sie sich selbst bemerkbar machten, erschienen sie irgendwie körperlos, wie ein Teil der Finsternis. Sie waren die samtweichen Phantome des Hauses. Selbst Gorm bewunderte ihre geschickte Tarnung.

Wie Trödler und seine Artgenossen lebten auch die Waldmäuse gewöhnlich in Wäldern und Hecken, Gärten und Feldern. Man nennt sie daher auch langschwänzige Feldmäuse. Manchmal jedoch treibt es sie in die riesigen Schneckenhäuser der Nacktlinge. Diesen Weg hatten auch die Ururgroßeltern der Unsichtbaren eingeschlagen. Sie kamen ins Haus, um den Unbilden eines besonders kalten Winters zu entfliehen, des schlimmsten seit vielen Nächten, und gründeten dort ihren Stamm. Als der Frühling ins Land zog, zögerten viele, wieder in die Wildnis zurückzukehren, da sie auf dem Dachboden geboren waren.

Eigentlich gab es drei Räume auf dem Dachboden. Die Mäuse hielten sich hauptsächlich im mittleren Dachraum auf. Ab und zu schlichen sie sich auch in Gnadenvolls und Kellogs Territorien.

Der mittlere Raum stand voller Gerümpel. Es gab da Truhen, Kisten mit alten Kleidern, Artefakte der Nacktlingskultur wie eine Schneiderpuppe, Fotoalben, Koffer, alte Möbel, Flaschen und zerbrochenes Spielzeug. Die Unsichtbaren liebten diesen Raum, weil er ihnen zahllose Verstecke bot.

Die Mäuselegende erzählt, daß der Schöpfer zuerst das Gerümpel erschuf. Erst danach verdarben es die Nacktlinge, indem sie die Dinge in etwas Nützliches verwandelten. Doch dieser Dachboden quoll über von unverfälschtem Gerümpel aus den Händen des Schöpfers. Ein ausgezeichneter Ort für den Nestbau.

Wisperer lebte im Schallstück einer Posaune, die an einem Nagel von einem alten Stützbalken hing; Zaghafts Nest lag tief im Herzen einer Seekiste; Elend hatte es sich in einer schaukelnden Hängematte im Netz eines Lacrosse-Schlägers gemütlich gemacht; die wunderbare Balancierkünstlerin Tolpatsch betrat ihr Nest durch das Ohrloch eines Taucherhelms und war somit die einzige Maus, die ein Panoramafenster besaß.

Ja, es war eine sehr abwechslungsreiche Landschaft, in der der Stamm der Unsichtbaren lebte und starb.

Er wurde allerdings nicht oft als Stamm bezeichnet; die meisten Mäuse sprachen nur von »den Unsichtbaren«. Sie gingen verschlungene Wege, folgten geheimen Pfaden, und die mystische Stille ihres Kommens und Gehens war im ganzen Haus berühmt. Seit der Gründung ihres Stammes war noch keine von ihnen Spuck oder Augapfel zum Opfer gefallen. Tatsächlich erlegte nur die Eule Gnadenvoll Unsichtbare. Kellog stahl allerdings häufig die Jungen aus den Nestern.

Gnadenvolls dichtes, weißes Gefieder verursachte keinerlei Fluggeräusche. Sie galt als hervorragende, erbarmungslose Jägerin, deren scharfem Auge nichts entging. Einmal entdeckt, war die Beute schon so gut wie tot. Ihr Schnabel und die tödlichen Krallen rissen eine Maus in Sekundenschnelle auf. Zum Glück war der Dachboden nicht ihr einziges Jagdrevier. Nachts flog sie oft in die Wildnis hinaus, um dort nach Futter zu suchen. Sie war immer hungrig, und nur die klügsten Unsichtbaren erreichten das Erwachsenenalter.

Die Unsichtbaren pflegten die seltsame Angewohnheit, Lebewesen Namen zu geben, die im genauen Gegensatz zu ihrem Naturell standen. Daher trug die Maus mit der dröhnenden Stimme den Namen Wisperer, der Alleskönner im Wasser hieß Nichtschwimmer, die geschickteste Balancekünstlerin unter ihnen war Tolpatsch, der schüchternste der Gruppe wurde Grimmig genannt, und das geräuschvollste Wesen trug den Namen Leichtfuß. Sie war ein Gelbhals unter lauter Waldmäusen.

Gnadenvoll hatte ihren Namen erhalten, als die ersten Unsichtbaren den Dachboden bevölkerten. Die männliche Ratte Kellog teilte ihnen umgehend mit, er besitze bereits einen Namen und könne auf ihre Erfindungen gut verzichten. Die Mäuse zogen es daher vor, ihm seinen Namen zu lassen.

Kellogs Erzfeind unter den Unsichtbaren war Nichtschwimmer. Kellogs Nest lag zwischen der Außenmauer und dem Wassertank. Nichtschwimmer schwamm mit Vorliebe im Tank herum, wenn dessen Wächter nicht in der Nähe war. Kellog hatte geschworen, die mutige Waldmaus zu töten, doch bisher war sie ihm stets entwischt.

Kellog hatte sein Nest unter anderem dort angelegt, weil er von diesem strategisch günstigen Ort aus die Wasserversorgung des gesamten Dachbodens kontrollieren konnte. Wer trinken wollte, mußte damit rechnen, es unter Kellogs scharfem Blick zu tun. Jene Mäuse, die bei ihm in Ungnade gefallen waren, mußten warten, bis er einen seiner Spaziergänge durchs Haus unternahm. Erst dann konnten sie es wagen, ihren Durst zu stillen. Mäuse müssen nicht oft trinken, aber es war trotzdem ärgerlich, von der Gnade eines anderen abzuhängen. Nichtschwimmer konnte grundsätzlich nicht trinken, wenn Kellog zu Hause war. Dies erzürnte den großen Schwimmer immer wieder aufs neue.

Als Trödlers Ohren unter den sirupsüßen Tiraden des Kleinen Prinzen litten, schwamm Nichtschwimmer gerade entschlossen durch den Wassertank. Seine Beine strampelten wie wild und trugen ihn über die weite Wasserfläche.

Bisher hatte er sich damit zufriedengegeben, Spuren um Kellogs Nest zu hinterlassen: Anzeichen, daß er da gewesen war, die das Ungeheuer ärgern und an seine eigene Verwundbarkeit erinnern sollten: ein Stückchen Watte, ein Knopf mitten im Nest. Kellog hatte erst vor kurzem das Nest von Nichtschwimmer und seiner Gefährtin Töricht zerstört. Das schrie nach Rache. Beim nächsten Mal mußte er die Lage seines Zuhauses geheimhalten, um einen erneuten Vergeltungsschlag zu verhindern.

In der Mitte des Tanks war es still und dunkel. Er schwamm so geschickt, daß sich die Wasseroberfläche kaum kräuselte. Seine großen, aufmerksamen Augen nahmen jede Bewegung in der Nähe war: Spinnen, Insekten und selbst dahintreibende Staubkörner. Er wollte nicht auf Kellogs Territorium erwischt werden, denn die Ratte war mit Sicherheit ein ausgezeichneter Schwimmer.

Am anderen Ufer des Tanks angekommen, krabbelte er aus dem Wasser. Da war schon der abstoßende Geruch von Kellogs Nest, schal, muffig, insgesamt unerfreulich. Nichtschwimmer rümpfte die Nase und zuckte mit den Schnurrhaaren, während er das Wasser aus dem Fell schüttelte. Dann wischte er sich mit den Pfoten übers Gesicht und warf einen näheren Blick auf das potentielle Angriffsziel.

So, so, Kellog glaubte also, er könne ungestraft das Nest eines Unsichtbaren verwüsten.

Das Rattennest erinnerte an einen Eichhörnchenkobel: rund, mit einem einzigen Loch. Der große, hohle Ball bestand aus Pappstreifen, Gummi, Stücken von Elektrokabeln, Schnur, altem Filz, Papier, Stoff und Holzsplittern. Lauter Fetzen, die Kellog irgendwo losgenagt oder -gerissen hatte. Die südliche Wand war mit einem schönen roten Seidenband geschmückt, das so gar nicht zum Rest der finsteren, unheilverkündenden Festung paßte.

Zitternd schaute Nichtschwimmer zum Loch hinüber. Zum Glück hatte er Kellog selbst dabei beobachtet, wie er an diesem Morgen das Nest verließ. Sonst wäre das Risiko, der Ratte über den Weg zu laufen, einfach zu groß gewesen. Schon der Gedanke daran jagte der Maus einen Schauer über den Rücken.

»An die Arbeit!« ermunterte sich Nichtschwimmer. Er zerrte mit den Zähnen an den Drähten und Schnüren, die das Nest zusammenhielten, bis sie sich vom Hauptgerüst lösten. Es war äußerst mühsam, da Kellog sich aufs Flechten verstand und die Bestandteile seines Hauses fest miteinander verbunden hatte.

Bald jedoch war Nichtschwimmer schon bis zu den Papierstreifen vorgedrungen, die schnell nachgaben. Das Nest sank allmählich in sich zusammen.

Nichtschwimmer rang nach Atem, trat einen Schritt zurück und betrachtete sein Werk. »Sabotage!« beglückwünschte er sich selbst. Nach getaner Arbeit schnappte er sich das rote Band als Trophäe und glitt wieder ins kühle Wasser. Lautlos schwamm er zurück ans andere Ufer. Das Flüstern der Spinnen war lauter als seine Bewegungen, das Murmeln der Käfer ein tosender Lärm dagegen. Triefend kletterte er an Land und verschwand geistergleich in den Schatten zwischen den Bodendielen.

An seinem brandneuen Nest in der Kabine eines Spielzeuglasters angekommen, verstaute er zunächst die seidene Trophäe unter dem Nestboden. Dann gesellte er sich zu Töricht, die schon seinen Bericht erwartete.

»Alles in Ordnung?« fragte sie.

»Alles bestens«, antwortete er und ließ sich tropfnaß neben sie plumpsen. »Du hättest mitkommen sollen.«

»Wenn ich so gut schwimmen könnte wie du, hätte ich es glatt gemacht«, entgegnete sie. »Keiner der Unsichtbaren schwimmt so wie du.« Stolz fügte sie hinzu: »Du bist der beste Schwimmer des Stammes.«

»Ach, ist nur ein glücklicher Zufall«, sagte Nichtschwimmer bescheiden.

Das Nest war warm und roch gut. Ihn überkam eine angenehme Mischung aus Befriedigung und Schläfrigkeit. Es war zwar eine gute Stunde Arbeit gewesen, doch man würde sie in den Stammeslegenden verewigen.

»Habe ich euch jungen Leuten schon erzählt, wie vor langer, langer Zeit eine tapfere Maus namens Nichtschwimmer das Nest der bösen Dachratte zerstörte? Das war so...«

Mascarpone

Kellog kauerte sich auf einen Balken. Sein schwarzer Rücken wölbte sich in einem vollendeten Bogen. Er hatte gerade einige Äpfel gefressen, die im Gartenschuppen lagerten. Der Tribut, den ihm die Wilden entrichteten, reichte zwar für Notfälle, aber nicht zum Sattwerden.

Kellog und Tunnelgräberin hatten das Haus zwischen sich aufgeteilt. Die Ratte beherrschte den oberen Bereich, die Wühlmaus saß am unteren Ende. Beide verlangten Tribut und waren sich in Kellogs Augen daher ziemlich ähnlich. Die Wühlmaus hätte auf Anfragen jedoch darauf hingewiesen, daß man bei ihr auch eine Gegenleistung erhielt – das Recht des freien Durchgangs. Kellog hätte bestimmt gekontert, daß auch er den Mäusen etwas schenkte: ihr Leben.

Die Wilden mußten ihm schlicht und einfach deshalb etwas geben, weil nur sie etwas zu geben hatten. Die anderen waren arm wie Kirchenmäuse. Auf vertrocknete Krusten und zerkaute Bücher konnte Kellog gut verzichten.

Die gefährliche Reise vom Dachboden in den Garten verlief von Gnadenvolls Einflugloch aus an der Wand hinunter und auf demselben Weg zurück. Nachdem Kellog diesen Weg zurückgelegt hatte, freute er sich auf eine Ruhepause.

Gnadenvolls Loch zu benutzen war riskant, selbst in der Nacht. Wenn sie ihn erwischte, war es um ihn geschehen. Aber nun wurde Kellog arrogant und herrisch. Es hatte mit seinem Status im Haus zu tun. Er war der Unbesiegbare, dessen großes, finsteres Nest jeder Maus Angst einflößte. In seiner Ansammlung von Dachbodenmüll lebte er als Herrscher, den jeder fürchtete, von den Anführern der Stämme bis hin zum kleinsten Mäusekind.

Kellog empfand nur wenig Angst. Sicher, die Eule war gefährlich, doch solange er in der Dämmerung, dem bedrohlichen Zwielicht, Vorsicht walten ließ, würde sie ihn nicht erwischen. Die

Nacktlinge hingegen machten ihm Sorgen. In ihrer Gegenwart ließ er sich nie sehen und glitt zwischen Wänden und unter Dielen entlang. Die Katzen störten ihn, und deshalb hielt er sich von ihren Gebieten fern.

Kellog kannte nur eine einzige echte Angst: daß man ihn zu Tode reimen könnte. Alle Ratten der Welt leben mit der Furcht, von einem schlauen Reimer zu Tode gereimt zu werden.

Kellog hatte gehört, was geschah, wenn einer der zahllosen Reime über ihn und seine Artgenossen erklang. Die Ratte wurde augenblicklich steif. Ihr Unterkiefer klappte herunter, die Augen wurden glasig, und das Herz blieb stehen.

»Ratz muß weg,
Macht nur Dreck.
Wird ganz bleich,
Ist 'ne Leich.
Augen zu,
Weg bist du.«

Wenn man diesen Reim in seiner Gegenwart laut aussprach, würde Kellog tot umfallen. Allerdings hatte er wenig zu befürchten, da keine Maus diesen wunden Punkt kannte. Außerdem waren die Dachbodenmäuse nicht schlau genug, sich solche Reime auszudenken. Ihnen fehlte das Gehör für Rhythmus oder Reim. Sie kannten kein Metrum und konnten nicht skandieren. Sie waren taub für Poesie und zudem überaus unmusikalisch.

Bei den Bibliotheksmäusen sah es natürlich anders aus, und deshalb hielt sich Kellog auch fern von ihrem Territorium. Unter ihnen hatte einmal ein Verseschmied gelebt – Snurb der Reimer war sein Name. Irgendwann hatte er sein behagliches Heim verlassen und dem Drang nachgegeben, ein echter Poet zu werden, der einsam Berg und Tal durchwandert. Kellog war außer sich vor Freude gewesen.

Sollte man seine geheime Schwäche entdecken, würde Kellog

die Buchfresser aus dem Haus vertreiben. Hörte er irgendwann von einer einzelnen Maus, die ebenfalls reimen konnte, würde er sie töten, bevor sie ein Wort sagen konnte.

Den Nacktlingen bezeugte Kellog sehr viel mehr Respekt als die Mäuse, und sie waren sich seiner Gegenwart nicht bewußt. Sollte ihn einer erspähen, würde die Hölle losbrechen. Zuvor schon hatte er ihre Angst vor Angehörigen seiner Art erlebt. Sie würden alle Hebel in Bewegung setzen, um ihn zu töten. Nacktlinge mochten Mäuse nicht allzu gern, doch das war nichts gegen den Haß, den sie Ratten entgegenbrachten.

Die Mäuse hielten Nacktlinge für dumme, schweineähnliche Kreaturen, doch Kellog wußte es besser. Wenn es um das Aufspüren und Vernichten von Ratten ging, konnten sie ebenso erfinderisch wie rücksichtslos sein. Eine Bibliotheksmaus würde es vielleicht so ausdrücken: Im Ausrotten räudiger Ratten waren Nacktlinge recht rabiat.

Kellog fühlte sich zwischen den Holzbalken zu Hause. In sich trug er die Erlebnisse und Träume seiner Vorfahren – verschwommene, schattenhafte Erinnerungen einer ganzen Rasse, Bilder aus den schwankenden Bäuchen hölzerner Schiffe. Der Geruch von Teer, der zum Kalfatern verwendet wurde, hatte sich tief in seine Gene gegraben. Ebenso der Geruch von Schießpulver und Eisen, Hanftauen und Segeltuch, der Klang von Holz auf Holz, der Geschmack des Salzwassers, der Käse, Mehl und Äpfel tränkte. In seinem erregten Rattenhirn war das Muster der Quermasten unauslöschlich eingeprägt, das Geflecht der Seile, das von der Klampe zum Spier verlief, das Gewirr der Taue zwischen Besan- und Großmast – lauter Fluchtwege für aufgescheuchte Ratten.

Kellog selbst war keine Schiffsratte, doch sein Großvater war auf einem Nacktlingsschiff zur See gefahren. Schiffsratten haßten – im Gegensatz zu ihren gewöhnlichen Artgenossen – die Kälte. Daher ließ sich die Kolonie schließlich auf dem gemütlichen Dachboden des Hauses nieder.

Sofort brach ein Krieg zwischen den Nacktlingen und den Ratten aus. Kellogs Familie fiel einem grausamen Massaker zum Opfer.

Die meisten Ratten starben einen qualvollen Tod, zuckend und japsend, bis sie sich zu einer steifen Kugel zusammenrollten. Gift war die Todesursache: Pulver, das man an den zugänglichsten Stellen des Hauses gestreut hatte. Allmählich wurden die Überlebenden immun und fraßen das Pulver mit großem Genuß und ohne Nachwirkungen. Kellog gehörte zu ihnen, er war eine der drei letzten Ratten im Haus. Eine starb an Altersschwäche. Die zweite im Bunde wurde irgendwann vom Küchennacktling mit dem Fleischklopfer zermatscht, als sie Kuchen stehlen wollte.

Jetzt war Kellog ganz auf sich allein gestellt. Diese Existenz paßte zu seinem düsteren Naturell. Eigentlich sind Ratten gesellige Wesen, und jede andere wäre vermutlich an Einsamkeit zugrunde gegangen, doch Kellog war eben Kellog und damit keine gewöhnliche Ratte.

Kellog streckte sich und gähnte mit weit offener Schnauze. Dann ließ er sich mit einem hörbaren Geräusch vom Balken zu Boden plumpsen und lief zu seinem Nest. Er freute sich schon auf sein gemütliches Heim, in dem er sich einrollen und seinen Rattenträumen hingeben konnte.

Er schwamm durch den Wassertank und verschaffte seinen Flöhen ein ordentliches Bad. Da war auch schon sein Nest. Sein Nest!

Kellog starrte auf das Durcheinander vor seinen Füßen – zunächst verwirrt, dann mit wachsendem Zorn. Schließlich überkam ihn große Traurigkeit, als er bemerkte, daß das wunderschöne rote Seidenband verschwunden war. Es war sein einziger Schmuck gewesen, der einzige zweckfreie Bestandteil seines Nestes. Dieses Band hatte er wie einen Talisman gehütet. Kellog wurde schlecht vor Wut. Sein Schwanz peitschte durch den dicken Staub. Sein Magen brannte vor Übelkeit, die sich in seinem ganzen

Körper ausbreitete. Die Augen funkelten, und die Zähne klapperten aufeinander, als er seinen Zorn mühsam im Zaum hielt. Er stieß nur ein einziges Wort hervor: »Nichtschwimmer!«

Saint Paulin

Wisperer hatte eine Ratsversammlung einberufen, zu der alle Unsichtbaren, die älter als sechzig Nächte waren, erscheinen mußten. Der Anführer bat um Ruhe. Die Ratsmitglieder traten ins graue Licht, nannten ihre Namen und zogen sich wieder ins Dunkel zurück. Als er die Vollzähligkeit der Versammlung festgestellt hatte, wandte er sich mit dröhnender Stimme an seinen Stamm. »Ihr werdet sicher bemerkt haben, daß uns Tostig vom Stamm der Wilden in der vergangenen Stunde einen Besuch abgestattet hat…«

»War ja kaum zu überhören«, erwiderte Tolpatsch. »Trampelt wie ein Nacktling über unseren Dachboden und will sich mit einer Lumpenpuppe unterhalten.«

Allgemeines Gelächter.

»Nun«, meinte Wisperer, »andere Mäuse verstehen sich nicht so auf das Unsichtbarmachen wie wir. Tostig hatte bestimmt das Gefühl, sich absolut lautlos zu bewegen.«

Erneutes Gelächter. Die Unsichtbaren hatten eine kleine Schwäche. Sie waren manchmal zu selbstzufrieden, wenn es um ihre eigenen Talente ging.

»Tostig überbrachte eine Botschaft von seinem Anführer, Gorm dem Alten. Er möchte sich mit mir treffen, um eine Angelegenheit zu besprechen, die von größter Wichtigkeit für das gesamte Haus sei.«

Zaghaft stand im Schatten eines Balkens am Rande der Versammlung und äußerte ein hörbares Knurren.

»Hast du etwas zu sagen, Zaghaft?« erkundigte sich Wisperer bei seinem ewigen Rivalen um die Führung des Stammes.

Zaghaft, eine ungehobelte, gewalttätige Waldmaus, deren eines Auge von einem milchigen Schleier überzogen war, erwiderte: »Ich weiß, ich sollte mit dir über jedes Wort streiten, Wisperer. So muß es zwischen Rivalen sein. Du redest meistens ohnehin nur Blech. Das hier geht jetzt aber wirklich zu weit. Gorm ist ein Barbar…«

»Und das aus deinem Mund!« brüllte Wisperer. Wer von Zaghaft weiter entfernt stand, wagte ein Lachen.

Zaghaft stieß ein kehliges Grollen aus. »Mag sein, Wisperer. Ich will damit nur sagen, du kannst ihm nicht vertrauen. Du kannst keinem Wilden trauen. Sie sind hinterhältige, tückische Kreaturen. Oh, du weißt nur allzu gut, wieviel Ärger sie uns schon bereitet haben.«

Wisperer nickte bedächtig. »Da hast du recht. Wir haben gelegentlich Probleme mit den Wilden gehabt. Trotzdem neige ich dazu, dieses Mal mit ihnen zu reden. Einer von uns wurde zu ihrer Versammlung eingeladen. Angeblich existiert ein Plan, durch die Vertreibung der Nacktlinge einen utopischen Staat zu verwirklichen. Die Mäuse sollen dann in Frieden miteinander leben. Ohne die Nacktlinge gebe es genügend Futter für alle…«

»Mann, du glaubst doch nicht diesen Schwachsinn?« schrie Zaghaft. Visionen lagen ihm nicht. »Der Unsichtbare, der sich zu dieser Versammlung wagt, verschwindet auf Nimmerwiedersehen, darauf verwette ich meinen Schwanz. Es ist nur ein Trick, um einen von uns in die Küche zu locken. Dort findet dann ein Ritualmord statt.«

»Die Buchfresser kommen auch«, dröhnte Wisperer.

»Das bestätigt nur meine Worte«, erklärte Zaghaft.

»Hexerei. Schwarze Magie. Sie brauchen dazu einen Unsichtbaren. Er wird gefoltert, und dann reißen sie ihm die Kehle auf. Das Blut verwenden sie für ihre unaussprechlichen Zeremonien. Schick doch gleich einen Jugendlichen hin. Ein nettes, unschuldiges Opfer für ihre diabolischen Riten.«

Leichtfuß räusperte sich und sagte: »Wisperer, es stimmt, daß die Buchfresser im Mondlicht Kinder schlachten und das Blut trinken …«

Wisperer stampfte mit dem Fuß auf und trommelte ungeduldig mit dem Schwanz. »Das erzählt man uns. Hat einer von euch es jemals gesehen?«

»Ein Onkel von mir hat gehört –«, hob Leichtfuß an, wurde jedoch von Töricht unterbrochen.

»Bigotte Vorurteile! Wir wissen doch gar nicht, was sich in der Bibliothek abspielt. Solange es niemand mit eigenen Augen gesehen hat, sollten wir diese Schauermärchen unbeachtet lassen. Vermutlich erzählen die Buchfresser ihren Kindern ähnliche Geschichten über uns. Diese barbarische Unwissenheit muß ausgemerzt werden.«

»Wenn sie Geschichten über uns verbreiten, dürfen wir das auch«, meinte Zaghaft.

Töricht fiel über ihn her. »Schwachsinn! Wir sollten lieber ein Beispiel geben und keine neuen Unsinn produzieren. Sonst wird der Teufelskreis von Mißtrauen und Haß nie durchbrochen. Dies ist eine ernste Angelegenheit. Wir haben jetzt die Chance, die anderen Stämme kennenzulernen und mit eigenen Augen zu sehen, daß die Wilden nicht nur blutrünstige Zerstörer und Plünderer sind. Endlich können wir herausfinden, ob uns die Buchfresser nicht ähnlich sind, nur ein wenig mystischer und gelehrter …«

Zaghaft meldete sich scheinheilig zu Wort. »In diesem Fall sollte Töricht unsere Botschafterin sein. Schließlich ist sie wild auf gute Beziehungen unter den Stämmen. Was hältst du davon, Grimmig?«

Der schüchterne Grimmig, der sich vor seinem eigenen Schwanz und vor allem vor Zaghaft fürchtete, flüsterte: »Oh, sicher, sicher.«

»Nein!« schrie Nichtschwimmer und trat aus dem Schatten hervor. »Sie ist trächtig. Sie wird nirgendwo hingehen.«

Töricht selbst gab die Antwort. »Ja, das stimmt. Trotzdem bin ich die richtige Maus für die Aufgabe. Es ist eine gefährliche Unternehmung, aber es wird schon gehen. Wisperer, ich möchte gerne Botschafterin sein.«

Nun mußte jeder seiner Meinung Ausdruck verleihen.

»Töricht sieht das alles nicht so emotional.«

»Sie hört sich die Argumente aufmerksam an und trifft dann mit gesundem Mäuseverstand eine Entscheidung. Sie ist wie geschaffen für die Aufgabe.«

»Damit wäre das geregelt«, sagte Töricht. »Würdest du uns bitte die Gründe für diese Versammlung nennen, Wisperer?«

»Wie gesagt, eine Revolution liegt in der Luft. Wir Unsichtbaren möchten nicht außen vor bleiben. Es könnte die Befreiung von den Nacktlingen bedeuten! Tostig sagte mir, die Buchfresser seien sehr aufgeregt, und die Wilden sind ohnehin dafür.«

»Wie steht es mit Ulf und seinen 13-K?« fragte Grimmig.

»Ah, da liegt wohl die erste Schwierigkeit. Ulf und Drenchie haben sich kategorisch geweigert, etwas mitzumachen, an dem Gorm beteiligt ist. Trotzdem, man kann ja nie wissen, vielleicht überlegen sie es sich noch. Sonst müssen wir eben auf sie verzichten. Stellt euch nur ein Haus ohne Nacktlinge vor! Sie würden die Katzen und den Hund mitnehmen. Dann leben wir in Frieden mit unseresgleichen und wandern ungehindert durchs Haus...«

Viele Mäuse schwiegen ehrfürchtig bei so anarchischen Vorstellungen.

»Kellog und Gnadenvoll werden wohl kaum verschwinden, oder?« fragte Zaghaft.

Wisperer antwortete dröhnend: »Für Gnadenvoll habe ich mir schon etwas überlegt.«

Die Unsichtbaren stießen ein fasziniertes Keuchen aus. Eine Maus, die es mit einer Eule aufnahm? War das möglich?

»Im Augenblick kann ich noch nicht viel dazu sagen«, erklärte Wisperer bedeutungsschwer.

»Himmelarsch«, grollte Zaghaft, »spinnst du? Gegen Gnadenvoll kämpfen? Du tust mir wirklich leid. Wenn du mir mit einem Plan kommst, wie du Gnadenvoll töten willst, verlasse ich freiwillig das Haus. Und wie steht es mit Kellog? Hast du da auch irgendwelche Ideen?«

»Kellog ist Bestandteil meines Planes, wie wir Gnadenvoll loswerden können«, antwortete Wisperer. »So viel kann ich dir jetzt schon sagen.«

»Ob Kellog das wohl weiß?« murmelte Zaghaft.

Die Versammlung ging allmählich in ein aufgeregtes Durcheinander über. Niemand außer Grimmig interessierte sich noch für Zaghaft. Grimmig nickte und sagte leise: »Ich bin auf deiner Seite, Zaghaft.«

Dieser betrachtete angewidert den schüchternen Mäuserich. »Solltest du auch, du Laus, sonst beiße ich dir die Ohren ab.«

Plötzlich glitt ein Schatten von hinten neben Zaghaft. »Falls meiner Töricht etwas zustößt, bist du dran«, zischte eine Stimme.

Zaghaft ließ sich von dieser Drohung nicht beeindrucken. »Du weißt, wo du mich findest, Nichtschwimmer. Schleif schon mal die Zähne, die wirst du brauchen.«

Nichtschwimmer blitzte ihn an. »Denk an meine Worte. Wir kämpfen auf Leben und Tod. Nur einer von uns wird überleben.«

»Hau ab, Wasserratte«, schnappte Zaghaft und rollte das blinde Auge. »Ich kann mich nicht mit dir abgeben. Komm wieder, wenn du Zähne statt Worte gebrauchst.«

»Worauf du dich verlassen kannst.«

Nichtschwimmer verschwand wie ein Nebelfetzen im Wind.

Grimmig saß mit klappernden Zähnen da und fragte sich, ob er nun in den Konflikt zwischen seinem Freund Zaghaft und dem zu allem entschlossenen Nichtschwimmer verwickelt sei. Eigentlich wollte er mit solchen Kämpfen nichts zu tun haben. Der Sieger würde mit Sicherheit in der Verbannung enden. Es war besser, sich auf den großen Plan zu konzentrieren.

Grimmig entfernte sich verwirrt aus der Versammlung. Das Gerede von der Vertreibung der Nacktlinge hatte ihm Angst gemacht. Sicher, er fürchtete sich vor beinahe allem und betrachtete sich selbst als größten Feigling, doch hier ging es um die Gesamtheit aller Stämme, um die bestehende Ordnung. Er konnte sich des Eindrucks nicht erwehren, daß das ganze Haus auf eine Katastrophe zusteuerte. Schon öfter hatte er Vorahnungen gehabt, und sie hatten sich immer bestätigt.

Was aber sollte er tun? Zu Wisperer gehen und sagen: »Hör mal zu, alter Freund, ich habe da so ein komisches Gefühl bei der Vertreibung der Nacktlinge. Ich glaube, wir sollten es lieber lassen«?

Keine gute Idee, dachte er. Wisperer würde ihn zur Abhärtung in den Wassertank schleudern. Das war das Problem bei empfindsamen Wesen: Niemand nahm einen ernst, niemand glaubte, daß man nur dem Allgemeinwohl dienen wollte. Alle dachten nur, man habe Angst um sich selbst, was leider auch stimmte. Die anderen konnten einfach nicht begreifen, daß er sich um sie und um sich selbst sorgte.

Grimmig war einfach zu sensibel. Sein ganzes Leben lang hatte man ihn deswegen gehänselt und gequält. Als Junges schlossen ihn die anderen Mäuse von ihren Spielen aus, machten sich über ihn lustig. Er hatte keine glücklichen Erinnerungen an seine Kindheit. Es kam, wie es kommen mußte. Grimmig verkroch sich in seinem Schneckenhaus, wurde zum Einzelgänger und dachte folglich viel mehr nach als andere Mäuse. Auch war er weitaus empfänglicher für mögliche Bedrohungen seines Stammes.

Nun erkannte er, daß die neuen Pläne Gorms des Alten ihre Welt bedrohten. Leider konnte er das nicht laut aussprechen, da Gorm ungefähr so empfindsam wie ein Ziegelstein war. Selbst ein Gespräch mit Augapfel war leichter, als Gorm seine Gefühle darzulegen. Grimmig wagte ohnehin nicht, dem Anführer der Wilden zu widersprechen, und konnte nur sich selbst seine Angst eingestehen. »Wo unter uns gibt es den einen, der die Mäuse durch die Revolte zum Frieden führen kann?«

In Gedanken versunken wanderte er durch die drei Dachräume voller Pappkartons mit Nacktlingsgerümpel. Er bewegte sich geistergleich und nutzte die dunklen Schatten als Tarnung. Er mochte zwar ein Feigling sein, doch gehörte er zu den Unsichtbaren und konnte mit der Finsternis um ihn herum verschmelzen. Wollte man nicht den schrecklichen Tod in den Fängen einer Eule erleiden, mußte man schon automatisch lautlos und unsichtbar wie ein Gespenst werden. Schließlich ließ er sich in einer mit Watte ausgepolsterten Schachtel nieder, in der ein paar billige Schmuckstücke lagen. Die Watte fühlte sich weich und tröstlich an. Er schlief ein.

Als er aufwachte, war er furchtbar durstig. Es gab nur eine Wasserquelle, den Tank. Hoffentlich war Kellog nicht zu Hause. Die Ratte machte ihn immer ganz nervös, so daß er sein Wasser zu schnell hinunterschluckte und husten mußte. Kellog war ihm nie zu nahe gekommen, da er seine Feinde sorgfältig auswählte. Wer nicht zum Kreis der Auserwählten gehörte, war schlichtweg uninteressant. Natürlich liebte Kellog grundsätzlich keine Maus, stand aber den meisten von ihnen gleichgültig gegenüber.

Grimmig erreichte den Tank und entdeckte zu seinem Entsetzen, daß Kellog am anderen Ende herumlümmelte. Er konnte den Durst aber nicht länger ertragen und mußte einfach trinken. Vorsichtig schlich er sich zum Rand des Tanks. Leider war der Wasserpegel ziemlich niedrig, so daß ein Sprung in die Tiefe unvermeidlich schien.

Grimmig zögerte eine Weile und ließ sich schließlich hineinfallen. Er tauchte auf, strampelte mit den Beinen und schaute ängstlich zu Kellog hinüber. Die riesige Dachratte hatte sich nicht von der Stelle gerührt. Grimmig stillte seinen Durst.

Dann krabbelte er aus dem Tank heraus und schüttelte das Wasser aus dem Fell. Noch immer zeichnete sich die Silhouette der Ratte reglos im Dämmerlicht ab. Plötzlich drehte sich der mächtige Kopf. Die Augen starrten durchdringend über das schwarze Wasser. Grimmig erschauerte, als sich der Blick auf ihn richtete. Konnte er noch verschwinden? Wie zur Salzsäule erstarrt fixierte er das Monster jenseits des Wassers.

Monster war genau der richtige Ausdruck. Kellog war einfach ungeheuer groß. Ein plumpes Wesen mit eisenharten Muskeln.

Seine schrecklichen Kiefer zerknackten die Knochen der stärksten Waldmaus. Kellog konnte vorsätzlich verstümmeln und morden. Er fraß zwar keine erwachsenen Mäuse, schreckte aber nicht vor einem Angriff zurück.

Grimmig stand zitternd im Bannkreis der furchtbaren Augen.

»Wohin schaust du, Ameise?« fragte die Ratte barsch.

Der Mäuserich klapperte mit den Zähnen. »N-nirgendwo hin, Kellog.«

»Dann hau ab, bevor ich dir was zum Anschauen gebe. Wie wär's mit deinen Eingeweiden?«

»N-nein, Kellog, bi-bitte nicht!«

Kellog rutschte auf seinem Aussichtsplatz hin und her und sagte dann mit gräßlicher Stimme: »Du kannst Nichtschwimmer von mir bestellen, daß er so gut wie tot ist. Ich bringe ihn um, bevor der Herbst kommt. Ich reiße ihm die Gliedmaßen ab, dann den Kopf und verteile die Stücke auf dem ganzen Dachboden. Richte ihm das von mir aus.«

Endlich erwachte Grimmigs Körper wieder zum Leben. Er drehte sich um und eilte davon. Was hatte sein Mitmäuserich Kellog der Dachratte nur angetan? Wie gut, daß er in seiner eigenen und nicht in Nichtschwimmers Haut steckte.

Camembert

Furz und Fusel sahen sich Tunnelgräberin gegenüber. Fusel bebte vor Angst. Furz war aus anderem Holz geschnitzt und zitterte nur ein wenig. Er stand mit erhobener Nase da und hielt einen undefinierbaren Brocken mit den Pfoten umklammert. Seine Schnurrhaare zuckten. »Wir haben dir ein bißchen Fleisch mitgebracht«, sagte er zu Tunnelgräberin. »Du mußt uns vorbeilassen.«

»Mußt?« schrie die kleine Wühlmaus. Sie lag in Lauerstellung und konnte jeden Augenblick zu einem ihrer tödlichen Sprünge ansetzen. »Mußt?«

Furz lächelte gequält. »Ich meine, hättest du wohl die Güte, uns in den Garten zu lassen?«

»Ja«, quietschte Fusel zähneklappernd, »in den Garten, bitte schön.«

Tunnelgräberin schnaubte verächtlich in Richtung der Kellermäuse, die das schöne Labyrinth durch ihre bloße Anwesenheit besudelten. Die beiden stanken und verteilten überall ihren Dreck. Sie waren in jede Sackgasse gelaufen und allen falschen Fährten gefolgt, bis Tunnelgräberin sich erbarmte und ihnen den Weg zeigte. Am besten, sie nahm das gekochte Fleisch an und führte sie so schnell wie möglich aus ihren geliebten Tunneln hinaus. »Gebt mir den Tribut«, knurrte sie.

Furz ließ das Stück Fleisch fallen. Fusel hatte auch eins, doch das war für den Rückweg bestimmt. Nach Vollendung ihrer Mission mußten sie erneut Wegezoll zahlen, um wieder in den Keller zu gelangen.

»Nun«, zischte Tunnelgräberin, »ihr nehmt den Gang da drüben und haltet euch rechts. Ihr wißt doch, wo rechts ist, oder?«

Fusel hob die linke Vorderpfote.

»Die andere, du Trottel«, erklärte Furz überheblich und übernahm die Führung.

»Wenn ihr euch verirrt, lasse ich euch elend verhungern!« brüllte die Wühlmaus zum Abschied.

»Danke vielmals«, rief Fusel ohne jede Spur von Sarkasmus. Dann murmelte er vor sich hin: »Rechts halten, rechts halten…«

Schließlich spürten die Kellermäuse einen Luftzug im Tunnel, der ihnen den ersehnten Geruch zutrug. Die Dunkelheit wich dem frühen Abendlicht. Sie hatten sich zeitig von ihrem muffigen Lager erhoben, um den Garten zu erreichen, bevor Gnadenvoll und ihre Artgenossen auf die Jagd gingen. Eulen gehörten zu den Schrecken, die Mäuse zur Salzsäule erstarren ließen. Furz und Fusel schlichen vorsichtig aus dem Labyrinth in die hohen Gräser an der Regentonne.

Sie befanden sich auf einer wichtigen Expedition. Sie wollten

Stone aufsuchen, den weithin bekannten Haselmäuserich. Er wußte angeblich alles über die Natur hier draußen. Er sorgte sich um die Landschaft, liebte und hegte sie wie die Mutter das Kind – er war genau der Richtige, ihre große Frage zu beantworten.

Fusel hing zähneklappernd am Schwanz seines Anführers, obwohl es keineswegs kalt war. Die Sonne schien, die Luft war heiß und still und erfüllt vom Gesumm unzähliger Wespen, Bienen und anderer Insekten.

Fusel hatte einfach nur Angst. »Können wir nicht heimgehen?« jammerte er. »Ich hasse das Draußen. Ist zu viel Gegend auf einmal und … Was ist das?«

Furz schoß vor Schreck in die Höhe und drehte sich um.

Ein Ungetüm wand sich durchs Gras.

»Muß eine Schlange sein«, flüsterte Furz.

»Eine was? Was ist das?«

»Sie fressen Mäuse«, erwiderte sein Kumpan und flüchtete sich ins höhere Gras.

Fusel rannte seinem Freund und Anführer hinterher. Er keuchte vor Anstrengung.

Auf ihrer Wanderung zum Gartenklo, die ihnen einfach endlos erschien, begegneten sie zahlreichen Ungeheuern – von der furchteinflößenden Elster bis zum aggressiven Rotkehlchen. Furz vermeinte ein Wiesel zu riechen, obwohl er weder wußte, wie es aussah noch wie es roch. Fusel stieß doch tatsächlich an ein »total furchtbares Krötenmonster« und erschreckte sich beinahe zu Tode.

Als die beiden Kellermäuse schließlich das Klo erreichten, waren sie mit den Nerven fertig.

Plötzlich huschte eine ungepflegte Gestalt aus den hohen Gräsern. Nach den Beschreibungen seines Onkels Galle zu urteilen, der einmal draußen gewesen war, mußte es sich um ein Zwerg-eichhörnchen handeln.

Da die Kreatur nicht größer war als Furz, ging er sofort zum verbalen Angriff über. »Was zum Teufel bist du denn?«

Das Wesen starrte ihn an. »Eine Haselmaus, du dämlicher Säuger. Ihr könnt nur Furz und Fusel sein, wenn mich meine Nase nicht täuscht. Igitt! Abscheulich!«

Furz rutschte das Herz in die Hose, als er begriff, daß sie dem Wächter des Gartens gegenüberstanden. Er ging auf ihn zu und richtete sich auf. »Haselmäuserich Stone, nehme ich an?«

Stone antwortete nicht.

»Tut mir leid, daß wir dich verwechselt haben – dachte, du wärst ein Eichhörnchen, wegen des Schwanzes.«

Stone warf einen Blick auf seinen zerzausten Schwanz und wies mit einem Kopfnicken in Richtung einer Eiche, deren knorrige Äste in den blauen Himmel emporragten. »Das da ist ein Eichhörnchen«, erklärte er.

Furz schaute nach oben und entdeckte einen rostbraunen Giganten in der Baumkrone. Er schluckte. »Meister, ich bin froh, daß du nicht so einer bist.«

»Keine Sorge, meines Wissens fressen Eichhörnchen keine Mäuse. Dieses da zieht Eicheln jeglicher Art von Fleisch grundsätzlich vor ...«

»Eicheln?« fragte Fusel verständnislos.

»Eine Art Nüsse«, entgegnete Stone.

»Ach so.« Furz nickte. »Nüsse. Gibt's in Tüten, nicht wahr? Knubblige, harte Dinger.«

»Sie wachsen auf Bäumen«, grollte Stone. »Und sie haben Schalen.«

»War das jetzt nicht eine Offenbarung?« bemerkte Fusel. »Dachte das Gleiche wie du, Furz. Im Haus gibt's die aber nur in Tüten, nicht wahr?«

»Ihr seid typische Hausbewohner, völlig unwissend«, bemerkte Stone.

»Wie?« knurrte Furz. Dann fiel ihm ein, daß sie auf der Suche nach Pilzen hergekommen waren, magischen Pilzen, die Mäuse auf einen Trip schickten, und sagte freundlich: »Ach so. Ja, klar sind wir das. Na ja, ohne Ausbildung. Kannst uns vielleicht was von deiner abgeben. Ich persönlich kann eine Mücke nicht von einer Schwalbe unterscheiden, du, Fusel?«

»Nicht die Bohne«, bestätigte sein Kamerad. »Kennst du Pilze?«

Furz stieß ihn an. »Nicht so schnell. Das ist ein schwieriger Typ.«

»Will sagen, können wir in dein Nest kommen? Möchten gern was über die Natur lernen.«

Stone runzelte die Stirn und sagte dann nicht unfreundlich: »Kommt mit.«

Die beiden Hausmäuse folgten dem Haselmäuserich zum Klo.

Stone blieb stehen. »Das ist mein Heim. Man sagt mir, der Geruch wäre stark, aber ich merke es schon gar nicht mehr.«

»Riecht wie bei uns«, erwiderte Furz wahrheitsgemäß. Der Geruch des Klos unterschied sich wirklich kaum von seinem eigenen.

»Stimmt genau«, bestätigte Fusel.

»Wie beruhigend«, meinte der Haselmäuserich. »Ihr seid die ersten, die sich nicht beschweren.« Er unterzog die Stinkmorcheln einer genauen Betrachtung. »Ihr wollt also etwas für euren Körper tun? Keine Sorge, euer Fell wird bald glänzen – die kahlen Stellen werden wohl bleiben, aber die Wunden heilen an der frischen Luft ...«

Furz merkte, daß es an der Zeit war, die bewußte Frage zu stellen. »Nein, nein, Meister. Nein. Wir kommen in einer Mission. Der, äh, Buchfresser-Stamm hat uns gebeten, nach einem besonderen Pilz zu fragen. Die haben ein paar kranke Junge da oben, brauchen die Pilzkur.«

Stone wurde ernst. »Verstehe. Ich bewundere Frych und ihr Wissen über Naturheilkunde sehr. Kommt vom vielen Bücherfressen. Natürlich ist Papier schlecht für die Verdauung, vermutlich der Grund für diese Epidemie. Papier führt zu Verstopfung, keine Frage. Außerdem stecken in Papier keine kleinen grünen Sachen.«

»Kleine grüne Sachen?« stieß Fusel hervor.

»Kleine grüne Sachen«, bestätigte Stone. »Ihr könnt sie nicht sehen, aber sie sind gut für euch. Die Augen funkeln davon, die Schritte werden beschwingter. Mäuse müssen sie fressen, sonst setzt der körperliche Verfall ein. Ohne die kleinen grünen Sachen wird der Körper anfällig für Krankheiten.«

»Hör mal, Meister«, sagte Furz, »da ist bestimmt eine Menge guter Sachen in frischem Kohl – aber wir brauchen was für die Jungen. Vorbeugen geht immer noch, aber erst brauchen wir die Medizin.«

»Ja, ja. Was genau ...?«

Furz antwortete in geschäftsmäßigem Ton: »Die Sache ist so, Meister. Wir brauchen einen Pilz. So ein purpurrotes Ding mit Punkten. Heilt kranke Mäuse. Dachten, du wüßtest, wo's die gibt. Stehst doch auf Natur.«

Stone dachte nach. »Na ja, es gibt den Waldbitterling. Der ist bläulich-malvenfarben. Hat aber keine Punkte. Meint ihr vielleicht den orangeroten Becherling? Nein. Den rötlichen Lacktrichterling? Auch nicht. Augenblick mal ...«

»Ja, ja?« schrie Furz erwartungsvoll.

»Ich glaube, ich weiß, welchen Pilz ihr meint«, erklärte Stone triumphierend. »Es gibt viele davon, also könnt ihr ruhig etwas mitnehmen.«

»Zeig uns den Weg, Meister!«

»Hier entlang.« Stone deutete mit dem Schwanz auf ein Gebüsch. »Kommt im Herbst wieder, dann führe ich euch hin.«

Fusel schaute Stone an, dann seinen Kumpel. »Was ist Herbst?«

»Eine Jahreszeit, du Blödmann.« Furz wandte sich wütend zu Stone. »Willst du damit sagen, der Pilz wächst bloß im Herbst?«

»Exakt.«

»Und was ist mit den ganzen Bibliotheksmäusen, die so krank sind?«

»Mein lieber kleiner Kellermäuserich«, meinte Stone hochmütig, »ich kann die Pilze nicht zwingen, früher zu wachsen. Du mußt schon im Herbst wiederkommen, wenn du sie so dringend brauchst. Dann sehe ich, was ich tun kann. Du weißt hoffentlich, daß du mit diesem Pilz sehr vorsichtig umgehen mußt. Er stimuliert das Gehirn, ist so eine Art Vergiftung.«

»Ach, wirklich?« fragte Furz verbittert. »Wußte ich nicht.« Er seufzte.

Die beiden Kellermäuse traten den Rückweg zum Haus an.

»Der wußte todsicher, wofür wir den Kram brauchen«, brummte Fusel, als sie außer Hörweite waren.

»Klaro, das Schwein hat uns durchschaut«, erwiderte der Stinkmorchel-Anführer boshaft. Er wünschte, er hätte nie den Keller verlassen, wo es Kartoffeln zuhauf gab und der Wein in Strömen floß. Zu seiner Erleichterung erreichten sie bald die Regentonne. »Los, wo ist der Tribut für Tunnelgräberin? Wir müssen vor der Dunkelheit drinnen sein«, sagte Furz.

»Tribut?«

Furz schaute die andere Hälfte seines Stammes an. »Ja, der verfluchte Tribut. Du hattest den für den Rückweg, ich den für den Hinweg. Muß ich alles selbst machen?«

Fusel sah ihn entsetzt an. »Ich – ich glaub' – ich hab' ihn aus Versehen gefressen.«

»Ah!« kreischte Furz.

»Müssen halt einen andern Weg suchen«, schlug Fusel zaghaft vor.

»Es gibt keinen andern Weg«, brüllte sein Anführer. Er ließ jegliche Hemmungen fallen. »Wir sind verdammt, deinetwegen, Tölpel!« Als er sich wieder halbwegs beruhigt hatte, teilte er seinem unglücklichen Stammesangehörigen mit, daß der einzige andere Weg durchs Regenrohr und über den Dachboden führe – das Reich von Kellog und Gnadenvoll.

Der Missetäter wünschte sich, er wäre tot, damit er nicht den Schrecken am Ende des Regenrohrs gegenübertreten müßte.

Hoch über der Stelle, an der Furz und Fusel ihr bißchen Mut zusammenkratzten, um ins Regenrohr zu schlüpfen, erlitt Trödler grauenhafte geistige Foltern. Als er aus unruhigem Schlaf erwachte, entzündete der Kopfjäger gerade einen Bunsenbrenner. Ein leichtes Geräusch, dann züngelte eine blaue, zischende Flamme empor. Der Kopfjäger griff nach einer kleinen Pfanne, die mit Flüssigkeit gefüllt war, und hielt sie über den Brenner.

Trödler konnte sich einer gewissen Faszination nicht erwehren. Der Vorgang schien ewig zu dauern. Die dämonische Zunge leckte an der Pfanne, bis das Wasser zu sprudeln begann.

Der Kleine Prinz rannte in wahnsinniger Freude in seinem Käfig auf und ab. »Honigfleisch, süß wie Gelee, köstliches, erlesenes Mäusefleisch.«

Trödler zwang sich, die Augen von der höllischen Flamme abzuwenden, und fuhr die Maus zornig an: »Du bist einfach abscheulich!«

Die weiße Maus hielt inne. Sie wirkte verletzt. »Wie kannst du so etwas sagen? Ich bin doch schön. Mein Anblick blendet die Augen. Ich bin eine Oh-und-Ah-Maus. Wenn mich die Nacktlinge streicheln, sagen sie immer: ›Oh!‹ und: ›Ah!‹ Sie halten mich in der Hand und küssen mein Fell.«

»Igitt«, rief Trödler. Er schaute wieder zum Kopfjäger hin, der einen kleinen, festen Gegenstand in seiner Pfanne kochte.

Als der dickliche Nacktling das Ding schließlich mit einer Pinzette herausholte, entpuppte es sich als die Leiche einer Wühlmaus. Trödler saß unter den Händen des Nacktlings. Kochendheißes Wasser tropfte durch das Gitter auf seinen Rücken. Er stieß einen Schmerzensschrei aus und fuhr in die Höhe.

Der Kopfjäger hatte seine Reaktion bemerkt und zeigte Trödler seine ebenmäßigen weißen Zähne. Dann riß er den Mund weit auf, als wolle er noch einmal sein dröhnendes Lachen ausstoßen.

In diesem Augenblick begann der Kleine Prinz zu schreien: »Herr! Herr! Herr!«

Trödler sah zu der weißen Maus hinüber. Sie kauerte in einer Ecke des Käfigs und war völlig von Sinnen. Trödler schaute in dieselbe Richtung wie der Kleine Prinz und bemerkte, daß Augapfel ins Zimmer schlich. Es schien, als habe es die Katze auf die gekochte Wühlmaus abgesehen. Vermutlich hatten die Kochdünste das Ungeheuer angelockt. Augapfel schob sich zentimeterweise ins Zimmer und bemerkte die beiden Käfige erst, als der Kleine Prinz losbrüllte.

Der Kopfjäger achtete nicht darauf. Er hatte den Kopf der toten Wühlmaus in seine Holzvorrichtung gelegt, die dazu diente, den Kiefer weit zu öffnen. Als das Maul wie zu einem unnatürlichen, lautlosen Schrei geöffnet war, entfernte der Nacktling den Kopf aus dem Apparat und schlitzte mit einem scharfen Federmesser den Bauch von der Schnauze bis zum Schwanz auf. Er zog die Haut ab. Darunter kam eine weiche rosa-graue Masse zum Vorschein. Der Duft von gekochtem Fleisch erfüllte das ganze Zimmer.

Augapfel ließ sich unter dem Bett nieder. Sie nutzte das Wechselspiel von Licht und Schatten, um sich zu tarnen. Gespannt und geduldig wartete sie auf ihre Chance.

»O Gott, Hilfe!« gellte der Kleine Prinz. »Warum sieht mein Herr sie denn nicht? Sie wird meinen zarten Körper in ihr schmutziges Maul nehmen...«

»Wieso jammerst du eigentlich?« fragte Trödler. »Sie kann uns nichts tun, wir sitzen doch im Käfig. Reiß dich zusammen. Hast du denn gar keine Selbstdisziplin?«

»Nein«, bestätigte die weiße Maus. »Ich will nicht sterben. Ich bin viel zu schön zum Sterben.«

Der Kopfjäger war ganz ins Häuten der Wühlmaus vertieft. Brocken von Organen fielen auf die untergelegte Zeitung, als er mit dem Federmesser im Bauch der Maus herumfuhr. Wenn die Klinge auf Knochen oder Knorpel traf, hörte man ein grauenhaftes Schaben.

Schließlich war die Haut abgezogen. Es wirkte äußerst makaber, wie der Kopf daran herunterbaumelte. Der Kopfjäger schaute Trödler an und zeigte wieder die Zähne. Dann zog er sich den glitschigen Balg über den Zeigefinger, wobei der Nagel aus der klaffenden Schnauze hervorragte, und wackelte mit dem Mäusekopf, als sei das Tier noch am Leben. Die Fingerpuppe führte einige Scheinangriffe auf Trödlers Käfig aus, und der Besitzer der Hand gab die dazu passenden Geräusche von sich.

Trödler konnte sich nicht vorstellen, welche Befriedigung der Kopfjäger aus diesem gräßlichen Spiel zog. Sein Gesicht verriet eine zügellose Freude, als die Wühlmauszähne an den Gitterstäben rüttelten. Von dieser ekelerregenden Folter sah Trödler seinen Verstand bedroht. Er brabbelte sinnloses Zeug vor sich hin, als sei die Puppe lebendig und wolle in den Käfig eindringen.

Als der Kopfjäger seines Spiels überdrüssig geworden war, zerschnitt er das Fleisch des gehäuteten Körpers und verfütterte es stückchenweise an den Kleinen Prinzen.

Trotz der Angst vor Augapfel verschlang der Kleine Prinz die gekochten Bröckchen in wilder Gier.

Plötzlich landete etwas draußen auf dem Sims vor dem bleiverglasten Fenster und lenkte den Kopfjäger ab. Er drehte sich um und starrte durch die dicken Scheiben. Dort saß ein Rotkehlchen, scheinbar angelockt von der züngelnden blauen Flamme des Bunsenbrenners, der noch immer auf dem Tisch vor sich hin zischte.

In diesem Augenblick sprang Aufapfel auf den Tisch, schnappte sich die Überreste der gekochten Wühlmaus und sauste wie der Blitz zur Tür hinaus. Der Kopfjäger stieß einen durchdringenden Schrei aus. Er griff nach einem hölzernen Schläger und schleuderte ihn der Katze hinterher. Der Schläger traf Trödlers Käfig, der polternd zu Boden fiel. Beim Aufprall sprang die Tür auf.

Obwohl stark mitgenommen, raste Trödler durch die Öffnung und verschwand unter dem Bett. Er kauerte sich in den tröstlichen Schatten und sammelte seine fünf Sinne. Im nächsten Augenblick preßte sich das Gesicht des Kopfjägers an den Boden und glotzte unter das Bett. Trödler gab sich einen Ruck und schoß an dem Nacktling vorbei durch die offene Tür und hinaus auf den Treppenabsatz.

Hätte Trödler schon länger im Haus gelebt, wäre er zu einem der Schlupflöcher gerannt. Nun stand er orientierungslos an der Treppe und wußte nicht, wohin. Der Kopfjäger trampelte schon durch die Schlafzimmertür.

»Schnell, hier lang!«

Trödler hörte den Ruf, wußte aber nicht, welche Richtung gemeint war.

»Hier lang, hier lang!« rief die Stimme.

Da entdeckte er eine Waldmaus, die bei einem Loch in der Nähe des Badezimmers wartete. Trödler lief auf sie zu, und schon sauste ein schwerer Stiefel genau auf die Stelle nieder, an der er eben noch gehockt hatte. Blitzschnell verschwand er im Loch und folgte der Waldmaus.

Als sie sich tief im verschlungenen Labyrinth hinter den Wänden befanden, blieb die Waldmaus plötzlich stehen und drehte sich um. »Alles in Ordnung? Der Kopfjäger hätte dich beinahe erwischt.«

»Beinahe?« keuchte Trödler. »Er hat mich erwischt, aber ich bin ihm wieder entkommen.«

Sein Gegenüber riß die Augen auf. »Er hat dich erwischt, und du bist davongekommen? Muß eine Premiere sein. Wie hast du das geschafft?«

Trödler richtete sich auf und sammelte seine Gedanken. »Seltsamerweise hat mir Augapfel bei der Flucht geholfen. Sie schnappte sich … etwas, das der Kopfjäger in einem Topf gekocht hatte. Dann warf er etwas nach ihr. Es traf meinen Käfig, und die Tür sprang auf. So bin ich entwischt.«

»Mein Freund, du bist wirklich ein Glückspilz. Sonst wärst du schon Futter für den Kleinen Prinzen.«

»Das kannst du laut sagen«, seufzte Trödler. »Ich habe wohl einen Schutzengel.« Er zitterte, da er sich noch nicht ganz von diesem Erlebnis erholt hatte. Das würde sicher auch noch eine Weile dauern. Der Begriff »Alptraum« reichte wirklich nicht aus, dachte er bei sich. Es mußte noch ein anderes Wort geben, das diese Hölle angemessen beschreiben konnte, doch ihm fiel nichts ein. Leid, Drangsal, Marter – alles völlig unzureichend.

»Du wirkst ein wenig durcheinander«, stellte die andere Maus fest. »Mußt du irgendwohin?«

Trödler schüttelte den Kopf. »Ich habe bei den Buchfressern gelebt, aber das ist vorbei. Man bekommt dort nie genug zu fressen. Wer bist du? Woher kommst du? Ich habe hier noch keine anderen Waldmäuse gesehen.«

»Mein Name ist Töricht«, erwiderte sie. »Ich bin eine Unsichtbare. Uns gehört der Dachboden. Du kannst gern mit mir kommen, aber wir müssen zunächst eine Versammlung besuchen – ein Treffen aller Stämme, das im Schrank unter der Treppe stattfindet. Ich bin die Abgesandte der Unsichtbaren.«

Im letzten Satz schwang ein gewisser Stolz mit.

»Eine Versammlung? Worum geht es?« wollte Trödler wissen.

Töricht wurde ganz aufgeregt. »Anscheinend existiert ein Plan, die Nacktlinge aus dem Haus zu vertreiben, damit es genug Futter für alle gibt. Beinahe alle Stämme schicken Abgesandte dorthin.« Bei den nicht näher bezeichneten Ausnahmen handelte es sich um die geächteten und unberührbaren Stinkmorcheln und die rebellischen 13-K.

In Trödler zündete ein Funke. Er sah sich selbst als jungen Mäuserich vor dem Haselschnörkel. Ihm war, als habe er das alles vor langer Zeit schon einmal gehört. Es schien, als sei es vorherbestimmt, daß er, Trödler, zu dieser Zeit an diesem Ort sein würde. Die Mäuse würden ihn in ihre Pläne einbeziehen, das spürte er: Sein Leben stand vor einer entscheidenden Wende. Warum? Trödler hatte keine Ahnung. Er wußte nur, daß er so viel wie möglich erfahren mußte. »Kann ich mitkommen?«

Töricht schaute ihn zweifelnd an. »Eigentlich ist das Treffen nur für die Abgesandten der Stämme.«

»Ich heiße Trödler. Ich komme von draußen und vertrete die Außenmäuse. Danke übrigens, daß du mir das Leben gerettet hast. Wenn du nicht gekommen wärst...«

»Ach, keine Ursache. Du kannst zur Versammlung mitkommen. Allerdings mußt du Gorm überreden, deine Anwesenheit zu gestatten. Ich hoffe, du verstehst mich.«

»Mach dir keine Sorgen um mich«, erwiderte Trödler. »Ich komme schon zurecht.«

Er folgte Töricht über die Mäusestraßen, die zwischen den Wänden verliefen. Bald erreichten sie das Gwenllian-Loch. Von da aus war es nur ein kurzer Spurt zum Schrank unter der Treppe, dem Versammlungsort der Mäuse des Hauses. Sie quetschten sich durch den Spalt unter der Tür. Drinnen war es dunkel, aber Trödler gewöhnte sich schnell daran. Bald konnte er seine Umgebung und die anderen Mäuse erkennen.

Da waren kleine Hausmäuse, rauhe Burschen, ein oder zwei Feldmäuse und einige Gelbhälse wie er selbst. Töricht schien die einzige Waldmaus unter den Anwesenden zu sein. Sie setzte sich in Nase-unten-Position an den Rand des Kreises, und Trödler ließ sich neben ihr nieder.

»Du kommst spät, Unsichtbare«, bemerkte eine Hausmaus barsch. Sie saß mit zwei anderen, die wie ihre Doppelgänger wirkten, oben auf dem Gaszähler. »Wen hast du da mitgebracht?«

Trödler schüttelte den Kopf, da er eine Sehstörung vermutete, doch die drei identischen Mäuse blieben an Ort und Stelle. Selbst ihre Narben waren vollkommen gleich. Es sah aus, als säße der Sprecher zwischen zwei Spiegeln.

Töricht antwortete: »Das ist Trödler, er kommt von draußen.«

»Was hat er dann hier zu suchen?« grollte das kampflustige Trio. »Haben wir nicht schon genug Mäuse hier drinnen?«

Töricht ging über die Frage hinweg. »Ich bin wegen Trödler zu spät gekommen. Er ist dem Kopfjäger entwischt, und ich mußte ihm den Weg ins nächste Loch zeigen. Als Außenmaus konnte er...«

»Dem Kopfjäger entwischt?« rief ein älterer Gelbhals aus. »Das ist doch unmöglich.«

»Nein«, erwiderte Trödler, der nun für sich selbst sprechen wollte, »denn wie du siehst, bin ich ja hier. Vor kurzem saß ich noch in einem Käfig mit Käse, der hinter mir zugeschnappt war.«

»Eine Falle des Kopfjägers!« bemerkte eine Hausmaus.

Trödler fuhr fort. »Ja, das war es wohl. Jedenfalls ...« Und er erzählte ihnen die Geschichte seiner Flucht.

»Klingt ein bißchen weit hergeholt«, grollte die Mitte des Trios. Trödlers Nackenhaare sträubten sich.

»Hör zu, ich weiß nicht, wer du bist, und es ist mir auch egal – du und deine Brüder interessieren mich nicht die Bohne –, aber ich lasse mich nicht als Lügner bezeichnen.«

»Ich bin Gorm der Alte«, knurrte die Hausmaus. »Halte deine Zunge gefälligst im Zaum, oder ich beiße sie dir ab.«

Gorm! Der Anführer der Wilden. Er würde einen ernstzunehmenden, aber keineswegs unbesiegbaren Gegner abgeben.

»Ich komme aus der Hecke«, erklärte Trödler. »Tyrannen werden dort nicht geduldet.«

»Die Hecke«, höhnte Gorm. »Die Heimat der Landpomeranzen und Bauern, der Hagebutten- und Mehlbeerenfresser.«

»Achte auf das, was du über meinen Geburtsort sagst«, entgegnete Trödler mit zuckenden Schnurrhaaren. »Die Hecke ist ein wunderbares Land und die Heimat hervorragender Mäuse.«

»Rübenfresser«, höhnte Gorm. »Nußknacker.«

»Jetzt hör mir mal gut zu ...«, setzte Trödler an, doch da spürte er Törichts Schwanz an seiner Schulter.

Eine andere Maus meldete sich zu Wort. Trödler erkannte ihre ruhige Stimme. Es war Skrang, die Kriegerpriesterin der Totenköpfe. Sie sagte: »Nicht so voreilig, Gorm. Trödler hat schließlich ein Unentschieden im Zweikampf mit Tunnelgräberin erreicht.«

Gorm war nun doch beeindruckt. »Kann sein. Habe etwas in der Richtung gehört. Macht für mich aber keinen Unterschied.

Wenn er Prügel will, kann er sie haben. Habe schon einige Großmäuler weichgeklopft.«

»Ich bin nicht auf einen Kampf aus«, erklärte Trödler, »aber du kannst nicht mit mir reden wie mit jeder Kellermaus.«

»Klaro, Mann«, witzelte ein Scherzbold.

In den hinteren Reihen ertönte leises Lachen. Der Witz hatte die Spannung gelöst.

Trödler wandte sich an Gorm. »Wenn du etwas gegen meine Anwesenheit hast, weil ich nicht dazugehöre, könntest du mich vielleicht als Vertreter der Außenmäuse hinnehmen.«

»Klingt gut – der Stamm der Außenmäuse«, meinte Skrang schnell.

»Hört sich blöd an«, grunzte Gorm, »aber ich habe nicht mehr die Kraft, mich zu streiten. Laßt uns weitermachen.«

Allmählich kehrte Ordnung unter den Mäusen ein. Die meiste Zeit sprach Gorm. Der Anführer der Wilden schien den Klang seiner eigenen Stimme zu lieben und ließ nur selten jemand anders zu Wort kommen. »Also«, sagte er, »von jedem Stamm ist ein Vertreter anwesend. Selbst die Außenmäuse sind vertreten, wie es scheint«; dabei warf er einen Blick auf Trödler. »Alle außer den 13-K sind hier.«

»Was ist mit den Stinkmorcheln?« erkundigte sich Trödler. »Ich sehe sie nicht.«

»Die Stinkmorcheln?« grollte Gorm. »Die sind viel zu degeneriert, um ein Stamm zu sein.«

»Stimmt. Aber wenn du eine Aktion gegen die Nacktlinge starten willst, brauchst du die Hilfe aller Mäuse im Haus. Wenn du mich einbeziehst, kannst du die Stinkmorcheln nicht ausschließen«, entgegnete Trödler.

I-kucheng erhob seine Stimme. »Trödler hat recht. Ich werde nachher selbst mit den Stinkmorcheln sprechen.«

»Wenn sie noch am Leben sind«, kicherte Tostig.

»Wie meinst du das?« wollte I-kucheng wissen.

»Na ja, als letztes hörte ich, daß sie Stone draußen im Garten besuchen wollten. Es gelang ihnen nicht, wieder hereinzukommen. Vermutlich hat Tunnelgräberin kurzen Prozeß mit ihnen gemacht. Oder sie wurden in der Wildnis aufgefressen.«

I-kucheng sah Tostig ernst an. »Und das findest du auch noch lustig, was?«

Tostig schrumpfte förmlich unter dem Blick des älteren Totenkopfes zusammen.

In diesem Augenblick erscholl in der Küche der Schrei eines Nacktlings.

Gorm, Hakon und Tostig sprangen vom Gaszähler herunter. Die anderen Mäuse zerstreuten sich in die Ecken des Schrankes. Trödler folgte der Menge. Irgend etwas war im Haus geschehen.

Als sie sich in den äußersten Winkeln verkrochen hatten, öffnete sich die Tür, und ein Nacktling beleuchtete mit einer Lampe den Gaszähler. Ein Arm wurde hereingestreckt. Die Hand umklammerte einen glänzenden Gegenstand, den sie in einen Schlitz am Zähler steckte. Die großen Finger betätigten einen kleinen Griff. Ein Klicken ertönte, und in der Küche erklang erneut ein Schrei. Der Arm verschwand, und die Tür wurde verschlossen und verriegelt.

Gorm nahm seine ursprüngliche Position wieder ein und fuhr fort, als sei nichts geschehen: »Gehen wir nun zum nächsten Punkt über.«

Trödler hörte nicht zu. Sein Herz klopfte ihm noch immer bis zum Hals. »Was war das denn?« fragte er Skrang leise.

»Ach, das kommt manchmal vor – nicht oft, aber man weiß nie, wann es soweit ist. Hat was mit dem Küchenofen zu tun.«

»Oh«, erwiderte Trödler. Er war genau so schlau wie vorher. In der Hecke kannte man solche Dinge nicht.

Gorm brachte die 13-K auf die Tagesordnung. »Scheinbar möchten sich die 13-K uns nicht anschließen bei der großen Aufgabe, die Welt von den Nacktlingen zu befreien. Sie haben meinen Boten letzte Nacht unter Beschimpfungen davongejagt. Für diese Beleidigung werde ich Ulf noch bestrafen.«

Die Standuhr in der Halle schlug drei. Eine schöne Melodie erklang im Haus und hallte wie in einem verlassenen Tempel wider.

»Warum reden wir nicht mit ihnen? Ich kann sie sicher zur Vernunft bringen. Sie würden sich nicht trauen, mich zu beschimpfen«, meinte Skrang.

Gorm der Alte zuckte die Achseln. Seine Schnurrhaare hingen traurig herunter, seine Schultern waren gebeugt. Er war von der Bürde seiner Aufgabe gezeichnet, als er von seinem Sohn und den 13-K sprach. Sein Sohn hatte ihn nicht nur zurückgewiesen, sondern sich gegen ihn aufgelehnt. Gorm hatte natürlich zahlreiche Söhne und Töchter, doch es war Ulf, der rebelliert hatte. Astrid hatte einmal etwas Kluges gesagt. Wenn sich Ulf nicht von seinem Vater losgesagt hätte, wäre er heute ein kleines Licht in einem Bataillon der Armee. Sein Vater interessierte sich nur deshalb für ihn, weil er davongelaufen war. Sein Ego war gewaltig, und er nahm Dinge nur wahr, wenn sie ihn persönlich betrafen.

»Sollen wir Ulug Beg um Rat bitten?« fragte Skrang.

»Es hat immer seinen Preis, den alten Weisen zu befragen«, meinte I-kucheng. »Wäre aber vielleicht das Beste.«

Gorm schüttelte den Kopf. »Ich werde ihn nur im Notfall hinzuziehen. Wir wissen nicht einmal, ob er überhaupt noch am Leben ist.«

»Er ist immer noch so gerade am Leben«, murmelte I-kucheng.

Trödler hatte interessiert diese geheimnisvolle Unterhaltung verfolgt und war enttäuscht, als der Vorschlag abgelehnt wurde. Er wollte mehr über Ulug Beg erfahren. Wie es aussah, war das Thema »alter Weiser« jedoch abgehakt.

Töricht die Unsichtbare, seine neue Freundin, meldete sich nun zu Wort. »Ich möchte die Versammlung fragen, nein, ich möchte Gorm fragen, was Astrid von der Vertreibung der Nacktlinge hält.«

Gorm schnitt eine Grimasse. Er wirkte gereizt. »Astrid ist in letzter Zeit nicht sie selbst. Ich glaube, sie verliert die Gabe.«

»Deiner Antwort entnehme ich, daß ihr der Plan nicht gefällt«, erwiderte Töricht.

Gorm fühlte sich spürbar unbehaglich. »Na ja, eigentlich nicht, aber sie ist nicht mehr die Mystikerin, die sie einmal war. Ich glaube, sie verliert allmählich ihre visionären Kräfte.«

»Visionäre Kräfte verliert man nicht einfach«, unterbrach ihn Skrang. »Du weißt so gut wie ich, daß Astrid Gold wert ist. Sie steht dir ruhig und fest zur Seite, ohne den Mond anzuheulen oder Gesänge anzustimmen. Und bisher ist jede ihrer Prophezeiungen in Erfüllung gegangen. Wenn Astrid dagegen ist, hatte sie auch eine echte Vision.«

Skrang verkniff sich die Worte: »Im Gegensatz zu den Bibliotheksmäusen, die nur ein Haufen von Stümpern sind.« Schließlich waren Frych die Gefleckte, Owain und Jago unter den Anwesenden.

»Bis wir herausgefunden haben, was der Grund ist, werden die Unsichtbaren sehr zurückhaltend sein mit ihrer Zustimmung. Wir empfinden großen Respekt vor Astrid«, meinte Töricht.

»Kann ich auch mal was sagen?« erkundigte sich Hakon. »Ich habe Astrid in letzter Zeit beobachtet. Ich glaube, sie hat, hm, sie hat einen Gefährten gefunden.«

Gorm schoß herum und starrte seinen wichtigsten Doppelgänger an. »Was meinst du damit? Ich bin ihr Gefährte.«

Hakon rutschte unbehaglich hin und her. Trödler kam es seltsam vor, daß die beiden Mäuse sogar die gleiche Sitzposition wie ihr Anführer eingenommen hatten. Es war, als sehe er dreifach.

»Ja, Gorm, das wissen wir, aber sie hat vielleicht einen heimlichen Gefährten – sie trifft sich mit ihm auf dem Pfannenregal.« Hakon räusperte sich. »Alle außer dir wissen Bescheid.«

»Warum hat mir das niemand gesagt?« donnerte Gorm. »Ich reiße ihm die Leber heraus! Wer ist der Kerl?«

»Das weiß keiner«, erwiderte Hakon heiser. »Keiner hat ihn gesehen, aber man erkennt es an ihrem Verhalten…«

»Ich bringe sie um! Ich bringe auch ihn um, wer es auch ist!«

I-kucheng unterbrach ihn ärgerlich: »Hier ist weder die Zeit noch der Ort, deine privaten Streitigkeiten auszutragen. Du hast uns eingeladen, damit wir die Vertreibung der Nacktlinge besprechen. Wir haben keine Lust, unsere kostbare Zeit mit deinen Affären zu verschwenden.«

Zum ersten Mal hatte jemand den Plan die »Vertreibung der Nacktlinge« genannt. Da es so gut klang, wurde dieser Name für die Zukunft übernommen und entwickelte sich zu einem historischen Begriff. Niemand bezeichnete die Aktion als »Krieg«, da man gegen so beschränkte Kreaturen wie die Nacktlinge keinen echten Krieg führen konnte. Es war, als würde man Kühen oder Schafen den Krieg erklären. Man vertrieb sie einfach. Die Mäuse hatten die Absicht, das Haus von der Pest zu säubern und die Nacktlinge in die Wildnis zu jagen. Sollten sie doch sehen, wo sie blieben! Vielleicht konnten sie auf den Feldern hinter dem Haus grasen oder sich im Wald von Pilzen und Moos ernähren. Den Mäusen war es egal. Sie führten Krieg gegen Artgenossen, andere Lebewesen wurden schlicht und einfach vertrieben.

I-kucheng wollte auf diese Weise die Versammlung wieder auf ihr eigentliches Thema lenken.

Gorm war jedoch so erbost, daß er diese Beleidigung seiner Ehre nicht einfach hinnehmen konnte. Ihm war sein verwundetes Ego wichtiger als dieses einzigartige Treffen der Stämme. Astrid hatte seinen Stolz verletzt, und dafür sollte irgend jemand zahlen. Der Hausfriede interessierte ihn nicht mehr. »Diese Priesterin war mir untreu! Ist euch das etwa egal? Ich bin der größte Anführer, den dieser Stamm jemals hatte. Meine Ruhmestaten in der Schlacht sind ohne Zahl. Ich kämpfe bis zum letzten Blutstropfen. Und ich – ich sehe auch nicht schlecht aus. Warum hat sie sich von ihrem Herrn abgewandt? Gilt Treue in diesen Stunden gar nichts mehr?«

»Gorm, wir wollen doch beim Thema bleiben«, fiel Frych die Gefleckte ein. »Wenn Astrid ihre Leidenschaft für einen anderen entdeckt hat, ist ihre Urteilskraft nicht nur geschmälert, sie ist geradezu nicht vorhanden. Wir können nicht erwarten, daß sich Astrid wie eine wahre, von Schatten heimgesuchte Visionärin aufführt, wenn sie erst kürzlich einem willigen Partner begegnet ist und zwischen kulinarischen Gerätschaften tugendhaften Verkehr pflegt.«

»Kann mir jemand sagen, was dieses Geschwätz bedeutet?« knurrte Gorm mit einem Blick auf Tostig.

»Sie sagt, wenn Astrid mit jemand zwischen den Töpfen und Pfannen herumschmust, ist bei ihr wohl 'ne Schraube locker.«

»Nun, es geht hier nicht um ihr Urteilsvermögen, sondern um Betrug.«

»Du redest von Treue, als wärst du ein Musterbeispiel dafür, Gorm. Gerade du, der seine Nestpartnerinnen nach Lust und Laune wechselt«, meinte Skrang.

Gorm sah sich drohend um. »So, das reicht! Ich lasse mir diese Beleidigungen nicht länger bieten! Los, Frych, wie wär's mit dir? Oder du, Skrang! Was interessieren mich deine Ik-to-Bisse? So redet man nicht mit Gorm.«

Trödler hatte den Eindruck, er müsse ein wenig Öl auf die Wogen gießen, damit sich die Versammlung nicht zur größten Schlacht der Mäusegeschichte entwickelte. Deshalb richtete er nun zum ersten Mal als rechtmäßiger Teilnehmer das Wort an die Versammlung. »Ich dachte, hier herrsche allgemeine Eintracht«, sagte er. »Ich meine, wir erörtern hier doch Fragen von allgemeinem Interesse.«

»Halt dich da heraus, Gelbhals, oder es wird dir noch leid tun«, fauchte Gorm.

I-kucheng sagte in seiner ruhigen Art: »Die Außenmaus hat recht. Wir schweigen eine Minute, um uns zu sammeln.«

Nach kurzem Schweigen brach Gorm die Stille. »Na ja«, knurrte er und nickte Töricht zu. »Meinst du immer noch, wir brauchen Astrids Zustimmung?«

Töricht schüttelte den Kopf. »Nein, Skrang hat vermutlich recht. Wenn Astrid einen Gefährten gefunden hat, ist ihr Urteilsvermögen zweifelhaft. Ich denke, die Unsichtbaren werden einer Warnung von seiten Astrids unter diesen Umständen nicht allzu viel Beachtung schenken.«

»Gut«, brummte der alte Krieger. »Die Vorteile sind offenkundig. Wenn die Nacktlinge gehen, verschwinden auch ihre Kreaturen – Katzen, Hunde, vor allem aber der Kopfjäger. Das Futter wird ganz allein uns gehören ...«

»Was ist mit Kellog?« gab Töricht zu bedenken. »Er wird doch merken, daß die Nacktlinge weg sind?«

»Ach ja, die Dachratte«, murmelte Gorm. »Ich glaube, Kellog ist so gut genährt, daß er die Mäuse im Haus nicht belästigen wird. Selbst wenn er es sich anders überlegt, haben wir genügend Futter. Gegen die Eule können wir nicht viel unternehmen, außer ihr aus dem Weg zu gehen.«

»Meinst du nicht, daß Kellog andere Ratten ins Haus holt, wenn die Nacktlinge verschwunden sind?« meinte Skrang. »Er braucht sich nicht mehr zu verstecken. Du zahlst ihm aus der Speisekammer Tribut, um ihn ruhig zu halten, doch nach der Vertreibung der Nacktlinge wird er das nicht mehr nötig haben. Er kann sich nehmen, was er will, und wird uns gnadenlos schikanieren. Er wird grenzenlos herrschen.«

Frych die Gefleckte antwortete: »Na ja, die Unsichtbaren kennen ihn und seine Schwächen wohl am besten ... Ich hätte gedacht, er sei zu vergreist und unflexibel, um sich nach Gesellschaft zu sehnen. Er hätte jederzeit einer Maus ein Angebot machen können. Vermutlich wünscht er einfach kein Zusammenleben.«

»Jedenfalls ist die Rattennation nicht gerade zahlreich. Er war so lange allein, warum sollte er sich Gesellschaft suchen?« meinte Töricht.

»Im Graben am Ende des Gartens leben ein paar Ratten«, erklärte Trödler. »Ich habe ihre Markierungen auf dem Weg zum Haus gerochen – es sind aber gemeine Ratten, keine Dachratten. Macht das einen Unterschied?«

»Aber sicher«, sagte Gorm. Seine Stimme klang nun etwas

milder, als er mit Trödler sprach. »Sie sind anders als wir Mäuse. Dachratten würden lieber sterben, als mit gemeinen Ratten zusammenzuleben. Sie halten sich für etwas Besseres, und wer kann es ihnen verdenken? Gemeine Ratten sind wirklich niedrige Geschöpfe.«

»Obwohl der Stamm der Wilden Kellog mit seinem Tribut ernährt hat, fiel den Unsichtbaren stets die Aufgabe zu, ihn zu bewachen. Wir werden Kellog weiterhin im Auge behalten, wenn die Nacktlinge verschwunden sind«, warf Töricht ein.

»Wie soll das gehen?« fragte Gorm.

»Es wird schon gehen«, erwiderte Töricht vorsichtig. »Mehr möchte ich im Augenblick dazu nicht sagen. Wir beide können uns später unterhalten.«

Gorm zuckte die Achseln. »Also übernehmt ihr diese Aufgabe. Wir unterhalten uns nachher über die Einzelheiten. Jetzt brauchen wir einen handfesten Plan der Vertreibung...«

Ein Sammelsurium an Ideen wurde vorgebracht, das Skrang sorgfältig prüfte. Die Mäuse beschlossen, daß eine umfassende Sabotagekampagne wohl das geeignetste Mittel sei. Zunächst würde jeder Stamm bestimmte Aufgaben übernehmen. Die Buchfresser sollten Stromkabel zernagen, da sie ihre Zähne an Papier und Leder geschliffen hatten. Der Stamm der Wilden würde Säcke mit Mehl und Getreide attackieren. Die Totenköpfe wollten sich derweil um die Gasleitung kümmern...

»Und die Stinkmorcheln«, fügte Gorm zufrieden hinzu, »können die Vorhänge, Kissen und Möbel im Wohnzimmer und im Salon anknabbern.«

»Ist diese Aufgabe nicht sehr gefährlich?« wollte Trödler wissen. »Ich meine, dort leben die Katzen.«

»Stimmt«, erwiderte Gorm hinterhältig.

»Gibt es einen zweiten Plan, falls der erste fehlschlägt?« fragte die praktisch veranlagte Skrang. »Wir brauchen einen Ersatzplan.«

»Falls die Sabotage die Nacktlinge nicht vertreibt, müssen die

Buchfresser sie mit Zaubersprüchen davonjagen«, schlug Töricht vor.

Frych die Gefleckte nickte zustimmend. »Die Magie ist unberechenbar – die Ergebnisse entsprechen oftmals nicht den Erwartungen. Da es sich um eine inexakte Wissenschaft handelt, sollten wir sie in Reserve halten.«

Da sich Gorm nicht weiter mit Magie befassen wollte, fragte er: »Wie spät ist es draußen?«

I-kucheng schaute Skrang an, die kürzlich bei Stone gewesen war.

»Als ich das letzte Mal draußen war, hatte des Wanderers Freude noch nicht den Bart des alten Mannes erreicht.«

»Wenn das geschieht, schlagen wir zu. Dann ist es draußen kalt, und die Nacktlinge müssen weit laufen, bis sie ein neues Haus finden – sie hängen doch nicht bei dieser Eiseskälte im Garten herum.«

»Also gut«, meinte Töricht, »am Ende des Sommers, wenn die Heizkörper eingeschaltet werden. Ich schlage vor, wir greifen in der Nacht an, in der die Heizkörper zum ersten Mal heiß werden. Das dürfte bald geschehen. Diejenigen, deren Nester in der Nähe der Heizung oder der Rohre liegen, sollten schleunigst umziehen. Sagt es euren Stämmen weiter. Das Eisen wird im Winter höllisch heiß.«

»Ich kann mich deutlich an die Heizkörper erinnern«, meinte Frych. »Mir kommt es vor, als wären sie seit tausend Nächten nicht mehr angewesen.«

»Vor genau einhundertachtzig Nächten wurden sie zum letzten Mal eingeschaltet«, berichtigte Skrang.

»Ist es wirklich schon so lange her?« erkundigte sich Hakon bei Tostig. »Wie die Zeit…«

»Haltet den Mund«, tadelte sie Gorm. »Hebt euch das Geplapper für nachher auf.«

»Ja, Herr«, murmelten Tostig und Hakon wie aus einem Mund. In Wirklichkeit waren sie wie gelähmt vor Angst bei dem Gedanken an die bevorstehende Revolution und suchten sich mit banalem Geschwätz abzulenken.

Dann löste sich die Versammlung auf. Jede einzelne Maus bedachte ihre Rolle bei der Vertreibung der Nacktlinge.

Trödler verließ die Versammlung gemeinsam mit Töricht. »Ich bin beeindruckt. Gorm hat das Haus vermutlich nie verlassen, doch er weiß alles über den Herbst. Ich selbst kenne ihn nicht, da ich im Frühling geboren wurde. Es ist doch erstaunlich, daß eine Hausmaus so viel über die Außenwelt weiß.«

»So viel weiß er auch wieder nicht«, erwiderte Töricht, während sie zum Gwenllian-Loch eilten. »Aber selbst hier drinnen schnappt man das eine oder andere auf. Die Totenköpfe besuchen Stone im Garten und geben ihr Wissen weiter. Man muß es nicht unbedingt selbst erlebt haben, oder?«

»Wahrscheinlich nicht. Sag mal, bist du sicher, daß dein Stamm nichts dagegen hat, wenn ich mitkomme? Sollte es Probleme geben, sehe ich mich nach etwas anderem um.«

»Natürlich haben sie nichts dagegen«, beschwichtigte ihn Töricht. »Warum auch?«

Poldar

Astrid hatte sich von Iban verabschiedet und hielt Zweisprache mit ihren Schatten. Das Licht des Vollmonds, das durch das Fenster fiel, weckte ihre alten Freunde aus dem Schlaf. Sie drangen aus den Möbeln, Ecken und Treppenabsätzen hervor und versammelten sich in unheimlicher Stille. Doch Astrid fürchtete sich nicht. Es waren weiche Schatten mit zerfließenden Rändern, ganz anders als die harten, scharfumrissenen Schatten, die bei künstlichem Licht auftauchten.

»Schatten«, sagte sie, »ihr seid meine Freunde, und ich möchte mit euch über ein wichtiges Thema sprechen. Gorm der Alte hat vorgeschlagen, die Nacktlinge aus dem Haus zu vertreiben, damit sie nicht mehr Unmengen an Futter aus der göttlichen Speisekammer verzehren können. Er verspricht uns, daß es Käse für alle geben wird, wenn das Haus erst von Mäusen regiert wird. Ich gebe zu, daß die meisten Stämme diesen Vorschlag attraktiv finden. Sobald das Wort Käse gefallen war, bekamen sie glasige Augen und wiegten sich hin und her. Käse versprechen heißt ungeahnte Reichtümer versprechen. Was haltet ihr von diesem Plan?«

Da ist was faul.

Wieso?«

An Gorms Plänen ist immer etwas faul.

»Jetzt mal abgesehen davon«, meinte Astrid, tief beeindruckt vom Scharfsinn ihrer Schatten.

Abgesehen davon besteht eine enge Verbindung zwischen einer vollen Speisekammer und den Nacktlingen.

»Wißt ihr, worin sie besteht? Könnt ihr mir das sagen?«

Nein – wir wissen nur, daß es sie gibt.

Astrid seufzte. »Na ja, wir müssen die anderen nur davon überzeugen, daß Gorm unrecht hat. Sie sollen sich auf meinen Ruf als Hohepriesterin verlassen. Manchmal reicht das schon aus. Ich werde jetzt in die Küche gehen, sonst wirft man mir noch geheime Verabredungen zwischen Töpfen und Pfannen vor. Diese Mäuse haben eine schmutzige Phantasie!«

Aber du hast doch Verabredungen zwischen den Töpfen und Pfannen.

»Darum geht es hier nicht«, brummte sie. »Sie haben keine Beweise – und ich verabrede mich ja auch nicht immer.«

Aber fast immer.

»Ab und zu. Gute Nacht, Schatten.«

Gute Nacht, Astrid.

Double Gloucester

Töricht sprach weit offener über die Geheimnisse des Hauses als alle anderen Mäuse, denen Trödler begegnet war. Sie sagte ihm, was er wissen wollte und noch viel mehr. Auf dem Weg zum Dachboden, der sich durch Tunnel und Ritzen wand, zeigte sie ihm verschiedene Löcher und nannte die Namen dazu.

»Thyras Loch – sie hat es angelegt, um einen verbotenen Gefährten namens Svyen Drehschwanz zu besuchen. Einmal wurden sie von Cynan dem Zynischen, einem ehemaligen Anführer der Wilden, auf frischer Tat ertappt. Er brachte Svyen einen so schlimmen Biß bei, daß dieser aus dem Haus stürmte und nie wieder in seinen Mauern gesehen wurde. Thyra verbrachte den Rest ihres Lebens mit Warten... Skulis Loch... Idwallons Loch... Und das hier ist Tangwystls Loch. Tangwystl war eine Art Abenteurer, ein Buchfresser, aber nicht so stocksteif wie der Rest seines Stammes. Er war bei allen beliebt. Konnte sehr schnell laufen. Eines Nachts setzte er sich in den Kopf, Augapfel im Langstreckenlauf zu schlagen – jedenfalls bis zum Ende des Treppenabsatzes. Er nagte sich also am Ziel dieses Loch hier. Hat es natürlich nie geschafft. Augapfel erwischte ihn auf halbem Weg und ... nein, der Rest der Geschichte ist einfach zu blutrünstig. Ach ja, Llanduds Loch! Llandud war auch ein Buchfresser, aber ein völlig anderes Kaliber als Tangwystl. Er legte sein Loch an, weil er als Eremit leben wollte. Es führt nur in eine Höhle in der inneren Wand. Wir nennen so etwas ›Einsiedlerlöcher‹. Sie sind im ganzen Haus verstreut und werden meistens von Totenköpfen angelegt, die allerdings den Ort ihrer Löcher geheimhalten...«

Trödler war tief beeindruckt von den Löchern und den Geschichten, die sich hinter ihnen verbargen. In der Hecke hatte er nichts Vergleichbares erlebt. Dort traf man keine Vorkehrungen für die Zukunft, sondern dachte nur an die Gegenwart.

In den Gräben buddelte man sich ein Loch. Irgendwann verließ man es, und ein anderes Lebewesen zog dort ein. Verlassene Kaninchenbauten wurden beispielsweise oft von Enten übernommen. Oder aber Wind und Regen füllten diese Löcher mit Erde, Zweigen und altem Laub. Die Hecke wurde beschnitten, die Gräben ausgehoben, die Felder gepflügt. Ständige Wechsel prägten das Leben auf dem Land. Alles wurde von den Jahreszeiten beherrscht: Gras wuchs, Weißdornblätter welkten und starben, Beeren fielen zu Boden und wurden gefressen. Neues Leben kam, altes Leben ging.

Hier im Haus wurde die Zeit verehrt. Sie sprach mit der Stimme der Standuhr. Die Zeit war ebenso geregelt wie das Zusammenleben der Mäuse, die sich in Stämmen organisiert hatten und sich eines langen Lebens erfreuten. Hier im Haus existierte eine Gesellschaft, nicht nur eine zufällige Ansammlung von Mäusen in willkürlich angelegten Nestern. Diese Erkenntnis flößte Trödler Ehrfurcht vor den Kräften ein, die ihn hierhergeführt hatten.

»So viele berühmte Mäuse«, sagte Trödler zu Töricht. »Ich habe noch nie jemand Berühmtes getroffen. Wer ist übrigens Ulug Beg? Alle schienen von ihm sehr beeindruckt zu sein. Ist das ein Geheimnis?«

»Nein, eigentlich nicht. Er ist ein uralter Mäuserich. Manche behaupten, er sei sechshundert Nächte alt. Er lebt in dem verlassenen Baumhaus im Garten. Ich selbst habe ihn noch nie gesehen, da der Weg zu ihm sehr gefährlich ist. Man muß von einem Fensterbrett an der Rückseite des Hauses auf die Wäscheleine springen. Das andere Ende ist am Baum festgebunden.«

»Kannst du nicht einfach in den Garten laufen und am Baum hochklettern?«

»So einfach ist die Sache nicht. Das Baumhaus ist um den Stamm herum gebaut worden. Wenn du am Stamm hochläufst, hast du irgendwann diese flache Platte vor der Nase – den Fußboden des Baumhauses. Es ist das Gleiche, als wenn du mit dem Kopf nach unten an einer Decke entlangrennen willst. Das schafft keine Maus, jedenfalls nicht auf einer glatten Fläche.«

Trödler nickte. »Also muß jemand über die Leine balancieren – ist das nicht genauso schwer?«

»Für die meisten schon, daher bitten wir gewöhnlich Tolpatsch darum. Sie kann hervorragend balancieren.«

»Und Ulug Beg ist sicher ganz schön weise, nicht wahr?«

»Er weiß einfach alles«, erklärte Töricht.

»So berühmte Mäuse mit so außergewöhnlichen Fähigkeiten…«, seufzte Trödler beschämt.

»Wo kommst du genau her?« wollte Töricht wissen.

Trödler zuckte die Achseln. »Ach, bloß aus einer Hecke mit einem Graben daneben. Es ist ein netter Ort, er fehlt mir. Aber –« Doch Trödler konnte es nicht über sich bringen, die Stimme der Vorfahren zu erwähnen, die ihn ins Haus geführt hatten, und schon gar nicht seine Rolle als »der Eine«. »Aber ich liebte schon immer die Abwechslung. Irgendwann hatte ich die Mehlbeeren satt und versuchte sie bei den Mäusen weiter oben am Graben gegen Brombeeren einzutauschen.«

»Das ist eine gute Geschichte. Also kennst du doch eine berühmte Maus. Du selbst bist eine. Ich kenne niemanden, der wie du eine Expedition ins Unbekannte unternommen hat. Du hast dich einfach auf die Pfoten gemacht und bist losgezogen. Ein Abenteurer. Darauf kannst du stolz sein.«

»Mag sein«, räumte Trödler ein und war von sich beeindruckt, »auch ich kenne niemand, der so etwas getan hat.«

Auf dem Dachboden angekommen, bewegte sich Trödler in tiefer Finsternis. Ihm stiegen die Urinmarkierungen der Unsichtbaren in die Nase, die neben dem leichten, staubigen Geruch von getrocknetem Kot das einzige Anzeichen für die Anwesenheit von Mäusen waren. Trödler konnte sie selbst weder sehen noch hören.

Bisher war er nur einmal in die Nähe des Dachbodens gelangt, zusammen mit Furz. Er dachte beschämt an sein damaliges Verhalten, als ihn der Geruch von Käse alles um sich herum vergessen ließ. Die Atmosphäre auf dem Dachboden wirkte beklemmend gespenstisch. Hier war das Land des Flüsterns.

»Dort drüben steht der Wassertank«, murmelte Töricht. »Kellog die Ratte lebt in einem Nest auf der anderen Seite. Hat geschworen, meinen Gefährten Nichtschwimmer zu töten.«

Trödler erschauerte. Eine Ratte war als Gegner nicht zu unterschätzen.

Töricht glitt leicht wie ein Schatten durch das Gerümpel. Obwohl sie ganz in seiner Nähe war, konnte Trödler sie kaum erkennen. Normalerweise reichten seine Sinne aus, um sich in dieser undurchdringlichen Finsternis zurechtzufinden, doch Töricht schien ihre Gestalt zu verändern und tauchte irgendwo anders wieder auf. Kein Schritt war zu hören. Ihre Pfoten tappten weich wie Pflaumenblüten über den Boden.

Trödler trabte hinter ihr her, so gut er konnte. Er versuchte gar nicht erst, ihre Bewegungen nachzuahmen, und kam sich plump und ungeschickt vor, fast wie ein Nacktling.

Schließlich erreichten sie ein Nest, und Töricht rief leise einen Namen. Sie schlüpfte hinein und forderte Trödler auf, ihr zu folgen.

Im Nest saß ein Männchen, dessen Fell sich bei Trödlers Anblick sträubte.

»Was soll das?« fragte der Herr des Nestes. »Was geht hier vor?«

»Nichtschwimmer, dies ist Trödler. Er ist um Haaresbreite dem Kopfjäger entwischt. Außerdem hat er mit Tunnelgräberin bis zum Unentschieden gekämpft.«

»Will er jetzt auch noch mein Nest übernehmen?«

»Er will doch gar nicht mit dir kämpfen. Er ist nicht als mein Gefährte mitgekommen. Trödler will einfach nur auf dem Dachboden leben. Ich werde Wisperer um Erlaubnis bitten, denn er wird ein wertvolles Mitglied unseres Stammes abgeben.«

»Er ist nicht einmal eine Waldmaus«, schrie Nichtschwimmer beleidigt.

Trödler begriff, warum sich sein Gegenüber so aufregte. Bei Mäusen war es nicht üblich, Artgenossen mit nach Hause zu bringen. In der Hecke hatte man noch nie davon gehört, und auch hier auf dem Dachboden war es sicher nicht anders.

»Schau mal«, warf Trödler ein, »ich will niemand ärgern. Vielleicht sollte ich einfach …«

»Du wirst gar nichts«, erwiderte Töricht streng. »Du bist unser Gast, basta. Wenn sich Nichtschwimmer lächerlich machen will, kann er das gerne tun. Hier oben gibt es ohnehin schon zu viel Mißtrauen. Es ist an der Zeit, offener miteinander umzugehen, wenn wir uns gegen die Nacktlinge zusammenschließen wollen.«

Nichtschwimmer riß bei ihren letzten Worten die Augen auf. »Also ist es soweit?«

Seine Gefährtin antwortete mit feierlicher Stimme: »Im Prinzip ist die Vertreibung der Nacktlinge beschlossene Sache. Heute nacht müssen wir mit unserem Stamm reden und die Reaktion abwarten.«

»Sie hat auf der Versammlung sehr gut gesprochen. Ich wäre stolz auf sie«, erklärte Trödler.

»Ich bin stolz auf sie«, sagte Nichtschwimmer und peitschte mit dem Schwanz. »Du brauchst mir nicht zu sagen, wann ich stolz auf sie zu sein habe.«

»Natürlich nicht«, meinte Trödler versöhnlich. »Tut mir leid. Aber ich war dabei und du nicht. Ich dachte, es würde dich interessieren.«

»Jetzt weiß ich ja Bescheid, oder nicht?«

»Und du brauchst Zaghaft nicht mehr zu töten, da ich gesund und munter zurückgekehrt bin«, flötete Töricht.

»Nein, vermutlich nicht«, grollte Nichtschwimmer und zog sich zum Schmollen in eine Ecke zurück. Es sah beinahe aus, als sei er enttäuscht, daß ihm nun ein Grund fehlte, ein Mitglied seines Stammes umzubringen.

Töricht verließ das Nest, um Wisperer von der Versammlung zu berichten. Während ihrer Abwesenheit wechselte Nichtschwimmer kein Wort mit Trödler, der darüber ganz froh war. Glücklicherweise kam Töricht bald in Begleitung einer anderen Maus wieder, eines nervösen Geschöpfs, das sich stotternd an Trödler wandte.

»Nun, hm, Töricht sagte, du wolltest ein Nest mit jemand teilen, also, hm, würdest du – ich meine, du kannst, hm, in meinem Nest schlafen, wenn du willst, hm.«

Töricht machte sie miteinander bekannt. »Trödler, das ist Grimmig. Er lebt allein in seinem geräumigen Nest und ist bereit, es mit dir zu teilen. Manche Unsichtbaren sind verständnisvoll und gastfreundlich«, fügte sie mit einem Blick auf Nichtschwimmer hinzu, der angestrengt seine Zehen betrachtete.

»Das ist sehr nett von dir, Grimmig.«

»Gut, gut«, murmelte dieser. »Na, dann – also gut, komm mit. Ich zeige dir den Weg.«

»Vielen Dank für die Hilfe«, sagte Trödler zu Töricht.

»Keine Ursache.«

Trödler folgte Grimmig und wunderte sich wieder über die natürliche Tarnung, über die diese Waldmäuse verfügten. Grimmig glitt ebenso nebelhaft dahin wie Töricht. Trödler mußte sich konzentrieren, um seinem neuen Nestpartner zu folgen. Alles blieb ruhig, bis sie über einen Balken huschten.

Der Dachboden verdunkelte sich plötzlich. Grimmig blieb stehen und schien mit den Dachbalken und der Teerpappe zu verschmelzen. Instinktiv tauchte Trödler ebenfalls im Schatten unter. Eine Sekunde später lag der Dachboden wieder im üblichen Zwielicht.

Trödler bemerkte eine Gestalt, die lautlos durch die Luft schwebte und die dünnen Sonnenstrahlen durchschnitt. Ein kurzes Rascheln weicher Flügel, dann herrschte wieder Stille in der staubflirrenden Luft unter dem Dach. Nach einer Weile flüsterte Trödler: »Was war das?«

»Gnadenvoll die Eule«, antwortete Grimmig. »Sie… sie ist da oben, auf ihrem Sitz. Noch… noch nicht bewegen.«

Trödler dachte auch gar nicht daran, sich zu bewegen, bevor sein Führer sich in Gang setzte. Der Gedanke an eine lautlose, tödliche Feindin ganz in seiner Nähe reichte aus, um ihn fürs erste zu lähmen.

Nach einer Ewigkeit bemerkte Trödler, daß sich Grimmig ganz langsam den Balken entlang bewegte. Er folgte der Waldmaus, und sie kamen zu einem Nest in der Tournüre eines alten Kleides, das über einer Schneiderpuppe hing. Noch nie hatte sich Trödler so über einen Unterschlupf gefreut.

»Hier drinnen kann sie uns nicht erwischen«, meinte Grimmig. »Sie fliegt über das Gebirge aus Gerümpel, kriecht aber nie hinein.«

»Gott sei Dank«, stöhnte Trödler erleichtert, dessen Beine noch immer zitterten.

»Jetzt können wir uns ausruhen.«

Das ließ sich Trödler nicht zweimal sagen. Er rollte sich zusammen, seine Abenteuer hatten ihn völlig erschöpft. Hier in diesem fremden Nest fühlte er sich endlich sicher. Er spürte die angenehme, vertraute Nähe einer anderen Maus, den Schutz der Dunkelheit, die Weichheit des Nestes, die ihn umhüllte. Die Welt da draußen war voller Eulen, Ratten und Nacktlinge, aber hier drinnen gab es Geborgenheit. Entspannt versank er in tiefen Schlaf.

Pipo Crem

Im Holzschuppen fand eine weitere Versammlung statt. Die drei führenden Mäuse der 13-K-Bande, Ulf, Drenchie und Gunhild, sprachen bereits seit über einer Stunde, und noch immer stand es zwei gegen eins.

Gunhild war erst kürzlich vom Stamm der Wilden zu ihnen gestoßen. Man hatte ihr versprochen, daß sie für Disziplin und Drill verantwortlich sein würde, die sie über alles liebte. Als

Gorm von ihrer Flucht erfuhr, erteilte er den Befehl, »die verdammte Verräterin aufzuspüren und ihr die Beine auszureißen«. Um den Rest würde er sich selber kümmern. Gorm haßte Verräter beinahe so sehr wie seinen Sohn. Gunhild hatte jedoch nicht die Absicht zurückzukehren.

Ulf legte ihnen die Gründe seiner Entscheidung dar, sich den anderen Mäusen im Kampf gegen die Nacktlinge nicht anzuschließen. »Es ist nicht so, als hätte ich sie gern«, eröffnete er seinem zweiköpfigen Publikum, »aber diese Revolution verstößt gegen alles, wofür wir stehen.«

»Wofür stehen wir denn?« fragte seine Gefährtin Drenchie. Sie beobachtete ihn mit gesenkter Nase und hätte ihn vermutlich lieber gebissen, als mit ihm zu sprechen. »Wenn wir nicht für die Revolution stehen, wofür denn sonst?«

»Wir sind Rebellen«, erklärte Ulf voller Leidenschaft. »Daher haben die dreizehn Gründer unserer Bande ihre Stämme überhaupt erst verlassen – wir konnten uns nicht mit diesen Graubärten einigen. Wir sind gegangen, weil wir für neue Ideen stehen, neue Pläne, neue Wege. Was soll aus unserem Protest werden, wenn wir uns wieder mit ihnen vereinigen? Wie können wir Revolutionäre sein, wenn wir uns der Gesellschaft anschließen, die wir verachten?«

»Du Dummkopf, die Vertreibung der Nacktlinge *ist* doch eine neue Idee«, fauchte Drenchie. »Wenn wir für neue Ideen sind, müssen wir sie auch erkennen und unterstützen.«

Gunhild mischte sich ein. »Du verstehst nicht, worum es geht, Drenchie. Es muß unsere neue Idee sein, nicht die Gorms. Gorm gehört zur alten Garde, er ist die Verkörperung überholter Taktiken und Strategien. Was ihm auch einfällt, wir müssen dagegen sein.«

Gunhild betrachtete grundsätzlich alles vom militärischen Standpunkt aus. Sie hatte die Wilden verlassen, weil sie »eine Horde« und keine straff organisierte Armee darstellten. Die 13-K waren zwar keine so barbarischen Kämpfer, doch fehlte es auch ihnen an Ordnung und Disziplin. Sie waren geprägt vom Übereifer, der Unfähigkeit und Gedankenlosigkeit der Jugend. Wenn es nach Gunhild ginge, würden die 13-K in Regimenter und Bataillone eingeteilt. Sie würden strammstehen, bis sie ihnen gestattete, sich zu rühren. Sie war überaus streng und verachtete die schlampige Drenchie, ihr genaues Gegenteil. Drenchie war undiszipliniert und träge. Sie hielt nichts davon, sich einer straffen Organisation zu unterwerfen, geschweige denn den ganzen Stamm.

Allerdings hatte sie einen Vorzug – ihre Klugheit. Sie konnte Ideen miteinander verknüpfen und gleichzeitig in zwei Richtungen denken. »Es gibt eine Möglichkeit, uns daran zu beteiligen«, behauptete sie nun. »Wir können eine eigene neue Idee vorschlagen. Ich meine, wir verwerfen seinen Plan zunächst als veraltete Idee. Wenn sie dann anfangen, nach Wegen zur Vertreibung der Nacktlinge zu suchen, machen wir einen Vorschlag und nennen ihn eine neue Idee. Damit sind wir nicht nur Rebellen, sondern Gegenrebellen.«

Ulf gefiel jeder Plan, der keine sofortige Aktivität erforderte. Drenchies Vorschlag schien genau das Richtige für ihn zu sein. Sie würden warten, bis die schwierigen ersten Schritte getan waren und Gorms Plan in einer Sackgasse landete. Dann würden sie schnell eine kluge Idee ins Spiel bringen, die Lage retten und den Ruhm einheimsen.

»Das ist wirklich verdammt gut, Drenchie, manchmal bist du ein echtes Genie…«

»Nun«, meinte Gunhild pikiert, »du hast vermutlich keine weitere Verwendung für mich, General.«

»Was? Ach, nein. Danke, Gunhild. Noch eins: Ich finde, die Auserwählten haben ihre Sache beim letzten Kampf gegen die Wilden gut gemacht. Haben wir nur deinem Drill zu verdanken. Wüßte nicht, was wir ohne dich tun sollten – du nimmst deine Pflichten wenigstens ernst. Meinst du nicht, wir sollten einige Mäuse innerhalb der Auserwählten umgruppieren? Als persönliche Leibwache ist die Truppe zu groß geworden. Wie wäre es, wenn wir einige, vielleicht sechs, zu deiner persönlichen Garde ernennen? Such dir einen Namen aus – wie wäre es zum Beispiel mit ›Die Gefährten?‹ Ich selbst werde noch immer von den gesamten Auserwählten beschützt, und dir stünden dann sechs von ihnen zur persönlichen Verfügung. Was hältst du davon?«

Immer wenn sie alles hinschmeißen wollte, kam Ulf mit einem derartigen Bonbon an und trieb Gunhild Tränen der Dankbarkeit in die Augen. Sie schnüffelte, obwohl das eher Drenchies Art war. Dieser wunderbare Anführer konnte in ihr Herz blicken und beweisen, daß er sie nicht vergessen hatte, daß sie nützlich und notwendig für die 13-K-Bande war. Bande. Wie sie dieses Wort verabscheute. Vielleicht sollte sie im geeigneten Augenblick eine Namensänderung vorschlagen, etwas wie »Streitkräfte« oder »Legion«. Besser ein andermal, wenn Drenchie nicht anwesend war, die wie ein nasser Lappen über dem Rand eines Eimers hing.

»Danke, mein General«, erwiderte Gunhild leise. »Ich werde deine Befehle ausführen.«

Als Gunhild verschwunden war, ahmte Drenchie sie mit hoher, wimmernder Stimme nach. »Danke, mein General. Möchtest du das Nest mit mir teilen, mein General? Ich wäre eine viel bessere Gefährtin als Drenchie. Ich tanze nach deiner Pfeife.«

»Sei nicht unfair«, tadelte Ulf. »Du weißt, sie ist komisch, aber es ist so leicht, ihr eine Freude zu machen.«

»Ich weiß genau, was sie will«, schnaubte Drenchie. »Sie will dich mir wegnehmen. Sie will dich in ihr Nest zerren.«

»Drenchie, das ist wirklich nicht fair«, protestierte Ulf. Doch er dachte über ihre Worte nach. Wollte Gunhild wirklich das Nest mit ihm teilen? Daran hatte er noch gar nicht gedacht. Vielleicht irgendwann einmal? Natürlich würde Drenchie ihn dann umbringen, weil sie es als persönliche Beleidigung betrachtete. Er konnte jedes Weibchen in der Bande wählen, aber nicht Gunhild. Während er darüber nachgrübelte, wurde ihm bewußt, daß sie ihn als einzige erregte. Sie war so militärisch. Eine Beziehung zu ihr wäre mal etwas ganz anderes.

Aber nein, Drenchie würde ihm nie verzeihen.

»Das Leben ist lausig und schnell vorbei«, seufzte er, rollte sich auf den Rücken und starrte zu den Deckenbrettern des Holzschuppens hinauf.

Feta

Trödler wurde von einem unangenehm lauten Rülpser geweckt. Ein fauliger Geruch hing in der Luft, als hätte sich etwas aus der Jauchegrube auf den Dachboden verirrt. Er hörte auch Stimmen, die ihm irgendwie bekannt vorkamen.

»Himmelarsch«, schrie eine der Stimmen in freudiger Erleichterung, »ich denk' schon, jetzt sind wir platt, was, Furz? Hättest uns sehen sollen, Grimmig, drinnen in dem verdammten Regenrohr. War die schlimmste Reise meines Lebens.«

Trödler öffnete widerwillig die Augen, als er begriff, wer die Gäste waren.

Furz setzte den Bericht fort: »War wie der Weg zum Himmel, wo du erst durch die Hölle mußt – verstehst du, Grimmig? Weißt ja gar nicht, wie diese Rohre sind. Dreck, Käfer, die ganze Chose. Dann sind wir oben, und genau in dem Augenblick schießt dieses Ding aus dem Loch...«

Fusel fiel mit erregter Stimme ein. »Ding ist genau richtig – war ein echtes Ding. Gnadenvoll persönlich. Hab' mich glatt bepißt, Grimmig, hab' mich bepißt, ganz ehrlich.« Er brach in Tränen aus.

»Egal«, übernahm Furz den Faden und warf seinem schwächeren Gefährten einen verächtlichen Blick zu. »Wir hocken also am Ende des Regenrohrs, und sie sieht uns nicht. Mußten warten, bis sie die Flatter gemacht hatte. Als sie nicht wiederkam, sind wir durch ihr Loch rein in den Dachboden.«

Trödler starrte die Kreatur an, der er seine Qualen in der Falle verdankte. Vermutlich hatte ihn der Kellermäuserich noch nicht gewittert, da seine Nase erfüllt war von den Gerüchen des Regenrohrs.

»Und so sind wir hergekommen«, schluchzte Fusel erleichtert. »Bin so hungrig, könnte glatt eine tote Spinne fressen.«

Furz schaute sich suchend um. »Ihr habt nicht zufällig was zu fressen? Nettes Häppchen Käse für zwei tapfere Abenteurer, die aus der Fremde zurück sind? Wie sieht's aus, Grimmig? Hab' kein Häppchen Käse mehr gehabt seit...«

»Seit wann?« wollte Grimmig wissen.

Furz kicherte. »Seit ich so einem Trottel im Käfig was gemopst hab'. Manche Mäuse«, er schüttelte lachend den Kopf, »manche Mäuse sind eben doof geboren.«

»Aber nicht zahnlos!« fauchte Trödler und schoß aus seiner dunklen Ecke hervor. Er biß Furz ins Ohr – nicht tief, aber an einer sehr empfindlichen Stelle.

Fusel hatte aufgehört zu schluchzen und dachte vermutlich, er sei der nächste. Also rollte er sich auf den Rücken und streckte die Beine in die Luft. »Laß mich in Ruhe!« kreischte er. »Hau ab!«

»Ich komme dir schon nicht zu nahe«, erwiderte Trödler verächtlich.

Grimmig hatte diese Vorgänge entsetzt mitangesehen und sagte nun zu seinem Mitbewohner: »Das war aber nicht nett von dir. Du bist zwar mein Gast, Furz und Fusel aber auch. Ich will nicht, daß meine Gäste angegriffen werden.«

»Furz hat es nicht besser verdient«, sagte Trödler schlicht. »Ich werde nicht schnell wütend, aber durch ihn bin ich vor kurzem in Todesgefahr geraten. Dann hat er meine Lage auch noch ausgenutzt, um an Käse zu kommen. Tut mir leid, aber wenn er hier bleibt, werde ich gehen.«

»Stimmt das, Furz?« fragte Grimmig mit zitternder Stimme.

Furz rieb sein blutendes Ohr an der Wand des Nestes. »Keine Sorge, bin schon weg«, höhnte er. »Bleib' doch nicht mit einem Irren im Nest, selbst wenn du mir Fressen anbietest.«

»Das wollte ich gerade«, meinte Grimmig.

Furz hörte auf zu reiben. »Und wenn ich mich entschuldige, Trödler?«

Trödler biß die Zähne zusammen. »Hau ab, Furz, bevor ich mich wirklich an dir vergreife! Los! Das nächste Wort könnte dein letztes sein.«

Furz starrte ihn kurz an und schlüpfte aus dem Nest. Aus einiger Entfernung rief er ihnen etwas zu, doch die Mäuse drinnen konnten es nicht verstehen.

»Ich glaube, das war nicht gerade eine Liebeserklärung«, murmelte Trödler.

Ein Schnüffeln drang aus einer Ecke. Fusel hockte noch immer da. Er keuchte. »Hab' nichts getan. Hab' das mit dem Käse nicht mal gewußt.«

»Was getan?« fragte Trödler argwöhnisch.

»War doch nicht mein Fehler«, beteuerte Fusel. »Hatte nichts damit zu tun. Bin bloß wegen der Zauberpilze hinaus, dann das verdammte Regenrohr hoch, scheißdunkel und verdreckt, dann Gnadenvoll auf mich los –«

»Das stimmt nicht«, unterbrach ihn Grimmig. »Wenn sie dich angegriffen hätte, wärst du nicht hier.«

»Beinahe angegriffen«, berichtigte sich Fusel. »Um Schnurrhaarbreite kann ich euch sagen. Oder noch knapper. Ich –«

»Fusel?« rief eine Stimme aus dem Dunkel. »Kommst du jetzt?«

Fusel bewegte sich zum Ausgang. »Hau ab!« brüllte er. Dann kam er zurück und erklärte: »Ich bleib' jetzt hier – der prügelt mich doch windelweich, wenn ich hinausgehe.«

Und so durfte Fusel bei Grimmig und Trödler bleiben, auch wenn der Gelbhals über die Gesellschaft einer Kellermaus alles andere als glücklich war.

Trödler war von Grimmig beeindruckt. Obwohl dieser durch den Aufruhr in seinem Nest verwirrt war, hatte er fest und entschlossen den Eigentümer herausgekehrt. Allmählich fragte sich Trödler, ob Grimmig wirklich so feige war, wie er vorgab. Ihm dämmerte langsam, daß die anderen Grimmig wohl gar nicht richtig kannten.

Während Fusel Grimmigs Vorräte verschlang, fragte der Gastgeber den Gelbhals: »Was hältst du von der Vertreibung der Nacktlinge? Ist es eine gute Idee?«

Trödler fand die Vorstellung der Mäuseherrschaft zwar aufregend, wog die Antwort jedoch vorsichtig ab. »Nun, das ganze Futter in der Speisekammer würde uns gehören. Wie ich hörte, sind manche Mäuse etwas zurückhaltend. Eine Priesterin Astrid prophezeit eine Hungersnot. Ein oder zwei andere sind auch skeptisch, doch die meisten halten es für eine gute Idee.«

»Klingt wie die Lösung aller Probleme. Ich fürchte aber, ich bin auch skeptisch. Habe Angst vor drastischen Veränderungen. Man weiß nie, was danach kommt, nicht wahr?«

»Jede Menge tolles Futter«, fiel Fusel ein. Er sprach mit vollem Mund, so daß ein Schauer von Krümeln auf die anderen Mäuse niederging. »Werd' Käse fressen bis zum Kotzen.«

»Was geschieht, wenn die Speisekammer leer ist?« fragte Trödler. »Hat jemand darüber nachgedacht?«

»Sie ist nie leer«, antwortete Grimmig. »Irgendwie füllt sie sich immer wieder auf. Ich weiß auch nicht, wie das kommt.«

Trödler war daran gewöhnt, daß auf dem Land nur zu bestimmten Jahreszeiten Futter wuchs. »Ich war bisher nur im Sommer hier. Wächst im Winter in der üppigen Speisekammer auch Futter?«

»Doch, wächst immer«, erklärte Fusel. »Weil es warm ist im Haus mit den ganzen Heizungen. Drum wächst es draußen auch nicht, bei dem Eis. Im Haus ist es tierisch warm.«

Grimmig stimmte ihm zu. »Ich bin geneigt, ihm recht zu geben, Trödler. Die Bedingungen im Haus sind im Winter ganz anders als draußen. Das könnte der Grund für die stets überquellende Speisekammer sein.«

Als Fusel aufgehört hatte, sich vollzustopfen, schickte Grimmig ihn hinaus. Dann besuchten er und Trödler eine Dachbodenversammlung, bei der Töricht sprechen würde. Sie informierte ihren Stamm über die geplante Vertreibung der Nacktlinge und wollte Meinungen hören.

Als der Stamm in die Erörterung des Plans vertieft war, ergriff Trödler die Gelegenheit, die Stammesmitglieder einer näheren Betrachtung zu unterziehen. Da war Wisperer, der Anführer: ein bodenständiger Charakter, der ein wenig an die vernünftige Töricht erinnerte. Dies war die Maus, die ihn aus der Falle gerettet hatte. Dort saß Zaghaft, anscheinend der Hauptunruhestifter unter den Unsichtbaren. Er sprach zwar nicht so laut wie Wisperer, aber ausführlich und mit großer Leidenschaft. Nichtschwimmer beteiligte sich ebenfalls eifrig am Gespräch.

Dann gab es noch zwei Weibchen, die befreundet zu sein schienen: Tolpatsch und Leichtfuß. Leichtfuß war einer der wenigen Gelbhälse unter den Unsichtbaren. Die beiden standen nah bei Trödler. Leichtfuß schaute dann und wann zu ihm hin und wandte den Kopf ab, sobald er sie ansah. Beiden war bewußt, daß sie vom anderen beobachtet wurden.

Auch Skrang und I-kucheng waren zugegen.

Nachdem er selbst schon Nichtschwimmers Unwillen erregt hatte, war Trödler nicht weiter überrascht, daß jener sich lautstark mit Zaghaft stritt. Die beiden Unsichtbaren schienen einander aus tiefster Seele zu hassen. Der eine widersprach den Vorschlägen des anderen, und beide zettelten wegen irgendwelcher Bagatellen Streit an. Wisperer mußte mehrmals einschreiten, um sie zu beruhigen. Andere Mäuse waren dieser Fehde offensichtlich überdrüssig, allen voran Töricht. Sie wollte verhindern, daß sich ihr Gefährte zum Narren machte.

Diese peinliche Situation dauerte eine ganze Weile. Irgendwann murmelte Zaghaft: »In ein paar Stunden bist du tot!« Entsetztes Keuchen unter den Zuhörern und ein Tadel des Anführers folgten.

Während der Versammlung fragte sich Trödler ernsthaft, wie diese Mäuse eine Revolution bewerkstelligen wollten, wenn sie einander pausenlos bekriegten. Er nutzte die Zeit, sich zu putzen, leckte sein Fell an den erreichbaren Stellen und zupfte einige Flöhe heraus. Dies galt keineswegs als unhöflich, viele andere

Mäuse taten dasselbe. Man konnte zuhören, sich beteiligen und gleichzeitig seine Zeit sinnvoll nutzen.

»Soll ich die anderen Stellen übernehmen?« fragte eine Stimme in seiner Nähe.

Trödler drehte sich um und sah sich Leichtfuß gegenüber.

Tolpatsch stieß ein hörbares Keuchen aus. »Leichtfuß! Ein Fremder! Wie kannst du nur?«

Leichtfuß kümmerte sich nicht weiter um ihre Freundin. Sie fand ihre Frage keineswegs zu vertraulich. Als sie fertig war, sagte sie: »Schon viel besser, nicht wahr? Was ist mit deinem Schwanz passiert?«

Trödler warf einen Blick über die Schulter. »Ach, ich bin in eine Mausefalle geraten.«

»So ein schöner Schwanz! Wir Gelbhälse haben die schönsten, gleich nach den Feldmäusen. Nichts geht über einen Feldmausschwanz, oder?«

»Das stimmt. Wie elegant sie herunterhängen, ist schon toll«, meinte Trödler.

Sie waren furchtbar höflich zueinander. Tolpatsch stieß ihre Freundin dauernd an, vor allem als Trödler Leichtfuß fragte, ob er ihr Fell putzen dürfe. Sie lehnte dankend ab und erklärte, ihre Freundin habe das bereits erledigt.

Nachdem die Unsichtbaren Gorms Plan zugestimmt hatten, löste sich die Versammlung auf. Zum ersten Mal seit vielen Nächten herrschte Friede unter den Stämmen. Wenn des Wanderers Freude schließlich dem Bart des alten Mannes wich und die Heizungen eingeschaltet würden, sollte die Vertreibung der Nacktlinge beginnen. Bis dahin würden die Stämme ihr gewohntes Leben weiterführen und einander in Ruhe lassen. Jeder Stamm bereitete sich auf die Aktionen vor, die ihnen die Freiheit bringen sollten.

»Ein komisches Gefühl, keine Assundoon-Schreie mehr im Haus zu hören«, meinte Grimmig.

»Was ist das genau?« wollte Trödler wissen. »Was bedeutet es?«

»Es ist die Anderwelt des Stamms der Wilden, der Ort, an den sie nach ihrem Tod gelangen. Sie verwenden den Namen als Schlachtruf. Allerdings ist es ziemlich schwierig, dorthin zu kommen. Du mußt mit den Zähnen im Fleisch deines Feindes sterben.«

»Also schaffen es die meisten nicht?«

»Das würde ich nicht sagen«, murmelte Grimmig. »Ein barbarischer Haufen. Ich wundere mich, daß sie diesem Frieden oder Waffenstillstand zugestimmt haben. Gorm und seine Leute scheinen nichts lieber zu tun, als ihre Zähne in das Fleisch anderer Mäuse zu graben.«

Die Menge zerstreute sich langam. Leichtfuß huschte mit ihrer Freundin davon, warf Trödler aber noch einen Blick über die Schulter zu. Er sah ihr nach, während er sich mit seinem Gastgeber unterhielt.

»Was haben die Totenköpfe mit all dem zu tun? Ich dachte, sie fressen nur harte Krumen.«

»Es geht ihnen nicht um Macht. Sie wollen einfach nur ein Teil des Lebens hier drinnen sein, damit sie uns zur Seite stehen können. I-kucheng würde im Gegensatz zu Stone niemals sagen: ›Du mußt dieses oder jenes tun.‹ Er deutet höchstens an, daß ein Weg besser ist als ein anderer. Die Totenköpfe sind unsere geistigen Lotsen, unsere Lehrer und Berater. Sie steuern uns sanft durch die Ströme der Moral; sie leiten uns, wenn wir uns verirrt haben.«

Trödler erwiderte zweifelnd: »Klingt mir zwar verdächtig nach Machtausübung, aber ich gehöre ja auch nicht zu euch.«

»Nein«, pflichtete ihm Grimmig mit sanfter Stimme bei, »du bist eine Außenmaus. Ihr könnt das nur schwer begreifen.«

»Ach, übrigens, hat Leichtfuß einen Gefährten?« fragte Trödler beiläufig.

Grimmig runzelte die Stirn. »Nein, ich glaube nicht. Natürlich ist sie ein Gelbhals. Kam zu uns, weil sie kein Totenkopf werden wollte. Wisperer hat die meisten Gefährtinnen, ihm steht als Anführer des Stammes die freie Auswahl zu… Warum fragst du?«

»Einfach so. Ich war bloß neugierig. Habe sie mit Tolpatsch gesehen. Die beiden schienen sich nahezustehen.«

»Ja, sie sind gute Freundinnen. Soll ich – hm – mit Leichtfuß – hm – über irgend etwas sprechen?«

Trödler spielte mit seinem Schwanz, als sei er das Interessanteste auf der Welt.»Nein, nein. Wollt's nur wissen. War bloß neugierig, das ist alles. Bloß neugierig.«

»Alles klar.«

Trödler sah zu, wie eine Maus in ein Messingteleskop ohne Linse kroch, während eine andere von einem Dachbalken aus in eine ausgediente Kohlenkiste sprang. Zwischen den Gerümpelbergen und -tälern wimmelte es von Nestern. Der Dachboden war ein wahrhaft magischer Ort mit geheimnisvollen Schatten, durch die staubige Sonnenspeere drangen. Eine Dämmerwelt, ein Land im Zwielicht.

Taleggio

Wenige Stunden später startete Kellog seinen Angriff auf den Feind. Seit er Nichtschwimmer Rache geschworen hatte, wartete er auf den richtigen Zeitpunkt. Er war eine geduldige Ratte, doch bis zum Jüngsten Gericht wollte er nicht ausharren. Er hatte die Aktivitäten der Unsichtbren mit einer Mischung aus Neugier und Vorsicht beobachtet. Er machte sich grundsätzlich nie zum Sklaven seiner Neugier, da dies viel zu gefährlich war. Er wollte ewig leben.

Sein Körper war ein kompakter Block aus Knochen und angespannten Muskeln, beherrscht vom Selbsterhaltungstrieb, sein Verstand vernebelt von heißen Rachegelüsten. »Ich werde ihn kriegen«, knurrte er mehrmals vor sich hin. »Ich fresse sein Hirn.«

Nachdem die Versammlung ihre historische Entscheidung getroffen hatte, suchten die Mäuse nach Futter. Nun war die Zeit für Kellog gekommen. Er erspähte sein Ziel von hinten und pirschte sich heran. Dabei verließ er sich mehr auf seinen Instinkt als auf Augen, Nase oder Ohren. Es war nicht leicht, sich an Unsichtbare heranzuschleichen.

Der Hüter des Sees entstammte einer Familie hervorragender Fährtenleser. Seine Vorfahren hatten lange Seereisen auf überfüllten Schiffen unternommen. In den Nächten an Bord hatten seine Ururgroßeltern Mäuse eher aus Hunger denn aus Feindschaft erlegt, doch ihre Fähigkeiten waren in das Gedächtnis ihrer Nachkommen übergegangen. Das Anpirschen lag Kellog im Blut, und er nutzte sein intuitives Talent aus.

Außerdem konnte auch er Licht und Schatten verwenden, um seine Schritte zu tarnen. Er bewegte sich leicht und lautlos wie eine Spinne in ihrem Netz. Auch er war unsichtbar.

Als die nichtsahnende Maus in ein Loch im Boden schlüpfen wollte, schnellte Kellog vor und schlug seinem Opfer die Zähne ins Genick. Es war augenblicklich gebrochen, trotzdem schüttelte er den Leichnam heftig durch. Vor seinen Augen tanzte roter Nebel. Dann warf er den Körper hoch in die Luft und ließ ihn auf den Boden plumpsen. Triumphierend beäugte er seinen toten Feind. Dieses Etwas im Staub war einmal der unverschämte Nichtschwimmer gewesen.

Leider handelte es sich aber doch nicht um seinen Erzfeind, wie Kellog bei näherem Hinsehen feststellen mußte.

Die Maus, die er getötet hatte, sah Nichtschwimmer allerdings täuschend ähnlich – Kellog hatte nämlich dessen Bruder Elend erwischt. Sie glichen einander nicht nur äußerlich, auch ihre Bewegungen schienen vollkommen identisch, und so hatte Kellog die falsche Waldmaus erlegt.

Bitter wallte die Enttäuschung in ihm auf. Er drehte die Maus ein paarmal um. Vielleicht war es doch das richtige Opfer. Nein, vor ihm lag tatsächlich die Leiche von Elend. Wütend biß Kellog die tote Maus in die Brust. Dann huschte er davon, um neue Pläne zu schmieden.

Samsoe

Die Unsichtbaren konnten dank ihrer unfehlbaren Einschätzung von Licht und Schatten auf einem Dachboden überleben, den sie mit einer Eule teilten. Gnadenvoll war ein Gewohnheitstier, das am Tag schlief und nachts auf die Jagd ging. Sie orientierte sich bei ihren Beutezügen am Abendlicht und der Morgendämmerung. Bei bewölktem Himmel verließ sie den Dachboden früher als sonst und kam zeitiger zurück.

Die Unsichtbaren konnten Gnadenvolls Verhalten nachvollziehen. Sie standen mit ihr auf und kehrten mit ihr ins Nest zurück. Sie lebten und überlebten unter ihrem kalten Blick.

Elend war kurz vor Gnadenvolls Heimkehr gestorben. Daher wurde die Leiche von Nichtschwimmers Bruder auch erst Stunden später entdeckt. Die Maus, die seine sterblichen Überreste fand, konnte auch ohne besondere Fähigkeiten feststellen, wer die Tat begangen hatte. Am Körper klebten borstige schwarze Haare – Rattenhaare. Und die großen Löcher in Elends Kehle stammten nicht von Mausezähnen.

Als Nichtschwimmer vom Tod seines Bruders erfuhr, begriff er sofort, daß dem Mörder ein Irrtum unterlaufen war. Ihm wurde bang ums Herz, da eigentlich er dort im Staub liegen sollte.

Niemand entfernte die Leiche, da Mäuse ihre Toten nicht bestatten. Wenn der Geist den Körper verlassen hat, zerfällt die leere Hülle zu Staub oder wird von Aasjägern gefressen. Der Geist der Maus lebt in anderen Mäusen weiter und wird so geehrt.

»Kellog«, sagte Nichtschwimmer zu sich selbst, »die Vertreibung der Nacktlinge hin oder her, zuerst muß ich mit dir abrechnen. Solche Taten schreien nach einer Abrechnung.«

Bûche de Chèvre

Eine dunkle Gestalt glitt über einen Balken zum Wassertank. Kellog hatte eine geringfügige Veränderung des Lichtes bemerkt und wußte, daß sich dort drüben etwas seinem kostbaren Wasser näherte. Er starrte durch den Eingang seines Nestes und wartete ab. Die Unsichtbaren wußten, daß er um diese Zeit zu Hause war. Da ihnen ihr Leben lieb war, konnte der Störenfried kaum einer von ihnen sein.

Außer natürlich... Kellog spähte prüfend in die Dunkelheit. Außer natürlich, eine Maus wollte ihm ans Leder! Kellog erinnerte sich an den Irrtum, der ihm bei seinem Anschlag auf Nichtschwimmer unterlaufen war. Würde es diese Maus wagen, ihn in seinem eigenen Nest anzugreifen?

Nun konnte er die Gestalt erkennen, sie riechen, das Kratzen ihrer Krallen auf dem Holz hören. Das war nicht Elends Bruder, sondern dessen Erzfeind Zaghaft. Kellog saß sprungbereit in seinem Nest. Er rief leise: »Solange ich zu Hause bin, trinkst du auf eigene Gefahr, Maus.«

Zaghaft war am gegenüberliegenden Rand des Wassertanks sitzen geblieben. »Ich komme nicht zum Trinken. Ich will mit dir reden«, antwortete er und warf einen nervösen Blick über die Schulter.

»Warum schaust du dich um? Ist noch jemand da?«

»Nein«, entgegnete Zaghaft. »Ich wollte mich nur davon überzeugen, daß mir niemand gefolgt ist.«

Dies hörte sich vielversprechend an. Kellog führte ein ziemlich langweiliges Leben. Er fraß, schlief, schlich durchs Haus, und nur selten passierte etwas Außergewöhnliches. Das Ansinnen einer Maus, die ihn unter vier Augen sprechen wollte, erschien ihm recht spannend.

»Schwimm zu mir herüber«, sagte Kellog. »Ich möchte dich hier bei mir haben.«

Zaghaft zögerte.

»Komm schon«, meinte die Dachratte. »Ich tu' dir nichts.«

»Versprochen?«

»Versprochen.« Doch bei sich fügte er hinzu: »Was das auch heißt.«

Nach kurzer Überlegung schwamm Zaghaft hinüber, kletterte aus dem Tank und trippelte auf Kellog zu.

Die Maus starrte die ungeheure Ratte an: den buckligen Rücken mit dem groben schwarzen Haar, den dicken, gewundenen Schwanz, den großen Kopf mit den stechenden Augen, die Schnauze mit den scharfen, dolchartigen Zähnen. Zaghaft zitterte am ganzen Leib, da er sich an die grauenhaften Taten dieses Giganten erinnerte. »Hallo, Kellog«, grüßte er.

»Was hast du noch zu sagen, bevor du stirbst?« knurrte die Ratte. »Schnell.«

»Du hast versprochen ...«, erwiderte Zaghaft wütend.

»Versprochen?« fragte die Ratte mit glitzernden Augen. »Glaubst du etwa, ich müßte mich daran halten? Ich bin eine Dachratte und du eine Waldmaus. Scheren sich Dachratten um Waldmäuse?«

»Gewöhnlich nicht«, keuchte Zaghaft, »außer die Mäuse bringen ihnen etwas Wertvolles.«

»Und was hast du mir mitgebracht?« fragte Kellog. »Ich nehme es mir sowieso.«

»Das geht nicht«, erwiderte Zaghaft schnell. »Es ist in meinem Kopf.«

»Dann knacke ich ihn und sauge es heraus!«

»Es ist ein Plan. Er existiert in meinem Kopf, in meinen Gedanken. Du kannst von dem Plan nur erfahren, wenn ich dir davon erzähle. Kennst du das Sprichwort: Der Feind meines Feindes ist mein Freund? Ich bin der Feind deines Feindes und muß folglich ein Freund sein ...«

Dieser Satz klang für Kellogs Geschmack etwas zu poetisch, aber er ließ sich nichts anmerken. »Was soll das? Ein Vortrag?«

Zaghaft ging in Nase-Hoch-Position. »Nein, nein. Kein Vortrag. Ein Geschenk. Ein Geschenk in Gestalt eines perfekten Planes, mit dem du Nichtschwimmer fängst.«

Das klang nicht uninteressant. Kellog fragte mit sanfter Stimme aus der Dunkelheit seines Nestes: »Du meinst, du wirst zum Verräter? Zum Verräter an deinem Artgenossen?«

»Verräter ist nicht das richtige Wort«, entgegnete Zaghaft heftig. »Man kann nur seine Freunde verraten. Die Kreatur, die ich dir ans Messer liefere, hat mich schon zu oft gedemütigt, mir das ersehnte Weibchen weggeschnappt, meine Position im Stamm an sich gerissen. Nichtschwimmer ist weiß Gott nicht mein Freund.«

»Hört, hört. Weiter.«

Zaghafts Stimme klang nun etwas ruhiger. »Du haßt Nichtschwimmer ebenso, wie er dich haßt, aber du konntest ihn bisher nicht fangen. Ich liefere ihn dir frei Haus. Ich werde dafür sorgen, daß er sich zu einer bestimmten Zeit an einem bestimmten Ort aufhält. Dann kannst du ihn überfallen und töten. Wir müssen ihn loswerden, bevor es zu spät ist. Dann können wir uns an unserer neugewonnenen Freiheit erst richtig erfreuen!«

Die Ratte ließ sich die Sache durch den Kopf gehen. Die Situation war ungewöhnlich und erforderte besondere Vorsicht. Noch nie hatte ihn eine Maus aufgesucht, um einen Stammesangehörigen zu verraten. Allerdings hatte auch noch nie eine Maus eine andere so gehaßt wie dieser Zaghaft. Einen derartigen Haß konnte man einfach nicht vortäuschen. Der Konflikt zwischen Zaghaft und Nichtschwimmer saß offensichtlich sehr tief.

»Ich sorge dafür, daß du ihn bekommst«, beteuerte Zaghaft mit kaum verhüllter Bosheit.

»Schön, schön, also gut. Wenn du jedoch versagst, fresse ich dich.« Kellog zog sich in sein Nest zurück.

Stracchino

Der mächige Gorm hatte Furz zu sich gerufen, was diesen furchtbar nervös machte.

Der Stamm der nach einem Pilz benannten Stinkmorcheln war früher viel zahlreicher gewesen. Irgendwann jedoch hatten sich alle Weibchen davongemacht und die betrunkenen Männchen zurückgelassen. Sie hatten genug von Festen, Trinkgelagen und faulen, prahlenden Männchen, die nur Kartoffeln fraßen und immerzu Wein und Bier in sich hineinschütteten.

Danach war der Stamm beständig geschrumpft. Die abtrünnigen Weibchen hatte man in die Reihen der Wilden aufgenommen, und schließlich blieben nur Furz und Fusel als Vertreter der Stinkmorcheln übrig. Furz übernahm die Führung, und Fusel hatte nicht das geringste dagegen.

Nun hatte Gorm ihn als Anführer seines Stammes zu sich befohlen. Furz suchte zitternd die verabredete Stelle auf. In Gedanken ging er die letzten Stunden durch und fragte sich, womit er den Unwillen Gorms erregt haben könnte. Doch ihm fiel nichts Außergewöhnliches ein. Wenn er etwas falsch gemacht hatte, war er sich dessen nicht bewußt.

»Du bist betrunken«, grollte Gorm voller Abscheu, als er sich mit Furz hinter dem Herd traf.

Furz stritt es erst gar nicht ab. »Entschuldigung, Meister«, murmelte er.

Gorm schüttelte seinen mächtigen Kopf und seufzte. Diese Kreatur war einfach hoffnungslos. »Furz, ich habe dich in deiner Eigenschaft als Anführer des Stinkmorchel-Stammes herbeordert. Wir brauchen dich. Leider benötigen wir alle lebenden, brauchbaren Mäuse, und man sagte mir, du gehörtest auch dazu…«

Gorm war wirklich in Hochform, doch Furz unterdrückte seine Belustigung.

»Wir planen, die Nacktlinge aus dem Haus zu vertreiben. Auch du wirst dabei eine Rollle spielen. Ich weiß allerdings noch nicht, welche.«

Die Tragweite von Gorms Erklärung drang allmählich in das alkoholvernebelte Hirn der Kellermaus. »Die Nacktlinge vertreiben, Meister? Wozu denn? Ich mein', wieso?«

»Das soll nicht deine Sorge sein«, meinte Gorm herablassend. »Du mußt nur wissen, daß wir deine Hilfe brauchen.«

»Klaro, Meister. Ich leb', um zu dienen.«

»Gut. Das war alles. Ab in den Keller! Ach, übrigens«, fragte Gorm beiläufig, »kennst du diesen Gelbhals namens Trödler?«

»Ja«, antwortete Furz vorsichtig.

»Was hältst du von ihm?«

Furz zuckte die Achseln. Mochte Gorm den Gelbhals, oder mochte er ihn nicht? Bis er das herausgefunden hatte, war Neutralität geboten. »Er ist eine Außenmaus. Ich mein', du weißt doch, wie die sind.«

»Unverschämte Burschen», erklärte Gorm. »Diebe und Verschwender; locken unschuldige Weibchen an sich, stehlen Futter, schmeicheln sich bei Hausmäusen ein.«

»Ja, stimmt genau«, meinte Furz. »Verdammt unverschämte Mistkerle, wenn du mich fragst. Trödler ist auch nicht anders. Mit der Schlimmste, würd' ich sagen.«

»Dachte ich mir's doch«, nickte Gorm zufrieden. »So, das wär's. Glotz mich nicht so an. Ich rufe dich, wenn die Pläne beschlossen sind.«

»Ja, Meister.«

»Schön, daß du dabei bist. Müssen doch zusammenhalten. Wir brauchen jede Maus, die wir kriegen können. Manche werden diese gefährliche Aktion vielleicht nicht überleben, doch unsere selbstlosen Taten dienen dem höheren Ruhm der Nation.«

Furz wurde bleich vor Angst. »Gefährlich?« murmelte er.

Gorm der Alte entblößte mit hämischem Grinsen die Zähne. »Ja.«

Furz schlich in den Keller zurück. Er fühlte sich wie betäubt. Trotz des Schreckens war ihm bewußt, daß Gorm bei ihrer Zusammenkunft eine Maus mit Namen genannt hatte. Die verfluchte Außenmaus, die sich Trödler nannte und andere Mäuse um ihren wohlverdienten Käse brachte. Als er seine trunkenen Überlegungen abgeschlossen hatte, war Furz von seinem Auftrag überzeugt. Gorm hatte ihm durch die Blume erklärt, er solle die Außenmäuse aus dem Weg räumen. Und er, Furz, war für diese Aufgabe auserwählt. Oder etwa nicht?

Der Stinkmorchel-Chef machte sich taumelnd auf die Suche nach Fusel. Er mußte mit ihm die Zukunft ihres illustren Stammes besprechen.

Chaumes

In der Wildnis des Gartens, inmitten wuchernder Gräser, hielt Stone einigen Feldmäusen, die mit ihren langen, biegsamen Schwänzen an den Halmen hingen, einen lehrreichen Vortrag. Er mochte Feldmäuse, weil sie – anders als die Gelbhälse und Waldmäuse – nur selten Häuser bevölkerten. Sicher, gelegentlich schlugen auch sie ihre Zelte dort drinnen auf, aber sie unterschieden sich beträchtlich von den Hausmäusen, die am liebsten in ihren vier Wänden lebten. Feldmäuse fraßen abends gern Insekten, und die waren im Haus nun mal zu selten.

Obwohl sie von weitem sehr elegant wirkten, sahen sie bei näherem Hinsehen eher knochig aus, mit kleinen Körpern und großen Füßen. Im rotbraunen Rückenfell wuchsen einige schwarze Haare, der Bauch war weiß. Feldmäuse waren gute Zuhörer. Stone betrachtete sie als die Lieblinge der Natur, die die Gräser mit ihren zarten Körpern schmückten.

»Vor Tausenden und Abertausenden von Nächten kreuzten sich die Wege der Mäuse und der Nacktlinge. Es geschah in den Nebeln der Zeit, vor der Ankunft der Bäume«, erklärte Stone den herabbaumelnden Gestalten. »Die Nacktlinge schnitten die Gräser wie Getreide. Jetzt ist die ganze Welt voller Getreide und Gemüse. Eigentlich brauchen wir die Nacktlinge nicht mehr. Es wird Zeit, ihnen Adieu zu sagen.«

Eine Feldmaus, die am Stengel einer Lichtnelke schaukelte, warf selbstgefällig ein: »Wir brauchen sie ohnehin nicht. Wir teilen unser Futter nicht mit ihnen – wir sind doch keine Hausmäuse.«

»Na, na, ich habe dich schon bei den Mülleimern gesehen. Du hast nichts dagegen, sie zu plündern, nicht wahr?«

Die Feldmaus betrachtete angestrengt ihre Zehen und zog es vor, die Frage nicht zu beantworten.

»Ich habe gehört, daß Gorm der Alte einen Aufstand gegen die Nacktlinge plant«, bemerkte eine andere Feldmaus. »Sie sollen aus dem Haus vertrieben werden.«

»Wer hat das erzählt?« wollte Stone wissen. Er hörte heute zum ersten Mal, daß andere seine Ideen bezüglich der Nacktlinge übernommen hatten.

»Ich«, meldete sich eine Feldmaus, die an einem Kerbelstengel schaukelte.

»Nein, nein – ich meine, von wem stammt diese Nachricht ursprünglich? Wie bist du dieser Information teilhaftig geworden?«

»Du redest wie ein Buchfreser«, bemerkte die Feldmaus. »Nun, jeder weiß davon. Jeder weiß, daß die Vertreibung der Nacktlinge stattfinden wird, wenn der Bart des alten Mannes auf der Hecke liegt...«

Nach diesen historischen Worten wurde der Feldmaus ganz schwindlig, und sie plumpste von ihrem Stengel. Es war, als hätten die Götter ihr die Worte in den Mund gelegt.

Stones Augen leuchteten. »Stimmt das wirklich? Na ja, ich wußte, daß irgendwann die Stunde der Befreiung schlagen würde, Endlich haben wir es geschafft – die Nacktlinge werden besiegt, das Haus kehrt in seinen natürlichen Zustand zurück, und die Mäuse fügen sich ihrem wahren Schicksal.«

»Wie?« fragte eine Feldmaus. »In welchen natürlichen Zustand? Welchem wahren Schicksal sollen sie sich fügen?«

Stone schüttelte nur den Kopf. »Egal, du Grünschnabel.« Erst mußte er selbst einmal über diese wunderbaren Neuigkeiten nachdenken. »Ihr seid entlassen, Freunde.«

»Entlassen? Für wen hältst du dich eigentlich?«

Doch Stone hörte gar nicht mehr zu. Er wanderte zum Klo hinüber, setzte sich in die Sonne und hing in aller Ruhe seinen Gedanken nach. Er wußte, daß die Nacktlinge im Haus – mit einer Ausnahme – entweder alt oder uralt waren. Alle hatten weiße oder graue Haare oben auf dem Kopf, und einer hatte sogar gar keine Haare. Alle bewegten sich steif und ungeschickt; einer konnte kaum noch laufen. Die Möbel im Haus, die Teppiche und Läufer, die Betten und die Nacktlinge selbst rochen unangenehm nach Alter und Zerfall. Der Hund und die Katzen waren ungepflegt, Hirnlos wurde nie gebadet. All das waren Anzeichen der Dekadenz unter den Nacktlingen.

Der wichtigste Beweis für die Nachlässigkeit, mit der sie sich und ihre Umgebung betrachteten, lag jedoch in der Tatsache, daß das Haus voller Mäuse steckte. Daneben beherbergte es auch noch eine Ratte und eine Eule.

Dann war da noch der Kopfjäger, der halbwüchsige Nacktling. Er war letzten Winter eingetroffen und galt in Stones Augen nur als vorübergehender Bewohner. Die anderen konnten ihn aufgrund ihres fortgeschrittenen Alters einfach nicht mehr unter Kontrolle halten.

Irgend etwas stimmte nicht mit ihm, da er nicht bei seinen Eltern lebte. Vielleicht hatten fleischfressende Nacktlinge sie erlegt. Stone wußte nicht, ob es so etwas gab, aber die Nacktlinge schienen sich ständig zu fürchten. Warum sonst schlossen sie sich in den gigantischen Schneckenhäusern ein und kamen nur ab und zu heraus?

Gorm und sein wilder Haufen hatten also beschlossen, die alten Nacktlinge aus ihrem Schneckenhaus zu vertreiben? Stone hatte von solchen Plänen noch nie gehört, obwohl er sich mit vielen Nagern unterhalten hatte. Er kannte Ratten, Wühlmäuse, Spitzmäuse und war sogar einmal einem wandernden Nutria begegnet. Aber die Nacktlinge waren reif für die Vertreibung.

Ganz tief in seinem Inneren hegte Stone die Vorstellung, daß die ganze Aktion auch, auf Kosten der Hausmäuse, nach hinten losgehen konnte. Natürlich wünschte er Gorm und seinen Leuten nichts wirklich Schlimmes, aber vielleicht würde die kommende Revolution auch die Mäuse aus dem Haus und zurück in die Natur treiben.

Stone hielt dies für eine wunderbare Sache. Nun konnte er sich von Herzen auf die Vertreibung der Nacktlinge freuen.

Gouda

Auf dem Dachboden wunderte sich niemand außer Trödler, daß Leichtfuß ständig in seiner Nähe herumwuselte. Er fand es ein wenig ungewöhnlich, doch da er ihre Gesellschaft schätzte, sagte er nichts dazu. Als sie gerade eifrig auf irgendwelchen Krumen herumkauten, geschah etwas ganz Ungewöhnliches. Eine unbekannte Hausmaus kam auf Trödler zu und griff ihn unvermittelt an. Nur die schnelle Reaktion des Gelbhalses rettete seine Kehle vor ihren Zähnen.

Trödler trat mit den Hinterbeinen nach dem Angreifer. Es gelang ihm zwar, diesen zu vertreiben, doch er war völlig aufgewühlt.

Leichtfuß sauste zu ihm herüber. »Ich habe es mitangesehen!« rief sie schockiert. »Was sollte das?«

»Vielleicht ein gedungener Mörder?«

Diese seltsame Vermutung stammte von Nichtschwimmer, der den Vorgang ebenfalls beobachtet hatte. »Jemand will dich loswerden, Gelbhals. Hast du irgendwen beleidigt? Um genauer zu sein, welches Mitglied der Wilden hast du beleidigt? Ich weiß nämlich, wer das eben war. Sein Name ist Jarl Gabelbart, und er gehört zu Gorms Truppe.«

»Die wollen dich wirklich loswerden. Sie schicken einen Mörder, obwohl sie eigentlich mit den Plänen für die Vertreibung der Nacktlinge beschäftigt sind«, warf Leichtfuß ein.

»Schade, daß du ihn nicht festgehalten hast«, meinte Nichtschwimmer. »Wir hätten ihn durch Folter zum Reden bringen können.«

Trödler erschauerte. Er wußte, warum Gorm und sein Haufen es auf ihn abgesehen hatten. Er war der »Eine«. Trotzdem beschloß er, das einzig Mögliche zu tun und Gorm den Alten persönlich aufzusuchen. Trödler glaubte an die Wirksamkeit einer Begegnung und wollte alle offenen Fragen mit dem Anführer des Stammes der Wilden regeln. Es gefiel ihm nicht, daß er jederzeit einem gedungenen Mörder zum Opfer fallen konnte, der aus dem Schatten hervorsprang und sich mit gefletschten Zähnen auf ihn stürzte. Er wollte nicht in ständiger Angst leben. Nachdem er Skrang gebeten hatte, ihn zu begleiten, machte er sich auf den Weg zu Gorm.

Bel Paese

Skrang von den Totenköpfen hatte die Zusammenkunft ermöglicht. Sie war angesehen, eine hervorragende Führerin und kannte sich mit gedungenen Mördern aus. Sollte jemand aus der Dunkelheit auf Trödler losspringen, würde sie ihm einen schmerzhaften Ik-to-Biß an einer Stelle verpassen, wo er es gar nicht gern hatte.

Gorm hatte aus Gründen, die nur er selbst kannte, den Kamin im Wohnzimmer als Treffpunkt gewählt. Sie würden sich dort um Mitternacht treffen, wenn Augapfel sicher im ersten Stock am Fußende eines Nacktlingsbettes schlief. Spuck suchte nachts immer den Garten heim. Gorm hätte zwar nichts gegen ein kleines Blutbad gehabt, doch sollte es nicht gerade sein Blut sein, das von den Lefzen eines kaltblütigen Mörders tropfte.

Der Kamin strahlte noch Wärme aus. Am Tag hatte das Feuer gebrannt, doch um Mitternacht lag nur noch graue Asche im Kamin. Es war nicht schwer, sich am Rost vorbeizuquetschen und auf die Simse im verrußten Mauerwerk hochzuklettern.

Skrang und Trödler hatten den Weg im sicheren Schutz der Warmwasserleitungen zurückgelegt, die zu den Heizkörpern führten. Von dort aus liefen sie quer durchs Wohnzimmer, durch den Dschungel der Stuhl- und Tischbeine, und nutzten dabei die Tischplatte und die Sitzflächen der Stühle als Deckung.

Als die Standuhr Mitternacht schlug, erreichten sie den Sims, auf dem Gorm sie erwartete.

Dieser lachte höhnisch. »Ich dachte, wir hätten abgemacht, uns allein zu treffen, Außenmaus. Ich bitte zu beachten, daß ich mein Wort gehalten habe und ohne Begleitung gekommen bin. Aber ich bin ja auch kein Feigling.«

Trödler beachtete die letzte Bemerkung nicht und kam gleich zur Sache. »Was ist los? Warum schickst du mir deine Mörder auf den Hals?«

»Lassen wir doch die lange Vorrede! – Natürlich brauchst du mich nicht zu begrüßen«, grollte Gorm sarkastisch.

»Ich habe jetzt keine Zeit für Nettigkeiten. Du bist der Angreifer. Ich möchte wissen, warum.«

Gorms Augen verengten sich zu Schlitzen. Er scharrte mit den Füßen. »Weil ich dein kleines Spiel durchschaut habe, Außenmaus. Ich weiß, daß du geheime Beziehungen zu der Hohepriesterin Astrid unterhältst. Dafür wirst du sterben.«

Trödlers Überraschung wirkte so echt, daß man einfach nicht an seiner Unschuld zweifeln konnte. Er wirkte völlig verwirrt. Gorm begriff, wie weit er mit seiner Behauptung danebenlag, und zog seine Anschuldigungen mehr und mehr zurück. »Na ja, Astrid sprach von einem Gelbhals, einem, der gut zu kämpfen wisse... Es hörte sich nach einem Fremden an. Jedenfalls meinte sie, ich würde es nie erraten, also dachte ich, sie treffe sich mit einer Maus, die ich ihrer Ansicht nach nicht kenne.«

»Oder die normalerweise kein Nest mit anderen Mäusen teilt«, unterbrach ihn Skrang.

»Was?« fragte Gorm. »Was soll das heißen, Skrang?«

»Nichts Besonderes. Ich habe da so einen Verdacht, doch den werde ich dir nicht auf die Nase binden. Eines aber weiß ich ganz genau: Trödler hat nicht das geringste mit Astrid zu tun. Ich erwähnte letzte Nacht seinen Namen, und sie hat überhaupt nicht darauf reagiert. Statt dessen fragte sie mich, ob es für sie zu spät sei, ein Totenkopf zu werden.«

»Ha!« brüllte Gorm. »Sie hat versucht, dich abzulenken.«

»Das glaube ich nicht – ich bin mir dessen sogar sicher. Als spirituelle Kriegerin kann ich gut beurteilen, ob jemand die Wahrheit sagt, indem ich ihm in die Augen sehe. Beispielsweise kann ich erkennen, daß du, entgegen deiner Behauptung, heute abend nicht allein hergekommen bist.«

»Was?« empörte sich Gorm. »Du nennst Gorm den Alten einen Lügner?«

»Willst du es weiter bestreiten? Muß ich dich vor Trödler bloßstellen?«

Gorm scharrte wieder mit den Füßen, peitschte mit dem Schwanz hin und her und senkte den Kopf, als wolle er angreifen. Dann besann er sich offensichtlich darauf, daß er es mit einem Totenkopf zu tun hatte, der in den tödlichen Kampfkünsten ausgebildet war. Skrang konnte einen Ik-to-Biß anbringen, bevor Gorm den ersten Schritt gemacht hatte. Trödler sah zu, wie sich der Anführer allmählich entspannte.

Schließlich ergriff Gorm das Wort. »Ich lasse mich nicht beleidigen. Wenn der Gelbhals hier unschuldig ist, muß ich das hinnehmen. Ihr Totenköpfe geltet als unparteiisch und vollkommen sachlich. Dieser Gelbhals kann uns, ich meine mich, jetzt verlassen.«

»Und du pfeifst deinen Mörder zurück?« wollte Skrang wissen.

»Ich rufe Jarl Gabelbart zurück«, knurrte Gorm.

Skrang wandte sich Trödler zu und sah ihn fragend an.

Er hatte während der Auseinandersetzung geschwiegen und mußte nun das Wort ergreifen. »Ich bin zufrieden, obwohl eine Entschuldigung ganz nett wäre. Ich hätte schließlich sterben können.«

»Ich entschuldige mich bei niemand. Es war ein Fehler, basta. Wenn du eine Entschuldigung willst, müssen wir darum kämpfen…«, murmelte Gorm und stieß dem Gelbhals sein ergrautes Gesicht entgegen.

»Vergiß es«, sagte Trödler. »Jetzt ist nicht die Zeit für kleinliche Streitereien. Wir haben Wichtigeres zu tun. Die Vertreibung der Nacktlinge steht bevor. Hast du eigentlich schon den Konflikt mit deinem Sohn beigelegt?«

»Die 13-K haben ihren Konflikt mit mir noch nicht beigelegt«, betonte Gorm.

»Irgend jemand sollte sie überreden, sich der Revolution anzuschließen.«

»Wie wäre es mit dir?« rief Gorm. Endlich konnte er dieses Großmaul als Feigling hinstellen.

Trödler sah dem Anführer in die Augen. »In Ordnung«, meinte er vorsichtig. »Ich mache es. Ich komme demnächst in die Küche, dann kannst du mich zum Holzschuppen führen.«

»Genau!« schnappte Gorm. Er wollte es als Sieg betrachten, doch sein Triumph hielt sich in Grenzen.

»Komm, wir müssen gehen«, sagte Skrang zu Trödler.

Die beiden verließen Gorm.

»Wenn es nicht die Außenmaus war, wer dann? Astrid macht mich lächerlich. Das wird ihr noch leid tun«, murmelte der Anführer des Stamms der Wilden vor sich hin.

»Das war sehr mutig von dir«, sagte Skrang, als sie außer Hörweite waren. »Willst du dich wirklich mit Ulf und seinem wilden Haufen treffen? Ich habe auch schon versucht, sie zu überreden, ohne jeden Erfolg.«

»Einer muß sie für diese Sache gewinnen. Alle Mäuse müssen

daran beteiligt sein«, erwiderte Trödler grimmig. »Ich will, daß sie zu uns stoßen, wenn der Bart des alten Mannes auf der Hecke liegt.«

Als sich die beiden ein Stück vom Kamin entfernt hatten, blieb Skrang in der Deckung eines Tischbeins stehen. Sie bedeutete Trödler, ruhig zu sein. Ein Nacktling hatte ein Garnknäuel neben einem Stuhl auf den Boden fallen lassen. Skrang machte Trödler ein Zeichen, er solle sich dahinter verbergen. »Du behältst ihn von dort aus im Auge«, flüsterte sie und deutete auf den Kamin. Trödler legte sich hinter dem Knäuel flach auf den Boden.

Er konnte Gorm den Alten sehen, der sich im Wohnzimemr umschaute. Dann wandte sich der Anführer des Stamms der Wilden um und rief: »Ihr könnt alle herauskommen. Sie sind weg.«

Aus dem Kamin plumpsten mehrere rußverschmierte Mäuse. Man konnte nur das Weiß ihrer Augen und die rosa Schnauzen erkennen. Sie husteten und spuckten Asche aus.

»Hakon, Tostig, Ketil und Skuli«, murmelte Skrang. »Aber wer ist der fünfte?«

Ein rußiger Klumpen fing an zu jammern. »Kann ich jetzt nach Hause, Meister? Hab' überall Ruß – in der Nase, im Ohr, im Mund...« Er rutschte unbehaglich auf den Hinterbeinen und zuckte mit dem Schwanz »Und auch noch anderswo...«

»Ja, ja«, brummte Gorm gereizt. »Verzieh dich!«

»Ich bin bloß zu Besuch«, kreischte Furz. »Da werd' ich durch den Ruß geschleift. Ich mein', ich bin doch nicht mal ein Wilder, bin doch eine Stinkmorchel.«

»Du hast der Nation gedient und solltest stolz auf dich sein«, erklärte Skuli.

»Die Nation interessiert mich nicht mehr als ein Mückenarsch«, brüllte Furz, schon auf halbem Weg durchs Wohnzimmer. Er hinterließ schwarze Spuren auf dem weißen Teppich und verschwand im Miglan-Loch.

Trödler sah alles mit an. Er war versucht, sich bemerkbar zu machen, doch es hatte keinen Sinn, den Anführer der Wilden mehr als nötig zu provozieren. Gorm war unverbesserlich und würde sich niemals ändern. Also schlich er zu Skrang zurück.

Auf dem Weg zum Dachboden holte der Totenkopf I-kucheng am Rajang-Loch ab. Trödler mußte draußen warten, denn die genaue Lage des Loches wurde von den Totenköpfen geheimgehalten. Als die alte Maus schließlich von Skrang herbeigeführt wurde, war Trödler schockiert. I-kucheng wirkte stark gealtert und schien beinahe blind zu sein. Er klammerte sich an Skrangs Schwanz und folgte ihr mit langsamen, steifen Trippelschritten.

»Hallo, I-kucheng, wie geht es dir?«

Der alte Mäuserich wandte sich der Stimme zu. »Danke, ganz gut, ganz gut. Wer ist da?«

»Trödler, die Außenmaus«, erklärte Skrang.

»Ach, Trödler. Verstehe, natürlich.« Dann murmelte I-kucheng vor sich hin: »Kenne ich einen Trödler? Egal, man ist nie zu alt, sich an neue Gesichter zu gewöhnen. Trödler: seltsamer Name.«

Trödler fand es bedauerlich, daß die Kräfte des alten Mäuserichs so nachgelassen hatten, und sagte dies auch leise zu Skrang.

»Er wird taub und blind, aber sein Verstand ist noch voller Energie. Mach dir keine Sorgen um ihn. Er wird uns noch alle überleben, warte nur ab.«

Trödler sagte nichts dazu. Die Sache war klar. Skrang wollte sich nicht eingestehen, daß I-kucheng alt war und bald sterben würde. Sie hatte dem spirituellen Krieger ihr ganzes Leben gewidmet und würde, so fürchtete Trödler, nach seinem Tod ebenfalls dahinschwinden.

Eine andere Maus wünschte sich in eben diesem Augenblick den Tod herbei – der völlig verzweifelte Iban. Er wußte, daß Gorm fest entschlossen war, den Liebhaber seiner Hohepriesterin ausfindig zu machen und zu töten. Als spritueller Krieger hatte Iban keine Angst vor Gorm. Allerdings durfte er sich als Missetäter nicht gegen einen Angriff seines Gegners verteidigen. Er mußte dessen Bisse hinnehmen, ohne sich zu wehren, weil er gesündigt hatte und Strafe verdiente.

Iban kam zu dem Entschluß, daß Selbstmord der einzig ehrenhafte Ausweg war. Er mußte sich umbringen, und zwar mit Hilfe einer sicheren Methode. Also beschloß er, sich Augapfel vor die Krallen zu werfen. Nichts konnte tödlicher sein als die Waffen des perfektesten aller Mörder. Wenn überhaupt jemand mit einem Schlag sein trauriges Los beenden konnte, dann die furchterregende Königin der Katzen.

Iban schlich durch die offene Tür ins Wohnzimmer. Im Sessel am Feuer fand er einen zusammengefalteten Nacktling vor, der in eine Zeitschrift schaute. Ein anderer Nacktling stand am Kamin und stocherte mit einer Eisenstange in den Kohlen. Ein dritter machte sich an Blumen in einer Vase auf der Anrichte zu schaffen und summte dabei vor sich hin. Aus dem Radio auf dem kleinen Tisch drang leise Tanzmusik, doch Iban war noch niemals weniger nach Tanzen zumute gewesen.

Ein vierter Nacktling kam ins Zimmer und knallte die Tür hinter sich zu. Die schwere Holzplatte fiel krachend in den viereckigen Rahmen, und ein heftiger Luftzug zerzauste Ibans Fell.

Der gerade eingetretene Nacktling öffnete den Mund und stieß dröhnende Laute hervor. Die anderen dröhnten eine Antwort. Es schien ihnen wichtig zu sein.

Iban schaute sich um.

Hirnlos lag schnarchend auf dem Teppich zu Füßen des ersten Nacktlings. Auf der Fensterbank unter der hübschen Spitzengardine hatte sich Augapfel die Schreckliche zusammengerollt.

Auch sie hatte die Augen geschlossen, aber Iban wußte genau, daß Katzen niemals richtig schliefen. Viele Geräusche überhörten sie einfach, doch im richtigen Augenblick – beim Klirren ihres Futternapfes, dem Kratzen einer Maus, dem Rascheln einer Schachtel Flohpulver – rissen sie die Augen auf und waren sofort bereit zum Angriff. Gerade noch ruhig und entspannt, verwandelten sie sich rasch in wilde, blitzschnelle Ungeheuer.

Mutig rannte Iban auf die Fensterbank zu und bezog unter seiner Feindin Stellung.

Augapfel war zwar nicht besonders groß, aber furchteinflößend. Unter dem weichen Fell schlug ein unerbittliches Herz ohne jeden Funken Mitgefühl. Iban schaute zu, wie sich ihre Brust hob und senkte. Er nahm allen Mut zusammen und kratzte mit der Pfote über das Linoleum.

Augapfel riß die Augen auf.

Sie starrte ihn ungläubig an: eine Maus, die in Nase-Hoch-Position vor einer Katze hockte, als erwarte sie die wohlverdiente Strafe. Dann schnellte Augapfel mit gezückten Krallen nach vorn.

Für Iban liefen ihre Bewegungen in Zeitlupe ab. Die große, pelzige Gestalt schien sich nur widerwillig von der Fensterbank zu lösen. Iban erwartete den tödlichen Angriff. Er war bereit für den Abschied von dieser Welt.

Unglücklicherweise mischte sich das Schicksal an dieser Stelle ein. Die Katze war mit ausgestreckten Krallen abgesprungen, um ihre Waffen in Ibans Brust zu schlagen. Leider verfingen sich einige dieser gebogenen Dolche im Saum der Spitzengardine.

Mit einem Krachen gab der Stoff nach, die gesamte Gardine riß aus ihrer Halterung und schwebte wie ein Schleier zu Boden. Augapfel verhedderte sich in dem zarten Gewebe, fauchte und kratzte und versuchte verzweifelt, sich daraus zu befreien. Je heftiger sie kämpfte, desto enger zog sich der dünne Stoff um ihren Körper.

Dank ihrer trägen Gehirne bemerkten die Nacktlinge erst jetzt, daß etwas nicht stimmte. Sie schrien, brüllten und fluchten durcheinander. Hirnlos entdeckte, daß zwei seiner Todfeinde in der Falle saßen und sauste – erstaunlich flink für einen so alten Hund – quer durchs Zimmer. Er verpaßte der Katze mit funkelnden Augen einen herzhaften Biß. Augapfel stieß wilde Drohungen in Richtung des Spaniels aus, der seine Chance nutzte und noch einmal zuschnappte.

Einer der Nacktlinge hatte einen Besen ergriffen und schlug damit auf den Kopf des Hundes ein. Iban spürte den Luftzug, als die Waffe an ihm vorübersauste. Klugerweise zog sich Hirnlos nach dem ersten Schlag zurück, so daß die nächsten Treffer mit dem Besen auf dem Rücken der Katze landeten. Sie geriet nun völlig außer sich und stieß einen schrillen Schrei aus.

Ein zweiter Nacktling bückte sich, um die Katze aus der Gardine zu befreien, erntete aber nur Bisse und Kratzer für seine Bemühungen. Von seiner Hand tropfte Blut, und er wich zurück. Hirnlos war zweifellos der Ansicht, daß sich Augapfel die Nacktlinge nun zu Feinden gemacht hatte, und schlich heran, um einen weiteren Biß zu landen. Und wieder traf ihn ein Schlag auf den Kopf.

Aus anderen Teilen des Hauses strömten weitere Nacktlinge herbei, darunter auch der Kopfjäger. Das Zimmer erbebte in einer ohrenbetäubenden Kakophonie. Der verletzte Nacktling wurde von zwei schweineähnlichen Helfern davongeleitet, den beiden fetten Küchennacktlingen. Der Kopfjäger schien sich sehr für die gefesselte Katze zu interessieren und drängte sich vor, um besser sehen zu können. Iban entdeckte in seinen Augen den unverhohlenen Wunsch, die Katze zu kochen und an den Kleinen Prinzen zu verfüttern.

Hirnlos sah hocherfreut zu und lief zwischen den Nacktlingsbeinen hin und her, wagte aber keinen Angriff mehr.

Es war offensichtlich, daß dieses Chaos noch eine Weile andauern würde.

Iban schlich davon, beschämt über den Tumult, den er verursacht hatte, und entkam ungehindert durch die Wohnzimmertür. Er lief auf schnellstem Wege zum Gwenllian-Loch und von dort aus durch einen Gang, der bis in Tunnelgräberins Territorium führte. Er hatte die Absicht, sich im Garten einem vorbeifliegendem Turmfalken zum Fraß anzubieten. Oder er würde warten, bis Gnadenvoll aus ihrem Loch herabstieß.

Unterwegs traf er auf Kellog, der seinen täglichen Tribut beim Stamm der Wilden kassieren wollte.

»Töte mich!« rief Iban und versuchte, der Ratte den Weg zu verstellen.

»Verdammte Mäuse«, brummte Kellog und schubste den Totenkopf beiseite. »Hab' keine Lust auf Witze.« Er verschmolz mit den Schatten unter den Bodenbrettern.

Iban rappelte sich auf, klopfte die Spinnweben ab, seufzte und setzte seine Wanderung durch das Labyrinth fort. Auf dem Weg ins Innere stand er plötzlich Tunnelgräberin gegenüber.

»Wo willst du eigentlich hin?« fragte die Torwächterin.

»Ich... hm... nach draußen«, stammelte Iban.

»Nicht ohne zu zahlen«, erwiderte die schreckliche Spitzmaus.

Iban verließ der Mut. Er hatte tatsächlich den Wegezoll vergessen. Ohne Käse führte kein Weg an Tunnelgräberin vorbei. »Kein Käse, kein Durchgang«, pflegte sie oft und gern zu sagen.

Iban riß sich zusammen. »Dann mußt du mich töten.«

Tunnelgräberin sah ihn mißtrauisch an. »Und wenn ich dich einfach nur windelweich prügle und wieder hineinschicke?«

»Das reicht nicht«, meinte Iban. »Was meinst du, wenn ich verspreche, dir nachher ein Stück Käse zu bringen?«

»Und wenn ich dir statt dessen ins Ohr beiße?«

»Ich kann Ik-to«, warnte Iban die Spitzmaus.

»Versuch's doch«, fauchte Tunnelgräberin, die gegen Drohungen allergisch war.

Iban seufzte erneut. Er konnte die Außenwelt schon riechen, vor allem Primeln und die Blätter der Kirschpflaumen. Die frische Luft mit all ihren Gefahren war nur wenige Tunnel entfernt, vorausgesetzt, er verirrte sich nicht in irgendwelchen Sackgassen. Doch Tunnelgräberin stand vor ihm wie ein Fels, der seinen Weg zum Selbstmord blockierte. Gehörte man nicht zu den reichen Küchenmäusen, war der Weg nach draußen das reinste Hindernisrennen. Schließlich kehrte Iban um. Besiegt schlich er ins Haus zurück.

Als er aus dem Gwenllian-Loch auftauchte, kam ein Nacktling aus dem Wohnzimmer und ging durch die Eingangshalle. Iban schaute zu, wie er die Haustür öffnete, hinaustrat und sie hinter sich schloß. Es wirkte so leicht und mühelos. Für eine Maus hingegen bedeutete die Reise in die Außenwelt ein schwieriges Unterfangen. Es war einfach nicht gerecht.

Tomme au Raisin

Trödler genoß selbstverständlich freien Durchgang im Gebiet der Wilden, bis zum Loch, das in den Holzschuppen führte. Einige Küchenmäuse blieben in der Nähe, um zu beobachten, wie er hindurchschlüpfte. Sie waren fest davon überzeugt, daß dieser Weg eine Einbahnstraße war. Trödler sah die rundlichen, wohlgenährten Gestalten und dachte: Bald sehen wir alle so aus.

Als er das Loch erreichte, versammelten sich die Zuschauer um den Ausgang. Erwartungsfrohe Stimmung lag in der Luft. Ulf hatte geschworen, jeden ungebetenen Gast anzugreifen, der sich auf das Gebiet der 13-K wagte. Sie konnten dieses Spektakel zwar nicht sehen, doch die Geräusche würden deutlich hörbar sein. Sensationslüsterne Bande, dachte Trödler, die warten nur auf meine Schreie.

Trödler blieb vor dem Loch stehen und rief dem Wächter auf der anderen Seite zu: »Hallo, da drüben! Hier ist Trödler, der Gelbhals aus der Hecke. Ich komme jetzt.«

Auf der anderen Seite entstand Unruhe, dann ertönte eine Stimme: »Wie viele seid ihr?«

»Nur einer.«

»Einer kann kommen, doch viele werden gehen«, kicherte die Stimme.

Eine Sekunde dachte Trödler an sein Schicksal, das ihm die Stimmen der Vorfahren prophezeit hatten. »Was soll das heißen?« fragte er die nächste Küchenmaus.

»Es heißt, du kommst in kleinen Stücken wieder heraus«, erläuterte Elfwin.

»Kein guter Anfang«, murmelte Trödler. »Jedenfalls komme ich jetzt«, rief er den 13-K zu. Er sauste flink durch das Loch und wurde auf der anderen Seite sofort von jungen Mäusen umringt.

Sie kauerten in Nase-Unten-Position vor ihm, bereit zum Angriff. Trödler warf einen schnellen Blick in die Runde und entdeckte weitere Stammesmitglieder, die auf Holzstapeln und zwischen Scheiten hockten und zuschauten.

Er tat das einzig Richtige und stellte sich vor. »Trödler die Außenmaus ist gekommen, um mit Ulf, dem Anführer der berühmten 13-K-Bande, zu sprechen. In der Hecke übrigens auch als Ulf der Kaltblütige bekannt.«

»Ulf der Kaltblütige?« fragte dieser ebenso überrascht wie erfreut. »In der fernen Hecke kennt man meinen Namen?«

»Sicher doch. Dein Ruhm hat sich sogar noch weiter verbreitet. Bis hinein in die Weizenländer, zu den Feldmäusen. Sie pflegen zu sagen: ›Ulf der Kaltblütige ist der beste Kämpfer diesseits der Straße.‹«

»Ulf der Kaltblütige, das gefällt mir. Viel besser als Ulf, der Sohn Gorms. Vielleicht bin ich endlich aus dem Schatten meines Vaters herausgetreten.«

»Das würde ich meinen«, bestätigte Trödler. »Aber wie stehst du zu der Vertreibung der Nacktlinge, von der alle sprechen? Jeder weiß, daß die gesamte Mäusenation im Haus davon profitieren wird. Und trotzdem weigerst du dich hartnäckig, daran teilzunehmen, nur weil dein Vater mitmacht.«

»Das stimmt«, grollte Ulf.

»Ich möchte dir eine Frage stellen. Willst du Zugang zur Speisekammer?«

»Natürlich wollen wir das!« ertönte ein Chor von Mäusen.

»Warum kämpfst du dann gegen Gorm? Warum bist du gegen die Vertreibung der Nacktlinge? Es geht doch nur darum, die Nacktlinge und ihre Haustiere loszuwerden. Dann kann der Inhalt der Speisekammer unter allen Mäusen im Haus aufgeteilt werden.«

Ulf schüttelte bedächtig den Kopf. »Glaubst du wirklich, Gorm würde das Futter mit uns teilen? Denkst du, er würde uns auch nur einen einzigen Käsekrümel abgeben? Wenn wir die Nacktlinge losgeworden sind, zettelt er wieder seine alten Schlachten an. Es liegt ihm einfach im Blut. Er ist ein Kriegstreiber und wird sich niemals ändern. Ich kenne ihn, er ist mein Vater. Wenn er nicht mit den Zähnen im Fleisch eines Feindes stirbt, gelangt er nicht nach Assundoon – wozu er fest entschlossen ist.«

Trödler nickte. »Da ist was dran. Aber zum ersten Mal haben sich alle Stämme zur Nation der Hausmäuse zusammengeschlossen. Die Nächte, in denen Gorm auf Interessenkonflikte zählen konnte, sind vorbei. Gorms Wilde konnten nur überleben, weil alle anderen Mäuse miteinander im Streit lagen. Wenn ihr zu uns stoßt, müßte er sich schon mit dem ganzen Haus anlegen – er kann die Speisekammer nicht einfach für sich behalten.«

Ulf wandte sich an Drenchie und Gunhild. »Nun?«

»Was er sagt, klingt vernünftig«, meinte Drenchie.

»Meine Truppen sind allzeit bereit – jetzt oder später. Ja, ich glaube, der Gelbhals hat tatsächlich was im Kopf«, erklärte Gunhild.

Der Anführer der 13-K-Bande schien noch immer nicht ganz überzeugt.

»Sieh mal«, startete Trödler einen erneuten Versuch, »du hast gesagt, du wolltest dich der Vertreibung der Nacktlinge nicht anschließen, weil du Gorm nicht traust. Ich stehe persönlich dafür gerade, daß Gorm keinen Ärger macht, wenn die Nacktlinge weg sind. Wenn ja, kämpfe ich selbst gegen ihn.«

»Du würdest gegen Gorm kämpfen?« fragte Ulf. »Ist dir klar, daß du auch gegen seine Doppelgänger antreten mußt – seine Brüder Hakon und Tostig?«

»Das ist mir klar«, meinte Trödler, ohne sich seine Furcht anmerken zu lassen. »Ich gebe euch mein Wort. Notfalls kämpfe ich mit Gorm auf Leben und Tod. Reicht das?«

Ulf stieß ihn freundschaftlich mit der Nase an. »Mir reicht es,

Kumpel. Wir schließen uns eurer Vertreibung der Nacktlinge an.«

Plötzlich erwachten die übrigen 13-K zum Leben, sprangen vom Holzstoß herunter und umringten unter Freudenschreien Ulf und Trödler. Sie hatten so lange am Hungertuch genagt, daß ihnen alles wie ein Traum vorkam. Schnurrhaare zuckten, Schwänze wackelten, die Nasen schnupperten in Erwartung der wunderbaren Schlemmerei.

Als sich der Tumult ein wenig gelegt hatte, sagte Trödler zu Ulf: »Du solltest dich besser mit Gorm treffen ...«

Ulfs Blick wurde mißtrauisch. »Ich soll Gorm treffen – etwa allein?«

Trödler nickte. »Darum geht es doch, oder nicht? Du solltest mit den Küchenmäusen Frieden schließen. Dann können wir gemeinsam den Vorstoß wagen.«

»Das ist eine Falle«, knurrte Gunhild. »Laß mich gehen, Ulf. Ich nehme drei zuverlässige Mäuse und gehe.«

»Nein«, erwiderte Trödler entschieden. »Ulf muß gehen. Nur er und ich. Wenn du mir vertraust, brauchst du keine Angst zu haben.«

Ulf sah Trödler lange und tief in die Augen. »Ich weiß zwar nicht, warum, Gelbhals, aber ich vertraue dir. Ich hoffe nur, daß ich diesen Gang überlebe.« Er warf der Menge ein schiefes Lächeln zu. »Ich kann es kaum erwarten, ihre Gesichter zu sehen, wenn wir zusammen in der Küche aufkreuzen.«

Die 13-K-Bande stieß erneut Jubelrufe aus, als Ulf und Trödler durch das Loch schlüpften.

Der Stamm der Wilden drängte sich noch immer auf der Küchenseite des Loches. Als Ulf und Trödler auftauchten, traten alle ein wenig zurück.

Plötzlich erdröhnte aus dem Hintergrund eine Stimme. »Aus dem Weg, aus dem Weg!« Gorms zerfurchtes Gesicht erstrahlte im Triumph, als er seinen rebellischen Sohn mit blitzenden Augen betrachtete. Sie waren verfüllt von unverhohlenem Rachedurst.

»Wir haben die Zustimmung der 13-K – Friede unter den Mäusen – Ulf ist gekommen, um den Bedingungen des Vertrages zuzustimmen.«

Gorm schenkte Trödlers Worten keine Beachtung und baute sich vor seinem Sohn auf. »Endlich!« zischte er mit entblößten Zähnen. »Packt ihn! Packt den Abtrünnigen! Endlich habe ich dich erwischt, du Zwerg!«

Einige Krieger rückten vor, doch Trödler erhob die Stimme. Er sprach mit einer für Heckenmäuse seltenen Autorität, die bewies, wie sehr er sich seit dem Ruf der Vorfahren weiterentwickelt hatte. »Halt!« rief er. »Ich habe mein Wort gegeben. Wenn du das tust, Gorm, werden sich alle Stämme des Hauses gegen dich wenden.«

»Wenn wir dich auch umbringen, erfährt es keiner, oder?« fragte Gorm.

»Wir erfahren es«, schrie jemand, »und du kannst dir absolut sicher sein, daß dich die gerechte Strafe ereilt, Gorm!«

Alle Köpfe wandten sich I-kucheng und Skrang zu, die sich mit Iban zu ihnen gesellt hatten. Drei Tötenköpfe. Ein Totenkopf allein konnte ein Dutzend Wilde überwältigen. Es brauchte schon sehr mutige Küchenmäuse, um es mit drei von ihnen aufzunehmen.

Gorm runzelte die Stirn und wandte sich an seinen Sohn. »Was hast du mir zu sagen ... Sohn?«

Das letzte Wort troff förmlich von Sarkasmus.

»Was ich zu sagen habe? Du hast mir einen Waffenstillstand angeboten, hier bin ich. Mir war natürlich klar, daß du dein Wort nicht halten würdest – wie immer. Aber Trödler hier wollte mir weismachen, du hättest dich geändert, hättest einen Funken Ehre im Leib. Ich war so dumm, ihm zu glauben, aber –«

»Hör auf mit dem Geplapper«, grollte Gorm. »Du bist geschwätziger als eine Kröte. Also Waffenstillstand.«

»Gut«, meinte I-kucheng. »Darauf haben wir immer gehofft. Der Stamm der Wilden und die 13-K-Bande schließen sich zusammen –«

In diesem Augenblick erklangen schwere Schritte, und die Küche wurde in grelles Licht getaucht. Die Mäuse zerstreuten sich in alle Richtungen. Ulf und Trödler schossen in einen Spalt zwischen Spüle und Wand.

Ein Nacktling in Nachtkleidung tappte durch die Küche und riß den höhlenartigen Mund auf. Er öffnete die Speisekammer und ging hinein. Kurz darauf kam er mit einem großen Stück Kuchen und einer Milchflasche wieder heraus. Er trank die Milch in hastigen Schlucken – von denen zwei Dutzend Mäuse satt geworden wären – und rammte den Kuchen in die riesige Mundöffnung.

Danach machte er sich an der Spüle zu schaffen. Trödler konnte von seinem Versteck aus einen großen, nackten Fuß sehen. Die Haut unter der Sohle war hart und rissig, auf dem Spann hingegen weich und runzelig. Der Fuß verströmte einen eigenartigen Geruch. Die Zehen waren mit groben, gekräuselten Haaren bewachsen und wirkten wie lebendige Tiere, die der häßliche Monsterfuß gefangen hatte.

Trödler verspürte den Drang, hervorzuschießen und das Ungeheuer zu beißen, damit es endlich verschwand. Er fand die ganze Gestalt einfach abstoßend. Inzwischen teilte er die unter Mäusen verbreitete Ansicht, daß ein Nacktling aus der Nähe betrachtet eigentlich mehr als ein einziges Lebewesen sein müsse. Die einzelnen Teile waren riesig und wirkten wie eine Anhäufung grotesker Kreaturen, die sich aus unerfindlichen Gründen zusammengefügt hatten. Noch nie war er einem ausgewachsenen Nacktling so nahe gekommen. Das ganze Gebilde war einfach ekelhaft!

Nach einer Weile bewegte sich der Fuß, und das Patschen nackter Fußsohlen auf Fliesen entfernte sich. Schließlich ging das Licht aus. Die Mäuse quollen aus ihren Verstecken hervor.

»Habt ihr das gesehen?« knurrte Gorm. »Hat genug für eine ganze Armee gefressen. Wir *müssen* sie einfach loswerden.«

Trödler erschauerte. »Und dieser Geruch!«

»Das sind erst die Füße«, bemerkte Hakon, der neben ihm stand. »Du solltest mal eine Nase von ihrem Atem nehmen. Ich stand mal auf einem Regal und –«

Hakon vollendete den Satz nicht mehr. Er stieß einen Schrei aus und war verschwunden. Eine mächtige Kraft hatte ihn nach oben gerissen. Trödler konnte sie riechen, aber nicht sehen. Als der Nacktling die Küche verließ, war ein blau-graues Ungeheuer hereingeschlüpft und hatte sich Hakon geschnappt.

Die Mäuse stoben davon. In ihren Ohren hallten Hakons schrille Schreie wider. »Helft mir! Helft mir doch! Aaaaaaah!«

Hakon war weg. Er lebte zwar noch, doch man mußte versuchen, ihn zu vergessen, die Ohren vor den furchtbaren Schreien verschließen, nicht an die Qualen denken, die Ängste. Einige Mäuse redeten über Belanglosigkeiten, denn Hakon war unrettbar verloren.

Er steckte zwischen Augapfels Kiefern. Sie lag mit glitzernden Augen auf dem Küchenboden und hielt die zappelnde Maus fest. Eine Zeitlang würde sie mit ihr spielen, sie herumwerfen, mit den Pfoten anstoßen, an den Boden pressen. Im Augenblick begnügte sie sich noch damit, selbstzufrieden in die Finsternis zu starren. Irgendwann jedoch würde sie zubeißen und Hakon zermalmen.

»Ich bin eine Mäusemörderin«, schienen ihre Augen zu sagen. »Ich bin unbesiegbar, unverletzlich, allmächtig.«

Und so war es auch. In der Mäusewelt gab es keine größere Macht. Die Katze verkörperte den Tod. »Ich bin ein schrecklicher Gott, unüberwindlich, ohne Mitleid oder Gnade. Seht, Nager, mein Gesicht an und verzweifelt.«

Doch sie verzweifelten nicht. Sie verdrängten die Katze einfach aus ihren Gedanken, beschäftigten sich mit anderen Dingen, besprachen die kommende Revolution, aktuelle Intrigen, Stammesangelegenheiten, erwähnten alles außer der Mitleidlosigkeit der Katzen.

Einige Zeit später hörten sie das Knirschen von Knochen und

stießen einen gemeinsamen Seufzer aus. Hakons irdische Qualen hatten ein Ende. Gorm hatte einen Bruder und damit einen Doppelgänger verloren. Als er die Beileidsbezeugungen entgegennahm, sagte er: »Zur Zeit brauche ich eigentlich keine Doppelgänger, da kein Krieg herrscht. Also ist es kein großer Verlust – trotzdem vielen Dank für euer Mitgefühl.«

Das Leben obsiegte. Hakon war nicht mehr als eine tragische Randbemerkung in der Geschichte des Hauses. Entweder weilte er nun im Käsehimmel oder im Dunst der Hölle, basta.

2. TEIL

Die Vertreibung der Nacktlinge

MOZZARELLA

Die Heizkörper waren eingeschaltet worden. In der Welt draußen verhüllte der Bart des alten Mannes die Hecke. Rasch verbreitete sich unter den Mäusen die Nachricht vom Wechsel der Jahreszeiten. Die Außenmäuse trugen den Hausbewohnern die Neuigkeit zu. Die Revolution stand unmittelbar vor dem Ausbruch und würde auf das ganze Haus übergreifen. Die Botschaft verbreitete sich wie ein Lauffeuer von Mund zu Mund, von Nest zu Nest, von Stamm zu Stamm. Die Mäuse krochen aus ihren Löchern und Schatten ans Licht. Alle Stämme erhoben sich wie eine einzige Nation. Sie verfolgten ein gemeinsames, wahrhaftes und gerechtes Ziel.

Und so begann die Vertreibung der Nacktlinge.

Jeder Stamm führte die Aktionen durch, die man ihm zugewiesen hatte. Die Buchfresser zernagten die elektrischen Leitungen, die unter den Bodenbrettern und zwischen der Decke und dem oberen Stockwerk verliefen. Die Wilden zerbissen Mehlsäcke, verschütteten Bohnen, verstreuten Getreidekörner. Die Totenköpfe knabberten an den Gasleitungen. Die 13-K richteten als waschechte Rebellen Verwüstungen in den Schränken und Schubladen an und nagten Löcher in Kleidungsstücke. Die Unsichtbaren kümmerten sich um die Wasserleitungen auf dem Dachboden und hofften auf eine große Überschwemmung. Die Stinkmorcheln wurden von Gorm ins Wohnzimmer getrieben. Zitternd verbargen sie sich unter der Porzellanvitrine, bis sie wieder zurück in ihren Keller durften.

Selbst Kellog schloß sich der Revolution an und vergiftete das Wasser im Tank mit toten Schnecken, Würmern, Unkraut, Erbrochenem, Mäusekot und unidentifizierbaren Schleimklumpen. Fäulnis und Gestank waren seine Sache. Er empfand höchste Befriedigung, wenn etwas verrottete und üble Gerüche verströmte. Er schaute mit Begeisterung zu, wie sich das Wasser in ein häßliches Gelb verfärbte. Er bevorzugte stehende Gewässer, da sie sich nahtlos in die Philosophie seiner Art einfügten: Kloaken und Jauchegruben.

Mit dem Fortschreiten der Vertreibung der Nacktlinge wuchs auch Kellogs Anmaßung. Er träumte von seiner zukünftigen Machtstellung. Nach der Revolution, wenn die Nacktlinge verschwunden waren, würde er der unbestrittene Herrscher des Hauses sein. Kellogs Ego wuchs ins Unermeßliche, und er sah sich als Erwählten der Götter, als König der Ratten.

Eines Nachts verstieß er gegen seine eigenen Regeln, quetschte sich durch Claudes Loch und schlüpfte ins Innere des Hauses. Die Nacktlinge schliefen, und die Katzen hielten sich um diese Zeit im Garten auf. Die Mäuse waren damit beschäftigt, an Kabeln und Leitungen zu knabbern. Kellog schlenderte über den Treppenabsatz, als gehöre er ihm bereits. In seinem Geist stoben die Nacktlinge in alle Richtungen davon.

»Süße Zuckermaus«, krähte eine Stimme aus einem der Schlafzimmer. »Der Kleine Prinz riecht dein saftiges Fleisch. Süßes Honigmäulchen…«

Kellog kauerte sich auf die Schwelle und schaute zum Käfig mit der weißen Maus hin.

»…liebliche – hm – äh – Ratte?«

Kellog machte einen Buckel und fletschte die Zähne.

Die weiße Maus starrte ihn mit weit aufgerissenen Augen an und sagte verwirrt: »Zeit zum Schlafen, Kleiner Prinz.« Sie legte sich auf ihr Bett aus Sägespänen und schloß die Augen.

Kellog beobachtete sie noch eine Weile und lief dann wieder auf den Treppenabsatz hinaus. Er glitt die Stufen in die Halle hinunter, von wo aus er durch das Gwenllian-Loch in den Schutz der Wände und Zwischendecken zurückkehren wollte. Er ging ein Risiko ein, doch er hatte sich etwas beweisen müssen: daß er nun vor den Nacktlingen keine Angst mehr hatte.

Plötzlich schleppte sich ein triefäugiger Spaniel durch die Wohnzimmertür. Er blieb auf der Schwelle stehen, blinzelte und starrte Kellog verwundert an. Dann zuckte er mit den seidig glänzenden Schlappohren.

Kellog wollte losrennen. Da fiel ihm ein, daß es sich um den alten Hirnlos handeln mußte, von dem die Mäuse immer sprachen. Er war angeblich das langsamste Geschöpf auf Erden und hatte noch niemals eine Maus gefangen. Seine Zähne waren vermutlich stumpf und vollkommen nutzlos.

»Steck deinen blöden Kopf woanders hin!« fauchte Kellog.

Die wenigen Worte verliehen dem Hund ungeahnte Dynamik und Energie. Hirnlos startete durch wie eine abgeschossene Kugel. Sein Maul stand offen, das Gesicht erstrahlte in grenzenloser Freude. Seine Augen wirkten plötzlich klar und funkelten. Die Arthritis schien aus den Gelenken gewichen. Die Nasenlöcher blähten sich. Von einer Sekunde zur anderen hatte sich Hirnlos in einen angriffslustigen Jäger verwandelt.

Kellog sauste die Treppe hinauf, dicht gefolgt von Hirnlos, der nach seinem Schwanz schnappte. Kellog hämmerte das Herz in der Brust. Seine Beine wirbelten wie Trommelstöcke, die Füße berührten kaum die Stufen. Vor Anstrengung quollen ihm die Augen aus dem Kopf. Er wußte, daß er einen schrecklichen Fehler begangen hatte. Hirnlos verfügte über eine geheime Kraftreserve, die durch den Anblick Kellogs schlagartig freigesetzt wurde. Der Höllenhund war direkt hinter ihm – mit loderndem Blick, schnappenden Kiefern, kraftvollen Beinen. Er dachte nicht nach, wurde nur von seinem Instinkt getrieben, der sich bei den Rattenjagden seiner Jugendjahre gebildet hatte.

Die ruhmreichen Stunden der Vergangenheit waren der Grund für die Geschmeidigkeit und Vitalität des Spaniels: Stunden in den Gräben, in denen ihn sein Herr mit den Worten »töten, töten, töten« vorantrieb. Damals hatte er Dutzende von Ratten erlegt. Er war ein hervorragender Rattenjäger gewesen, und der Klang bestimmter Worte konnte ihn noch immer in äußerste Erregung versetzen. Ein Nacktling mußte nur leise den magischen Befehl flüstern, und schon schnüffelte Hirnlos in jeder Ecke des Zimmers und stieß dabei polternd die Möbel um.

Kellog schoß durch die Beine des Hundes in eine Ecke der Halle. Hirnlos schlug einen makellosen Salto und jaulte in Ekstase. Seine Pfoten schlitterten quietschend über das Linoleum. Er interessierte sich nicht sonderlich für Mäuse und jagte sie eher halbherzig. Doch wenn Ratten in der Nähe waren, vergaß er alle Altersbeschwerden und machte sich verjüngt an die Jagd.

Kellog rannte japsend wieder in Richtung Treppe. Hirnlos schnappte nach seinen Hinterbeinen. Die Dachratte sprang alle Stufen auf einmal hinunter und landete mit einem hörbaren Plumpsen. Hirnlos stürzte hinterher, doch Kellog hatte sich schon aufgerappelt, schoß erneut durch die Halle und verschwand im Gwenllian-Loch. Eigentlich war es den Mäusen vorbehalten, doch die große Ratte glitt mühelos hinein.

Unter den Dielenbrettern angekommen, rang Kellog nach Luft. Er lag flach auf dem Bauch und hörte, wie der Hund über ihm jaulte und auf dem Boden scharrte. Eine Maus kam vorbei und starrte die Ratte neugierig an.

Die Maus eilte weiter und fragte sich, welches Geschöpf die Ratte wohl in diesen Zustand versetzt hatte. Eine Katze? Oder ein Fuchs? Die Ratte mußte Entsetzliches durchgemacht haben.

Der Ausflug hatte Kellog beinahe das Leben gekostet. Er schleppte sich mühsam zu seinem Nest und schwor dabei, daß er den Schutz der Wände und Zwischendecken erst wieder verlassen würde, wenn die Nacktlinge endgültig das Haus verlassen hatten. Sie und ihr Höllenhund.

Das Haus war wie geschaffen für die Bemühungen der Stämme, die Nacktlinge aus seinen Mauern zu vertreiben. Einige Mäuse meinten, das Haus selbst sei auf ihrer Seite und biete sich für Sabotageakte förmlich an. Wasser floß ungehindert aus seinen Wunden, Stromkabel sprühten Funken, Gas zischte aus verschiedenen Löchern. Manche Teile des Hauses waren über die Jahre hinweg von selbst verrottet. Sie wurden eine Gefahr für jedes Lebewesen, das größer als ein durchschnittliches Nagetier war. Dachziegel rutschten herunter, Abflußrohre waren mit Haaren verstopft, Wasserbehälter durch klebrige Klumpen blockiert.

»Schicksal!« schrie Frych die Gefleckte. »Es mußte so kommen!«

In den ersten Stunden der Revolution starben zwei Mäuse. Eine fiel Augapfel zum Opfer, die mit der Leiche spielte, bis der Kopfjäger sie für seine ruchlosen Zwecke beschlagnahmte. Die andere wurde vom Küchennacktling mit einem Brotmesser aufgespießt. Er warf den Körper in den Abfalleimer, wo Spuck ihn entdeckte. Zum Abscheu und Entsetzen der verborgenen Zuschauer verschlang der Kater die noch zuckende Maus und erbrach sich prompt auf den Küchenboden. Hirnlos eilte herbei und schnüffelte mit offensichtlichem Interesse an dem Gegenstand in der Lache, bis man ihn davonjagte.

»Niemand hat gesagt, es sei ungefährlich«, brummte Gorm, der in einem Schrank eine Versammlung einberufen hatte.

»Niemand hat behauptet, wir brauchten keinen Mut für diese Aktion.«

»Aber«, flüsterte Tostig, »schon zwei Mäuse.«

»Du feiger Fettsack!« brüllte Gorm seinen Bruder an. »Wer bist du eigentlich? Niemand in meinem Stamm jammert über die Gefallenen, kapiert? Einer, zwei oder auch drei – was bedeutet das schon für die Wilden? Aber ich werde dich ausnahmsweise nicht züchtigen und dich deinem Gewissen überlassen. Wir stimmen ab, ob die Revolution fortgesetzt wird. Alle, die weitermachen wollen, verlassen die Versammlung ...«

Kurze Pause, Füßescharren, Stille.

Gorm kreischte los: »Was, du bist noch hier, Tostig? Hau ab, bevor ich dich in den Hintern beiße.«

»Aber du hast gesagt –«

»Was ich sage und was ich meine, sind zwei völlig verschiedene Dinge«, fauchte Gorm. »Wir sind als einzige übriggeblieben – ich nehme an, du hast gesehen, wie rasch die anderen verschwunden sind. Sie drängten sich schon am Ausgang, bevor ich meinen Satz beendet hatte. Warum wohl, Tostig? Etwa nur, weil sie unbedingt die Vertreibung fortsetzen wollen?«

»N-nein, Gorm – weil sie Angst vor dir haben.«

»Bemerkenswerte Erkenntnis für ein Gehirn deiner Größe. Und du hast keine Angst vor mir, was?«

»Ich g-gehe jetzt, Gorm«, wimmerte Tostig.

»Ich wußte, daß ich mich auf dich verlassen kann, Bruder«, grunzte Gorm.

Solche Szenen waren typisch für die Frühzeit der Revolution, doch bald widmeten sich die Mäuse wieder ganz ihren Aufgaben. Sie nagten an Stromkabeln, rissen Kissenfüllungen heraus, gruben sich durch Matratzen, knabberten die Kleider in Schubladen und Schränken an, zernagten Teppiche und Matratzen, arbeiteten sich durch Holz und Gips. Im ganzen Haus tauchten neue Löcher auf, und alte wurden wiederentdeckt und vergrößert. Die Korkfliesen im Badezimmer wurden völlig zerstört. Im Wohnzimmer hing das Tischtuch in Fetzen herunter. In den Schlafzimmern wurden die Vorhänge von den Haken genagt.

Es gab auch außergewöhnliche Beweise des Mutes und der Opferbereitschaft. Ein Totenkopf unternahm eine Selbstmordexpedition, indem er in ein Abflußrohr kroch und es mit seinem Körper blockierte. Die Belohnung erwartete die Maus im Totenkopf-Himmel. Adlerauge, ein Unsichtbarer, verfing sich in den Sprungfedern einer Matratze und mußte acht Stunden dort verweilen. Währenddessen schlief über ihm ein Nacktling und tat unaussprechliche Dinge (das heißt, unaussprechlich für jeden außer

Furz und Fusel). Als Adlerauge schließlich die Freiheit wiedererlangte, dauerte es weitere acht Stunden, bis sich seine Lungen wieder erholt hatten.

In der zweiten Nacht der Vertreibung starb Cadwallon, der Buchfresser. Er besaß schöne, starke Zähne, die er an zahlreichen Büchern gewetzt hatte. Ihm gelang es als erstem, ein Stromkabel durchzunagen.

Zeugen sprachen später von zuckenden blauen Blitzen und einem Funkenregen. Cadwallons Gliedmaßen wurden steif wie Äste, sein Fell knisterte und qualmte, dann verbreitete sich ein Schmorgeruch, der noch Stunden später in der Luft hing. Zu seinen Ehren legte man ein neues Loch an.

Niemand wußte, wer das Feuer gelegt hatte, das in einem Schlafzimmer ausbrach und diesen Raum, ein Badezimmer und einen Teil des Treppenabsatzes vernichtete. Manche behaupteten, Hywel der Böse habe eine Litze durchgenagt; Jago hingegen rühmte sich, er habe in einem derart atemraubenden Tempo Löcher in ein Bettlaken gefressen, daß die Reibung das Feuer entfachte.

Wer es auch war, die Flammen loderten furchterregend in die Höhe. Wie Ungeheuer verschlangen sie knackend und knisternd alles, was sich ihnen in den Weg stellte. Die Zimmer waren erfüllt von Glut, Rauch und Gestank.

Der Geruch von Rauch setzte in den Mäusen tiefverwurzelte Ängste frei, die in Gedächtnisnischen die graue Vorzeit ihrer Rasse überdauert hatten. Damals vernichteten riesige Steppenbrände große Grasflächen, den Lebensraum ihrer Vorfahren. Später kamen dann Waldbrände und in noch jüngerer Zeit die Infernos, bei denen ganze Städte in Schutt und Asche gelegt wurden – die Häuser stammten aus einer Zeit, in der die Riesenschnecken noch mit Holz gebaut hatten.

Die Gedächtnisnischen öffneten sich, und ihr Inhalt überflutete die Mäusehirne. Die Erinnerungen waren grauenhaft: blindes Herumrennen ohne Ziel, Nasen und Lungen, in denen die heiße Luft brannte, schmorendes Fell und Fleisch, verzehrender Schmerz.

Aber das jetzige Feuer hatten sie selbst entfacht, um sich die Nacktlinge vom Hals zu schaffen.

Diese waren in heller Aufregung. Sie drehten die Wasserhähne auf und hielten hoffnungsvoll Eimer darunter. Nach einer Weile quoll grünlicher, stinkender Schleim heraus – Kellogs Werk. Der Gestank verbreitete sich im ganzen Haus.

Dann kamen weitere Nacktlinge mit glänzenden Metallhelmen. Sie löschten das Feuer mit Schläuchen und verursachten dabei beträchtlichen Schaden. Das Schlafzimmer war schwarz verkohlt, nun kamen noch Wasser und Löschschaum hinzu. Da sich dort keine Mäusenester befanden, nahmen die Nager wenig Schaden. Die Treppe wurde überflutet, Wasser floß in die Schränke; das Wohnzimmer lag genau unter dem Brandherd, und die Decke wurde so durchnäßt, daß der Putz herunterfiel. Abgesehen von einigen überschwemmten Gängen in der Zwischendecke blieben die Mäuse von der Zerstörung verschont.

Trödler begeisterte sich wie alle anderen für die Sabotageakte. Er trug einen Teil der Verantwortung für die Verwüstung der Aspidistra im Salon. Er zernagte die Blätter und urinierte auf die Wurzeln, was der Pflanze den Rest gab. Das Haus schwappte über vor Mäusestolz. Zum ersten Mal seit Mäusegedenken herrschte Eintracht unter den Stämmen, waren sie durch ein gemeinsames Ziel zusammengeschweißt. Sie fühlten sich alle wie Brüder und Schwestern und rieben die Nasen aneinander.

Selbst den Stinkmorcheln brachte man eine gewisse Achtung entgegen, da sie das Siegel an einem Faß durchnagten und den Keller überfluteten.

»Ganze Arbeit, was, Meister?« sagte Furz mit stolzgeschwellter Brust zu Gorm. »Nimmst mich bald in deinen Stamm auf, was?«

»Nur über meine Leiche«, brummte Gorm.

»Danke, Chef«, erwiderte Furz demütig. »Hab's doch gut gemacht.«

Insgesamt waren die Stämme mit Freude bei der Arbeit, allen voran die 13-K, die als anerkannte Abtrünnige besonders froh waren, am Krieg teilzunehmen.

Rutland

Trödler sauste durch die Luft und fiel schmerzhaft auf den Rücken. Er blieb einen Augenblick betäubt liegen, bevor er sich mit klopfendem Herzen aufrappelte. Staubwolken vernebelten den ganzen Dachboden. Mäuse krochen aus Nestern und Löchern, wo sie stillvergnügt an irgend etwas genagt oder vor sich hin gedöst hatten.

»Was ist los?« schrie jemand.

»Keine Ahnung«, rief eine andere Maus. »Ist jemand verletzt? Wo sind meine Jungen?«

In Trödlers Ohren dröhnte es noch. Als er wieder klar denken konnte, machte er sich auf die Suche nach Leichtfuß. Die Unsichtbare war seine Nestgefährtin geworden, und sie bewohnten ein maßgeschneidertes Heim in einer Höhle unter den Dachziegeln. Sie lag wie tot neben dem Wassertank. Trödler stieß sie mit der Nase an, und Leichtfuß schlug die Augen auf.

»Wo bin ich?« fragte sie verwirrt.

»Du warst ohnmächtig. Alle Knochen heil?«

Sie rollte sich auf den Bauch und lag zitternd da. »Ich glaube, ja«, murmelte sie.

»Keiner weiß, was passiert ist. Möglicherweise hat es etwas mit der Vertreibung zu tun. Allerdings kann ich mir nicht vorstellen, daß Gorm in der Lage ist, solche Kräfte zu entfesseln. Das war vielleicht ein Knall! Ich sehe mich mal um. Du bleibst hier und ruhst dich aus.« Trödler nahm das nächste Ausgangsloch und huschte durch verschiedene Tunnel, bis er einen starken Luftzug spürte. Als er durch das Gwenllian-Loch in die Halle schlüpfte, bot sich ihm ein Bild der Zerstörung.

Überall türmten sich zersplitterte Holzstücke und andere Trümmer. Ein bleichgesichtiger Nacktling starrte auf die klaffende Öffnung, die einmal der Schrank unter der Treppe gewesen war.

Die dreieckige Tür war verschwunden, oder besser gesagt, sie lag in kleinen Stücken und Splittern in der ganzen Halle verteilt. In der Luft hing ein starker Gasgeruch. Ein Nacktling hatte die Tür zum Garten geöffnet, damit das Gas abziehen konnte. Allem Anschein nach war die Leitung explodiert.

Die Nacktlinge betrachteten den ehemaligen Versammlungsort der Mäuse und brabbelten einander etwas zu. Kurz darauf kamen andere aus dem Obergeschoß und gingen geradewegs auf die Überreste des Schrankes zu. In den Händen trugen sie seltsame Metallgeräte. Trödler hörte, wie sie sich im Schrank zu schaffen machten, um die zerstörte Leitung zu reparieren. Dann ging er zum Dachboden.

Leichtfuß hatte sich bei seiner Rückkehr vollkommen erholt. Trödler berichtete, was er in der Halle gesehen hatte, und fand immer mehr interessierte Zuhörer. Selbst Kellog saß auf seiner Seite des Tanks und lauschte Trödlers Geschichte. Gnadenvoll hatte im Augenblick der Explosion den Dachboden verlassen. Daher behielten alle ihr Einflugloch im Auge. Die Menge hörte sich Trödlers Bericht über die Vorkommnisse unten im Haus an. Danach zogen sich alle in ihre Nester zurück, um die Lage zu erörtern.

In den nächsten Stunden herrschte fieberhafte Aktivität. Botschafter rannten zwischen den Stämmen hin und her und informierten über den Stand der Dinge unten im Haus. Gorm prophezeite einen frühen Sieg der Mäuse.

Währenddessen erfreuten sich der Kopfjäger und sein kannibalisches Kuscheltier an den herumliegenden Mäuseleichen. Oft klangen die seidenweichen Worte des Kleinen Prinzen aus dem Zimmer: »Köstliches Mäusefleisch, o wie lieblich! Koche es mir weich und zart, mild und süß.«

Die Stromleitungen hatten Schaden genommen, die Wasserversorgung war stellenweise zusammengebrochen, und es war zu Überschwemmungen gekommen. Das Gas hatte erstklassige Arbeit geleistet, von den Schäden an der Einrichtung ganz zu schweigen. Einer der alten Nacktlinge hatte das Haus bereits verlassen – in einem weißen Kasten auf Rädern. Die anderen Nacktlinge legten wie im Rausch überall Gift aus und stellten Fallen auf. Doch so dumm waren die Mäuse nicht. Sie kannten diese Mittel bereits. Manche Gifte hinterließen nur eine leichte Übelkeit. Man konnte sie fressen, ohne größeren Schaden zu nehmen.

Kellog hatte ihnen mehrmals über den Tank zugerufen, daß sich der Plan seiner Meinung nach gut entwickle. »Vielleicht schafft ihr verrückten Mäuse es tatsächlich«, meinte er.

Ein Buchfresser, der zu Besuch gekommen war, schaute von seinem Aussichtspunkt auf einem Schrankkoffer zu Kellog hinüber. »Verrückt? Und das aus dem Munde eines Neurotikers mit soziopathischen Tendenzen.«

Kellog genoß die Situation. Es gab immer genug zu fressen, doch noch mehr wäre auch nicht schlecht gewesen. Wenn die Nacktlinge und ihr rattenjagender Spaniel verschwunden waren, würde er die uneingeschränkte Herrschaft übernehmen. Er konnte kommen und gehen, wie es ihm gefiel, Mäusekinder fressen und bei Bedarf die eine oder andere erwachsene Maus töten. Der Herr der Finsternis würde aus seiner Burg herabsteigen und das Gebiet der armen Untertanen verwüsten. Und kein Nacktling würde ihn je wieder bedrohen.

Und wie stand es mit Gnadenvoll? Wer wußte schon, was in ihrem Kopf vorging? Welche eisigen Wüsten erstreckten sich hinter den unergründlichen Augen dieses Raubvogels? Wer begriff den tieferen Sinn des flinken Angriffs von gebogenem Schnabel und nadelspitzer Kralle, der aus dem Nichts kam und sekundenschnellen Tod bedeutete?

Folglich interessierte sich niemand für Gnadenvolls Ansichten zur Vertreibung der Nacktlinge. Keiner wußte, ob sie überhaupt bemerkte, was im Haus geschah. Ihr Tagesablauf blieb immer gleich, sie schlief und tötete und fragte niemand nach seiner Meinung.

Trödler war tief in Gedanken versunken und soeben zu dem Schluß gelangt, daß es ihm eigentlich Spaß machte, »der Eine« zu sein, als ein Bote von unten den Dachboden betrat.

»Da passiert etwas!« schrie Nichtschwimmer aufgeregt. »Die Nacktlinge haben das Haus verlassen und stehen jetzt am Ende des Gartens. Sie haben die Haustiere mitgenommen. Und ein Nacktling kommt aufs Haus zu. Er sieht böse aus.«

Trödler bemerkte Angst in Nichtschwimmers Stimme. Ihn überlief ein kalter Schauer. Was meinte die Maus mit »böse«?

Nichtschwimmer fuhr aufgeregt in seinem Bericht fort: »Der Nacktling ist schwarz gekleidet und trägt eine Art Tonne auf dem Rücken. Aus der Tonne kommt ein Schlauch mit einer dicken Schnauze am anderen Ende. Und dann sein Gesicht – und die Augen –«

»Was ist damit?« schrie Leichtfuß, offensichtlich angesteckt von Nichtschwimmers Angst.

»Sie sind hinter diesen Glaskreisen. Ich meine, der Nacktling trägt so eine Art Gummigesicht mit Glasscheiben und ein Ding, mit dem er atmen kann.«

»Moment mal«, fiel Trödler ein. »Ich begreife das alles nicht. Anscheinend habt ihr vor irgend etwas Angst. Kennt ihr solche Wesen? Gibt es Geschichten von ihnen?«

Leichtfuß schaute ihn voller Entsetzen an. »Aber ja! Nichtschwimmer beschreibt gerade einen unserer schlimmsten Alpträume. Den Gasmacher. Die Maske schützt den Nacktling vor dem Gas, aber wir werden alle sterben!«

In diesem Augenblick erscholl ein gemeinsamer Schrei auf dem Dachboden und im ganzen Haus, da Erinnerungen wie Seifenblasen in die Mäusehirne stiegen.

»Gas! Das Gas kommt!«

»Schnell«, rief Trödler, als habe er sich ein Leben lang auf diesen Notfall vorbereitet, »wir müssen alle ins Labyrinth hinunter. Diesmal wird uns Tunnelgräberin nicht angreifen.«

»Ja, wir müssen auf dem schnellsten Weg dorthin«, stimmte Leichtfuß zu.

Mäuse strömten aus allen Löchern, huschten durch Zimmer, über Dachbalken, hinter Fußleisten entlang. Auch Kellog hatte die allgemeine Panik bemerkt und sich ebenfalls auf den Weg zum Labyrinth unter dem Haus gemacht.

Trödler und Leichtfuß erreichten mit als letzte das Loch in der Eingangshalle und sahen, wie der schreckliche Gasmacher durch die Haustür kam und sie hinter sich zuknallte. Trödler blieb stehen und schaute an der gigantischen Gestalt mit ihrem monströsen Gesicht aus Gummi und Glas empor. In den Glasscheiben spiegelte sich das Lampenlicht. Aus dem Inneren der Maske drang lautes Atmen. Der Gasmacher schaute sich um. Trödler konnte einfach nicht den Blick von dem häßlichen Tank und der schwarzen Rüsselschnauze abwenden, aus der das Gas strömen würde. Er stand wie festgefroren und starrte auf die grauenhafte Erscheinung. Leichtfuß riß ihn aus seiner Trance, und er folgte ihr rasch in den Keller. Von dort aus eilten sie in die Mitte des Labyrinths.

Der Gasmacher verstand sich auf seine Arbeit und hatte den Ausgang zum Garten bereits versperrt. Irgendwann konnte man den Stöpsel durchnagen und die alten Wege wieder freimachen, doch im Augenblick war den Mäusen der Weg in den Garten und damit in den besten Schutz vor der Vergasung verwehrt.

In der zentralen Höhle des Labyrinths saß Tunnelgräberin, die ebensolche Angst vor dem Gas hatte wie alle anderen. Sie kauerte reglos da, während sich die anderen Mäuse um sie versammelten. Normalerweise hätte sie geschrien und wilde Drohungen ausgestoßen, doch dieser Tag war kein normaler Tag. Heute hockte sie einfach wie betäubt da und wartete mit allen anderen auf das Gas.

Auch Kellog hatte sich in einem der zahlreichen Tunnel verkrochen.

In der Menge herrschte allgemeiner Friede. Nur wenige Mäuse

erhoben die Stimme. Die meisten kauerten wie Tunnelgräberin auf dem Boden und warteten auf das Ende der tödlichen Bedrohung. Sie hatten sich nach Stämmen zusammengefunden: Die Buchfresser drängten sich um Frych die Gefleckte, die 13-K um Ulf und Drenchie, Gorm der Alte war von seinen Wilden umgeben, die Unsichtbaren lagen bei Wisperer, die Totenköpfe und Stinkmorcheln kauerten von den anderen entfernt in ihren Ecken.

Alle spürten es instinktiv, als der Gasmacher den Keller betrat. Jeder stellte sich den Schweineschnauzenrüssel vor, der das Gas in dichten Wolken hervorrülpste. Jeder malte sich aus, wie das Gas durch das Labyrinth kroch, den runden und ovalen Gängen folgte und einen aufspürte. Trotz des verstopften Ausgangs drang an anderen Stellen durch winzige Risse und Spalten Luft aus der Außenwelt herein. Dieser kühle Hauch wehte durchs Labyrinth und formte sich zu einem Luftzug, der ausreichte, um das Gas von der Mitte des Labyrinths fernzuhalten.

Dann kam der Augenblick, in dem die Mäuse, die am Rand des Labyrinths hockten, das Gas riechen konnten. Es mußte sehr nahe sein.

Sie warteten.

Irgendwann begriffen sie, daß die Gefahr vorüber sein mußte. Das Gas war nicht bis zu ihnen vorgedrungen. Ein allgemeiner Seufzer erscholl. Der Geruch hing noch in den Gängen des Labyrinths, doch der Gasmacher war nicht mehr da. Der Luftzug hatte sie tatsächlich vor dem Tod bewahrt.

Leichtfuß streichelte Trödlers Hals. Flüstern und Gemurmel zeigten die allgemeine Erleichterung an, und bald erfüllten Freude und Triumph die Luft. Selbst Gorm verzichtete darauf, seine Nachbarn anzufauchen, und pries ihre wunderbare Rettung.

Sie mußten noch eine ganze Weile unten bleiben. In dieser Zeit nagten Ulf und Drenchie schon an dem Stöpsel zum Garten. Das Loch wurde zwar nicht groß genug, um eine Maus durchzulassen, aber der Wind pfiff durch die Tunnel und wehte den letzten Rest des tödlichen Gases davon.

Schließlich gingen sie in den Keller zurück. Furz rief: »Hier entlang, durchs Stinkmorchel-Gebiet! Haben nichts dagegen, wenn ihr unsern Keller benutzt, was, Fusel? Ist unser Geschenk für die Mäusenation …«

»Halt die Klappe«, knurrte Gorm.

Nicht alle Mäuse konnten wie auf dem Hinweg durch die Halle und die Treppen hinauflaufen, da jetzt zu viele Nacktlinge im Haus waren, ganz abgesehen davon, daß sich Augapfel und Spuck dort herumtrieben. Also mußten sie einzeln oder paarweise den Rückweg antreten, von Schatten zu Schatten huschen, bis sie das Loch erreicht hatten, das ins Innere der Wände führte.

Im Nest angekommen sagte Trödler zu Leichtfuß: »Ich bin froh, daß es vorbei ist. Kann das auch zweimal hintereinander passieren?«

»Habe ich noch nie gehört.«

Beide wußten, daß sie Zeugen eines Ereignisses geworden waren, das in die Annalen der Mäusehistorie eingehen und von Generation zu Generation überliefert werden würde. Zweifellos würden sich mit der Zeit immer neue Ausschmückungen darum ranken, bis Helden und Heldinnen aus ihnen wurden, die einzigartige Taten vollbracht hatten, bis sich Fakten in Fiktion und Geschichte in Mythologie verwandelte.

Sage Derby

Wie alle anderen stammübergreifenden Versammlungen wurde auch diese im mittlerweile reparierten Schrank unter der Treppe abgehalten. Gorm der Alte führte selbstverständlich den Vorsitz. Jeder Stamm hatte mindestens drei Vertreter entsandt. Trödler spürte, daß die Revolution in eine Krise geraten war, und wartete gespannt auf neue Vorschläge.

Gorm eröffnete die Versammlung auf seine übliche brummige Art. »Wir scheinen auf der Stelle zu treten«, verkündete er. »Das

Feuer hätte sie eigentlich vertreiben sollen. Der Fehlschlag der Vergasung war zwar ein großer Triumph für uns Mäuse, brachte unser Vorhaben aber nicht voran. Daher würde ich jeden Vorschlag begrüßen –«, er hielt inne und warf den Stinkmorcheln einen strengen Blick zu, »– das heißt jeden vernünftigen Vorschlag, wie wir mit der Revolution fortfahren sollen. Wir haben es mit Gasexplosionen, Feuer, Überschwemmungen und organisiertem Nagen probiert. Nichts hat ausgereicht, die Nacktlinge aus dem Haus zu vertreiben. Was nun?«

»Magie«, meinte Frych die Gefleckte. »Schwarze Magie, Macumba, Voodoo – alle Formen der Zauberei. Gruffydd Grünzahn ist in der Hexenkunst erfahren. Zweifelsohne könnte er ein Blendwerk heraufbeschwören, mit dem sich die Nacktlinge vertreiben ließen.«

Gorm nickte. »Das können wir versuchen, obwohl ich nie viel übrig hatte für diese Gaukelei. Was noch? Wisperer, wie wäre es mit einem Vorschlag von seiten der Unsichtbaren?«

»Wir haben unser Bestes getan«, dröhnte Wisperer. »Wir können eine weitere Überschwemmung organisieren, indem wir den Stöpsel des Wassertanks durchnagen. Allerdings würde das Kellog nicht sonderlich gefallen. Er betrachtet den Tank als seinen persönlichen See und hat bereits ein – mißlungenes – Attentat auf Nichtschwimmer verübt.«

»Also bleibt uns nur der faule Zauber. Na gut. Wenn die Magie versagt, müssen wir Ulug Beg zu Hilfe rufen. Ist Tolpatsch bereit, über die Wäscheleine zu laufen und den Weisen auf dem Rücken zu uns zu tragen?« fragte Gorm.

Da Tolpatsch anwesend war, konnte sie für sich selbst sprechen. »Huckepack über eine Wäscheleine ist ein gefährliches Unternehmen, aber wenn es sein muß, werde ich es tun.«

»Sonst noch Ideen?« fragte Gorm.

Astrid richtete sich auf. Ihr Anführer stöhnte.

»Du weißt vermutlich, was ich dir sagen will, weil du es schon einmal gehört hast. Ich betrachte es als meine Pflicht, dich immer wieder zu warnen. Solltest du weiterhin versuchen, die Nacktlinge zu vertreiben, wird blanker Terror unter den Mäusen ausbrechen. Ich sehe schreckliche Zeiten kommen, düstere Zeiten. Ich höre die mitleiderregenden Schreie gequälter Mäuse, denen niemand hilft. Ich sehe die ausgemergelten Gesichter, die hohlen Augen, die mageren Schwänze. Ich höre Mütter um ihre Jungen weinen. Ich sehe, wie sich Maus gegen Maus wendet. Es wird Pest und Entbehrung, Furcht und Haß, Hunger und Tod geben. Ein Wehklagen wird aus den Nestern dringen. Elend und Trauer werden herrschen.«

»Schön«, meinte Gorm gähnend. »Sonst noch jemand? Gut. In diesem Fall versuchen wir es mit Magie, und wenn das nicht hilft, holen wir Ulug Beg.«

Die Versammlung löste sich auf, und die Mäuse kehrten zu ihren Stämmen zurück.

Trödler war gespannt, was die Buchfresser nun unternehmen würden. Er verabschiedete sich daher von Leichtfuß, die sich nicht weiter für Zauberei interessierte, schlüpfte durch das Gwenllian-Loch und lief zwischen den Böden und Wänden zur Bibliothek. Seit dem Beginn des Waffenstillstands hatte man die Sicherheitsmaßnahmen in der Bibliothek gelockert. Die Wachen ließen alle Besucher durch. Das Loch, das Trödler benutzte, war sogar völlig unbewacht, da sich der Wächter auf die Suche nach einem schmackhaften Buch gemacht hatte.

Wenn Trödler die Bibliothek nach längerer Abwesenheit betrat, war er immer wieder beeindruckt. Um ihn herum standen Tausende von Büchern in allen Größen, Farben und Gerüchen.

Huschte er zwischen ihnen entlang, kam er sich klein und unbedeutend vor, denn sie ragten empor wie Säulen, die das Universum tragen. Einige waren so massiv, daß sie hundert Mäuse unter sich begraben konnten. Doch da er einmal zwischen ihnen gelebt hatte, betrachtete er sie andererseits auch als mögliche Nahrung.

Die Spannungen der Revolution machten ein normales Leben

unmöglich. Trödler freute sich daher, einfach mal wieder mit einigen alten Bekannten Neuigkeiten auszutauschen: Rhodri, Nesta und Ethil. Owain und Mefyn rief er einen flüchtigen Gruß zu. Cadwallon war natürlich zum Märtyrer geworden, und man verehrte seine Gebeine, doch Marredud und Hywel der Böse waren noch sehr lebendig. Außer den Buchfressern befanden sich auch Mäuse aus anderen Stämmen in der Bibliothek. Gytha Schönbart von den Wilden, Furz die Stinkmorchel, und selbst Gunhild hatte sich hereingeschlichen. Sie horchte im Hintergrund und behielt die anwesenden Wilden im Auge. Viele Zuschauer erwarteten die große Magievorstellung.

Gruffydd Grünzahn saß in Nase-hoch-Position auf dem Regal mit den schwarzen Lederbänden. Er hatte zur Vorbereitung bereits einige Seiten eines Bandes gefressen, der sich seiner Aussage nach ausschließlich mit Zauberei befaßte. Murmelnd betrachtete er das zerkaute Papier, um die in Frage kommenden Zaubersprüche aufzuspüren.

»Woher weiß er, welches Buch er nehmen muß?« flüsterte Trödler Nesta zu, während sie einen Kreis um den Magier bildeten.

»Durch die Bilder. Wenn Nacktlinge mit spitzen Hüten drauf sind, ist es ein Zauberbuch. Oder Nacktlingsschädel ohne Fleisch. Solche Dinge eben. Man weiß es einfach.«

Gruffydd Grünzahns Augen verschleierten sich, und er stimmte einen monotonen Gesang an: »Zauberspruch für Schmerzen in den Eingeweiden und im Magen – wenn du einen Mistkäfer entdeckst, der Mist zu einer Kugel rollt, ergreife ihn und die Kugel mit beiden Händen und wiederhole dreimal: ›ipso, skipso, facto, frum.‹ Dann wirf den Käfer weg, behalte jedoch den Mist, stecke ihn in einen Tabaksbeutel und lege diesen nachts unter dein Kopfkissen.«

Trödler war von dieser magischen Vorführung sehr beeindruckt, zumal er kaum ein Wort verstanden hatte. Bevor er weiter darüber nachdenken konnte, stimmte Gruffydd einen neuen, ebenso faszinierenden Gesang an: »Um die Gicht zu heilen und schwere Blähsucht zu lindern, nimm das Blut einer Schnecke, tränke damit ein Leinentuch und drehe einen Lampendocht daraus; gib ihn dem Leidenden, auf daß er den Docht entzünde. Danach wird er ohne Schmerzen gehen und die Winde lassen können.«

Trödler verspürte einen Schauder, als ihn die Worte durchfluteten. Magie schwängerte die Luft. Gruffydd Grünzahn hatte einen grauenhaften, unheimlichen, überirdischen Bann verhängt. Falls dieser die Nacktlinge nicht aus dem Haus trieb, würde nichts sie verjagen. Wenn ihn dieser Fluch getroffen hätte, wäre er jedenfalls in Windeseile in die Hecke gesaust.

Um Gruffydd bei seiner ungeheuren Aufgabe zu unterstützen, tanzten einige junge Mäuse (unter Anleitung von Frych der Gefleckten) auf den Regalen, peitschten einander mit ihren Schwänzen und sangen mit hoher Stimme und fremden Worten vom Herannahen des Winters. Manche von ihnen übertrieben ein wenig und stürzten hin, während sie in fremden Zungen sprachen. Diese Schau hatte Trödler schon mehrmals genossen. Die Hexenkunst schien alle in ihren Bann zu schlagen, die sich in die Nähe der Zauberer wagten.

»Attention!« schrie ein junger Mäuserich, der vermutlich am falschen Buch gekaut hatte. »Marchez!«

Gunhild, die in Trödlers Nähe stand, war offensichtlich schwer beeindruckt. »Marchez!« murmelte sie vor sich hin. Die Knappheit dieses Befehls gefiel ihr sehr. Es klang professionell; jeder würde dabei strammstehen.

Trödler schaute zu, wie sie neben den jungen Mäuserich trat, der weiter aus voller Kehle brüllte. »Marschieren oder sterben, marschieren oder sterben! Die Fremdenlegion, sie lebe hoch!«

»Kennst du noch mehr davon?« fragte Gunhild.

»Zum Angriff!« brüllte der Mäuserich, ermutigt durch so viel Aufmerksamkeit.

Trödler beobachtete, wie Gunhild dem Burschen bis ans Ende

des Regals folgte, wo er mit Schaum vor dem Mund zusammenbrach, und machte sich kopfschüttelnd auf den Weg zum Ausgang.

Als er wieder im Nest angekommen war, fragte ihn Leichtfuß über die Zauberei und ihre Wirksamkeit aus.

»Ich bin mir nicht so sicher. Es sah eindrucksvoll aus. Mich überwältigen die langen, fremdartigen Wörter der Bibliotheksmäuse immer wieder aufs neue. Wenn ich nur wüßte, was sie bedeuten.« Während er noch darüber nachdachte, überfiel ihn der Schlaf.

Als Leichtfuß und Trödler eng aneinandergekuschelt dalagen, schlich eine Maus am Eingang ihres Nestes vorbei. Sie spähte hinein und sah neidvoll auf das zufriedene Paar. Dann huschte sie zum Wassertank.

Zaghaft war auf dem Weg zu einer Verabredung mit Kellog.

Dieser hatte soeben wieder den täglichen Tribut bei den Küchenmäusen eingefordert. Seine massige Gestalt zeichnete sich vor dem Nest ab: ein dunkles Ungeheuer, das beinahe mit den Schatten verschmolz. Er war der finstere Herrscher des Dachbodens. Bald würde er frei im ganzen Haus herumstreifen und nach Lust und Laune plündern und zerstören. Nichtschwimmers Tod stand ganz oben auf der Tagesordnung.

Zaghaft blieb diesmal auf seiner Seite des Tanks sitzen und zitterte trotzdem vor Angst. Nur ein kleiner Teich trennte ihn von Tod und Verderben. Kellog konnte glücklicherweise nicht schnell genug schwimmen, um eine Maus am anderen Ufer zu erlegen.

»Wann lieferst du mir Nichtschwimmer?« grollte Kellog.

»Bald«, erwiderte Zaghaft. »Ich bringe ihn dir bald. Weißt du, ich muß erst sein Vertrauen zurückgewinnen. Wir waren eine Weile verfeindet. Damit er mit mir kommt, muß ich mich erst wieder bei ihm einschmeicheln. Das braucht Zeit und Geduld… «

»Ich bin kein geduldiger Nager«, murrte Kellog. »Ich will seine Augen und seine Leber. Warum zeigst du mir nicht einfach sein Nest? Den Rest besorge ich selbst.«

»Er – er zieht ständig um. Selbst ich weiß nie genau, wo er gerade steckt. Mein Plan ist der beste, glaub mir. Wir locken ihn ins offene Gelände, weit weg von allen Schlupflöchern, dann kannst du zuschlagen.«

»Na schön. Aber du solltest ihn bald haben, sonst nehme ich *deine* Augen und *deine* Leber.«

Zaghaft eilte davon. Er war froh, dem Anblick und Geruch der riesigen Ratte, deren Bosheit wie eine dunkle Wolke über dem Wassertank hing, entflohen zu sein. Er lief zum Nest von Nichtschwimmer und Töricht, das geschickt im Winkel zwischen zwei Balken verborgen lag. Von außen war es mit alten Sägespänen getarnt und sah aus wie ein Stück Holz. Zaghaft rief mit leiser Stimme: »Nichtschwimmer, ich bin's – Zaghaft. Ich wollte mich entschuldigen, weil ich dich so oft geärgert habe... Bist du da, Nichtschwimmer?«

»Was willst du wirklich von mir?« rief dieser unfreundlich.

Dann mischte sich Töricht ein. »Hören wir uns an, was er zu sagen hat! Kann doch nicht schaden, oder?«

»Warum hängt er ständig hier herum?« knurrte Nichtschwimmer.

»Vermutlich weil es ihm leid tut. Komm herein, Zaghaft.«

Zaghaft ließ sich das nicht zweimal sagen.

Während er sich wortreich dafür entschuldigte, daß er Nichtschwimmer so oft in Schwierigkeiten gebracht hatte, huschte eine andere Maus am Nest vorbei, ohne hineinzuschauen. Sie hatte weder das Nest noch die Stimmen darin bemerkt, weil sie nicht hören konnte. Sie hieß Lauscherin und war unterwegs zur Standuhr in der Halle.

Lauscherin war die einzige Maus im Haus, die sich gern im Inneren der Uhr aufhielt. Tatsächlich war sie darin geboren worden. Eines Nachts hatte sich ihre trächtige Mutter vor Augapfel hineingeflüchtet. Der blaue Schatten lauerte am Schrank unter der Treppe und hatte bereits drei Mäuse überfallen. Lauscherins Mutter konnte als einzige fliehen und gebar sieben Junge, als die

Standuhr Mitternacht schlug. Sie brachte die Kleinen später auf den Dachboden, vergaß aber, Lauscherin mitzunehmen. Als sie die Jungen zählte und zu ihrem Entsetzen feststellte, daß eines fehlte, war es schon zu spät. Lauscherin war inzwischen stocktaub, da sie neben dem Glockenspiel gelegen hatte.

Seither stattete sie der Standuhr regelmäßige Besuche ab. Sie schlüpfte von hinten hinein, kletterte an den Ketten ins Uhrwerk hinauf und atmete genießerisch den Ölgeruch ein. Dort zwischen den Sperrklinken und Zahnrädern, den Ankern und Federn ließ sie sich auf dem Glockenspiel nieder und wartete, bis es zwölf schlug. Wenn es soweit war, konnte sie zwar nichts hören, doch der ganze Uhrkasten zitterte, und die Schwingungen durchfluteten ihren Körper. Sie liebte dieses Beben, war süchtig danach und hätte für diesen Genuß sogar ihr Leben aufs Spiel gesetzt.

Bisher spielte sie nur eine untergeordnete Rolle bei der Vertreibung der Nacktlinge. Da sie taub war, lebte sie in ihrer eigenen Welt, einer Welt der Stille, einer anderen Wirklichkeit. Obwohl sie das Lippen- und Körperlesen beherrschte, war sie sehr isoliert: eine einsame Maus, die nur wenig Kontakt zu ihresgleichen fand. Nun jedoch sollte sie eine tragende Rolle in der Vertreibung der Nacktlinge spielen und zur Heldin der Stunde werden.

Gruyère

So beeindruckend die magische Vorführung auch war, der Zauber funktionierte einfach nicht. Die Ohren der Nacktlinge verschrumpelten nicht, ihr Köpfe wirbelten nicht im Kreis herum, und sie führten ihr schweineähnliches Leben weiter wie zuvor.

Die Bibliotheksmäuse entdeckten noch ein anderes Buch. Darin waren Nacktlinge abgebildet, die in Behältern übers Meer fuhren. Die Mäuse folgerten, daß dieses Zauberbuch dazu diente, die Nacktlinge auf lange Reisen ins Unbekannte zu schicken, von denen sie nie mehr zurückkehrten. Jago fraß etwas davon und rülpste den folgenden, ehrfurchtgebietenden Zauberspruch hervor: »Die Möglichkeit, eine Positionslinie durch die Beobachtung eines Himmelskörpers festzulegen, basiert auf der fundamentalen Tatsache, daß für jeden gegebenen Zeitpunkt Höhe und Scheitelkreis eines Himmelskörpers im Verhältnis zum Horizont einer angenommenen Breite durch den Gebrauch von Formeln und Tabellen berechnet werden können, die der Astronom den Seeleuten zur Verfügung stellt.«

Nachdem Jago dieses Meisterstück der Rhetorik geliefert hatte, erwarteten die Mäuse, daß die Nacktlinge hinter besagtem Horizont verschwanden. Ein so komplizierter Zauber mußte einfach funktionieren! Doch wie bei Gruffydd Grünzahns Magie geschah auch diesmal nichts.

Ein Chor von Stimmen erhob sich. »Ulug Beg muß her!«

Und so nahm Tolpatsch, die große Balanciererin, ihr Training auf und wärmte die Beine, damit die Muskeln geschmeidig wurden. Andere Mäuse schauten zu, als sie den Hals drehte und die Schultern kräftigte, auf denen sie Ulug Beg hoch über dem verwilderten Garten die Wäscheleine entlang tragen würde.

Um auf die Leine zu gelangen, die zwischen der Hauswand und dem verlassenen Baumhaus gespannt war, in dem Ulug Beg sein Einsiedlerdasein fristete, mußte Tolpatsch Gnadenvolls Einflugloch benutzen. Daher warteten die Mäuse, bis die Eule die Flügel spannte und am purpurfarbenen Himmel auf die Jagd ging.

Sie gaben ihr einen beträchtlichen Vorsprung, da Tolpatsch auf der Wäscheleine ein ausgezeichnetes Ziel bieten würde. Auch gab es keinen Schutz vor anderen Raubtieren. Wer konnte schon garantieren, daß nicht ein Waldkauz sie bei ihrem Balanceakt erspähte?

Als es schließlich soweit war, nickte Tolpatsch knapp in die Runde und machte sich auf den Weg. Nachdem sie durch das Loch verschwunden war, liefen die Mäuse zu der Seite des Dachbodens, an der die Leine befestigt war. Durch Ritzen in der Verschalung konnten sie ihre Heldin beobachten. Die einen schauten zu, wie die Maus auf das schaukelnde Seil trat, während die anderen den Himmel nach dem geflügelten Tod absuchten.

Da es nur wenige Ritzen und viele interessierte Zuschauer gab, berichteten diejenigen, die etwas sehen konnten, den anderen von den Ereignissen.

»Jetzt ist sie auf der Leine – nein, sie schwankt – alles in Ordnung – jetzt läuft sie los – ja, das solltet ihr sehen! Sie ist drüben!«

Tolpatsch verschwand in dem baufälligen Baumhaus, das früher von einem jungen Nacktling benutzt worden war. Inzwischen hatte es viele Sommer leer gestanden, und der Zahn der Zeit hatte daran genagt.

Tolpatsch blieb lange dort drinnen, bevor sie allein wieder auftauchte. Sie machte sich auf den Rückweg zum Haus, wo bereits die Spekulationen wucherten: »Ulug Beg ist krank.« – »Ulug Beg liegt im Sterben.« – »Ulug Beg ist tot und voller Maden.«

»Er kommt nicht«, erklärte Tolpatsch atemlos, als sie Gorm gegenüberstand. »Sagt, er sei zu alt für eine Reise über die Wäscheleine auf dem Rücken eines Dreikäsehochs.«

»Welches Dreikäsehochs?«

»Ich, vermutlich.«

Sofort wurde eine Versammlung einberufen. Die Mäuse beschlossen, daß jemand mit Tolpatsch zu Ulug Beg gehen sollte. Frych schlug Gorm vor, da er Ulug Beg noch aus seiner Zeit als Anführer der Küchenmäuse kannte.

»Wenn er zu alt ist, bin ich es auch«, grollte Gorm. »Außerdem kann mich Tolpatsch nicht tragen.«

»Schickt doch Thorkils Dreibein hinüber«, rief ein Witzbold. »Er hat so flinke Füße.«

Dieser Vorschlag wurde von allen außer Thorkils selbst überhört, der den Scherzbold am liebsten gestellt und grausam bestraft hätte. Gorm schlug vor, daß jemand den Auftrag übernehmen solle, der mit der Außenwelt und Ulug Begs Denkweise als Außenmaus vertraut war. Jemand, der bis vor kurzem eine Heckenmaus gewesen war, fügte er beiläufig hinzu.

»Dieser Soundso«, brummte Gorm und tat, als denke er angestrengt nach. »Dieser Vagabund.«

»Du meinst Trödler«, brüllte Wisperer.

»Ja, ich glaube schon«, erwiderte Gorm mit Unschuldsmiene. »Trödler heißt der Bursche. Kann andere Mäuse um den Finger wickeln, nicht wahr? Habe ich jedenfalls gehört. Ein Schmeichler vor dem Herrn. Ist doch sicher die richtige Maus für die Sache, oder? Wenn jemand Ulug Beg überreden kann, zu uns zu kommen, dann er. Ich habe gehört, dieser Trödler kriegt jede Maus rum – vor allem die Weibchen.«

»Ulug Beg ist ein Männchen«, warf Frych ein.

»Na ja, kommt aufs Gleiche raus«, knurrte Gorm zufrieden. »Ist doch dasselbe Prinzip. Schauen wir doch mal, ob dieser Trödler ebenso gut balancieren wie herumschleimen kann.«

»Und wenn er herunterfällt?« fragte Frych.

»Kein großer Verlust«, antwortete Gorm und stocherte zwischen seinen Schneidezähnen herum. »Dann nehmen wir eben jemand anders. Ich meine, es wäre natürlich sehr bedauerlich, und wir wären alle tief betrübt, aber das Wohl der Nation hat Vorrang. Patriotische Pflichten und so weiter. Ich vermute, der Bursche wird sich die Chance nicht entgehen lassen.«

Trödler brach bei der Vorstellung, die Wäscheleine zu überqueren, nicht gerade in Begeisterung aus. Mit großen Augen spähte er durch die Risse in der Verschalung. Die Wäscheleine hing wirklich hoch. Doch schließlich war er ein Heckenmäuserich und im Klettern nicht unerfahren. Gewöhnlich hatte ihn allerdings ein Geflecht aus Zweigen oder Getreidehalmen vor schweren Stürzen bewahrt. Andererseits spielte es keine Rolle, ob die Leine zehn oder zwanzig oder tausend Mäuselängen hoch hing. Wenn er stürzte, konnte er sich von der Welt verabschieden. »Gut, ich bin einverstanden«, sagte er zu Tolpatsch. »Du gehst voran.«

Die Sonne war inzwischen untergegangen, und der Mond schien. Tolpatsch schlüpfte durch Gnadenvolls Loch und kletterte in die Dachrinne. Trödler folgte ihr auf dem Fuß. Die beiden huschten durch das welke Laub.

Schließlich erreichten sie die Stelle, an der die Wäscheleine am Regenrohr festgebunden war. Trödlers Herz klopfte zum Zerspringen.

»So sieht es also von oben aus.«

»Keine Panik«, beschwichtigte ihn seine Begleiterin. »Denk einfach an etwas Schönes und vergiß die Gefahr. Alles hängt von der Schwanzspitze ab, Trödler. Das ist mein Geheimnis. Eigentlich balanciere ich nicht besser als andere Mäuse.« Sie schwenkte den Schwanz wie eine Balancierstange.

»Ich habe keine Schwanzspitze«, stöhnte Trödler.

»Jeder hat eine Schwanzspitze, selbst Wesen ohne Schwanz wie die Nacktlinge. Es hat gar nichts mit dem Körper zu tun, sondern mit dem Geist.«

»Stimmt«, meinte Trödler zweifelnd. »An die Schwanzspitze denken und die Gefahr vergessen.«

»Vergiß auch das Balancieren. Denk einfach an Leichtfuß. Stell dir ihr schönes Gesicht mit den seidigen Schnurrhaaren vor.«

»Aber wenn ich mich nicht konzentriere, falle ich hinunter.«

»Du wirst nicht fallen. Tu einfach, was ich dir sage.«

Tolpatsch trat als erste auf die Leine hinaus. Trödler zögerte einen Augenblick, bevor er ihr folgte. Hinter der Verschalung ertönte ein unterdrücktes Keuchen, als die Leine gefährlich schwankte.

»Nicht nach oben oder unten sehen«, sagte Tolpatsch ruhig. »Schau nur zum Baumhaus hinüber. Wo hast du Leichtfuß eigentlich kennengelernt?«

Sie liefen nun über die Leine.

Trödler begann zu zittern. »Wie bitte? Was hast du gesagt?«

»Weitergehen, nicht stehen bleiben – ich sagte, wo hast du Leichtfuß kennengelernt? Bist du ihr sofort verfallen – äh, ich meine, war es Liebe auf den ersten Blick?«

»Nein – nein, doch, ich glaube schon. Sie war bei dir … «

Die Wäscheleine hing in der Mitte durch und schwankte dramatisch, als die Mäuse diese Stelle erreichten.

»Weiterlaufen!« befahl Tolpatsch streng. »Meinst du, Leichtfuß hat sich an dich herangemacht?«

»Natürlich nicht«, meinte Trödler beleidigt. Er merkte kaum, wie sich seine Füße bewegten. »Sicher, sie fand mich attraktiv – nein, so meine ich es nicht«, berichtigte er sich, denn seine Worte klangen prahlerisch, »ich will sagen, wir paßten einfach gut zueinander. Das Interesse war gegenseitig. Ich habe es aber erst bemerkt, als wir allein waren.«

Der Mond hing wie ein großer, runder Ball in den Zweigen des Baumes. Früher in der Hecke hatte Trödler die runde gelbe Form oft betrachtet und sich gefragt, wie und warum sie die Gestalt wechselte. Der Mond erschien ihm wie ein alter Freund. Auch der Wind, der durch die herbstkahlen Zweige strich, konnte ihn nicht von den Ästen losreißen. Um ihn herum summte die Nacht von Geräuschen – denen der Füchse, Vögel und Igel, der Hermeline und Wiesel, der Mäuse und Nacktlinge.

»Wir sind da!« rief Tolpatsch. »Gut gemacht!«

Trödler schaute nach unten und entdeckte, daß er am Rand einer Holzplatte stand, der Plattform, auf der das Baumhaus ruhte. Der Baum roch nach vermodertem Holz, war aber sicher stark genug, eine Maus zu tragen.

Aus der Nähe betrachtet wirkte das Baumhaus nicht gerade vertrauenerweckend. Es war düster und strahlte eine gewisse Bosheit aus. Normalerweise hätte er sich einem solchen Ort nicht um allen Käse der Welt genähert.

Tolpatsch war durch eines der Löcher in der Bretterwand hineingeschlüpft. Trödler folgte ihr.

Kaum zu glauben, aber innen sah das Gebäude noch schlimmer aus. Große Haufen Herbstlaub türmten sich auf den vermoderten Bodenbrettern. Überall hingen Spinnweben wie Schleier in der Luft. Käfer krabbelten und huschten über die Blätter und den anderen Unrat, der durch die Löcher im Dach gefallen war.

Trödler blieb eine Weile stehen, um sich an die Finsternis zu gewöhnen. Tolpatsch stand in einer Ecke des Raumes. Nachdem sich seine Augen an das Spiel von Dunkelheit und Mondlicht gewöhnt hatten, konnte Trödler in der Ecke eine zusammengekauerte Gestalt ausmachen.

Wäre er allein gewesen, hätte er vermutlich spätestens jetzt die Flucht ergriffen. Die Gestalt glich einer Ausgeburt der Hölle. Sie war kaum noch mäuseähnlich, ein verschrumpeltes, faltiges Etwas, dessen Haut wellenförmig am Körper herabhing. Die Farbe war ein schmutziges, dunkles Grau. Die Augen des Wesens tränten, doch die Pupillen leuchteten lebhaft. Die Schnurrhaare hingen wie ein ungepflegter Bart herunter, der Trödler an den alten Nacktling in der Bibliothek erinnerte. Der Schwanz sah wie eine knotige Schnur aus, die der alte Mäuserich vermutlich im Schmutz hinter sich herschleifte.

»Das ist Ulug Beg«, erklärte Tolpatsch. »Eine der ältesten lebenden Mäuse.«

»Der älteste lebende Mäuserich«, brummte Ulug Beg. »Wenn du eine ältere kennst, nenne mir ihren Namen.«

»Ich glaube, ich habe noch nie ein so altes Wesen erlebt«, gestand Trödler. »Auch nicht bei den Nacktlingen.«

»Es gibt keine Nacktlinge, die älter sind als ich«, erwiderte das pelzige Knochenbündel in der Ecke.

»Du mußt eine Menge wissen«, staunte Trödler.

»Ich weiß alles«, bemerkte der Mäuserich. »Das heißt, alles Wissenswerte. Wenn ich etwas nicht weiß, brauchst du es auch nicht zu wissen. Es gibt Wissen, und es gibt Banalitäten. Mit Banalitäten gebe ich mich nicht ab.«

»Bestimmt nicht.«

»Nun«, fuhr Ulug Beg fort, »es ist ja ganz nett, daß ihr mich besucht. Trotzdem werdet ihr wissen, daß ich ein Einsiedler bin. So soll es auch bleiben. Diese Maus hier erzählte etwas von einer Vertreibung der Nacktlinge, und daß ihr mich im Haus erwartet. Ich bin viel zu alt, um über Wäscheleinen zu laufen.«

»Entschuldige, Ulug Beg«, mischte sich Trödler ein, »aber ich glaube, du bist dir der Tragweite des Problems nicht bewußt. Die Mäuse haben einander immer bekriegt… «

»Jedenfalls in dem Haus«, brummte Ulug Beg.

»Ja, doch wir haben dem ein Ende gesetzt. Als nächstes wollen wir die Nacktlinge und ihre Tiere verjagen. Sie fressen einfach zu viel. Danach sollte es eigentlich genügend Futter für alle geben, so daß wir nicht mehr darum kämpfen müssen. Ich gehöre nicht so ganz zu den Hausmäusen. Ich stamme aus der Hecke und bin erst vor kurzem zu ihnen gestoßen. Trotzdem finde ich ihre Pläne vernünftig.«

»So, so. Mir kommt etwas daran falsch vor – ein Teil der Gleichung geht nicht auf. Oberflächlich betrachtet scheint es aber ein guter Plan zu sein. Von wem stammt er?«

»Von Gorm dem Alten.«

»Diesem jungen Dreikäsehoch? Dann kann mit dem Plan etwas nicht stimmen. Ich werde darüber nachdenken. Ihr scheint wirklich sehr scharf darauf zu sein, die Nacktlinge loszuwerden, sonst würdet ihr mich nicht belästigen. Ich bin nämlich lieber allein.«

Trödler ergriff das Wort. »Das kann ich verstehen. Als ich in der Hecke lebte, war ich auch zufrieden. Doch seit ich ins Haus gezogen bin, fühle ich mich manchmal eingeengt. Die Mäuse sind einfach überall.«

Die Besucher warteten eine Weile, während Ulug Beg ins Leere starrte.

»Willst du mit uns kommen?« fragte Tolpatsch schließlich.

Ulug Beg schien aus seiner Trance zu erwachen. »Wa… was bitte? Mit euch kommen? Ganz sicher nicht! Ich kann nicht mehr huckepack über die Leine reisen. Seht mich doch an – nur noch Haut und Knochen. Wenn du mich anfaßt, falle ich auseinander. Ich kann nur überleben, indem ich mich nicht von der Stelle rühre und Eicheln fresse, die durchs Dach fallen.«

»Aber wie willst du von hier aus bei der Versammlung sprechen?« fragte Tolpatsch hilflos.

»Überhaupt nicht«, schnappte der Mäuserich.

Trödler starrte Ulug Beg an. Die Behauptung, er werde bei der geringsten Berührung auseinanderfallen, schien nicht ganz unberechtigt.

»Ich habe eine Idee«, schlug Trödler vor. »Wir erklären dir das Problem in allen Einzelheiten. Dann kannst du der Versammlung durch uns deine Lösungvorschläge unterbreiten. Wie wäre das? Wir leiten deine Botschaft an Gorm und die anderen Anführer weiter.«

»Das habe ich noch nie getan«, erwiderte Ulug Beg schlicht.

Trödler blinzelte und wackelte mit dem Schwanz. »Was denn?«

»Botschafter benutzt. Ich fange auch gar nicht erst damit an.«

Trödler schaute hilfesuchend Tolpatsch an. Sie zuckte die Achseln, als wollte sie sagen: »Ich habe alles getan, jetzt ist jemand anders an der Reihe.«

Trödler knirschte vor Enttäuschung mit den Zähnen. Was sollte er denn nun tun? Er konnte zurückkehren und Gorm sagen, er solle sich selbst über die Leine bemühen. Geschieht dem alten Kerl recht, dachte er. Entweder balanciert er hinüber, oder er verliert die Achtung seines Stammes. Allerdings hatte auch Trödler seinen Stolz und wollte nicht unverrichteter Dinge ins Haus zurückkehren. So schnell würde er nicht aufgeben.

Trödler hatte bemerkt, daß alte Mäuse, so klug sie auch waren, gern die alten Zeiten und die glorreichen Stunden ihrer Jugend heraufbeschworen. Sie betrachteten die Gegenwart voller Ungeduld und wollten mit der Zukunft nichts zu tun haben. Sie badeten lieber im goldenen Schein der Vergangenheit. Vielleicht konnte ihm diese Angewohnheit bei seiner Aufgabe nützen.

»Nun«, sagte er mit einem ehrfürchtigen Blick auf den Ziehharmonikakörper der alten Maus, »wir gehen jetzt. Es war mir eine Ehre, dich kennenzulernen.«

Tolpatsch sah Trödler verständnislos an, doch dieser schenkte ihr keine Beachtung.

»Ich wollte schon immer mit dir sprechen, seit ich hörte, daß du das Buch der Weisheit gefressen hast.«

»Das waren Zeiten«, erwiderte Ulug Beg verträumt. »Ich knabberte und nagte und wußte plötzlich alles. Wenn es etwas gibt, das ich nicht weiß ... «

» ... ist es auch nicht wissenswert. Ich stimme dir von ganzem Herzen zu. Wie alt bist du eigentlich?«

»Älter als das Haus. Ich bin das älteste Lebewesen auf dem Planeten – jedenfalls beinahe.«

»Wirklich? Wie außergewöhnlich!« rief Trödler. »Du mußt damals viel erlebt haben. Bist du eigentlich in diesem Baumhaus geboren?«

Einige Erinnerungen später hatte Trödler den Eindruck, er wisse nun alles über die faltige Kreatur in der Ecke.

Ulug Beg verkündete: »Weißt du was? Ich werde meine alte Regel brechen und euch als Botschafter einsetzen. Du erscheinst mir recht fähig – das ist so selten in diesen Nächten. Du wirst es gut machen. Berichte mir von eurem Problem, und ich gebe dir meine Antwort. Ich habe noch nie versagt. Laß mich hören, was du zu sagen hast.«

Pont l'Évêque

»Die Vertreibung der Nacktlinge?« murmelte Ulug Beg, nachdem Trödler ihm von den Aktionen der Mäuse berichtet hatte.

Tolpatsch schnarchte schon seit geraumer Zeit in einer Ecke.

»Natürlich weiß ich auch, warum ihr keinen Erfolg habt.«

»Tatsächlich?«

»Es ist so deutlich wie die Schnurrhaare in deinem Gesicht. Ihr versucht, die Nacktlinge in einer Materialschlacht zu vertreiben – die könnt ihr einfach nicht gewinnen. Auf diese Weise schafft ihr sie niemals aus dem Haus.«

Trödler starrte auf das Häufchen Knochen. Er konnte nicht einmal erkennen, ob Ulug Beg die Nase erhoben oder gesenkt hielt. »Womit denn dann?«

»Mit dem Übernatürlichen«, erwiderte der alte, weise Mäuserich. Seine kleinen Augen glänzten im Mondlicht. »Sie müssen nur glauben, daß es spukt. Und schon sind sie weg.«

Trödler wirkte wenig überzeugt. »Ich nehme an, die Bibliotheksmäuse könnten den Geist von Megator-Megator beschwören.«

»Es gibt keinen Megator-Megator.«

»Woher willst du das wissen?«

»Weil ich ihn erfunden habe. Ich erfinde ständig Geschichten, die andere Leute für das Evangelium halten. Megator-Megator ist ein Gebilde meiner Phantasie.«

Falls Trödler über den Verlust einer Legende enttäuscht war, verbarg er es geschickt. Es gab wichtigere Dinge. »Wie sollen wir einen Geist erschaffen? Ich wüßte nicht, wie wir die Nacktlinge überzeugen könnten, daß einer von uns ein Gespenst ist. Dafür sind wir viel zu klein.«

Ulug Beg stieß einen ungeduldigen Seufzer aus. Es klang, als stöhne der Wind in den Zweigen. »Ihr Mäuse von heute – ich dachte, du wärst der, auf den ich gewartet habe, Trödler. Warum denkst du immer nur an das Nächstliegende? Visuelle Tricks! Es gibt auch noch andere Sinne. Eines kannst du mir glauben – wenn du ihnen den Geist *zeigst*, haben sie keine Angst mehr vor ihm. Sie müssen an einen Geist glauben, ohne ihn je zu Gesicht zu bekommen.«

»Geräusche!« erwiderte Trödler rasch.

»Genau – und Berührungen, falls ihr es schafft.«

»Geräusche und Berührungen. Keine Gerüche?«

Ulug Beg schüttelte den Kopf. »Wonach soll ein Geist denn riechen? Nach verfaultem Kohl? Dann suchen sie bloß nach einem verfaulten Kohlkopf. Nein, Geräusche sind am besten. Liefert ihnen einige unerklärliche Töne, das schlägt sie garantiert in die Flucht.«

Trödler begriff, daß er endlich die Lösung des Problems in Händen hielt. »Vielen Dank, Ulug Beg. Es war mir eine große Ehre, dich zu treffen. Ich hätte mir niemals träumen lassen, mit dem Schöpfer von Megator-Megator zu sprechen.«

Der triefäugige Weise richtete sich ein wenig in seinem faltigen Hausmantel auf. »Du bist ein bißchen langsam, hast aber die Anlagen zu einem wirlich brauchbaren Gelbhals.«

Trödler betrachtete die seltsame Gestalt aus zottigem Fell mit den blinzelnden Augen und wunderte sich. Gelbhals, Hausmaus, weiße Maus, Feldmaus, Waldmaus? Schließlich nahm er allen Mut zusammen und stellte die Frage. »Hm – was für eine – hm – Art Maus warst du eigentlich früher?«

»Dieselbe wie heute – weißt du das nicht?«

Trödler wagte nicht zu raten und schüttelte den Kopf.

»Ein Mond-Stern-Mäuserich natürlich«, erwiderte Ulug Beg sachlich.

»Natürlich! Wie dumm von mir. Na ja, wir müssen uns auf den Weg machen ... « Trödler stieß Tolpatsch mit dem Schwanz an, um sie zu wecken.

»Was?« schrie sie und kauerte sich mit weit aufgerissenen Augen in Angriffsposition hin.

»Wir gehen«, sagte Trödler.

»Ja, gut – aber was ist mit unserer Aufgabe?«

»Erfüllt«, antwortete Trödler zufrieden.

»Ehrlich? Ausgezeichnet! Gut gemacht. Auf Wiedersehen, Ulug Beg.«

»Ja, auf Wiedersehen«, schloß sich Trödler an.

»Lieber nicht«, grollte der Weise. »Dann bin ich schon tot.«

»Du siehst jetzt schon tot aus«, platzte Tolpatsch heraus.

»Stimmt«, murmelte Ulug Beg. »Erzählt ihnen doch, ich sei gestorben und ihr hättet mit meinem Geist gesprochen, ha, ha, ha.« Er blinzelte ihnen noch einmal zu.

Die beiden Mäuse sausten über die vermoderten Bretter und das feuchte Laub. Sie schlüpften auf die mondbeschienene Plattform hinaus, an der die Wäscheleine festgebunden war, und sahen sich aufmerksam um, denn sie teilten die unausgesprochene Furcht vor Eulen, die zuschlugen, bevor man sie entdeckt hatte.

»Wovon hat er geredet?« wollte Tolpatsch wissen. »Ist er bekloppt?«

»Nein, ich glaube, es war ein Scherz«, meinte Trödler. »Bringen wir es hinter uns. Ich freue mich nicht gerade auf die Wäscheleine.«

Im nächtlichen Garten herrschte geschäftiges Treiben. Es wurde getötet und gefressen. Igel mampften Würmer; ein Fuchs schlich ums Gartenklo und fragte sich, ob sich in den Kloakengeruch nicht auch ein wenig Haselmaus mischte. Hoch oben am Himmel hielten die Eulen mit den unfehlbar scharfen Augen lautlos nach Beute Ausschau. Außerhalb des Hauses ging das Leben weiter, als gebe es hinter den Mauern keinen Kampf auf Leben und Tod, als werde dort keine Mäusegeschichte geschrieben.

Diesmal wagte sich Trödler als erster auf die Leine. Sein Selbstvertrauen war seit der erfolgreichen Überquerung gewachsen. In diesem Augenblick verschwand der Mond hinter einer Wolke. Dunkelheit breitete sich aus.

»Ab durch die Mitte. Ich will schnell hinüberkommen«, sagte Tolpatsch.

Trödler wußte, was sie meinte. Das Dunkel barg Gefahr. Tolpatsch wollte sich ihr nicht länger als unbedingt nötig aussetzen. Bei diesem Gedanken bewegte sich Trödler zu hastig und versuchte zu laufen. Plötzlich tauchte der Mond wieder auf, Schatten bewegten sich vor seinen Augen. Eine Eule? Er lief noch schneller, stolperte und rutschte ab. Einen Augenblick baumelte er mit den Beinen von der Leine, dann konnte er sich nicht länger festhalten und stürzte hinunter.

Obwohl er auf Gras und altem Laub landete, verschlug es ihm den Atem. Er drehte sich um, blieb auf dem Bauch liegen und japste nach Luft. Sein Herz klopfte wild. Hoch über ihm huschte Tolpatsch über die Leine und erreichte das Haus so rasch, daß er sich fragte, ob für sie dieselben Zeitgesetze galten. Ihm war es vorgekommen, als habe er Stunden auf der Leine verbracht.

Die Gerüche des Gartens drangen von allen Seiten auf ihn ein. Die Nacht war erfüllt von den Spuren zahlloser Geschöpfe. Ein Garten ist ein dichtbevölkertes Land, das viel zu bieten hat. Was sollte er nun machen? Er mußte ins Haus zurück und den anderen Mäusen die Botschaft überbringen. Tunnelgräberins Eingang befand sich auf der anderen Seite des Hauses. Der beschwerliche Weg dorthin, mitten durch nächtliche Räuber, konnte tödlich enden. Er würde den Katzen aus dem Haus und der Nachbarschaft ausgesetzt sein, den Füchsen, Hermelinen, Wieseln und Eulen. Vielleicht trieben sich sogar Dachse hier herum, die auch keine Mäuseverächter waren.

Dort drüben raschelte es im Gras!

Trödler erstarrte. »Abwarten und losrennen«, lautete die goldene Regel.

Ein vertrauter Geruch stieg ihm in die Nase. Es roch nach Haselmaus. Eine Nase und ein Augenpaar tauchten zwischen den Gräsern auf, und Trödler sah sich einem Wesen mit sandfarbenem Fell und buschigem Schwanz gegenüber.

»Ach, eine neue Maus im Garten«, bemerkte die Haselmaus. »Wohl auf Fuchsjagd, was?«

»Fuchsjagd?« fragte Trödler.

»Kleiner Scherz«, kicherte die Haselmaus. »Trotzdem wärst du in einem Nest besser aufgehoben. Hier treiben sich tatsächlich Füchse herum. Du mußt ein sicheres Versteck suchen.«

»Und was ist mit dir?«

»Ich bin auf dem Nachhauseweg. Das Klo schützt mein Nest vor Raubtieren. Der Geruch verwirrt sie. Gut, was?«

»Dann mußt du Stone sein! Ich habe von dir gehört. Mein Name ist Trödler. Ich lebe jetzt im Haus.«

»Ach, der berühmte Trödler. Auch ich habe von dir gehört. Warum um Himmels willen hast du die herrlichen Hecken und Felder verlassen, um in dieser Scheußlichkeit zu wohnen?«

»Scheußlichkeit?«

»Das Haus. Mäuse haben solche Behausungen nicht nötig. Wir sind eins mit der Natur und gedeihen in natürlicher Umgebung am besten. Du mußt in der frischen Luft, zwischen den Gräsern und Pilzen leben! Denk an diese wunderbare Vegetation. Gänseblümchen, Löwenzahn, Lichtnelken, Braunwurz – Hunderte von Pflanzen. Zur Zeit wächst nicht so viel, aber wenn der Frühling kommt... Du mußt das Haus für immer verlassen. Irgendwann wird die Natur es nämlich zurückerobern.«

Trödler erklärte seine Situation. »Das Schicksal hat mich hergeführt. Daher muß ich wieder ins Haus hinein. Welches ist der beste Weg?«

»Durchs Labyrinth oder durch das Regenrohr. Du hast die Wahl.«

In der Nähe erklang ein Laut, der an den Ruf eines Pfaus erinnerte. Die Mäuse wußten aber beide, daß es sich um einen Fuchs handelte.

»Welcher Eingang ist am nächsten?« fragte Trödler rasch.

»Das Regenrohr«, erwiderte die Haselmaus. »Leb wohl.«

Trödler rannte zur Hauswand, suchte nach dem Regenrohr und verschwand in der finsteren Öffnung. Die Innenwände waren von Moos und Flechten überzogen, an denen er sich festhalten konnte. So kam er gut voran.

Der Aufstieg dauerte lange, doch endlich hatte er die Regenrinne erreicht. Er lief sie entlang, warf noch einen Blick zum Himmel und schlüpfte durch Gnadenvolls Loch ins Reich der Unsichtbaren. Er seufzte erleichtert und lief auf das Gewirr der Dachbalken zu. Plötzlich verstellte ihm jemand den Weg.

»Wer da?« fragte er. »Wer ist da?«

»Astrid«, antwortete die Gestalt.

Er schaute sie erstaunt an. Astrid stand in dramatischer Pose vor ihm, halb von den Schatten verdeckt. Sie schien sich mit jemand zu unterhalten.

»Wer ist bei dir?«

»Niemand«, sagte Astrid. »Ich habe mit meinen Freunden und Informanten, den Schatten, gesprochen. Bringst du Neuigkeiten für die Versammlung? Tolpatsch erzählte, du habest auf der Leine das Gleichgewicht verloren. Alle suchen nach dir. Bist du verletzt?«

»Nein, mir ist nichts passiert. Ich glaube, Ulug Beg hat mir die Lösung des Problems verraten.«

»Die Lösung eines Problems kann eine Vielzahl neuer Probleme mit sich bringen.«

»Was soll das heißen?«

»Ich meine, die Antworten könnten sich bald wieder in Fragen verwandeln. Wenn wir die Nacktlinge vertreiben, wird es uns noch leid tun. So viel habe ich den verschlüsselten Warnungen meiner Schatten entnehmen können. Ich sage dir, verlasse dieses Haus und nimm die Neuigkeiten mit dir in die Hecke.«

Trödler sah im Geist seine alte Heimat vor sich. Plötzlich roch er Knoblauchsrauke und Braunwurz und hörte die Stimmen zahlreicher Vögel, die durch die Hecke schwirrten. Doch dies war eine Welt aus einer anderen Zeit. Nun hielt ihn seine Aufgabe in diesen Mauern fest. Er schüttelte den Kopf. »Das kann ich nicht«, erklärte er feierlich.

»Dann bring der Versammlung deine Nachrichten. Doch eines solltest du nicht vergessen: Ich habe dich gewarnt.« Astrid hob dramatisch die Pfoten, als flehe sie die Götter an. »Ich habe mein Bestes getan, die Welt vor der Zerstörung zu bewahren.«

Trödler sagte freundlich: »Das weiß ich, Astrid. Tut mir leid, aber ich kann jetzt nicht davonlaufen. Wir sind dem Ziel so nahe. Außerdem könntest du dich irren. Vielleicht wollen uns die Schatten nur unter ihre Herrschaft bringen.«

Mit diesen Worten rannte er davon, um weiteren Prophezeiungen aus dem Weg zu gehen. Die Unsichtbaren drangen aus allen Ecken des Dachbodens hervor, doch dank ihrer perfekten Tarnung entdeckte Trödler sie erst, als sich alle versammelt hatten. »Beruft die Versammlung ein«, rief er. »Es gibt Neuigkeiten von

Ulug Beg!« Er entdeckte Leichtfuß und versetzte seiner Gefährtin im Vorbeilaufen einen liebevollen Biß.

Sie folgte ihm und flüsterte, sie freue sich, daß er wohlbehalten zurückgekehrt sei. Seine Geschichte könne er ihr später erzählen.

Trödler war in diesem Augenblick die wichtigste Maus, der Botschafter Ulug Begs, und alle erwarteten seine Rede.

Gorm der Alte wurde aus seinem Nickerchen gerissen. Die Versammlung kam in aller Eile zustande. Und dann konnte Trödler endlich berichten.

»Wir müssen geräuschvolle Geister erschaffen«, erklärte er der Menge. »Wir müssen die Nacktlinge aus dem Haus gruseln.«

»Geister!« erscholl es in der Runde. »Wir müssen den Nacktlingen mit Phantomen Angst einjagen! Das ist die Lösung! Ulug Beg hat es wieder einmal geschafft!«

Es folgte eine rasche, erregte Diskussion der Anführer. Sie stimmten darin überein, daß der Vorschlag brillant sei, vor allem, als Trödler erklärte, daß sie auf sichtbare Gespenster verzichten und einfach nur Geräusche erzeugen könnten. Auf einmal hörte sich alles ganz einfach an.

»Gut gemacht«, brummte Gorm widerwillig. »Gute Arbeit, Soundso.«

»Ich heiße Trödler.«

»Wie du willst. Jetzt müssen wir uns um diesen Geisterkram kümmern. Teller von der Anrichte werfen – so in der Art, was? Mitten in der Nacht an den Bettpfosten kratzen. Schön, schön. Die Sache läuft schon ... «

Emmentaler

Der Kopfjäger hockte grinsend in seinem Zimmer und polierte die Sammlung von Mäuseschädeln. Der Kleine Prinz rannte ruhelos im Käfig umher, da er verzweifelt versuchte, seinem Herrn etwas mitzuteilen.

»Sie haben etwas vor. Ich weiß es genau. Ich höre sie flüstern. Sie planen etwas ganz, ganz Böses – o ja – mein zartes Fell sagt es mir. Diese ungezogenen, kleinen Hausmäuse, diese zuckersüßen Schlingel. Sie schmieden ein Komplott, verschwören sich. Ich weiß es genau ... «

Der Kopfjäger ergriff den Käfig mit seinen schmutzigen Stummelfingern und schüttelte ihn wild. Der Kleine Prinz geriet ins Taumeln und fiel zu Boden. Auf diese Art befahl ihm sein Herr, den Mund zu halten.

»Du blödes Geschöpf!« rief der Kleine Prinz. »Ich will dich doch nur vor diesen schrecklichen Mäusen warnen!«

Diesmal fiel das Schütteln noch wesentlich unsanfter aus, und der Kleine Prinz verstummte. Sein Herr wollte bei der Reinigung seiner Sammlung nicht gestört werden. Er besaß ungefähr drei Dutzend unversehrter Schädel und einige, die Risse oder Löcher aufwiesen. Letztere waren vermutlich entstanden, als die Drähte der Schnappfallen auf die Köpfe der unglücklichen Opfer niedersausten. Dem Kopfjäger gefiel es ganz und gar nicht, wenn die Mäuseschädel beschädigt waren. Er wünschte sich perfekte Skelette, bei denen nur die Wirbelsäule gebrochen war.

Der Kleine Prinz konnte vom Käfig aus zum Fenster hinausschauen. Er sah in den Garten und beobachtete das geschäftige Treiben der Wesen dort unten. Letzte Nacht hatte er zwei Mäusen beim Seiltanz auf der Wäscheleine zugesehen. Sie suchten das verlassene Baumhaus auf. Der Kleine Prinz wußte, daß dort ein uralter Mäuserich namens Ulug Beg lebte, ein Weiser, der das Buch des Wissens gefressen hatte und seither alles wußte. Erstaunlich, was Mäuse unter der Folter alles preisgaben.

Für den Kleinen Prinzen hatte Ulug Beg eine ganz besondere Bedeutung, über die keine andere Maus im Haus Bescheid wußte. Es war ein Geheimnis zwischen dem Kleinen Prinzen und den Göttern, und selbst sie erinnerten sich vermutlich nicht mehr daran.

»Was wir jetzt brauchen«, murmelte der Kleine Prinz, »ist eine Maus, die wir foltern können.«

Gewöhnlich machte sich sein Herr mit Nadeln, kochendem Wasser und der Flamme des Bunsenbrenners an dem Opfer zu schaffen. Es erbrach sich zunächst vor Entsetzen und spuckte dann alle Informationen aus, die es in seinem Leben gesammelt hatte. In ihrer Qual nahmen viele Opfer irrtümlich an, der Kleine Prinz könne die Tortur beenden, sobald sie geredet hatten. Er bestärkte sie in dieser Vorstellung und erfuhr auf diese Weise all ihre Geheimnisse.

»Es gibt nur ein Problem. Wie soll ich diesem blöden Nacktling meine Neuigkeiten mitteilen?« sagte der Kleine Prinz zu sich selbst. »Er hat ja das Gehirn einer Kuh.«

Wie die meisten Mäuse glaubte auch er an die Regel: Je größer das Lebewesen, desto kleiner dessen Hirn. Ameisen gehörten demnach zu den intelligentesten Geschöpfen auf dem Planeten, obwohl sie aufgrund ihres übertriebenen Arbeitseifers verachtet wurden. Mäuse waren mit ihrer Gehirnzuteilung ganz zufrieden und betrachteten alle größeren Wesen als Dummköpfe unterschiedlichen Grades.

»Und dann kamen die Süßen wieder zurück«, sinnierte die weiße Maus und blickte auf die Wäscheleine. »Sie kamen zurück, aber ohne Ulug Beg mit seinem stinkenden, faltigen Hautmantel. Vielleicht ist er schon tot? Irgendwann müssen alle Mäuse sterben. Möglicherweise ist diese Kreatur nur noch ein Haufen Knochen.«

Der Kleine Prinz hatte Ulug Beg früher gesehen, wenn dieser mit einem Botschafter die Wäscheleine überquerte. Bis letzte Nacht hatte ihn jedoch immer nur eine Maus abgeholt und ihm als Führer gedient. Diesmal waren zwei Mäuse ins Baumhaus gegangen. Eine von ihnen hatte der Kleine Prinz wiedererkannt. Die Maus, die ihm entwischt war! Vor diesem Gelbhals Trödler war noch keine Maus ihrem Geschick in der Gefangenschaft des Kopfjägers entronnen. Der Herr hatte richtig getobt. Er hätte beinahe den Kleinen Prinzen in der dampfenden Brühe gekocht.

Und nun war der Gelbhals in irgendeine Intrige verwickelt, eine Verschwörung, an der sich alle Hausmäuse beteiligten.

»Ich hasse diesen Gelbhals mit dem zuckersüßen Gesicht«, sagte der Kleine Prinz genüßlich. »Seine Augen werden mir auf der Zunge zergehen. Ich möchte an seiner Leber lutschen, seine Hoden mit den Zähnen zerknacken. Er wird meine Praline, mein Nachtisch sein... «

Wieder wurde der Käfig geschüttelt. Er hatte wohl zu laut gesprochen. Der Gelbhals war an allem schuld. Seit er Trödler begegnet war, geriet der Kleine Prinz ständig in Schwierigkeiten. Der Gelbhals war der Dorn in seiner Pfote. Er ließ ihn nachts nicht mehr schlafen und zwang ihn zu nutzlosem Ränkeschmieden. »Seine Tränen schmecken wie Nektar. Sein Blut ist geschmolzener Honig. Er wird vor mir weinen. Er soll für mich bluten.«

Der Kleine Prinz fuhr mit dieser Litanei fort, bis ihm der Kopfjäger einen Blick zuwarf, der ihn endgültig verstummen ließ.

Cambozola

»Wir müssen Geister beschwören, Lemuren, Chimären und Schemen aus den entferntesten Regionen der übernatürlichen Sphäre«, schrie Frych die Gefleckte. Diese Geistergeschichte war genau das Richtige für sie. »Ich höchstselbst werde es unternehmen, jeden Folianten in der Bibliothek zu verschlingen, der sich den Anschein eines Werks über ektoplasmische Strahlung oder phantasmische Strömungen gibt. Die Mauern dieses Hauses werden ein geradezu spukhaftes Miasma verströmen.« Sie wurde bei dem Gedanken an die Beschwörung der Geister der Nacht so aufgeregt, daß sie aufsprang und zu einem Buch eilte, während ihre Jungen noch an ihren Zitzen hingen.

Gorms Truppe betrachtete das Geschehen eher vom praktischen Standpunkt aus: Mäuse machten unheimliche Geräusche, ohne daß man sie sah, Schluß, aus. Eine Maus rannte etwa über das oberste Regal des Geschirrschranks und stieß nacheinander alle

Teller hinunter. Da sie senkrecht auf dem Rand im Regal lehnten, erzielte die Maus mit wenig Arbeit die größtmögliche Wirkung. Um den verdatterten Küchennacktling herum zerschellten die kostbaren Teller.

Die verborgenen Zuschauer beobachteten, wie sich der Nacktling am Kopf kratzte und die Verwüstung betrachtete. Offensichtlich suchte er nach der Ursache des Geschehnisses. Andere Nacktlinge kamen dazu, brabbelten, rangen die Hände und liefen zwischen den Scherben umher. Während der Tumult noch andauerte, kippte eine Pfanne aus einem anderen Regal und fiel scheppernd zu Boden. Erneutes Gebrabbel und Herumrennen. Danach stürzte ein Besen wie ein gefällter Baum um. Die Nacktlinge waren fassungslos.

Danach zogen sich die Mäuse zurück, da sie kein Risiko eingehen wollten. Nacktlinge waren zwar dumm, aber ein bißchen Gehirn hatten sie doch.

In der Bibliothek erzielten die Buchfresser berauschende Erfolge bei Hirnlos, dem Spaniel. Sie schossen hervor, zwickten ihn in den Schwanz und verkrochen sich wieder. Hirnlos brüllte obszöne Beschimpfungen in die Ecke, wo unsichtbare Mäuse kicherten. Der alte Nacktling starrte verwundert in die scheinbar leere Ecke, die sein Hund anbellte. Ein paarmal klappte der Nacktling auseinander, ging im Zimmer umher und entdeckte – gar nichts.

Schließlich entfaltete sich die weißhaarige Kreatur zum letzten Mal, um die Bibliothek zu verlassen – allerdings nicht ohne einen verwirrten Blick in die Runde zu werfen. In diesem Augenblick schoben einige Mäuse ein Buch vom Regal, das krachend zu Boden polterte. Vom Einband grinste ein Nacktlingsskelett. Hirnlos packte das Buch mit den Zähnen und präsentierte es schwanzwedelnd seinem Herrn. Dessen Augen traten hervor, als er das Buch in die Hand nahm. Er klemmte es unter den Arm und verließ schnellstens die Bibliothek.

Lauscherin wurde bei den Unsichtbaren zur Heldin der Stunde.

Sie kam auf die Idee, die Uhr könne einfach mal zur falschen Zeit schlagen. Daher drehte sie kurz vor drei ein Zahnrad, und die Uhr schlug fünf.

Einmal waren die Nacktlinge um Mitternacht noch wach. Lauscherin nutzte die Gelegenheit, um die Geisterstunde durch dreizehn Schläge anzukündigen, indem sie nach den üblichen zwölf Tönen auf den Klöppel sprang und damit ein besonders lautes »Dong!« erzeugte. Die Nacktlinge stürmten aus dem Wohnzimmer und starrten angsterfüllt die Uhr an. Lauscherin trat auf ein Zahnrad, und die Zeiger sausten nur so im Kreis herum. Dann betätigte sie den Anker des Glockenspiels. Weitere fünf Schläge hallten durchs Haus. Zu guter Letzt hüpfte sie auf den Mechanismus, der die Uhr mit einem Stöhnen zum Stillstand brachte.

Danach fühlten sich die Nacktlinge gar nicht mehr wohl. Sie ließen in der Halle und auf dem Treppenabsatz das Licht brennen. Das Zimmer des Kopfjägers blieb die ganze Nacht hellerleuchtet. Zu ihrer besonderen Freude stellten die Mäuse fest, daß der junge Nacktling große Angst vor Gespenstern hatte. So ermutigt, schaukelte Tolpatsch in dieser Nacht ausgiebig an der Kette des Wasserkastens in der Toilette. Das geräuschvolle Klirren der Kette hielt mindestens eine Stunde an.

Bezeichnenderweise tauchte nicht ein einziger Nacktling auf, um dem Lärm auf den Grund zu gehen.

Shropshire Blue

Im Lauf der nächsten Stunden entwickelten die Mäuse immer mehr Phantasie bei der Erzeugung seltsamer Geräusche. Da die meisten Nacktlinge im Haus schwerhörig waren, war eine gewisse Lautstärke nötig. Kratzen und Schaben hinter der Holztäfelung erwies sich beispielsweise als nutzlos. Es bedurfte schon eines herzhaften Knalls oder Krachs oder auch einer ganzen Serie von ungewohnten Tönen, um die Aufmerksamkeit der Nacktlinge zu erregen. Der Kopfjäger hörte selbstverständlich alles, besaß aber wenig Macht im Haus. So schrecklich er den Mäusen auch erschien, wurde er doch von seinen eigenen Artgenossen kaum beachtet.

Hywel der Böse machte eine interessante Entdeckung. Wenn er sich am Knopf des Radios festhielt und daran schaukelte, schaltete sich der Apparat an. Zu seiner großen Freude rannten die Nacktlinge herbei, sobald das Radio im leeren Zimmer losplärrte. Sie blieben davor stehen und schauten das Gerät an, als sei es lebendig. Besonders lohnend war es, den Apparat unmittelbar, nachdem sie ihn abgestellt hatten, wieder einzuschalten. Mit bleichem Gesicht wichen die Nacktlinge zurück und wimmerten einander unverständliche Laute zu.

In seinem ganzen Leben hatte Thorkils Dreibein keine intellektuellen Ruhmestaten vollbracht, doch er entdeckte schließlich, daß visuelle Tricks ebenso wirksam sein konnten wie die seltsamen Geräusche. Eines Morgens warf der Postbote vier Briefe in die Halle. Bevor die Nacktlinge die Sendungen fanden, hatte Thorkils sie fein säuberlich in einer Reihe angeordnet, indem er sie mit den Zähnen in die richtige Position schob. Ein Nacktling kam herbei, starrte auf die Briefe, auf den Schlitz in der Tür, erneut auf die Briefe und stieß einen gellenden Schrei aus. Anscheinene liebten die Nacktlinge nur ihre eigene Ordnung.

»Sieht aus, als würden wir gewinnen«, sagte Trödler zu Leichtfuß, als sie in ihrem Nest auf dem Dachboden lagen. »Die Nacktlinge sind nervös. Sie fahren bei jedem Geräusch zusammen. Besorgnis und Angst liegen in der Luft. Bald haben wir das Haus für uns allein.«

»Manchmal frage ich mich, ob das wirklich so gut ist«, meinte Leichtfuß stirnrunzelnd.

Trödler hatte noch nie etwas so Aufregendes wie die Vertreibung der Nacktlinge erlebt und wünschte sich, daß seine Nestgefährtin seine Begeisterung teilte. »Was meinst du damit?«

»Ich denke an Astrids Warnung.«

Trödler nickte. »Niemand bringt Astrid größere Achtung entgegen als ich, trotz allem, was über sie und Iban geredet wird, doch selbst Orakel sind nicht unfehlbar...«

»Was?« schrie Leichtfuß, plötzlich hellwach. »Was ist mit Astrid und Iban?« Sie richtete sich ruckartig auf und prallte mit dem Kopf gegen den Balken, der die Nestdecke bildete. Es schien ihr nichts auszumachen. Sollte sie tatsächlich mehr an Klatsch als an Gesprächen über die Vertreibung der Nacktlinge interessiert sein?

Trödler schaute seine Gefährtin fragend an. Sie war eine großartige Maus, und er konnte sich ein Leben ohne sie nicht mehr vorstellen. Manchmal wunderte er sich jedoch über ihren Mangel an Ernst. Seiner Ansicht nach sollten sie über Banalitäten stehen. In der Hecke hatte es keine Zeit für Klatsch gegeben, und er konnte die Neigung der Hausmäuse dazu ganz und gar nicht gutheißen.

»Sag's mir, sag's mir, sag's mir!« flehte sie ihn an.

Trödler begriff, daß er die Information unter keinen Umständen für sich behalten konnte. »Na ja, weißt du, Astrid und Iban treffen sich seit geraumer Zeit, hinter Gorms Rücken natürlich...«

»Weiter, weiter«, drängte Leichtfuß.

Trödler seufzte. »Einige Bibliotheksmäuse sind ihnen auf die Schliche gekommen. Sie drohten, Iban zu verraten, wenn er nicht...«

»Wenn er nicht was?«

»Wenn er nicht dasselbe mit ihnen täte.«

Leichtfuß riß die Augen auf. »Du meinst, Iban war mit all diesen frustrierten, vertrockneten Jungfern aus den staubigen Regalen zusammen?«

Trödler antwortete steif: »Wenn du es so ausdrücken willst, ja.«

»Du lieber Himmel!« rief Leichtfuß. »Der bedauernswerte Kerl! Und die arme Astrid! Weiß sie davon?«

»Hm, ich glaube nicht. Sie hat einen leisen Verdacht, weiß aber nichts Genaues – und ich denke, wir sollten ihr nichts sagen.«

»Er ist ein Trottel!« schnaubte Leichtfuß. »Wenn er ein bißchen Verstand hätte, würde er seinem Junggesellenstatus abschwören und mit Astrid ein Nest beziehen. Das würde doch jedes vernünftige Männchen tun, nicht wahr?«

»Die beiden sind aber keine durchschnittlichen Mäuse«, erklärte Trödler. »Ich meine, die eine redet mit Schatten und hat Visionen. Der andere ist ein Anhänger des Gottes der Finsternis und bricht alle zwei Sekunden dessen Gebote. Sie sind keine normalen Nager wie du und ich.«

Leichtfuß kuschelte sich an Trödler und leckte seine Schnurrhaare. »Du bist nicht durchschnittlich. Du bist ein ganz außergewöhnlicher Mäuserich«, flüsterte sie ihm ins Ohr.

Trödler genoß ihre Zärtlichkeiten und sagte bescheiden: »Eigentlich bin ich sogar ziemlich durchschnittlich.«

Sie drängte sich noch enger an sein warmes Fell. »Ganz und gar überdurchschnittlich«, flüsterte sie und knabberte an seinem Ohr.

Leicester

Während Trödler und Leichtfuß im Nest kuschelten, trat die Hauptheldin der Vertreibung der Nacktlinge in Aktion. Lauscherin entdeckte rein zufällig das Mittel, mit dem die Mäuse die Nacktlinge endgültig aus dem Haus jagen würden. Sie saß in der Standuhr und wartete auf die Schläge, bei denen ihr Körper so herrlich vibrierte. Es schlug drei. Sie streckte sich und schlüpfte aus dem Rosenholzgehäuse in die Eingangshalle. Hier blieb sie stehen und nahm die Atmosphäre der frühen Morgenstunden in sich auf. Alle Nacktlinge schliefen in ihren Betten, die meisten Mäuse hingegen waren hellwach und aktiv.

Lauscherin gehörte zu den Unsichtbaren. Sie lief zum Gwenllian-Loch, um von dort aus den Weg zum Dachboden zu nehmen. Bevor sie jedoch den sicheren Hafen erreicht hatte, erschien Spuck auf der Treppe. Er bemerkte sie und jagte los.

Lauscherin schoß quer durch die Halle zur Tür des Salons, die nur angelehnt war, glitt durch den Spalt und sah sich verzweifelt nach einem Versteck um. Alle Schränke waren verschlossen. Spuck kam herein. Sein Blick verhieß nichts Gutes. Lauscherin sauste über den Teppich und verbarg sich unter dem Klavierhocker. Spuck sprang dagegen, so daß der Hocker umfiel und über den Boden rutschte. Lauscherin hüpfte über die Klavierpedale und quetschte sich zwischen dem linken Pedal und dem Gehäuse ins Innere des Klaviers.

Sie kletterte nach oben, bis sie auf den filzbezogenen Hämmern angelangt war. Voller Panik rannte sie eine Weile auf und ab, so daß die Hämmer gegen die Drähte schlugen. Allmählich entfalteten die entstehenden Schwingungen ihre beruhigende Wirkung, und Lauscherin verlangsamte ihr Tempo. Natürlich hörte sie die Töne nicht, konnte aber die Schwingungen spüren und empfand sie als beinahe so angenehm wie die des Glockenspiels in der Standuhr.

Als sie sich wieder gesammelt hatte, spähte sie durch den geöffneten Deckel nach draußen. Ob Spuck noch auf sie wartete? Wie alle Mäuse konnte sie nicht allzu gut sehen, hoffte aber, im Mondlicht eine verräterische Bewegung zu erkennen. Zu ihrem Erstaunen bot sich ihr ein völlig anderes Bild.

Der Raum war taghell erleuchtet. Die Nacktlinge standen mit offenen Mündern und aufgerissenen Augen im Halbkreis um das Klavier und klammerten sich entsetzt aneinander. Sie starrten das Klavier an wie ein Ungeheuer, das sie jeden Augenblick angreifen und verschlingen konnte. Erst jetzt begriff Lauscherin, was geschehen war.

Sie hatte Töne erzeugt, obwohl kein Nacktling die Tasten berührt hatte. Alle Mäuse im Haus wußten, daß das Klavier Geräusche von sich gab. Manchmal waren sie fürchterlich, vor allem wenn der Kopfjäger auf dem Hocker saß und mit den Stummelfingern in die Tasten hieb; doch immer brauchte man einen Nacktling, um dem Instrument einen Klang zu entlocken.

Lauscherin hatte nun zufällig eine Möglichkeit entdeckt, die Töne ohne Nacktlinge zu erzeugen. Kein Wunder, daß diese sich fürchteten. Vielleicht dachten sie, das Klavier spiele auf sich selbst? Oder ein Gespenst betätige die Tasten? Lauscherin war begeistert. Sie rannte wieder zu den Hämmern und tobte ausgelassen darauf herum, sprang von den hohen Tönen auf die tiefen Noten, trippelte auf den glockenhellen Tönen umher. Auf den mittleren Hämmern ahmte sie Leichtfußens schweren Schritt nach. Die Schwingungen durchfluteten ihren Körper und verursachten ihr wohlige Gefühle. Dies war Lauscherins großer Beitrag zur Vertreibung – noch bedeutender als die dreizehn Schläge der Standuhr.

Die Mäuse im Haus hörten ebenfalls, wie das Klavier von selbst spielte. Es klang gar nicht so übel, und die Töne flossen beinahe melodisch dahin. Es kam ihnen vor, als suche jemand ein Lied, könne es aber nicht finden. Als sie erfuhren, daß eine Maus die Geräusche verursacht hatte, waren sie tief beeindruckt. Gorm gestand, daß Lauscherin auf diesem Gebiet sogar ihm überlegen sei. Einige Zuhörer zuckten bei seinen Worten erstaunt mit den Schnurrhaaren. Noch nie hatte Gorm einer anderen Maus größeres Lob als sich selbst gezollt.

Die ganze Woche über spielte Lauscherin zu den unterschiedlichsten Zeiten Klavier. Am zweiten Tag tauchte im Garten ein Schild mit dicken roten Zeichen auf. Am fünften Tag wurde fieberhaft gepackt. Am siebten Tag verließen die Nacktlinge mit ihren Koffern das Haus und stiegen in ihr Auto. Sie fuhren für immer davon. Den Kopfjäger nahmen sie mit, ebenso die Katzen und den Hund.

Die Vertreibung der Nacktlinge war gelungen.

Das Haus gehörte den Mäusen!

Rufe schallten durchs Haus. »Das Ungeziefer ist vertrieben! Die Speisekammer gehört uns!«

Ein Sturm auf die himmlische Speisekammer brach los. Die Mäuse wimmelten über die Treppe, quollen aus Löchern in den Fußleisten und strömten hinter der Wandvertäfelung hervor. Sie quetschten sich durch die geheimen Gänge, die die Küchenmäuse angelegt hatten, als dies noch ihr alleiniges Territorium gewesen war. Von überall her drängten sich die Mäuse in die Küche und die herrliche Speisekammer. Sie jubelten ausgelassen, gratulierten sich und ihren Nachbarn, vor allem Gorm und Lauscherin, und stopften sich hemmungslos voll.

Furz und Fusel waren so mit Honig abgefüllt, daß sie sich danach mit Essig statt mit Wein betranken.

Gorm der Alte schaufelte Unmengen von kaltem Kartoffelpüree in sich hinein, bis er die Augen verdrehte, umkippte und in der Schüssel einschlief.

Frych die Gefleckte verschlang Mandelpudding, während sich ihre Jungen um sie drängten und die Tropfen aufleckten, die von den mütterlichen Schnurrhaaren fielen.

Iban und Astrid wälzten sich in Butter und fraßen sich durch einen Berg von Johannisbeergelee, der schließlich zusammenbrach und sie beinahe erstickte.

Wisperer brüllte jedem, der es wissen wollte, zu, die Kekse seien einfach göttlich, wobei ein wahrer Sprühregen von Keksbröckchen auf seinen Stamm niederging. Nichtschwimmer, der den Zuschauern seine Künste demonstrieren wollte, ertrank um ein Haar im Milchkrug. Ulf fraß eine ganze Knoblauchzehe und verbrachte den Rest des Tages allein.

Über den Mäusen hing eine Wolke aus Pfeffer und Salz, Mehl und Kleie. Maisflocken knirschten in Schnauzen und unter Füßen. Äpfel wurden angenagt, Brot schlichtweg übersehen.

Es gab jedoch auch Mäuse, die Maß hielten und der allgemeinen Schlemmerorgie fernblieben. Darunter waren I-kucheng und seine getreue Skrang, denen derartige Festivitäten nicht lagen. Auch Leichtfuß hielt sich im Hintergrund und verbarg einen Teil des Futters in der Nähe ihres Nestes. Jago, der Büchergourmet, schaute angewidert zu und berichtete seinen Stammesgenossen von leckeren neuen Zeitschriften und Illustrierten, die in der Bibliothek zu haben seien – der katzenlosen Bibliothek, wie er betonte. Er befahl ihnen, mit der sinnlosen Völlerei aufzuhören, die ihnen ohnehin nicht bekommen würde.

Trödler war weniger stoisch als seine Gefährtin. Zu seiner immerwährenden Scham stürzte er sich auf ein knuspriges, süßes Gebäck und verschlang es, bis nur noch ein paar sandartige Krümel übrigblieben. Danach stöhnte er voller Reue, als das Futter schmerzhaft seinen Verdauungstrakt passierte.

Es gab Nahrung für alle, was man wollte und soviel man wollte. Eine Köstlichkeit jedoch wurde immer noch mit Ehrfurcht betrachtet und erst gefressen, nachdem I-kucheng ein kleines Dankgebet gesprochen hatte. Und selbst dann verzehrten sie nur kleine Mengen davon.

Dies war das Ambrosia der Mäuse, die Gabe des Nagergottes, der Stoff, aus dem die Träume sind: köstlicher, herrlicher, delikater Käse.

Schließlich tauchte Kellog durch ein Loch unter dem Fleischregal auf. Die Mäuse machten ihm Platz. Wortlos trampelte er mitten durch das Futter und hinterließ seine Spuren im Senf, auf Kuchen, Kartoffeln und Würstchen. Als er auf ein Stück Käse und eine Schale mit Sahne stieß, ließ er sich auf alle Viere nieder und verschlang die Leckereien. Keine Maus traute sich, auch nur einen Happen davon für sich zu beanspruchen. Nichtschwimmer hatte sich zum Trocknen hinter einen Laib Brot gelegt und wurde durch einen Geheimgang hinausgeschmuggelt.

Kellog sprach nur wenig – und das mit voller Schnauze. »Wenn ich diesen Soundso finde, breche ich ihm den Hals.«

Danach wurde das Bankett in einer gedämpften, nicht mehr ganz so fröhlichen Stimmung fortgesetzt.

Torta San Gaudenzio

In den Tagen und Nächten seines Lebens auf dem Dachboden hatte sich Kellog an Gnadenvolls Gegenwart gewöhnt. Zunächst hatte er gehofft, sie werde sich ein anderes Revier suchen und ihm die Herrschaft überlassen. Irgendwann begriff er, daß dies nicht der Fall war, und fand sich damit ab.

Natürlich war Kellog vor der Eule noch mehr auf der Hut als vor Reimern, denn sie war der Schrecken aller Nagetiere. Er und sie unterschieden sich zwar kaum in der Körpergröße, aber die Eule war ungleich wilder und verfügte über gefährlichere Waffen. Bei einem Kampf mit der Ratte würde sie unweigerlich den Sieg davontragen.

Als Gnadenvoll den Wassertank aufsuchte, verbarg sich Kellog zitternd in seinem Nest. Er haßte es, sich vor der Eule zu fürchten, wo er doch so gern Herrscher des Dachbodens gewesen wäre. Beim Hinausschauen entdeckte Kellog ihre gefiederte Gestalt mit den furchtbaren Klauen und kauerte sich in seinem Nest zusammen. Er betete, die Eule möge ertrinken. So etwas kam vor. Eulen badeten gern und ertranken gelegentlich in Wassertanks auf Dachböden. Die Vertreibung der Nacktlinge hatte das Haus von den Menschenwesen erlöst. Der Tod von Gnadenvoll wäre das Tüpfelchen auf dem I gewesen!

Gnadenvoll stieß beim Baden seltsame Zirplaute aus, die ein Nacktling sicher ganz reizend gefunden hätte. Kellog hingegen gefror das Blut in den Adern. Später erhielt er angenehmeren Besuch in Gestalt von Zaghaft, der mit ihm den endgültigen Plan für den Anschlag auf Nichtschwimmer besprechen wollte. Der Ort des Verbrechens war schon vereinbart. Zaghaft erklärte seinem Komplizen, der ideale Zeitpunkt sei in drei Nächten, wenn die

Dämmerung in die Nacht überging. Kellog stimmte ihm zu, da er die Sache endlich hinter sich bringen wollte.

Dann überließ ihn Zaghaft seinen Träumen: Träumen von köstlich verschimmeltem Käse mit fleischigen Maden, von Mehlsäcken voller Getreidekäfer, von süßen, braungefleckten Äpfeln.

Kümmel

Seit die Nacktlinge verschwunden waren, sprachen nicht nur Furz und Fusel dem Alkohol zu. Überall taumelten betrunkene Mäuse herum, stritten sich wegen Kleinigkeiten, waren ungehobelt und derb und schliefen in fremden Nestern. Manche aber behielten einen klaren Kopf, und einige wünschten sich tatsächlich die Nacktlinge zurück.

Diese Mäuse bildeten keine feste Gruppe, sondern trafen sich in Ecken und Winkeln und fragten sich, ob die Vertreibung der Nacktlinge wohl so klug gewesen war. Sie fürchteten die heraufziehende Anarchie.

»Wie könnten wir sie bloß zurückholen?« wollte eine Maus von Astrid wissen, die sich natürlich am lautesten für die Rückkehr zur alten Ordnung einsetzte. »Wir können doch nicht einfach hingehen und sagen: ›Wir haben einen Fehler gemacht, kommt bitte wieder.‹«

»Ich weiß auch nicht, was wir machen sollen«, erwiderte die Prophetin. »Wenn sie jedoch zurückkehren, sollten wir unser altes Leben wieder aufnehmen und dem Walten der Natur nicht ins Handwerk pfuschen.«

Das Walten der Natur. Die anderen übernahmen diesen Ausdruck. Er verkörperte ihr Unbehagen über die neue Situation. Die Natur hatte beschlossen, daß die Nacktlinge im Haus herrschten, ganz einfach. Mäuse waren nicht zu Hausbesitzern geboren. Nacktlinge waren zwar Ungeziefer, aber trotz allem notwendig für einen geregelten Haushalt.

Selbst in Trödler wuchs allmählich der Verdacht, daß sie mit ihrer neugewonnenen Freiheit nicht richtig umgingen. In der fernen Hecke war man an Freiheit gewöhnt und hatte sie im Verlauf vieler Nächte in vernünftige Kanäle geleitet. In der Hecke herrschten Toleranz und Nachsicht, die dem mäusebeherrschten Haus zu fehlen schienen. In seiner Heimat kannte Trödler kein: »Das ist mein Gebiet, das ist deins, und wenn du die Grenze überschreitest, bist du tot.« Draußen sicherte man das harmonische Zusammenleben durch schweigende Übereinkunft.

Hier im Haus dagegen hatten immer feste Regeln gegolten, die nun über Nacht verschwunden waren. An ihre Stelle traten keine neuen Sitten und Gebräuche.

Jetzt, da die Nacktlinge verschwunden waren und es Nahrung in Hülle und Fülle gab, verwischten sich die Stammesgrenzen. Die Küche galt nicht länger als Territorium des Stamms der Wilden, noch gehörte die Bibliothek weiter den Buchfressern allein. Die Mäuse bauten Nester, wo es ihnen gerade beliebte, auch im Salon. Sofort kam es zu Kämpfen um die besten Plätze – wie das Sofa und die Betten –, und niemand kümmerte sich mehr um irgendwelche Regeln. Die Ordnung brach völlig zusammen.

Trödler erkannte die Gefahr, wußte aber keinen Ausweg. Im Gegensatz zu Astrid befürwortete er keine Rückkehr des Ungeziefers, sondern dachte über eine Maßregelung der zügellosesten Hausmäuse nach.

»Kommt und seht, was ich gefunden habe!« rief ein aufgeregter junger Mäuserich.

Die älteren, reiferen Mäuse lungerten auf dem Küchenboden herum und gaben sich ganz der Verdauung hin. Ihre Bäuche waren prallgefüllt, und sie fühlten sich alles andere als wohl. Die Köpfe wandten sich dem Störenfried zu, sonst rührte sich gar nichts.

»Was ist denn los?« brummte Gorm der Alte friedfertig.

»Kommt mit!« schrie der junge Mäuserich. Er war viel zu aufgeregt, um die schlechte Verfassung der Honoratioren zu bemerken.

»Ich gehe mit«, erklärte Trödler.

»Ich auch«, schloß sich Leichtfuß an.

Grimmig war ebenfalls dabei.

Als sich keiner mehr meldete, trabten die drei hinter dem Mäuserich her, der sie aus der Küche und die Treppe hinauf führte.

Trödler fand es seltsam, ohne Furcht vor einem Angriff durchs Haus zu wandern. Er bildete sich ein, daß Augapfel irgendwo in den Schatten lauerte, wo ihre grau-blaue Gestalt mit der Dämmerung verschmolzen sei. Es würde eine Weile dauern, bis sich die Mäuse bei ihren Spaziergängen nicht mehr zwanghaft umdrehten.

Natürlich gab es noch immer Gefahren. Gnadenvoll beherrschte nach wie vor den Speicher und war nicht zu unterschätzen. Erst vor einer Stunde war ein junger Unsichtbarer, betäubt von zu viel Futter, auf dem Weg zum Nest verschwunden. Wisperer vermutete, daß die Eule dahintersteckte.

Auch gab es Anzeichen dafür, daß sich der mächtige Kellog als Herr des Hauses empfand. Er trieb sich überall herum, schikanierte Mäuse und hatte bereits die Bewunderung einiger 13-K-Mitglieder erregt. Sie betrachteten Kellog als den neuen Herrn der Welt. Einerseits hatten sie Angst vor ihm, andererseits sahen sie in ihm auch eine Chance, als seine Anhänger zu allseits gefürchteten Mäusen zu werden. Eine oder zwei kleinere Banden trieben ihr Unwesen. Sie umschmeichelten Kellog schamlos und verhöhnten die Alten und Schwachen, um ihn zu beeindrucken.

Das Haus stand leer und würde Wildkatzen anlocken. Sicher, im Augenblick war alles fest verriegelt, doch irgendwann würden die Fensterscheiben zerbrechen, die Türen verrotten und Eindringlingen Einlaß gewähren. Schon jetzt war es feucht und kalt, da es ohne Nacktlinge auch keine Heizung mehr gab.

All diese Gedanken gingen Trödler durch den Kopf, als er hinter dem Mäuserich zum Treppenabsatz lief.

Vor dem Zimmer des Kopfjägers blieben sie kurz stehen. Dieser

Ort hatte so lange als Folterkammer gedient, daß ihn die Atmosphäre eines Schlachthofs umwehte. Hier waren Mäuse gequält, verstümmelt und mißbraucht worden, bevor man sie tötete und an den Kleinen Prinzen verfütterte. Noch immer schmückten ihre gähnenden Totenschädel die Regale. Ihre gebleichten Knochen lagen auf der Kommode verstreut. An der Pinwand aus Kork steckten aufgespießte Felle. Es war nicht einfach, in diesen Raum zu gehen, der noch immer den Hauch des Todes verströmte.

Ihr Führer war zu jung, um so zu empfinden, und trat ohne Zögern ein. Trödler unterdrückte seine Angst vor diesem Raum und folgte mit Leichtfuß und Grimmig.

Dann entdeckten sie, was der Mäuserich gefunden hatte.

Auf dem Boden stand der Käfig des Kleinen Prinzen. Die Tür war offen, doch die weiße Maus saß noch darin. Anscheinend hatte der Kopfjäger sein Lieblingstier zurückgelassen und es den Stämmen ausgeliefert. Die Chance zur Flucht hatte die Maus nicht genutzt.

»Sie haben dich also zurückgelassen«, sagte Trödler und ging auf die Käfigtür zu. »Sie haben dich deinem Schicksal überlassen.«

Der Kleine Prinz kauerte in einer Ecke. Er schaute seine Besucher nicht an, sondern sprach mit den Gitterstäben.

»Nein, wißt ihr, es ist am besten, nicht hinauszugehen. Meine Nägel sind nicht geschnitten, außerdem bin ich so fett geworden. Seht euch bloß meinen dicken Bauch an. Ich bekomme nicht genügend Schlaf, seit mich mein Herr mit diesen schrecklichen Dingen gefüttert hat. Was für ein fürchterlicher Zustand…«

Bei diesem mitleiderregenden Anblick erwachte Trödlers angeborenes Mitgefühl und verdrängte alle Rachegelüste. »Kleiner Prinz!«

»Wenn mein Herr mit der Zahnbürste mein reines, wunderschönes Fell gebürstet hätte, wäre ich doch hübsch, nicht wahr, und alle Mäuse würden sagen: ›Hallo, Kleiner Prinz, schön siehst du heute aus. So weiß und makellos wie eine Kirschpflaumenblüte, so unberührt wie der erste Schnee.‹ Aber er hat mich nicht gebürstet.«

Der Kleine Prinz hatte furchtbare Dinge getan, das konnte Trödler nicht abstreiten, doch irgend etwas an der weißen Maus weckte Trödlers tiefes Mitgefühl für alle Lebewesen. Er konnte es selbst nicht genau erklären, doch spürte er, daß in dieser erbarmungswürdigen Kreatur mehr als bloße Grausamkeit und eine barbarische Gier nach Mäusefleisch steckte. Der Kleine Prinz war nicht nur Täter, sondern auch Opfer.

»Du hast einige schlimme Dinge getan, Kleiner Prinz. Sehr schlimme Dinge. Du siehst zwar tugendhaft und unschuldig aus, hast dich aber wie ein Ungeheuer in diesem Haus aufgeführt.«

Die weiße Maus starrte ihn lange mit ausdruckslosem Gesicht an. »Passiert ist passiert«, meinte sie schließlich. »Mehr gibt es nicht zu sagen, oder?«

Trödler konnte sich des Eindrucks nicht erwehren, daß das Schicksal der weißen Maus von seiner Entscheidung abhing. Also wandte er sich an die anderen. »Was sollen wir mit ihm machen? Wir können ihn unmöglich den Stämmen ausliefern. Sie würden ihn in Stücke reißen. Es läuft ohnehin genug aus dem Ruder, da müssen wir nicht auch noch ihren Blutdurst anstacheln. So etwas könnte zu einer richtigen Vendetta ausarten. Mäuse würden alte Fehden ausgraben und Taten begehen, die ihnen später leid tun.«

»Wir sollten mit Gorm darüber sprechen«, meinte der Mäuserich, der den Kleinen Prinzen entdeckt hatte. »Gorm wird schon wissen, was zu tun ist.«

»O nein!« schrie die weiße Maus. »Meine Schnurrhaare liegen nicht richtig.«

»Die wird man dir vermutlich mit der Wurzel ausreißen«, bemerkte der Mäuserich unbekümmert.

Leichtfuß schloß sich Trödlers Ansicht an und sagte: »Ich denke, wir sollten Gorm nichts von ihm sagen.«

»Wieso nicht?« fragte der Mäuserich.

»Möchtest du etwa zusehen, wie eine Maus in Stücke gerissen wird?«

»Ist mir egal. Er hat doch auch viele Mäuse getötet. Er hat sie sogar aufgefressen. Also verdient er es nicht besser!«

»Zunächst einmal vermute ich, daß der Kleine Prinz nicht eine einzige Maus getötet hat. Allerdings hat er ihr Fleisch gefressen, weil er es nicht anders kannte. Sein Herr hat die Mäuse getötet und an ihn verfüttert. Möglicherweise hat der Kopfjäger den Kleinen Prinzen anfangs hungern lassen, damit er einfach fressen mußte, was man ihm gab.«

Leichtfuß deutete auf den Kleinen Prinzen, der noch immer mit seinen Gitterstäben plauderte. »Ich frage dich noch einmal: Willst du zusehen, wie eine Maus in Stücke gerissen wird?«

Der Mäuserich scharrte unbehaglich mit den Füßen.

Grimmig ergriff nun das Wort. »Und genau das wird geschehen. Sie kommen herauf und töten ihn. Du wirst es mitansehen müssen – es wird deine Schuld sein. Ich hoffe, du kannst Blut sehen. Innerhalb weniger Sekunden wird der Käfig von Blut nur so triefen. Herausgerissene Eingeweide, herumrollende Augäpfel, ausgerenkte Gliedmaßen – das möchtest du dir sicher ansehen, nicht wahr? Willst du die Verantwortung für ein derartiges Massaker übernehmen?«

Der Mäuserich wurde grün im Gesicht. »Hm, nein«, murmelte er. »Aber was sollen wir mit ihm anfangen?«

»Was werdet ihr mit dem armen Mäuschen anfangen?« erklang das Echo aus dem Käfig. »Die Käfigtür schließen? Oder es zum Spielen in den Garten schicken? Was machen wir nur mit dem Kleinen Prinzen? So ein zartes Mäuschen, ein zerbrechlicher kleiner Bursche. Hat er noch ein Zuhause? Besitzt er auch nur einen einzigen Freund auf dieser Welt? Armer kleiner Kerl!«

»Halt den Mund, ich muß nachdenken«, sagte Trödler. »Wie heißt du?« fragte er den Mäuserich.

»Elisedd.«

»Ein Buchfresser, was? Nun, Elisedd, ich denke, wir müssen das hier sehr, sehr geheim halten. Du siehst mir wie ein vernünftiger Mäuserich aus, sehr reif für dein Alter. Wir kümmern uns um den Kleinen Prinzen. Wenn wir erwischt werden, halten wir dich aus der Sache heraus. Es hat in diesem Haus genug Blutvergießen gegeben. Was uns betrifft, waren wir niemals hier, einverstanden? Unsere Lippen sind versiegelt«, er fuhr sich mit der Pfote über die Schnauze, »und zwar bis zum Tod. Ich meine, daß wir dir vertrauen können. Denn ich sehe, daß du in deinem Inneren anders bist, daß du an höhere Gerechtigkeit glaubst, die von einer anderen Macht als der unseren geübt wird.«

Elisedd schluckte und schaute hoch. »Ich verstehe. Ich verspreche, es niemandem zu sagen.«

»Gut. Wir wissen deine Verschwiegenheit zu schätzen. Wenn du jemals mit einer Maus über die Sache sprechen möchtest, wenn du dir Sorgen machst, dann komm einfach zu mir. Einverstanden?«

»In Ordnung«, erwiderte Elisedd. »Ich muß jetzt gehen.«

»Denk dran«, erinnerte Leichtfuß ihn, »kein Wort über die Sache.«

Elisedd verschwand.

Trödler wandte sich zum Kleinen Prinzen. »Was machen wir nun mit dieser weißen Maus? Sollen wir ihn in den Garten schmuggeln und laufen lassen? Ein Falke oder ein Wiesel würde ihn eine Meile weit erspähen. Er könnte sich ebenso gut auf einen Hügel stellen, die Vorderpfoten ausstrecken und ›Holt mich!‹ rufen.«

»Gärten sind wunderschön«, erzählte der Kleine Prinz den Gitterstäben. »Voll leckerer Blumen und zarter, weicher Blätter, die sich gut kauen lassen. Kommt mit mir in den Garten, meine Freunde, und ich zeige euch das grüne, grüne Gras …«

Sie beachteten ihn nicht.

Leichtfuß sagte: »Du hast recht. Wenn wir ihn im Garten freilassen, ist er so gut wie tot. Er kann in der Wildnis nicht überleben. Falls er nicht gleich am ersten Tag etwas Giftiges frißt, wird ihn etwas fressen. Da könnten wir ihn genauso gut in die Jauchegrube werfen und ertrinken lassen.«

»Welche Wahl bleibt uns denn?«

»Er könnte eine Weile in unserem Nest wohnen«, sagte Leichtfuß. »Bis wir beschlossen haben, was zu tun ist.«

»In unserem Nest?« schrie Trödler fassungslos. »Das ist doch nicht dein Ernst.«

»Ich halte es für eine ausgezeichnete Idee«, warf Grimmig ein.

»Natürlich, um dein Nest geht es ja auch nicht«, fuhr ihn Trödler an. »Da fällt mir ein, du lebst doch allein.«

»Vergiß es«, antwortete Grimmig. »Ich bin weg. Haltet mich auf dem laufenden.« Und schon war er zur Tür hinaus und die Treppe hinuntergelaufen.

»Na gut«, seufzte Trödler. »Wir müssen das Beste daraus machen. Los, Leichtfuß, schmuggeln wir ihn nach oben, bevor die Orgie in der Speisekammer vorbei ist. Du kommst doch mit?« wandte er sich an den Kleinen Prinzen. »Wir zwingen dich zu nichts. Wenn du jedoch hier bleibst, wird dich früher oder später eine andere Maus entdecken. Wir können dann nur noch deine Überreste aufsammeln.«

Der Kleine Prinz trippelte durch seinen Käfig, blieb kurz an der Tür stehen und sprang hinaus. Seine rotgeränderten Augen blickten ängstlich. Mit zitternden Beinen huschte er in seine Behausung zurück.

»Was ist mit ihm los?« fragte Trödler.

»Ich fürchte, er war so lange im Käfig, daß er Angst vor weiten Räumen hat«, meinte Leichtfuß.

»Weite Räume!« rief Trödler, dem das Haus immer sehr eng erschienen war. »Da sollte er mal in die Felder hinausgehen. Ich zeige ihm, was ein weiter Raum ist.«

»Das gefällt dem Kleinen Prinzen nicht«, flüsterte die weiße Maus. »Der Kleine Prinz möchte hier bleiben.«

Trödler betrat den Käfig und kniff die weiße Maus so lange, bis sie zur Tür hinausrannte. Er trieb sie aus dem Zimmer und durch das Skelldulgan-Loch am Ende des Treppenabsatzes. In dem schmalen Tunnel, der zum Dachboden führte, wehrte sich der

Kleine Prinz nicht mehr und trabte brav zwischen Trödler und Leichtfuß dahin.

Kurz vor dem Wassertank blieb Trödler stehen, um die Lage zu prüfen. »Er ist so auffällig wie ein Nacktling«, grollte er und wies auf das weiße Fell. »Dieses ist das Land der Unsichtbaren, und wir stehen hier mit einer Maus, die man zehn Felder weit erkennen kann. Was nun? Kellog wird ihn entdecken und alles ausplaudern.«

»Paß auf, wir wälzen ihn einfach in Dreck und Spinnweben«, schlug Leichtfuß vor. »Wenn wir vorher auf sein Fell spucken, klebt der Schmutz noch besser.«

Der Kleine Prinz sah sie entsetzt an. »Schmutz? Lieber sterbe ich.«

»In Ordnung«, erwiderte Trödler und entfernte sich. »Dann stirb. Gnadenvoll kann jeden Augenblick hereinkommen. Sie wird kurzen Prozeß mit dir machen. Für sie bist du nur ein weißer, flauschiger Klumpen, den sie kaum in der Kehle spürt.«

»Ich wälze mich ja schon!« schrie der Kleine Prinz.

Trödler und Leichtfuß befeuchteten sein Fell, während er sich im Staub wälzte. Schließlich saß ein dunkles Etwas mit rotgeränderten Augen vor ihnen. Vielleicht würden sie auf diese Weise mit ihm durchkommen.

»Ich stinke«, wimmerte die weiße Maus.

Trödler sagte: »Gott sei Dank. Sonst hätte Kellog dich schon von weitem gewittert. Unsere Gerüche kennt er und wird nicht weiter darauf achten.«

»Du wirst niemals ein Unsichtbarer. Aber mehr können wir nicht tun«, meinte Leichtfuß. Sie führte den Kleinen Prinzen in das Gewirr der Balken hinauf und befahl ihm, sich nur gemeinsam mit ihr zu bewegen.

Auf dem ganzen Weg zum Nest fürchteten sie, entdeckt zu werden, da einige Unsichtbare ebenfalls aus der Küche zurückgekehrt waren. Weder Trödler noch Leichtfuß mochten sich vorstellen, was Wisperer mit dem Kleinen Prinzen anfangen würde. Sein Ruf war ihm vorausgeeilt, und die Unsichtbaren haßten ihn noch mehr als die Wilden oder die Bibliotheksmäuse. Wisperer galt als guter Anführer, doch würde er nicht davor zurückschrecken, die weiße Maus zu opfern, um dem Zorn seines Stammes Einhalt zu gebieten. Der Kleine Prinz hatte einige ihrer nächsten Verwandten gefressen. Sie würden nicht zögern, der weißen Maus die Kehle aufzureißen.

Schließlich erreichten sie ihr Nest. Trödler ließ sich erleichtert auf das kuschelige Lager aus Hobelspänen und Pappstücken fallen.

Leichtfuß legte sich neben ihn. Der Kleine Prinz mußte sich einen Platz im hinteren Bereich des Nestes suchen.

»Warum tust du das?« wollte Trödler von seiner Gefährtin wissen. »Ich weiß, der Kleine Prinz hätte mich gefressen, wenn mich der Kopfjäger gekocht hätte. Er hat mich lächerlich gemacht und gequält, aber mir ist nichts wirklich Schlimmes zugestoßen. Doch wie steht es mit dir? Er hat sicher einige deiner Familienangehörigen verschlungen.«

»Über so etwas denke ich nicht gerne nach«, antwortete Leichtfuß. »Außerdem glaube ich nicht, daß es allein seine Schuld ist. Der Kopfjäger hat ihn in ein Monster verwandelt.« Sie schaute Trödler ernst an. »Das Schlimme war, daß es ihm Spaß machte, daß er es richtig genossen hat. Aber was würdest du tun, wenn du ständig im Käfig säßest? Dabei muß eine Maus ja durchdrehen.«

»Ich weiß, ich weiß«, seufzte Trödler. »Das habe ich mir auch schon gesagt. Na ja, wir müssen ihn wohl hier behalten, bis uns eine bessere Lösung einfällt. Wir müssen ihm Futter aus der Speisekammer besorgen. Die gehört ja nun glücklicherweise uns Mäusen…«

Zitternd lief Zaghaft zu Kellogs Nest. Er glitt durch Licht und Schatten, duckte sich hinter den Balken und nutzte die Schleichwege des Gerümpelurwalds: hier über einen Haufen Lumpen, dort durch ein paar rostige Fahrradspeichen, dann unter der Brücke einer Spielzeugeisenbahn hindurch. Er wußte nicht mehr so genau, warum er sich auf diese Sache eingelassen hatte; beinahe tat es ihm leid, ein anderes Lebewesen ans Messer zu liefern.

Das Komplott war sehr gefährlich. Zaghaft gaukelte der Welt zwar einen rücksichtslosen, gewalttätigen Charakter vor, doch im Inneren fühlte er sich ebenso verletzlich wie andere Mäuse auch. Nun hatte er an sich selbst etwas entdeckt, das er bei anderen verachtete: Angst.

Der Dachboden lag im Zwielicht. Zu dieser Tageszeit, wenn die Sonne untergegangen war, herrschte hier oben eine besondere Stille. Nichts rührte sich. Bald jedoch würde Gnadenvoll erwachen und auf die Jagd gehen. Obwohl ihr die Unsichtbaren mit größtem Geschick aus dem Weg gingen, war es ratsam, sich zu verkriechen, wenn die Eule wachsam, hungrig und ungeduldig losflog. Ihre brennenden gelben Augen glichen Fackeln.

Für einen Mordanschlag war jetzt der ideale Zeitpunkt: Es gab keine Zeugen.

Zaghaft hatte Nichtschwimmer um eine Unterredung gebeten und mußte nun dem gefürchteten Kellog Bescheid sagen. Er fragte sich, ob der Schuh nicht eine Nummer zu groß für ihn sei. Jedenfalls bebte er vor lauter Angst. Schließlich erreichte er den Wassertank und glitt hinein. Er schwamm nicht so gut wie sein potentielles Opfer, konnte sich aber wie alle Mäuse lange genug über Wasser halten, um ans andere Ufer zu gelangen. Schon unterwegs nahm er Kellogs muffigen Geruch auf, der zu ihm herüberwehte. Die große Dachratte saß erwartungsvoll in ihrem Nest, da sie das Geplätscher gehört hatte.

Zaghaft krabbelte aus dem Wasser und schüttelte sich. »Bist du da, Kellog?« fragte er leise.

In dem finsteren Nest bewegte sich etwas.

Wieder überkam Zaghaft das Zittern. Den Mäusen erschien Kellogs Nest, das wie eine Festung über dem Wasser emporragte, überaus angsteinflößend. Es war das Heim eines Giganten – eines Despoten, der Mäusekinder stahl und aus Spaß Morde beging. Kellog hatte eine Rabenfeder in die Außenwand seines Nestes gewoben, die für die Unsichtbaren das schwarze Herz des Bewohners symbolisierte.

Als Kellog am Eingang erschien, überflutete Zaghaft eine strenge Geruchswolke. Die harten Augen starrten ihn an. Die langen Schnurrhaare vibrierten. Der dicke, nackte Schwanz zuckte.

Zaghaft betrachtete die spitzen gelben Schneidezähne.

»Und?« fragte das Rattenungeheuer. »Was ist?«

Zaghaft verließ der Mut. »Es ist soweit – du erinnerst dich doch? Ich habe versprochen, dir Nichtschwimmer zu liefern.«

»Natürlich erinnere ich mich. Erstaunlich, daß du erbärmlicher Wurm daran gedacht hast, wo ihr doch so schön in der Speisekammer feiert. Ich muß ihr noch einmal einen Besuch abstatten, sobald wir Nichtschwimmer los sind. Es ist an der Zeit, meine Position zu festigen. Langsam solltet ihr Jammergestalten mir die Achtung entgegenbringen, die ich verdiene. Ich werde mein Nest in der Speisekammer aufschlagen. Was hältst du davon? Dann müßtet ihr um jeden Krümel betteln. So viel Futter – aber Kellog wacht darüber. Dann würdet ihr mich doch vergöttern, nicht wahr? Ihr müßtet vor mir auf dem Bauch kriechen, um Futter flehen und meinen Namen rufen. Ich werde als Gott unter den Nagern herrschen, als lebende Legende, von ihnen verehrt und geliebt.«

»Ich – ich bin sicher, daß dir alle zustimmen werden«, murmelte Zaghaft.

»Ihnen bleibt auch gar nichts anderes übrig«, fauchte Kellog. »Sonst beiße ich ihnen die verdammten Köpfe ab, klar?«

»Klar würdest du das.«

»Der Herr des Hauses, was? Da unten gibt es keine Eule, die mir diesen Titel streitig macht. Nur Mäuse, die ›Ja, Herr, nein, Herr, bitte nicht beißen‹ wimmern.« Kellog nickte langsam und bedächtig mit seinem großen Kopf. »Da ich gerade von Gnadenvoll spreche – ist jetzt wirklich der richtige Zeitpunkt, um dieses Dreckstück Nichtschwimmer zu beseitigen? Es wird dunkel.«

»Eben deshalb habe ich diesen Zeitpunkt gewählt«, erklärte Zaghaft. »Niemand ist unterwegs. Es dauert ja nicht lange. Ein paar schnelle Bisse, und schon bist du wieder in deinem Nest. Hauptsache, es läuft leise ab, damit Gnadenvoll nichts merkt. Geht das?«

»Zeige mir die Maus, und ich töte sie binnen einer Sekunde«, entgegnete Kellog. »Sie wird nicht mehr erfahren, wer ihr die Kehle zerfetzt hat.«

Zaghaft erschauerte, riß sich aber zusammen. »Dann los, bevor Nichtschwimmer die Lust am Warten vergeht. Ich habe mich mit ihm verabredet, um unsere Differenzen beizulegen. Jedenfalls glaubt er das. Ich sagte, ich wolle mit ihm allein sein, weil es mir peinlich sei, mich in aller Öffentlichkeit bei ihm zu entschuldigen. Daher hat er mir auch den ungewöhnlichen Zeitpunkt abgekauft.«

»Und er ist wirklich da?«

»Ganz bestimmt. Töricht hat ihn gedrängt, sich mit mir zu treffen. Sie sorgt schon dafür, daß er kommt.«

»Das hoffe ich – für dich«, drohte Kellog und glitt ins Wasser. »Ich werde heute nacht eine Maus töten. Vorzugsweise sollte es sich dabei um Nichtschwimmer handeln, im Notfall nehme ich aber auch jemand anders. Verstanden?«

»Verstanden«, flüsterte Zaghaft. Dann glitt auch er in den Tank und schwamm neben der Dachratte zum anderen Ufer hinüber.

Die beiden huschten gemeinsam durch den Dschungel aus Gerümpel. Schließlich blieb Zaghaft stehen und deutete mit der Nase auf einen entfernten Schatten unter einem Balken. »Er wartet dort drüben auf mich. Wenn du dich an der anderen Seite des Balkens entlangschleichst, wird er dich weder sehen noch riechen. Du mußt nur ganz leise sein.«

»Kein Problem«, murmelte Kellog und schaute sich nach der Eule um. »Ich bin still wie der Tod.«

Mit diesen Worten sprang die Ratte auf den Balken und kroch darauf entlang, wobei sie Nichtschwimmers Position stets im Auge behielt. Als Kellog ganz nah herangekommen war, verlangsamte er sein Tempo und bewegte sich nur noch in Zeitlupe vorwärts.

Das Licht schwand rasch. Draußen war die Sonne beinahe untergegangen. Auch die Schatten wandelten ihre Gestalt und würden bald mit der allgemeinen Dunkelheit verschmelzen. Schließlich blieb Kellog stehen. Auf der anderen Seite des Balkens wartete Nichtschwimmer, sein Feind. Kellog konnte ihn jetzt riechen. Sollte Nichtschwimmer Kellog ebenfalls bemerken und fliehen, würde Kellog Nichtschwimmer mit wenigen Sätzen einholen. Vermutlich bebte dieser vor Angst, da er ihn gewittert hatte und seine ausweglose Situation begriff.

Nun liegt er zitternd da, dachte Kellog bei sich. Er fragt sich, weshalb er sich auf dieses Treffen eingelassen hat.

Die Stille auf dem Dachboden war vollkommen. Nichts rührte sich, als warte die ganze Welt auf den Angriff der Ratte, als lausche jedes Ohr auf die erstickten Schreie, als rieche jede Nase schon den Tod. Die Zeit verging.

Plötzlich bewegte sich etwas!

»Hallo, Eule, hier bin ich. Komm und hol mich! Komm und schnapp mich! Ich warte auf dich, Eule…« Nichtschwimmer war tatsächlich auf den Balken geklettert und brüllte, was das Zeug hielt.

War der vollkommen übergeschnappt? dachte Kellog. Wollte er in den Krallen einer Eule Selbstmord begehen?

Kellog spürte, wie ihn Panik überkam. Er war verwirrt, hin- und hergerissen zwischen Flucht und Mord. Da bleiben war gefährlich – doch Nichtschwimmer saß vor seiner Nase. Eine schnelle, verzweifelte Entscheidung – Kellog mußte Nichtschwimmer selbst töten! Kellog kauerte sich zusammen, spannte alle Muskeln an, bereitete sich auf den Sprung vor. Nichtschwimmer tanzte weiter und stieß dabei schrille Schreie aus. Kellog warf einen raschen Blick über die Schulter und stürzte los.

Die Lichter! Schon schossen die gelben Lampen durch die Dämmerung, Augen, die hundertmal stärker waren als die der Ratte. Krallen und Schnabel kamen näher. Wie ein Blitz sauste die Eule durch die Luft.

Kellogs Zähne ritzten gerade die Haut Nichtschwimmers, ein paar Blutstropfen flossen. Doch Nichtschwimmer warf sich blitzschnell hinter den Balken, und die Zähne der Ratte glitten ab.

Nichtschwimmer tauchte im Schatten unter. Kellog stürzte ihm nach. Die schwere Ratte plumpste vom Balken und gab in der Luft ein ideales Angriffsziel ab. Weiche Flügel zischten über ihren Kopf hinweg. Kellog spürte, wie die Krallen zuschlugen und seinen Rücken so tief aufrissen, daß die Wirbelsäule freilag.

Plötzlich begriff Kellog, daß er in eine Falle geraten war. »Betrogen!« kreischte er, während er blutend umhertaumelte. Er blieb auf der Seite liegen, während das Leben aus seinem Körper rann. Er wußte, er würde sterben, wußte, daß er einem ausgeklügelten Komplott zum Opfer gefallen war. Diese verdammten Waldmäuse hatten ihn der Eule als Beute ausgeliefert. Sie kannten seinen abgrundtiefen Haß, wußten, daß er jedes Risiko eingehen würde, um seinen Todfeind zu ermorden. Kellogs Augen verschleierten sich, sein Herz klopfte noch heftig, Haß brannte in ihm. Er würgte Galle hervor und wartete auf den tödlichen Schlag.

Gnadenvoll schwebte über ihm, stieß herab und schlug noch einmal zu. Diesmal riß sie Kellog die Kehle auf. Das Denken der Ratte vermischte sich mit dem Schmerz, bis beides im Nichts davonschwamm.

Von seinem Versteck aus konnte Nichtschwimmer sehen, daß die Ratte diese Welt verlassen hatte. Ihre Augen starrten glasig ins

Leere. Gnadenvoll arbeitete schnell mit ihrem Schnabel, um an die Weichteile zu gelangen. Diese Ratte war eine ungewöhnlich große Beute für sie. Sie schlemmte eine Weile, und warmer Blutgeruch erfüllte die Luft. Nichtschwimmer hielt sich die ganze Zeit im Schatten. Als die Eule satt war, ließ sie den zerrissenen, blutigen Körper für die Maden liegen und flog durch ihr Loch in den Abend hinein.

Nichtschwimmer und Zaghaft liefen aufeinander zu. Die beiden Mäuse begegneten einander höflich, aber kühl. Freunde waren sie nicht und würden es auch niemals sein. Dazu waren sie zu unterschiedlich. Außerdem hätte Zaghaft gerne Töricht als Gefährtin gehabt. So etwas reichte schon aus, um Mäuse zu Feinden zu machen.

Allerdings hatte Kellog einen Fehler begangen, als er dachte, Mäuse würden einander betrügen. Sicher, eine Maus konnte eine andere hassen, doch würde sie sich niemals mit einer Ratte gegen ihresgleichen verbünden. Eine Maus blieb eine Maus und eine Ratte ein Außenseiter.

Nun brach der Pakt auseinander. Von der Leiche der Ratte aus gingen sie getrennte Wege. Bevor Nichtschwimmer zu seinem Nest lief, holte er das rote Seidenband und drapierte es über Kellogs totem Körper. Das Rot des Bandes war kaum vom Blut zu unterscheiden. Er kehrte zu seinem Weibchen zurück.

Voller Sorge erwartete sie ihn im Nest, das sich nun im Schlafzimmer eines Puppenhauses befand. Sie lief ihm entgegen. »Und?« fragte sie erleichtert.

»Geschafft«, antwortete ihr Gefährte.

Sie entdeckte das Blut an seiner Flanke. »Du bist verletzt«, sagte sie. »Laß es mich ablecken.«

»Es ist nicht schlimm«, meinte Nichtschwimmer, wehrte sich aber nicht gegen ihre Zunge. »Du solltest mal Kellog sehen.«

»Er ist also tot?«

»Ratzetot, sozusagen.«

Danach verloren sie kein Wort mehr über die Sache.

Sieben Nächte später fuhren Nacktlinge mit einem riesigen Fahrzeug vor und kamen den Weg zum Haus herauf. Sie wirkten groß und muskulös. Die Mäuse schauten zu, wie sie das Haus betraten und die Möbel aus den Zimmern räumten. Aus dem Salon und dem Wohnzimmer verschwanden die Dschungel der hölzernen Beine. Die Teppiche wurden aufgerollt, die Lampen hinausgetragen. Der Dachboden leerte sich. Die Sammlung des Kopfjägers mit den Glasbehältern, in denen Mäuse schwammen, wurde auf dem Gartenweg zerschmettert. Die Überreste verrotteten in der Sonne.

Mit der Standuhr in der Halle verschwand ein vertrautes Wahrzeichen. Nun verloren die Mäuse jegliches Zeitgefühl. Ihr ganzer Lebensrhythmus geriet durcheinander. Sie rannten zum Fenster, um nachzusehen, ob Tag oder Nacht war, ob Sonne oder Mond am Himmel standen. Ihre Verwirrung machte sie launisch, ja gereizt. Oftmals veränderte sich ihre Persönlichkeit über Nacht.

Man hatte nicht nur die Möbel, sondern auch die Reste der Nahrungsmittel mitgenommen. Manches davon warfen die Nacktlinge in den Mülleimer, doch das meiste verschwand in dem großen Wagen. Als sie schließlich abfuhren, glich das Haus wieder dem riesigen Schneckenhaus, das es einmal gewesen war.

Die Mäuse waren verblüfft, rissen sich aber zusammen, denn die Speisekammer war bisher niemals lange leer geblieben.

Den Möbeln trauerten sie nicht weiter nach, obwohl sie gern auf und unter ihnen herumgelaufen waren. Auf dem Dachboden waren mit dem Gerümpel auch zahlreiche Nester verschwunden, doch man konnte woanders neue einrichten. Die Dachbodenlandschaft, die in wenigen Tagen vom Gebirge zur Ebene geschrumpft war, erschreckte die Mäuse mit ihrer unendlichen Weite. Doch auch darüber würden sie mit der Zeit hinwegkommen, ebenso wie über den Verlust der Standuhr. Das Verschwinden der Nahrung hätte als Katastrophe gelten müssen, wäre da nicht die hundertprozentige Gewißheit gewesen, daß sich die Speisekammer wie von Zauberhand wieder füllen würde.

Manche zweifelten insgeheim an einem sofortigen Nachschub an Köstlichkeiten und glaubten an eine längere Wartezeit. »Möglicherweise«, so flüsterten sie einander zu, »werden den sieben fetten Tagen sieben magere Tage folgen.«

Astrid teilte jedem, der es wissen wollte, mit, daß die Zeit des Überflusses für immer vorüber sei und die Tage des Darbens bevorstünden.

»Wartet nur ab«, meinte Gorm optimistisch, »bald sind die Regale wieder voll.«

Sie lungerten in der Küche herum und hofften auf das Erscheinen des Futters. An der Tür zur Speisekammer bildeten sich Schlangen. Mäuse umringten die leeren Regale und beteten um ein Wunder. Es gab einzelne, die zu dem Schöpfer beteten, die Speisekammer möge sich auf wundersame Weise wieder füllen.

Glux

Die Gelbhälse waren die größten Mäuse im Haus und benötigten daher mehr Futter als die anderen. Allerdings erwiesen sie sich meist auch als genügsamer, da sie von Natur aus bescheiden waren. Ihre Art hatte gelernt, mit dem Leben und seinen Schwierigkeiten klarzukommen. Wenn das Schicksal eine unerfreuliche Wendung nahm, zuckten sie mit den Schnurrhaaren, wackelten mit dem Schwanz und machten das Beste daraus. Vermutlich eigneten sich die Gelbhälse daher so gut für das Leben als Totenkopf. Auf ihrer soliden Lebensphilosophie konnten sie während ihrer Zeit als Wanderpriester ausgezeichnet aufbauen.

I-kucheng wurde von einigen wenigen Mäusen hochgeschätzt. Skrang war darunter und noch einige andere, die er mit seinem Urteil zufriedengestellt hatte.

Unter den Totenköpfen genoß er hingegen allgemeine Verehrung. Er hatte die Kampfkunst Ik-to, die reine Selbstverteidigung, vervollkommnet. Wenn sich Totenköpfe an seine Technik hielten, trugen sie keine schweren Verletzungen davon. Auch war er Anhänger der Selbstauslöschung, der Tilgung des Selbsts. Sein größter Schmerz bestand darin, daß sein Schüler Iban Yo, dem Gott der Finsternis und Unwissenheit, folgen und sein Gedächtnis anstatt des Selbsts auslöschen wollte.

In diesem Augenblick lag I-kucheng im Rajang-Loch auf dem Sterbebett. Bei ihm saß seine treue Kriegerpriesterin Skrang und beobachtete voller Trauer sein Dahinschwinden. Draußen vor dem Loch hielten zahlreiche Mäuse Wache. Die meisten von ihnen wollten sich jedoch lediglich versichern, daß er auch tatsächlich starb.

»Skrang«, krächzte I-kucheng und starrte dabei an die Decke, »verstehst du, dies ist ein Triumph. Der Tod bedeutet nicht Versagen, sondern Triumph.«

»Ja«, flüsterte sie. »Ich weiß. Willst du etwas beichten? Vielleicht eine Sünde aus deiner Jugend? Du solltest das tun, bevor du die Reise antrittst.«

Ihr selbst fiel nichts ein. Seit sie ihn kannte und ihm als Wächterin gedient hatte, war er ohne Sünde gewesen.

»Ich hasse diese Tapete.«

»Wie bitte?« fragte Skrang überrascht.

»Die Tapete – diese lächerlichen kleinen Rosen. Ich hasse sie«, gestand I-kucheng. »So, das war meine Beichte auf dem Sterbebett.«

»War das alles?«

»Ist das nicht schlimm genug? Etwas zu hassen, das Nacktlinge als Kunst betrachten? Ich habe damals miterlebt, wie sie das Zeug mit Bürsten und Kleber angebracht haben – der Kleber schmeckte grauenhaft. Das darf ich sagen, da ich zu dieser Zeit noch kein Totenkopf war. Ich habe die Tapete seither gehaßt, es aber bis heute verdrängt.«

»Unn wird dir deinen Fehltritt vergeben«, murmelte Skrang.

In diesem Augenblick erscholl ein Schrei aus der Menge. »Los, schneller, bring es hinter dich!«

»Was war das?« flüsterte I-kucheng. »Ein Glaubensgenosse?«

»Nichts, gar nichts«, erwiderte Skrang. »Jemand – hm – jemand hörte dich sagen, der Tod sei ein Triumph, und hat dich ermutigt.«

I-kucheng runzelte die Stirn. »Kein banaler Triumph – eine feierliche Handlung ...«

»Stimmt. Ich werde weitere Anfeuerungsrufe verbieten.«

Doch das war nicht mehr nötig, da I-kucheng die Schwelle zur Anderwelt überschritten hatte. Der letzte wahre Totenkopf lebte nicht mehr.

Als Skrang die Menge davon in Kenntnis setzte, zogen die Mäuse rasch an der Leiche vorüber. Nur wenige wirkten betroffen; sie erkannten, daß mit ihm eine Ära zu Ende gegangen war.

Skrang selbst tröstete sich mit dem Gedanken, daß der Tote in anderen weiterlebte, die er durch seine Lehren beeinflußt hatte. Sie glaubte, daß ein wenig von unserem Selbst in jeden übergeht, mit dem wir in Berührung kommen, auch wenn wir ihn nur nach einem Stückchen Käse fragen. Jenes undefinierbare Etwas, das unsere Persönlichkeit ausmacht, bleibt da, wenn wir in die Anderwelt hinübergehen. Manchmal ist dieses Etwas groß und stark, etwa wenn die verstorbene Maus ein guter Freund oder Verwandter war, manchmal auch winzig klein. Die Toten leben in den Lebenden weiter und bilden noch immer einen Teil des großen Mäusevolkes, das die Welt bevölkert.

Vestgötaöst

Im Haus herrschte eine schreckliche Hungersnot. Die Stämme durchlitten die schlimmsten Stunden ihres Lebens. Es gab kein Zusammengehörigkeitsgefühl mehr, keine Bruder- oder Schwesternschaft, kein Empfinden, daß man zur selben Gruppe gehörte.

Einige Paare blieben noch zusammen, doch in den meisten Fällen kämpfte jede Maus für sich allein gegen den Hungertod.

Niemand konnte sich erinnern, daß je eine ähnliche Verzweiflung geherrscht hatte. Käse war nicht nur rationiert, sondern überhaupt nicht vorhanden. Fast alle Mäuse standen kurz vor dem Verhungern und verfielen beinahe dem Wahnsinn.

Das Haus hatte seinen harmonischen Rhythmus, den Einklang mit seinen Bewohnern verloren. Da es stets unabhängig von den Einflüssen der Natur bestanden hatte, entwickelte sich die Disharmonie zu einem Strudel, aus dem es anscheinend kein Entrinnen gab.

Astrids Prophezeiung hatte sich erfüllt, doch niemand dachte daran, ihr zu gratulieren. Sie aber ließ niemals ein »Ich habe es euch ja gesagt« über ihre Lippen kommen.

Selbst die Speisekammer hatte ihre überirdischen Eigenschaften verloren. Sie galt nicht mehr als göttlich oder himmlisch, quoll auch nicht mehr über, sondern hatte sich zu einem verlassenen Ort entwickelt. Er enthielt keine geheiligten Fleischplatten mehr, keine Kuchenteller mit herrlichen Krusten, keine vollen Servierbretter aus Marmor. Der Raum war so leer, daß die Stimme darin widerhallte. Selbst die Ameisen hatten sich verzogen. In diesem Tempel geschahen keine Wunder mehr.

Die Mäuse erlebten eine Zeit des Unglücks. Sie kämpften um jeden Krümel. Manche wagten sich in den Garten und suchten dort, zu Stones Freude, nach Futter. Doch sie konnten im Konkurrenzkampf mit Feldmäusen, Wühlmäusen, Spitzmäusen und anderen Wildtieren kaum bestehen. Ihnen erging es nicht viel besser als ihren Artgenossen, die im Haus geblieben waren.

Jago, der sein Leben lang für den Verzehr von Büchern geworben hatte, kaute nun an Stromkabeln. Natürlich ging es dabei nicht mehr um Sabotage, sondern ums nackte Überleben.

»Du bringst dich noch um«, bemerkte Wisperer. »Dieses Gummizeug verklebt deine Därme, und du erleidest einen qualvollen Tod.«

»Ich bin süchtig danach«, gestand Jago. »Ich habe während der Vertreibung der Nacktlinge so lange Kabel beknabbert, daß ich Geschmack daran gefunden habe. Die Nacktlinge haben alle Bücher mitgenommen. Wenn es in der Speisekammer Futter gäbe, könnte ich vielleicht davon loskommen, aber so…«

Zwei Stunden später befand sich Jago in einem fürchterlichen Zustand. Von Schmerzen gepeinigt wälzte er sich am Boden. Wie durch ein Wunder überlebte er die nächsten vierundzwanzig Stunden. Danach schwor er, nie wieder Stromkabel zu fressen. Kurz darauf holte ihn die Sucht ein, und er knabberte winzige Gummibröckchen, die ihm kurz nach dem Verzehr schwere Übelkeit bescherten.

Bald gehörte er zu jenen Mäusen, die sich in dunklen Ecken herumdrückten, war ständig gereizt und wies alle Versuche zurück, aus ihm wieder den vertrauten freundlichen Zeitgenossen zu machen.

Grimmig, der immer gerecht und überaus ehrlich gewesen war, stieß beim Eingang zu Tunnelgräberins Labyrinth auf einen Nußvorrat. Irgendein Eichhörnchen hatte das Futter dort versteckt und anscheinend vergessen. Er erzählte niemand von seiner Entdeckung. Erst Tunnelgräberin berichtete den anderen Mäusen von ihrem Verdacht, nachdem sie ihren Tribut in Nüssen erhalten hatte. Alle rannten hin und bedienten sich. Die Neuigkeit drang bis zu den Feldmäusen im Garten vor, so daß schließlich der gesamte Vorrat geplündert wurde. Grimmig selbst bezog im Gedränge schwere Prügel.

Derartige Zwischenfälle zeugten von der Anarchie, die nach der Vertreibung der Nacktlinge Einzug gehalten hatte.

Das Haus glich einem riesigen Grab, die Speisekammer einer leeren Gruft, in der die Schreie hungernder Mäuse widerhallten. Sie nagten an den Bodendielen, fraßen ihre Nester – und wenn sie schnelle Esser waren, fielen sie auch über die Nester der anderen her. Es gab Gerüchte von unaussprechlichen Greueltaten, die mit den zerschmetterten Flaschen des Kopfjägers und deren konservierten Insassen zu tun hatten. Sie waren zu schrecklich, als daß sie in die Annalen der Mäusehistorie eingehen dürften. Die Mitglieder der Stämme verwandelten sich in umherstreifende Gespenster, mager und ausgemergelt, unter deren Fell sich die Rippen abzeichneten. Das Haus kümmerte sich nicht um ihr Leid. Es war nur ein totes, kaltes Gebilde.

Überraschend und verdächtig zugleich erschien die Tatsache, daß Furz und Fusel noch immer runde Bäuche aufwiesen. Allerdings erregte nicht nur ihre Körperfülle Argwohn, sie beklagten sich auch nie über den Nahrungsmangel. Als Thorkils Dreibein sie deswegen zur Rede stellte, rief Fusel: »Wir haben doch aufgetriebene Bäuche, oder nicht? Ich meine, wir haben genau so Hunger wie alle andern. Sogar schlimmer. Nur haben wir ein bißchen Haltung, Fusel und ich. Jammern nicht so herum. Wir sind halt Stoiker...«

»Stoiker?« brüllte Thorkils. »Was zum Teufel ist das denn?«

»Wir sind stoisch«, erklärte Fusel. »Noch nie gehört? Heißt, daß wir vieles einstecken, kapiert?«

»Wirklich? Na ja, da ihr anscheinend kein Krümelchen besitzt, werden wir euch im Keller einen Besuch abstatten und sehen, wie wir euch unter die Arme greifen können. Der Gedanke, ihr könntet kurz vor dem Verhungern stehen, bereitet mir schlaflose Nächte.«

»Ist nicht nötig«, meinte Furz rasch. »Wir tragen unsre Last stoisch mit uns herum. Braucht euch keine Sorgen zu machen.«

Die Wilden und die 13-K suchten den Keller systematisch ab und entdeckten in einem leeren Weinfaß einen Sack Kartoffeln. Gorm und seine Truppe stellten die Kellermäuse zur Rede, die energisch abstritten, davon gewußt zu haben.

»Wir sind am Verhungern und haben Kartoffeln in unserem eigenen Keller!«

Trödler betrachtete bekümmert das Auseinanderbrechen der Mäusegesellschaft. Er spielte mit dem Gedanken, das Haus zu verlassen, und sprach mit Leichtfuß darüber. Sie fand die Idee zwar verlockend, doch der Winter stand vor der Tür.

»Ich habe noch nie im Winter draußen gelebt«, sagte sie. »Ich kenne keinen Winter, da ich im Frühling geboren wurde, aber ich spüre die Kälte in der Luft. Obwohl die Heizung nicht mehr läuft, ist es im Haus wärmer als draußen. Tut mir leid, du hältst mich bestimmt für verweichlicht.«

Trödler beschwichtigte sie und log ihr vor, er bleibe ohnehin lieber im Haus. In Wirklichkeit sehnte er sich nach der Hecke. Inzwischen war er zweihundertneunzig Nächte alt – eine Maus mittleren Alters – und wollte zu seinen Wurzeln zurückkehren. Nachdem er beinahe einen ganzen Winter in der Hecke überlebt hatte, würde er auch einen zweiten durchstehen. Schließlich verfügte er über ganz neue Erfahrungen. Doch der Gedanke, sich von Leichtfuß zu trennen und sie einem ungewissen Schicksal zu überlassen, war unerträglich. Viele Mäuse hätten ihn dafür ausgelacht, da sie keiner Gefährtin sonderlich treu waren, doch einige wenige Männchen blieben bei einem einzigen Weibchen. Es handelte sich nicht um eine lebenslange Partnerschaft, wie Tauben sie eingingen, die ihrem Partner treu bis zum Tod waren, doch manche Mäuse wünschten sich einfach ein wenig Beständigkeit.

Also blieb Trödler im Haus und hungerte mit den anderen. Dafür wurde er geachtet. Sicher, er war eine Außenmaus und würde es immer bleiben, doch galt er als angesehene Außenmaus, die mit den Bewohnern durch dick und dünn ging.

Während dieser finsteren Zeit mußten Trödler und Leichtfuß nicht nur für sich selbst sorgen, sondern auch die Kreatur, die sie versteckten, durchfüttern. Der Kleine Prinz war ihnen nicht sonderlich dankbar für das Futter, das sie ihm brachten, sondern beklagte sich bitter über die unzureichende Ernährung. Weder Trödler noch Leichtfuß hatten Lust, sich mit ihm zu streiten. Ihnen fehlte einfach die Kraft dazu. Leichtfuß war der Meinung, der Kleine Prinz werde sich niemals ändern, obwohl Trödler noch immer auf eine Besserung hoffte. Doch im Augenblick sah es so aus, als habe der Kleine Prinz gleich zu Beginn seinen Vorrat an Höflichkeiten erschöpft. Im Lauf der Zeit wurde er halsstarrig, gereizt und verschwendete keinen Gedanken an andere.

Manchmal erschien die Entdeckung unvermeidlich.

Einmal knabberten Leichtfuß, Trödler und er an einem Stück Holzapfel. Wie üblich beschwerte sich die weiße Maus.

»Schmeckt wie nasse Pappe. Scheußlich! Und das nach dem köstlichen Futter, an das der Kleine Prinz immer gewöhnt war. Nicht das Fleisch – der Kleine Prinz will niemanden ärgern –, aber die Leckereien und Süßigkeiten, die ich immer bekommen habe. Warum habt ihr mich gerettet? Die Stämme hätten mich besser töten sollen.«

»Das läßt sich machen«, schnappte Trödler. »Ich hole Wisperer.«

Er tat, als gehe er zum Ausgang, doch der Kleine Prinz schrie: »Ja, das würdest du tun, nicht wahr? Du hast mich immer gehaßt!« Dann heulte er: »Keiner weiß, wie unglücklich ich bin...«

»Noch ein Wort, und du bist todunglücklich«, drohte Leichtfuß. »Komm her, Trödler. Nimm noch etwas von dem Apfel, bevor dieser Gierschlund alles weggefressen hat.«

In diesem Augenblick erschien eine Maus am Eingang. Es war Ulf, der hagere, ausgemergelte Sohn Gorms des Alten. Der Anführer der jugendlichen Rebellen ließ sich ohne Begrüßung auf der Schwelle nieder. Im Nest wurde es dämmrig, da er die Türöffnung versperrte. »Hoffentlich störe ich nicht«, sagte er mit schwacher Stimme.

Der Kleine Prinz verschmolz mit den Schatten hinten im Nest. Er war noch immer so schmutzig wie bei seiner Ankunft auf dem Dachboden und konnte sich höchstens durch seine rotgeränderten Augen verraten. Außerdem war er, wie alle anderen, abgemagert. Seine Wangen waren eingefallen, und die Rippen stachen unter dem Fell hervor.

»Nein, nein«, erwiderte Trödler mit klopfendem Herzen. »Überhaupt nicht, Ulf. Was kann ich für dich tun?«

»Ich dachte nur, du könntest mir eventuell sagen, wo du den Holzapfel gefunden hast. Vielleicht gibt es ja noch mehr. Ich habe heute das ganze Haus nach Futter abgesucht, Drenchie auch. Wir haben nichts mehr, gar nichts mehr.«

»Natürlich. Also, wenn du dich vom Klo aus in nördlicher Richtung hältst, kommst du zur Gartenmauer. Dort ragt ein Holzapfelzweig aus dem Wäldchen nebenan herüber. Du könntest es mal am Fuß der Mauer versuchen.«

»Hallo«, rief Ulf auf einmal. »Wer hockt denn da hinten in eurem Nest? Wir kennen uns nicht, oder doch?«

Der Kleine Prinz kauerte mit gesenkter Schnauze im Schatten. Leichtfuß sagte nichts. Trödler wollte zwar sprechen, doch ihm blieben die Worte im Hals stecken. Ulf wartete anscheinend darauf, daß der Fremdling sich äußerte. Die Sekunden schlichen quälend langsam dahin. Als der Kleine Prinz die Stille nicht mehr ertragen konnte, bewegte er sich ein wenig nach vorn und richtete sich auf. Trödler schluckte hart und schloß die Augen.

Dann hörte er die unverständlichen Worte: »Konichi wa! Goschiso-sama deshta, totemo oish-kat-ta dess. Chiz-keki, mmmmmm!«

»Wie bitte?« fragte Ulf blinzelnd.

»Hajime-mashte, dozo yoroshku!« brüllte der Kleine Prinz und fügte ein Kichern hinzu, als habe Ulf einen guten Witz erzählt.

Der 13-K-Chef runzelte die Stirn und wandte sich an Trödler. »Wer ist das denn? Wovon redet er? Das ist doch die Sprache der Hunde und Füchse.«

»Hm, ja«, murmelte Trödler. »Er wirkte so verloren, also haben wir ihn mitgenommen. Ich – hm – habe ihn im Garten gefunden. Soweit ich ihn verstehen konnte, wurde er – hm – steckte er in einer dieser Kisten, in der die Nacktlinge die Möbel weggebracht haben. Muß eine exotische Kiste gewesen sein! Der arme Kerl spricht nicht eine Silbe der Nagetiersprache. Kommt wohl daher, vermute ich, daß er einige seltsame Bücher gefressen hat.«

Ulf spähte in das dämmrige Nest. »Müssen wirklich seltsam gewesen sein, wenn er darüber seine Muttersprache vergessen hat.«

»Ja«, erwiderte Trödler, der allmählich Gefallen an der Geschichte fand. »Trägt sogar einen Hundenamen, Eh-he. So nennt er sich selbst.«

Ulf wandte sich dem Kleinen Prinzen zu. »Hm – sugoi!« Dann sagte er zu Trödler: »Ist das einzige Hundewort, das ich kenne. Heißt so viel wie ›herzlich willkommen‹.«

»At-chi e it-te, Shukurim«, jubelte der Kleine Prinz.

Ulf starrte die Maus weiter an. »Sieht komisch aus, oder nicht? Was ist mit seinem Fell passiert?«

»Er hat – äh – Skorbut«, erklärte Trödler. »Aufgrund des Mangels an Gemüse und Obst in der Kiste. Dabei entfärbt sich das Fell.«

Ulf schien das Nest nur ungern zu verlassen. »Na ja, ich muß wieder los. Vielleicht finde ich einen Holzapfel, bevor ich auch Skorbut kriege. Bis später.«

»Sajonara!« flötete der Kleine Prinz.

Als Ulf verschwunden war, drehte sich Leichtfuß zu den beiden Männchen um. »Klasse! Ihr habt eine Geschichte erfunden, die innerhalb der nächsten Stunde im ganzen Haus die Runde machen wird. Seid ihr von allen guten Geistern verlassen? Konntet ihr euch nicht wenigstens etwas Einfaches ausdenken, bei dem sich alle zu Tode langweilen? Statt dessen haben wir jetzt die exotischste Geschichte, seit eine Wassermaus aus dem Brunnen draußen auftauchte und uns weismachen wollte, sie sei ein Zwerg-Nutria.«

»Sei nicht böse auf den Kleinen Prinzen – er ist in Panik geraten«, bat die weiße Maus.

»Was sollte das Kauderwelsch eigentlich heißen?« erkundigte sich Trödler. »War es wirklich Hundesprache?«

»Ich habe es von Hirnlos gelernt«, erwiderte der Kleine Prinz stolz. »Bevor er dann senil wurde. Als Ulf mich begrüßte, habe ich ›Hau ab, du Windbeutel‹ gesagt.«

»Tatsächlich?« rief Trödler erfreut.

»Ja.«

Leichtfuß unterbrach ihre Unterhaltung. »Du sagst, du hättest Hirnlos gekannt, als er noch nicht senil war. Wie alt bist du denn?«

»Der Kleine Prinz ist eintausendundfünfundzwanzig Nächte alt.«

»Über tausend Nächte? Das kann nicht sein«, meinte Trödler fassungslos. »Mäuse leben nur fünfhundert, höchstens sechshundert Nächte. Du siehst nicht einmal so alt aus.«

»Zahme Mäuse leben länger als wilde«, entgegnete der Kleine Prinz voller Stolz. »Ihr wilden Kreaturen sterbt wie die Fliegen. Es gibt zahme Mäuse, die zweitausendfünfhundert Nächte alt geworden sind. Schaut euch nur Ulug Beg an…«

»Ulug Beg ist eine zahme Maus?« stieß Leichtfuß verwundert hervor.

»Ulug Beg ist meine Mutter«, sagte der Kleine Prinz leise.

Einen Augenblick herrschte verblüfftes Schweigen, bis sich Leichtfuß und Trödler gesammelt hatten.

»Ich dachte, er – sie – ich dachte, Ulug Beg sei ein Männchen.«

»Sie liebt es ein bißchen geheimnisvoll«, erklärte ihr Sohn. »Meine Mutter ist vor ungefähr eintausendfünfhundert Nächten geboren.«

Trödler ergriff das Wort. »Aber sie ist nicht weiß wie du, sondern eher schmutzig-grau.«

»Das bin ich im Augenblick auch.«

Trödler zuckte mit Schnurrhaaren und Schwanz. »Verstehe. Sie ist schmutzig geworden, weil sie schon so lange draußen lebt. Da hast du uns aber eine Überraschung bereitet, Kleiner Prinz. Ich hoffe, die Geschichte stimmt.«

Die weiße Maus sah ihn schockiert an.

»Wir sollten das besser für uns behalten«, rief Leichtfuß. »Gorm bekommt einen Schlag, wenn er erfährt, daß er die Ratschläge einer zahmen, weiblichen Maus angenommen hat.«

»Da bin ich ganz deiner Meinung«, sagte Trödler. »Ulug Beg

selbst möchte sicher auch nicht, daß es bekannt wird. Sie bleibt lieber die mystische Kreatur, die älter ist als die Zeit. Ich schlage vor, wir respektieren ihren Wunsch und verschweigen ihre wahre Identität.«

»Schöne Rede«, meinte der Kleine Prinz leise, rollte sich hinten im Nest zusammen und schlief ein.

Trödler spürte, daß ihn seit der Entdeckung des Käfigs etwas gedrängt hatte, die weiße Maus am Leben zu lassen. Ob es wohl die Stimmen der Vorfahren waren, die auf diese Weise zu ihm sprachen? Wollten sie ihn davon überzeugen, daß der Kleine Prinz den Mäusen zu irgendeiner Stunde nützlich sein konnte? Trödler wußte nur, daß er den Kleinen Prinzen vor den Krallen der anderen Mäuse bewahren mußte.

Leichtfuß warnte ihn aber, da sie Schwierigkeiten voraussah, und sie behielt recht.

Innerhalb einer Stunde drängte sich ein Dutzend Mäuse vor dem Nest. Alle erkundigten sich nach dem »Fremden«, von dem man ihnen berichtet hatte. Sie wollten ihn kennenlernen, doch Leichtfuß erklärte, es sei unmöglich. »Er ist sehr krank«, meinte sie, »er hat – hm – Skorbut. Wir wissen nicht genau, ob es ansteckend ist. Ihr wollt doch keine Epidemie verursachen, oder?«

Nach dieser Bemerkung zerstreute sich die neugierige Menge überraschend schnell.

Später bedauerte Leichtfuß ihre Worte über die Epidemie, da die Stammesführer daraufhin eine Versammlung aller Stämme einberiefen. Sie erklärten, daß der Fremde in der Wildnis ausgesetzt werden müsse, wenn er tatsächlich unter einer ansteckenden Krankheit litt – am besten gemeinsam mit Trödler und Leichtfuß, weil sie sich vermutlich angesteckt hatten. Nur mit Hilfe seiner geballten rhetorischen Fähigkeiten gelang es Trödler, dieses Schicksal abzuwenden. Er überzeugte die Anführer, daß er und Leichtfuß besonders vorsichtig gewesen seien und der Fremde gewiß keine ansteckende Krankheit verbreiten werde.

Nach langen Erörterungen wurde seine Verteidigung anerkannt. Gorm der Alte ordnete jedoch an, daß sich Leichtfuß, Trödler und Eh-he von jungen Mäusen fernhalten müßten, bis sich der Zustand des Fremden gebessert hatte. »Und von mir könnt ihr ihn auch fernhalten«, knurrte er.

Trödler versicherte glaubhaft, daß Eh-he ihm keinesfalls zu nahe kommen werde.

Nach der Versammlung starb die Neugier auf den Fremden eines natürlichen Todes. Das Nest wurde nicht länger belagert. Trödler und Leichtfuß konnten wieder in Frieden leben.

Dieses Leben war jedoch nicht mehr als ein elendes Dahinvegetieren. Die Mäuse fraßen inzwischen Putz und Gips von den Wänden, Klebstoff, Stücke von Fußmatten, Sackleinen und Linoleum. Sie scheuten auch vor alter Seife aus dem Badezimmer nicht zurück. Der Gedanke an Futter wurde zu einer Manie und führte zu Träumen von lebendem Gemüse, tanzenden Käsestücken und zappelnden Würstchen. Es gab einige Todesfälle, vor allem unter den Jüngeren. Die Mäuse suchten die Schuld für diese Katastrophe immer bei den Falschen. Sie suchten sich unbeliebte Mäuse aus, statt sich an Gorm und die anderen Anführer zu halten, und griffen jene an.

Bei der Suche nach einem Sündenbock klagte oftmals ein Stammesmitglied das andere an.

»Warum hast du mich nicht davon abgehalten?« brüllte Gorm Ketil an. »Warum hast du nicht gesagt, der Plan sei dumm?«

»Es ist Astrids Schuld«, verteidigte sich Ketil. »Sie hätte dich zurückhalten sollen – sie hat alles gewußt. Wir nicht.«

Die Mäuse wollten nun nicht mehr allein durchs Haus laufen, weil sie die Angriffe ihrer Artgenossen fürchteten.

Glückspilz, ein alter Unsichtbarer, krabbelte eines Abends an Gnadenvolls Loch vorbei, als ihm ein unbekannter Angreifer einen Stoß versetzte. Er landete im Garten, doch glücklicherweise wurde sein Sturz von einem Rosenstrauch gedämpft, und er kam mit einem blauen Auge davon.

Mefyn und Nesta von den Buchfressern wurden von einigen alten Wilden der Katzenanbetung beschuldigt.

»Wir haben sie in einer Ecke erwischt«, schrie Elfwin. »Sie haben miaut.«

Gytha Schönbart sagte: »Vermutlich hat ihre Schwarze Magie die Speisekammer leer gemacht. Wir sollten sie totbeißen. Wir sollten –«

»Ja«, kreischte Seiltänzer von den 13-K. »Habt ihr nicht bemerkt, wie viele Käfer es auf einmal gibt? Das sind gar keine Käfer, sondern getarnte Katzen, die sie herbeigehext haben. Zerquetscht sie!«

»Wir haben nur darüber gesprochen, wo wir nach Futter suchen könnten«, behauptete Nesta. »Wir haben überhaupt nicht miaut.«

»Lügner!« kreischte die versammelte Menge und umzingelte sie.

»Hört auf!« flehte Trödler, um ein wenig Ordnung bemüht. »Es gibt mehr Käfer, weil die Nacktlinge sie nicht mehr –«

»Auf ihn, verstümmelt ihn!« erschollen einige Stimmen aus der Menge. »Nieder mit der lästigen Außenmaus!«

Überraschenderweise rettete die schmutzige Maus Eh-he, die bei Trödler und Leichtfuß im Nest wohnte, Nesta und Mefyn vor der blutrünstigen Horde.

»Dann soll die Maus, die niemals eine Katze sein wollte, den ersten Biß tun«, rief der Kleine Prinz.

Sie hielten inne. Es gab nicht eine Maus unter ihnen, die noch niemals davon geträumt hatte, eine Katze zu sein und die Welt zu beherrschen. Tief im Inneren hatten sie sich alle irgendwann Größe und Stärke gewünscht, lange Reißzähne und halbmondförmige Krallen.

»Ich dachte, du sprichst nur die Hundesprache«, warf Ulf dem Kleinen Prinzen vor.

»Normalerweise schon«, warf Leichtfuß ein. »Er hat solche klaren Momente, in denen er sich wieder an die Nagersprache erinnern kann.«

Alle starrten das verschmutzte Geschöpf an.

Der Kleine Prinz trat vor. »Ich habe mir nie gewünscht, eine Katze zu sein, und werde daher den ersten Biß tun.« Er zwickte die beiden Missetäter scharf in den Rumpf.

Mefyn und Nesta heulten auf. Die Menge johlte.

»Du wolltest wirklich noch nie eine Katze sein?« rief Ulf der Maus Eh-he zu.

»Na ja«, meinte der Kleine Prinz und neigte verschmitzt den Kopf, »nur eine ganz kleine Katze.«

Erneutes Gebrüll. Alle schrien durcheinander, und jede Unterhaltung drehte sich um den seltsamen Neuankömmling und seine schlauen Bemerkungen. Währenddessen bedeutete Trödler Mefyn und Nesta, sich unauffällig davonzumachen. Kurz darauf brachten sie den Kleinen Prinzen auf den Dachboden zurück.

»Das hast du wirklich gut gemacht«, lobte Trödler. »Du gehst für andere Mäuse Risiken ein.«

»Ich muß verrückt gewesen sein«, erwiderte der Kleine Prinz. »Ich habe nur etwas aus einer alten Geschichte wiederholt, die ich von meiner Mutter Ulug Beg kenne.«

»Verrückt – aber gut«, nickte Trödler.

Die Probleme blieben jedoch bestehen. Selbst die Anführer entgingen nicht den Aggressionen. In der Vollmondnacht kam es zum Aufstand. Er brach im Holzschuppen aus und breitete sich über die Küche und die Bibliothek aus, bis er auch den Dachboden erreichte. Hohläugige Mäuse streiften plündernd umher, zerstörten Nester und griffen jeden an, der sich ihnen nicht anschließen wollte. Gorm der Alte und Skuli wurden in der Küche umzingelt und mußten um ihr Leben kämpfen. Beide schlugen sich tapfer und brachten einigen Angreifern blutende Wunden bei.

Der Sachschaden war enorm. Es gab wieder einige Todesfälle, und viele Mäuse, darunter Gorms verbliebenes Double Tostig, flohen für immer aus dem Haus.

Trödler, Leichtfuß und der Kleine Prinz hielten sich zu dieser

Zeit nicht im Nest auf, sondern suchten im Garten nach Holzäpfeln. Sie hörten die Geschichte bei ihrer Rückkehr und entdeckten die traurigen Überreste ihres Nestes. Man hatte es völlig ausgeplündert. Das Sägemehl aus einem alten Teddy, mit dem der Nestboden gepolstert war und das jemand wohl mit Frühstücksflocken verwechselte, hatte ein Angreifer aufgefressen. Irgendwo im Haus litt vermutlich eine Maus unter schrecklichen Bauchkrämpfen. Geschieht ihr recht, dachte Trödler.

Die schlimmsten Übeltäter unter den Aufständischen waren die Kellermäuse Furz und Fusel. Sie stachelten andere zu Gewalt und sinnloser Zerstörung an. Mit ihrem Gegröle hatten sie zunächst die Jugendlichen im Holzschuppen zum Aufstand angestiftet und dann die Mäuse angeführt, die wie eine Flutwelle durchs Erdgeschoß rollte.

»Töten, verstümmeln, quälen!« hatte Furz gekreischt. »Zerstören, plündern, vergewaltigen!«

Später stritt er solche Kriegsrufe ab und erklärte, jemand in der Menge habe seine Stimme nachgemacht. Also kamen die beiden Missetäter wieder einmal ungeschoren davon.

Der Aufstand hatte alle in Angst und Schrecken versetzt, auch die Rebellen. Als sich der Tumult gelegt hatte, schämten sich die meisten Aufständischen in Grund und Boden. Sie bemerkten die Verwüstung, die sie hinterlassen hatten, auch an ihren eigenen Nestern. »Es wird nie wieder passieren«, sagten sie.

Trödler, Leichtfuß und der Kleine Prinz machten sich an den Wiederaufbau ihres Nestes. Die weiße Maus stöhnte unablässig wegen ihrer schmerzenden Muskeln. Sie forderte zusätzliche Nahrung, falls sie für den Rest ihres Lebens körperliche Arbeit verrichten solle.

Nun glaubten die Mäuse, sie müßten gut sein, um die Götter des Füllhorns gnädig zu stimmen und wieder mit Futter gesegnet zu werden.

Doch dies war ein Irrglaube.

Walnut Crédioux

Der Garten überwucherte das Haus nur deshalb nicht, weil der Winter näherrückte. Astrid teilte den Stämmen mit, daß er im Frühjahr das Haus erobern werde. Da sie ihre Glaubwürdigkeit zurückgewonnen hatte, weil die sich nicht wieder füllende Speisekammer ihre hellseherischen Fähigkeiten bewies, hörten ihr die Mäuse zu.

»Die Natur fordert ihr Recht, und das Haus will zur Natur heimkehren«, erklärte sie. »Dieser Vorgang ist unvermeidlich. Die Ziegel werden bröckeln; der Beton wird rissig, gesprengt vom allesdurchdringenden Unkraut; Ranken werden das morsche Holz zerdrücken. Das Innen wird zum Außen. Wenn die Stürme das Dach davongeweht haben, ziehen die Feldmäuse ins Haus und übernehmen unsere Löcher. Wir sind hier nicht länger willkommen…«

»Nicht länger willkommen?« meinte Furz zu Fusel. »Kann ich gut drauf verzichten. Ich brauche ein schönes, warmes Haus, jawohl, auch mit Nacktlingen drin, wenn's sein muß. Natur? Geschenkt. Wir sind doch zivilisierte Hausmäuse, nicht wahr, keine Blödmänner.«

Eines Nachts berief Gorm der Alte erneut eine Versammlung aller Stämme ein. Jede Maus, auch die kleinste und unbedeutendste, wurde dazu eingeladen. Die wichtigen Mäuse wie Frych, Wisperer und er selbst waren selbstverständlich auch dabei. Trödler erschien auf Gorms ausdrücklichen Wunsch. Es ging um das Überleben der Stämme, und Gorm würde jeden Vorschlag begrüßen, der Rettung versprach.

Selbst der Kleine Prinz kam – natürlich als Eh-he. Niemand wurde abgewiesen. Schließlich stand die Zukunft der gesamten Mäusenation auf dem Spiel.

Trotz der Tatsache, daß die Stämme dezimiert worden waren, war es im Schrank unter der Treppe recht voll. Die Mäuse drängelten und schubsten und traten einander auf die Schwänze, bis Gorm die Versammlung eröffnete.

»Ihr wißt alle, warum wir uns versammelt haben«, knurrte er. »Wir brauchen eine Entscheidung, und zwar schnell. Man hat eine Wildkatze beobachtet, die ums Haus streifte. Wo eine ist, sind auch noch mehr. Ich wiederhole, wir müssen etwas unternehmen, auf der Stelle. Ich übergebe nun an Gunhild.«

Gunhild trat in die Mitte. »Hört zu, Leute«, eröffnete sie knapp ihre Rede, »wie Gorm schon sagte, wir müssen uns entscheiden. Ich mag Entscheidungen – hübsche, saubere Entscheidungen. Kein Gezeter, nur ein klares Ja oder Nein –«

»Weiter«, stöhnte eine Maus in der Menge.

»In Ordnung. Verstanden. Also eine schnelle Entscheidung.« Gunhild ging auf und ab und wackelte mit dem Schwanz. Ihre Schnurrhaare waren gestutzt und wirkten gestärkt, als habe Gunhild sie in Tapetenkleister getaucht. »Leute, die Sache ist die. Man hat mir befohlen – ich meine, mich gebeten –, euch für einen langen Marsch in Form zu bringen. Wir müssen ein neues Quartier finden. Unsere alten Baracken haben sich in Schweineställe verwandelt. Man kann nicht mal eine anständige Parade abhalten, ohne irgendwo auszurutschen. Also müssen wir den Hintern zusammenkneifen, Ordnung in die Reihen bringen und den organisierten Rückzug antreten. Ich will kein Chaos. Wir müssen diszipliniert aufbrechen. Verstanden? Sagt was dazu, Leute.«

Kurz herrschte tiefe Stille, dann rief eine Bibliotheksmaus: »Kann uns mal jemand erklären, was zum Teufel sie meint?«

Skrang trat in die Mitte des Kreises. »Wir müssen das Haus verlassen. Seid ihr bereit?«

»Warum hat sie das nicht gleich gesagt?« brummte die Bibliotheksmaus. »Ich bin bereit. Je eher, desto besser.«

Gorm schrie: »Ihr müßt das verstehen. Draußen beginnt bald der Winter. Wir müssen ein anderes Haus finden, was nicht leicht sein wird. Wir werden feindlichen Stämmen begegnen. Mäuse aus unseren Reihen werden sterben. Doch ich verspreche, daß wir irgendwo ein unbesetztes Gebiet finden werden – ein Haus, in dem wir uns ansiedeln und die guten, alten Kriege wieder aufleben lassen können«, er grinste, »eben den einen oder anderen Überfall, so wie früher. Ich weiß gar nicht, wann ich zum letzten Mal ›Assundoon!‹ gebrüllt habe.«

»Aber ich weiß noch, wann du mich zum letzten Mal in den Hintern gebissen hast«, meldete sich eine Stimme aus dem Hintergrund. »Das habe ich nicht vergessen – du wirst sehen.«

»Wenn du das bist, Ulf, sollst du deine Chance haben. Mein Kampfgeist ist noch nicht erloschen.«

»Wer soll uns anführen?« fragte Rhodri. »Wer ist unser Pfadfinder?«

»Ich natürlich«, brummte Gorm. »Wer denn sonst?«

Wieder herrschte Schweigen, bis Astrid vortrat. »Nicht du, Gorm, tut mir leid. Du magst ein ausgezeichneter, altbewährter Krieger sein – das kann keiner bestreiten –, aber du kannst uns nicht durch die Wildnis führen. Du weißt nichts über die Welt da draußen. Wir brauchen jemand, der sich auskennt und das Gelobte Haus sicher erreicht.«

»Wenn ich sage, ich führe euch an, dann tu' ich das auch, Hure«, fauchte Gorm. »Wie kann eine Nutte wie du mir sagen, was ich zu tun habe?«

»Halt den Mund«, donnerte Wisperer, »sie hat recht!«

Frych ergriff das Wort. »Dieses Weibchen mag sich letzthin gegen die Schranken der Schicklichkeit versündigt haben, indem sie in finsteren Winkeln Verkehr pflegte, doch sie ist immer noch die Hohepriesterin. Sie genießt die besondere Gunst der Schatten und Götter, und ihre Bekundungen müssen als seriöse Prognosen gelten. Wir benötigen einen Lenker, der uns auf gefahrvollem Kurs zum unbekannten Bestimmungsort geleiten kann. Ich selbst schlage Trödler vor, die gelbhalsige Außenmaus.«

Astrid schloß eine Weile die Augen und öffnete sie dann wieder. »Trödler ist der Erwählte!« schrie sie. »Ich habe es klar gesehen!«

»Du verdammte, schattenbequatschende Schlampe!« brüllte Gorm. »Werde ich einfach beiseite geschoben? Zur Hölle mit euch!«

Ulf trat vor. »Dies geht die ganze Mäusenation an, nicht nur die Wilden. Du solltest einmal im Leben auf den Rat anderer hören, Vater. Trödler ist der richtige Anführer für uns, wenn er die Aufforderung annimmt. Ich kann mir keinen besseren denken. Er ist ehrlich und geradeheraus, besitzt Mut und Erfindungsreichtum. Und vor allem weiß er, wie die Welt da draußen ist.«

»Ich sage dir –«, schnarrte Gorm so laut, daß die Mäuse in seiner Nähe die Flucht ergriffen.

»Willst du dich mit der ganzen Nation anlegen?« fragte Ulf.

»Wenn es sein muß!« schrie der alte Krieger. Er bedauerte seinen Entschluß, Trödler zu dieser Versammlung eingeladen zu haben.

»Komm von deinem hohen Roß herunter«, riefen einige Mäuse in der Menge, »du machst dich lächerlich.«

»Tatsächlich?« dröhnte Gorm. »Ich werde –«

Sofort wurde er von einem Dutzend kräftiger Mäuse aus allen Stämmen umringt.

Unter ihnen war erstaunlicherweise auch Furz. »Halt die Luft an, Gorm, du wirst uns nicht ruinieren. Wir müssen hier raus. Das Haus macht uns kaputt – und du bist nicht der Richtige für die Sache. Ich mag den selbstgerechten Arsch auch nicht, aber er ist nun mal der Richtige.«

Gorm schaute sich um. Gytha Schönbart und Elfwin, Mitglieder seines eigenen Stammes, bedrohten ihn. Da wußte er, daß ihm keine Chance blieb. »Das werde ich nicht vergessen«, knurrte er. »Wenn der Marsch vorüber ist, genehmige ich mir Trödler zum Frühstück.«

Trödler wollte vortreten, um zu der Versammlung zu sprechen.

In diesem Augenblick stieß Gorm einen gellenden Schrei aus: »Assundoon!«

Der Anführer der Wilden stürzte sich auf Trödler, der schnell zur Seite sprang.

Gorm war wütend, weil sein erster Schlag danebengegangen war. Er richtete sich hoch auf, um größer zu erscheinen. Dann trommelte er mit dem Schwanz auf den Boden und stampfte mit den Hinterbeinen. Diese Drohungen untermalte er mit schrillen Schreien, die seinen Gegner einschüchtern sollten.

Statt sich das anzusehen, führte Trödler dasselbe Ritual aus. Nun, da er der Pfadfinder war und vor der Erfüllung seines Schicksals stand, würde er die Herausforderung annehmen.

Er tat den ersten Biß. Als Gorms aggressive Vorführung zu Ende war, schoß er vor und biß den Anführer in den Rücken. Gorm versuchte Trödlers Rückzug zum Gegenbiß zu nutzen, traf ihn aber nicht. Sicher, auch er landete den einen oder anderen Treffer. Er vergrub seine Schneidezähne mehrmals in dem Gelbhals, den er so sehr haßte. Seine Bisse waren unangenehmer als die seines Gegners.

Doch schließlich ließen Gorms Kräfte nach. Seine Angriffe wurden seltener und weniger energisch. Die Außenmaus teilte Biß um Biß aus, bis Gorm sich nur noch verteidigen konnte. Er wurde zusehends langsamer, in seinen Augen stand Schmerz, die Beine gaben unter ihm nach. Die Zunge hing ihm aus der Schnauze, und er japste nach Luft. Einige Zuschauer wandten sich ab, weil sie die Niederlage Gorms nicht mitansehen wollten. Gunhild schluchzte hemmungslos. Ulf schluckte und bedeckte sein Gesicht mit den Vorderpfoten. Astrid sah sehr traurig aus. Schließlich taumelte Gorm nur noch keuchend umher.

Trödler ließ nicht von seinem Gegner ab. Er war nun Trödler der Eine. Wenn er mit seinen Angriffen innehielt, würde Gorm seine Stärke wiedergewinnen und ihn vielleicht doch noch besiegen. Also setzte der Heckenmäuserich seine Angriffe fort, selbst als Gorm sich auf den Rücken wälzte.

Irgendwann sah sich Gorm gezwungen, die geforderten Laute der Unterwerfung auszustoßen. Der Kampf stand hoffnungslos für ihn und würde seinen sicheren Tod bedeuten, wenn Trödler seine Bisse fortsetzte. Der Mächtige war gestürzt, und jene, die er unterdrückt hatte, sannen bereits auf Rache.

Als Trödler die erwartete Demutsbezeugung bemerkte, griff er nicht weiter an. Er hatte den Zweikampf gewonnen. Zum ersten Mal im Leben war Gorm im Kampf Maus gegen Maus unterlegen.

Nachdem sich Trödler zurückgezogen hatte, stürmten andere Mäuse vor und bissen den hilflosen Gorm. Er lag am Boden, während die Zähne seinen Rumpf, den Kopf und die Flanken trafen. Auf diese Weise wurden Verlierer von den Angehörigen der untersten sozialen Stufe bestraft. Die Anführerschaft seines Stammes würde er sich zurückerkämpfen müssen, indem er ein Stammesmitglied nach dem anderen unterwarf. Sobald er einen Kampf verlor, war seine Stellung auf immer dahin.

»In Ordnung«, schrie Trödler, »es reicht! Laßt ihn in Ruhe!«

Noch einige Bisse, und sie überließen Gorm sich selbst, der als mitleiderregendes Bündel, bedeckt vom Speichel anderer Mäuse, am Boden lag. Er blutete kaum, doch der Schmerz der Bißwunden und der Demütigung war kaum zu ertragen.

Astrid ging zu ihm. »Gorm, ist alles in Ordnung?«

»Laß mich in Ruhe!« zischte er. »Laß mich bloß in Ruhe!«

»Du hast dein Bestes gegeben. Er war zu stark für dich.«

Gorm wandte seiner Konkubine den mächtigen Kopf zu. »Das wollte ich eigentlich nicht hören«, sagte er sanft. »Es hilft mir überhaupt nicht. Sag mir lieber, daß er tot ist.«

»Er ist es nicht«, erwiderte Astrid.

»Dann gibt es keine Götter, denn meine Gebete wurden nicht erhört. Sag mir alles, aber nicht, daß er stark ist. Denkst du etwa, das könnte mich aufheitern, Hure?«

Astrid schüttelte traurig den Kopf und ging wieder zu der Versammlung. Trödler wurde gerade zum Leiter der Expedition ernannt, die sich auf die Suche nach dem Gelobten Haus machen sollte. Er versprach, seine Pflichten ernst zu nehmen und sich Helfer zu suchen.

Astrid wußte, daß er sein Bestes geben würde. Er war zuverlässig und vertrauenswürdig. Er besaß Ausstrahlung. Und vielleicht wollte er auch etwas beweisen. Doch er war nicht der große Gorm, hatte nicht dessen donnernde Kraft, dessen völlige Mißachtung der Gefahr. Es würde keinen zweiten Gorm geben.

3. Teil

Die Reise zum Gelobten Haus

Trappistes

Eine große Expedition will vorbereitet sein.

Die Mäuse verwendeten lieber den Begriff Expedition als Auszug, weil sie nicht wahrhaben wollten, daß es ein Abschied für immer sein könnte. Alle außer Trödler waren im Haus geboren, in dem auch ihre Eltern, Großeltern und Urgroßeltern gelebt hatten und gestorben waren. Dies war das Land ihrer Seele, in dem die Geister wohnten, das Land ihrer Väter und Mütter, ihrer Schreine und Götter. Den Gedanken, das Haus ohne die geringste Hoffnung auf Rückkehr zu verlassen, hätten sie nicht ertragen. Also betrogen sie sich mit dem Wort Expedition, das – wenn auch nicht für sie selbst, so doch vielleicht für ihre Nachkommen – eine Heimkehr verhieß.

Astrid würde Trödlers Stellvertreterin sein. Gunhild teilte die Mäuse in Gruppen ein, die jeweils von einer Maus angeführt wurden. Da es im Winter wenig Geburten gab, waren die Jungen alt genug, allein zu laufen, und mußten nicht von den Erwachsenen getragen werden.

Sie verbrachten einen ganzen Tag und eine Nacht damit, sich geistig auf den Abschied vorzubereiten. Dem Haus muß es vorgekommen sein, als seien die Mäuse bereits aufgebrochen, denn sie lagen einfach nur still an ihren Lieblingsorten und hingen der Vergangenheit nach. Sie entdeckten die Geister alter Gefährten hinter den Balken, in der Halle, auf dem Treppenabsatz. Sie verabschiedeten sich von ihren Vorfahren. Es gab geheime Winkel, die ein Lebewohl verdienten, Ritzen und Spalten, die sie vor dem Aufbruch noch einmal markieren wollten, Verstecke, deren Lage sie sich einprägten.

Grauenhafte Geräusche rissen die Mäuse aus dem Schlaf. Ein Scheppern und Klirren drang aus der Halle und die Treppe herauf. Junge Nacktlinge waren ins Haus eingedrungen. Sie zerbrachen die Fensterscheiben und polterten mit Nagelstiefeln durch die Flure und Zimmer. Sie rissen Türen aus den Angeln, entfachten auf dem Boden eines Schlafzimmers ein kleines Feuer, demolierten das Treppengeländer und schleuderten Glühbirnen wie Handgranaten durch die Luft. Zwei Stunden lang herrschte ein unbeschreiblicher Tumult im Haus. Dann verschwanden die Nacktlinge auf ihren Fahrrädern.

Nun drang der Winter durch die zerbrochenen Fenster und die offene Tür herein. Frost schlich sich ins Haus und zwickte die Mäuse schmerzhaft, die reglos in ihren Nestern lagen. Welkes Laub wurde ins Haus geweht. Es hatte den Mäusen stets Wärme und trockene Behaglichkeit geboten, doch nun herrschten Kälte und Zwielicht. Das Haus unterwarf sich den Gewalten der Natur.

Astrid verabschiedete sich von ihren weinenden Schatten. Sie war das einzige Lebewesen, das sie jemals zur Kenntnis genommen hatte und mit ihnen in Verbindung getreten war. Nun herrschte große Traurigkeit. Die Schatten erklärten, ohne Astrids Gegenwart würden sie in den Mondnächten weniger schwarz und gespenstisch sein. Sie würden nicht mehr in den Ecken und Winkeln hocken, in denen sie sich immer getroffen hatten. »Paß auf dich auf, Astrid«, warnten sie.

»Und ihr auf euch«, antwortete die Priesterin.

»Wir vermuten, daß du neue Schatten zum Reden findest – du wirst uns bald vergessen.«

»Ich werde meine alten Schatten nie vergessen«, murmelte die Priesterin. »Wann immer sich das Licht ändert, werde ich mich an euch erinnern.«

Zur selben Zeit sprachen sich in einem anderen Teil des Hauses Furz und Fusel für die kommende Herausforderung Mut zu.

»Klappt schon, Kumpel – wird gar nicht so schlimm, wie's aussieht.«

»Hab keine Angst um mich, Alter. Du machst mir Sorgen. Bist doch ein Nesthocker.«

»Na ja, solang wir zusammen sind, ist es doch egal. Uns beide kriegen sie nicht klein…«

Frych die Gefleckte rief ihren ganzen Stamm zusammen. »Buchverschlinger!« redete sie ihn an. »Diese feierliche Versammlung wurde einberufen, damit ich euch über die Fährnisse belehre, die euch unterwegs erwarten. Wir müssen Wüsteneien durchwandern, gewaltige Gewässer überschreiten; wir werden auf Gebirgszüge, dichten Dschungel, Hecken und Gräben stoßen. Dies ist kein unbedeutender Ausflug. Gürtet eure Lenden!«

Die Versammelten wußten, wo sich ihre Lenden befanden. Vielleicht hatten sie sonst nichts von Frychs Worten verstanden, doch ihre Lenden kannten sie. Jedes Mitglied des Stamms schnappte begierig nach dem Wort und schaute zwischen seinen Vorderbeinen hindurch auf seine Lenden. Wie sollte man diesen lebenswichtigen Bereich des Leibes gürten? Welche Folgen würde ein Nicht-Gürten haben? Niemand, auch Frych nicht, wußte genau, wie es vonstatten ging.

»Ich erwarte«, rief Frych und schaute auf ihre Untertanen, die alle die Köpfe zwischen die Vorderbeine gesteckt hatten, »eure Aufmerksamkeit, wenn ich über das Thema Überleben spreche. Nun ist es an der Zeit, euren Nabel zu betrachten…«

Auf dem Dachboden hielt Wisperer eine ähnliche Rede. Er pries mit Donnerstimme seinen Stamm als besten im Haus und sagte, er sei davon überzeugt, daß seine Gefährten ihn nicht enttäuschen würden. »Wir sind ein Stamm, auf den wir stolz sein können«, dröhnte er. »Unsere Mitglieder haben Dachratten besiegt, Eulen getrotzt und den Dachboden erfolgreich gegen die

Angriffe anderer Stämme verteidigt. Nun sind wir aufgerufen, unser Zuhause zu verlassen und fern davon neue Dachböden zu finden, die wir friedlich besiedeln können. Einer von uns wurde erwählt, bei diesem Unternehmen der Anführer zu sein – Trödler, den manche eine Außenmaus nennen –, der aber zu uns kam und eine Unsichtbare zur Gefährtin nahm ...«

Trödler, der hinten in der Menge stand, nickte bei diesen Worten seinen Freunden und Bekannten zu. Leichtfuß drängte sich dicht an ihn. Sie wußte, wie schwer die Verantwortung auf ihm lastete. Trödler würde auf der bevorstehenden Reise ihre Unterstützung brauchen.

Da es jetzt in der Küche zu zugig war, lauschte die Armee der Wilden im Schrank unter der Treppe ihrer neuen Anführerin Gunhild. Sie selbst bevorzugte den Titel General. Die Mäuse standen ordentlich in Reih und Glied, immer eine Schnurrhaarlänge voneinander entfernt, alle mit erhobener Nase. Zu Gunhilds Freude bildeten sie einen wunderbar geschlossenen Block aus Mäuseleibern. Sie hatte dafür gesorgt, daß die mit dem dunkleren Fell an den vier Ecken des Quadrats Stellung bezogen. Nach innen wurden die Felle immer heller. Symmetrie, so erklärte sie ihnen, sei das A und O. Niemand achte eine schlampige Armee. Ordnung sei der Kern jeder erfolgreichen Expedition in die Wildnis.

»Marschieren oder sterben«, schnappte sie, »das ist unsere Devise. Marschieren oder sterben! Ich erwarte kluge, disziplinierte Soldaten. Ich werde euch in Ränge einteilen, bevor wir aufbrechen. Es wird Unteroffiziere, Feldwebel, Leutnante, Hauptleute, Majore, Oberste und Brigadegeneräle geben – jeder bekommt einen Rang. Ihr müßt ihn euch allerdings verdienen. Ich werde jeden sorgfältig beobachten, seine Einsatzfreude beurteilen, seine Fähigkeiten einschätzen. Trödler ist auf diesem Marsch unser Generalfeldmarschall. Ich nehme seine Befehle entgegen. Diese Befehle werden durch die Ränge hinunter weitergegeben, von den

Brigadegenerälen zu den Obersten, den Majoren und so weiter. Es ist von wesentlicher Bedeutung, daß ihr euch an diese Befehle haltet. Wenn einer nicht gehorcht, kommt der Rest der Truppe aus dem Tritt...«

Wie betäubt lauschten die Versammelten dieser Ansprache. Die meisten von ihnen waren gar nicht scharf darauf, Soldaten zu werden, hatten aber keine andere Wahl. Hätten sie doch nur jemanden wie Gytha Schönbart als vorübergehenden Anführer gewählt! Er wirkte zwar ein wenig feminin, verzichtete aber auf diesen ganzen Militärmist. Vereinzelte Komplotte wurden geschmiedet, um sich von dieser wahnsinnigen Generalin zu befreien, die Gorm der Alte als seine Nachfolgerin vorgeschlagen hatte.

Gorm selbst stand am Ende der letzten Reihe, da sein Fell dunkelgrau war, und hörte befriedigt zu. Schon bald würden sie ihm wieder seine alte Stellung als Stammesführer anbieten, da war er ganz sicher. Noch immer konnte er die meisten von ihnen im Zweikampf schlagen, wollte aber nicht auf diese Weise an die Spitze des Stammes gelangen; das würde ihm nur Wunden eintragen. Besser, sie bekamen eine starke Dosis Generalin Gunhild und wehrten sich mit einer Revolte gegen diese Roßkur. In der Zwischenzeit konnte er sich von seinen Verletzungen erholen.

Auch bei den Totenköpfen und den 13-K fanden Vorbereitungen statt. Überall wurden Ansprachen gehalten.

»Wenigstens hat mein alter Vater nicht den Oberbefehl«, sagte Ulf im Holzschuppen zu seiner Bande. »Jetzt ist er nur noch ein einfacher Soldat in Gunhilds Truppe. Geschieht dem alten Teufel recht!«

Trotz seiner Worte war Ulf insgeheim tief bekümmert. Nun, da sein Vater entehrt worden war, verspürte er den heftigen Wunsch, die Drahtzieher dafür zu bestrafen. Schließlich gehörte Gorm noch immer zur Familie.

Als sich die Versammlungen auflösten, huschten die Mäuse durchs Haus und pinkelten überall hin, um wenigstens ihre Markierungen zu hinterlassen. Manche trösteten sich damit, daß sie immerhin die Nacktlinge besiegt hatten. Sicher, sie hatten sich damit selbst in Schwierigkeiten gebracht, doch die Nacktlinge waren ihnen auf den Leim gegangen. Nacktlinge waren und blieben eben blöd. Das einzig Bemerkenswerte an ihnen schien ihre Größe zu sein.

Mäuse unterschieden sich nach eigenem Ermessen beträchtlich von ihnen. Sie waren normal groß, überaus klug und die wagemutigsten Säugetiere auf vier Beinen.

Was die Säuger auf zwei Beinen anging – genug der Worte, Schluß, aus!

Haloumi

Unmittelbar bevor sie aufbrachen, riefen die Mäuse Ulug Beg im Baumhaus zu, daß sie sich auf den Weg in ein neues Land machten. Niemand wußte, ob sie diese Nachricht hörte. Vielleicht lebte die uralte Maus überhaupt nicht mehr. Wenn ja, wollten es die meisten ohnehin nicht wissen, denn Ulug Begs Tod würde nur zur allgemeinen Schwermut beitragen.

Die Mäuse beschlossen, den Tunnelausgang zu nehmen, anstatt einfach zur Tür hinauszugehen. Sie wollten durch Tunnelgräberins Labyrinth marschieren und es ihr zum Abschied einmal richtig zeigen. Trödler konnte diesen Plan nicht gutheißen, sagte aber nichts, da er sich von der Spitzmaus verabschieden wollte, mit der er bis zum Unentschieden gekämpft hatte.

Und so nahmen die Mäuse mit einer Außenmaus an der Spitze Abschied vom Ort ihrer Geburt und dem Heim ihrer Vorfahren, um das Gelobte Haus zu suchen.

Die Spitzmaus hatte von dem bevorstehenden Aufbruch erfahren und erwartete sie mit gesenkter Nase im Labyrinth.

Trödler sprach sie an. »Leb wohl, Tunnelgräberin. Wir sind gekommen, um dir für deine Großzügigkeit zu danken. Ich meine, weil du uns dein Labyrinth zur Verfügung gestellt hast, als der Gasmacher kam.«

»Vergiß es«, meinte Tunnelgräberin knapp.

»Na gut«, sagte Trödler, der sich unbehaglich fühlte. »Vor allem ich wollte mich von dir verabschieden. Wir haben einen harten Kampf ausgetragen, und ich werde dich nicht vergessen.« Er nickte ihr zu und führte die Mäuse ins Mondlicht.

Eine nach der anderen defilierte an der schlechtgelaunten Spitzmaus vorüber. Manche grinsten, doch niemand wagte eine Bemerkung. Selbst die Totenköpfe waren angesichts der unberechenbaren und boshaften Natur der Spitzmäuse auf der Hut. Schließlich kam Gorm der Alte zu Tunnelgräberin. Er bildete die Nachhut.

Als er an ihr vorüberlief, sagte die Spitzmaus ruhig: »Geh zum Teufel!«

»Danke gleichfalls«, erwiderte Gorm, ohne sie anzusehen.

Und so brachen die Mäuse alle Brücken zum Haus hinter sich ab.

Vom Garten aus führte Trödler seine Nation zur Straße. Es war kalt, am Himmel standen blasse Sterne. Der Atem der Mäuse hing dampfend vor ihren Gesichtern. Hoffentlich fand Trödler für die Ruhepausen warme Löcher. Die Erde knirschte frostig, und die bereiften Gräser ragten wie kleine Speerspitzen empor.

Unterwegs kamen sie an dem Ort vorbei, an dem Stones Klo stand – oder besser: gestanden hatte, denn zu ihrer Überraschung war es verschwunden. Die jungen Nacktlinge hatten es umgeworfen und die Bretter im Obstgarten verstreut.

Stone selbst war noch da. Er wirkte verwirrt. Eigentlich hätte er schon seinen Winterschlaf halten sollen, doch der Schock hatte ihn wachgehalten. »Sie haben mein Versteck zerstört«, sagte er fassungslos zu Trödler. »Sie sind einfach gekommen und haben es zertrümmert.«

Trödler betrachtete den jetzt kahlen ehemaligen Standort des Monuments, in dessen Schatten Stone so lange gelebt hatte. Das große Bauwerk war ein Teil der Landschaft gewesen, und nun sah die Welt plötzlich ganz anders aus. Auch der Gestank hatte sich verzogen. Ohne ihn war Stones Heimat nicht mehr dieselbe. Die Haselmaus sah aus, als habe man ihr den Boden unter den Füßen weggezogen.

»Du kannst mit uns kommen«, lud ihn Trödler ein, »auf unserer Reise in ein besseres Land.«

Stone schüttelte den Kopf. »Nein, nein. Hier gehöre ich hin; außerdem muß ich erst einmal den Winter verschlafen.« Er schien ein wenig aufzuleben und fuhr fort: »Ich bin froh, daß ihr doch noch zur Vernunft gekommen seid. Zurück zur Natur, was? Ausgezeichnet! Gibt nichts Besseres als frische Luft. Nach draußen auf die Landstraße, was?«

Sein Blick schweifte über die Mäuseschar. »Du lieber Himmel, hier sind ja wirklich alle versammelt. Einfach jeder. Selbst der graue Gorm.«

»Auf das Grau kann ich verzichten«, knurrte der Alte.

»Und der Kleine Prinz«, meinte Stone kopfschüttelnd. »Der Kleine Prinz ist hier, und mein Klo ist verschwunden – ich verstehe die Welt nicht mehr…«

Völlig verblüfft schauten sich die Mäuse um. »Kleiner Prinz? Wovon redet er bloß? Wo ist der Kleine Prinz?« Schließlich zuckten sie die Achseln.

»Der alte Knabe wird senil«, meinte Furz.

Dies schien der Wahrheit zu entsprechen, da Stone die Anwesenheit der Mäuse völlig vergessen und einen seltsamen Singsang angestimmt hatte. »Hallo, ihr Blumen, hallo, ihr Bäume, hallo, ihr Gräser…«

Und so marschierte die Kolonne weiter und überließ die alte Haselmaus ihrem Zwiegespräch mit der Natur.

Sie überquerten die Straße ohne Probleme, da sie am frühen Morgen wenig befahren war. Dann liefen sie eine Weile über den eisbedeckten Boden des Grabens, bis Trödler nach Norden auf ein kahles Feld abbog. Zum Schutz vor Raubvögeln hielten sie sich in einer Ackerfurche. Sie kamen nur langsam voran, weil ständig einige von ihnen stehen blieben, um gefrorene Körner vom Boden aufzuheben und zu fressen. Schließlich erreichten sie das Ende des Feldes und legten eine Pause ein.

Die Welt wirkte sehr friedlich, doch die Mäuse wußten, daß draußen im Mondlicht Füchse und Hermeline, Wiesel und Dachse mit hungrigen Mägen lauerten. Dies war die Zeit der mageren Nächte, in der alle Tiere ständig nach Nahrung suchten. Die Augen der Raubtiere waren schärfer, die Nasen überaus empfänglich, ihr Gehör arbeitete besser als sonst. Die Mäuse konnten nur auf ihr Glück vertrauen und hoffen, daß sie keinen umherstreifenden Mördern zum Opfer fielen.

Ein vorüberkommender Hase beäugte sie neugierig. Vermutlich wunderte er sich, warum so viele Mäuse an einem Ort versammelt waren. Sie beneideten ihn um seine langen Beine. Er brauchte sich nicht vor Füchsen zu fürchten, da er ihnen mit Leichtigkeit entwischen konnte. Tatsächlich richteten sich diese Hasen oft auf den Hinterbeinen auf, um ihrem Gegner anzuzeigen, daß sie ihn gesehen hatten. »Hallo, Fuchs, ich wollte dir nur sagen, daß ich hier bin. Du brauchst gar nicht erst näher zu kommen.« Was hätten die Mäuse darum gegeben, einmal so schnell laufen zu können!

Astrid vergaß alle Zurückhaltung und kuschelte sich an Iban. Niemand stieß sich an ihrer Zweisamkeit, nicht einmal Skrang. Iban selbst war insgeheim froh, daß sie sich nicht mehr verstecken mußten, denn damit waren auch die Tage der Erpressung durch die Bibliotheksmäuse vorüber. Er wollte einfach den Rest seiner Nächte mit Astrid verbringen.

»Komm doch näher«, drängte sie ihn. »Der Boden ist kalt und feucht. Machen wir ein Nickerchen. Wir sind leider keine jungen Hüpfer mehr. Die 13-K würden uns wohl kaum in ihre Reihen aufnehmen.«

Iban ließ es sich nicht zweimal sagen. »Die 13-K sind auch nicht mehr die jugendlichen Rebellen von einst. Sie gehen stark aufs mittlere Alter zu. Irgendwann wird einer von Ulfs Söhnen zu der Ansicht gelangen, daß sein Vater viel zu konservativ ist. Dann haut er ebenfalls ab und gründet eine eigene Rebellenbande, um seinen Vater herauszufordern.«

Sie zuckte belustigt mit den Schnurrhaaren. »Vermutlich hast du recht. Die Welt ist schon komisch, was?«

»Die Dinge wiederholen sich einfach«, meinte Iban.

»Los jetzt«, rief Trödler nach kurzer Zeit, »auf die Pfoten! Wir müssen bis Tagesanbruch tief in diesem Wald dort drüben sein. In Wäldern gibt es zwar Füchse, Hermeline und Dachse – wahrscheinlich auch Eulen –, dafür aber weniger Falken. Die meisten Falken fliegen nur im offenen Gelände.«

»Wunderbar«, bemerkte Gorm sarkastisch. »Dann brauchen wir uns ja keine Sorgen zu machen. Keine Falken, nur ein Dutzend anderer Räuber. Wirklich ausgezeichnet!«

In einem anderen Teil des Mäusezuges rappelte sich Furz gerade hoch. In den vergangenen zwei Stunden war er mehr gelaufen als in seinem ganzen bisherigen Leben. An verschiedenen Stellen war er wund, seine Muskeln schmerzten, in den Knochen zog es rheumatisch. Schweratmend setzte er sich wieder in Bewegung. Trotzdem sorgte er sich in erster Linie um seinen Gefährten.

Fusel blieb am Boden liegen, obwohl alle anderen bereits aufgestanden waren und Trödler folgten.

»Auf!« schrie Furz. »Wir kommen sonst nicht mit!«

»Kann nicht«, keuchte Fusel. »Zu viel getrunken.« Ihm rann eine Träne aus dem Augenwinkel. »Ich kann einfach nicht weiter.«

»Natürlich, du Trottel«, schalt ihn Furz, der es mit der Angst bekam.

Gorm der Alte, der die Nachhut der Kolonne bildete, rief: »Los, ihr mottenzerfressenen Kellermäuse, schwingt die Beine! Ich übernehme keine Verantwortung für euch.«

»Schon gut, schon gut«, antwortete Furz. Er war froh, daß er seinen Ärger an Gorm auslassen konnte. »Fahr nicht gleich aus dem Fell – wir kommen ja.« Wieder wandte er sich an seinen Kumpel, der ausgestreckt auf der gefrorenen Erde lag. »Bitte, Fusel«, flehte er, »du mußt.« Dabei warf er verzweifelte Blicke nach der verschwindenden Mäusekolonne.

»Kann bloß hier liegen, bis ich festgefroren bin«, war die Antwort.

»Jetzt hör mal zu«, brüllte Furz in einem letzten Versuch, »du stehst jetzt auf, oder ich hol' Iban! Der verpaßt dir einen Ik-to-Biß, der sich gewaschen hat!«

Nach diesen Worten suchte Fusel sich aufzurichten. Er haßte Schmerzen. Furz begriff, daß sich sein Freund in einem wahrhaft beklagenswerten Zustand befand. Als Fusel seine Beine endlich in Gang setzte, schwankte er hin und her und drohte jeden Augenblick zusammenzubrechen.

Furz spürte einen Kloß im Hals. »Geht schon, Kumpel. Ich sag' Trödler, er soll noch eine Pause einlegen. Komm, wir müssen jetzt hinterher...« Er schaute auf den dunklen, bedrohlichen Wald.

Gorm kam irgendwann zurück, knurrte sie an und rannte wieder zur Truppe. Furz ermutigte seinen Stamm unaufhörlich, feuerte ihn an, die vier Pfoten voreinanderzusetzen, die Augen auf den Horizont zu richten und einfach zu marschieren.

»Marschieren«, grollte Fusel, als sie den ersten Baum erreichten. »Marschieren? Ich könnte keinen –«

»Keinen was?« fragte Furz und drehte sich um. Er sollte nie erfahren, was Fusel ihm sagen wollte. Denn dieser war wie vom Erdboden verschluckt.

Furz schaute instinktiv nach oben. Eine Eule mit zerzausten Flügeln schoß quer über das Angesicht des Mondes. Sie hielt etwas Kleines, Erbarmungswürdiges in ihren Krallen, dessen Schwanz und Beine herabbaumelten. Ironischerweise hatte diese Eule große Ähnlichkeit mit Gnadenvoll.

Furz geriet in Panik und rannte zur Spitze der Kolonne, vorbei an verblüfften Mäusen, die sich Steilhänge hinaufquälten, an denen wilder Thymian wuchs. »Trödler!« rief er keuchend. »Wir müssen anhalten, unbedingt. Eine Eule hat Fusel geschnappt. Wir müssen zurück...«

Die Kolonne blieb stehen, als sich Trödler umdrehte und auf den entsetzten Furz zuging. »Anhalten? Was sollen wir denn tun, Furz? Wenn wirklich eine Eule Fusel geholt hat, tut es mir sehr leid, aber wir müssen weiter. Es hat keinen Sinn, jetzt kehrtzumachen.«

Furz schrie wild: »Sie hat Fusel geholt. Wir müssen...« Er schaute Trödler flehend an.

»Wir müssen was, Furz?« fragte dieser freundlich.

»Wir müssen ihm helfen!« brüllte Furz und brach vor aller Augen zusammen.

Gorm kam von hinten zu ihnen. »Was ist los?« knurrte er.

»Eine Eule hat Fusel geholt«, schluchzte Furz.

»Dürfte ihr gehörige Bauchschmerzen bereiten«, meinte Gorm. »Aber warum sind wir stehengeblieben? Ist doch nichts mehr zu machen, oder? Auf geht's! Dieser Wald ist gefährlich genug, auch ohne daß wir herumstehen und warten, daß uns die Eulen ebenfalls fressen. Los, Leute, setzt euch in Bewegung! Trödler, du bist doch der Anführer dieser Meute. Zeig mal ein bißchen Führungskraft!«

Und so verloren sie das erste Mitglied der Expedition an ein Raubtier der Wildnis. Furz stolperte mit der Kolonne weiter, doch nach diesem Erlebnis war er eine Zeitlang nicht mehr derselbe. Sein Überschwang war dahin, seine bombastische Art zerplatzt wie ein Ballon. Sein einziger Freund bewegte sich nun im Zeitlupentempo durch die Gedärme einer Eule. Dann noch ein Rülpsen, ein Husten, und die Überreste des ehrenwerten Fusel würden in Gestalt einer Kugel aus Fell und Knochen aus dem Schlund der Eule hervorschießen.

Auch Trödler empfand den Verlust. Nicht, daß er Fusel gerngehabt hätte, doch er fühlte sich für jedes Mitglied der Expedition verantwortlich. Er diente ihnen als Pfadfinder. Vielleicht hätte er die Tragödie verhindern können, doch er sagte sich, daß es noch mehr Todesfälle geben würde, bevor sie ihr Ziel erreichten. Man konnte nicht mit Dutzenden von Mäusen durch die Wildnis wandern, ohne die eine oder andere zu verlieren. Trödler teilte nach diesem Zwischenfall Späher ein – jeweils zwei an der Spitze, an den Seiten und am Ende der Marschkolonne.

Im Wald fiel ihnen das Marschieren leichter. Der Boden war weich und bemoost, und sie fanden alte Samenkörner und Nüsse. Auch verschrumpelte Herbstpilze und Holzäpfel boten ihnen Nahrung. Bei Gefahr konnten sie in Schlupfwinkel unter den Baumwurzeln und in den Stämmen huschen. Trödler mochte Wälder, obwohl ihm seine alte Hecke am liebsten gewesen war. Damals hatte er sich gefühlt, als lebe er in einem langgestreckten Wald, eingerahmt von einem kühlen Wassergraben und den offenen Feldern voller Futter.

»Zerstreuen!« schrie jemand. »Fuchs!«

Zum Glück überstiegen die Mäuse gerade die kräftigen Wurzeln einer hochgewachsenen Eiche, die den Boden bedeckten und unter denen sich zahlreiche Löcher als Versteck anboten. Die Mäuse schlüpften hinein, fanden sie jedoch schon von wilden Artgenossen besetzt. Da die Löcher sehr geräumig waren, gab es noch Platz für die Ankömmlinge. Allerdings schienen die wilden Mäuse nicht viel von ihren Besuchern zu halten. In der Dunkelheit kam es zu einem erregten Wortwechsel.

»Was zum Teufel wollt ihr hier? Hinaus mit euch!« brüllte eine große Waldmaus.

»Wir suchen Schutz vor einem Fuchs – einer Füchsin, glaube ich. Wir gehen, sobald sie verschwunden ist«, antwortete Trödler.

»Ihr geht *jetzt*, oder es gibt Ärger», meinte die Waldmaus grob.

»Hör zu«, meinte Leichtfuß, »wir sind euch fünf zu eins überlegen. Ich glaube, der Stamm der Wilden allein könnte es mit euch aufnehmen.«

»Der Stamm der Wilden?« wiederholte die Waldmaus mißtrauisch. »Wer soll das sein?«

»*Wir* sind die Wilden. Wenn ihr Ärger macht, schlitzen wir euch von der Schnauze bis zum Schwanz auf«, fauchte Gunhild.

»Tatsächlich?« rief ein anderer Bewohner. Seine Stimme klang allerdings nicht sehr selbstsicher.

»Ja«, dröhnte Wisperer, »und wenn die Wilden mit euch fertig sind, fressen die Unsichtbaren die traurigen Überreste.«

»Und danach«, meldete sich Ulf, »polstert die 13-K-Bande ihre Nester mit euren Fellen aus.«

»Außer die Buchfresser verwenden sie für ihre magischen Rituale«, kreischte Frych die Gefleckte.

»Ganz unnötig«, grollte Gorm. »Ich und Furz knöpfen uns diese Gestalten vor und machen sie so richtig zur Sau, nicht wahr, Furz?«

»Klar, Kumpel«, bestätigte Furz. Er war beinahe wieder der alte, stellte sich auf die Seite der Überlegenen und prahlte wie eh und je.

Nach dieser Flut von Drohungen herrschte Schweigen in den Löchern. Die Bewohner beschwerten sich nicht länger über den vorübergehenden Besuch. Ihre einzige Sorge galt nun ebenfalls der Füchsin.

Diese hatte bemerkt, daß die Mäuse in den Löchern verschwunden waren, und schnüffelte an den Eingängen. Sie sah sehr kräftig aus. Eine rote Riesin mit einer Schnauze voller scharfer Zähne, die wie geschaffen waren, Mäuse aufzuspießen. Der Gestank der Füchsin erfüllte das ganze Tunnellabyrinth, und jede Maus zitterte, Gorm der Alte eingeschlossen. Keine der Hausmäuse war je zuvor einem anderen Hundeartigen als dem gutmütigen, alten Hirnlos begegnet, und dieses Ungeheuer hier draußen war nicht mit ihm zu vergleichen. Die Füchsin wirkte klug und lebhaft und spähte mit brennenden Augen in die Löcher. Sie verfügte über Krallen, mit denen sie graben konnte.

»Das haben wir euch zu verdanken«, flüsterte einer der Bewohner. »Sie wird nicht verschwinden, ohne wenigstens eine von uns mitzunehmen.«

Die Füchsin kratzte am Eingang eines Loches. Das Moos ließ sich leicht abreißen. Sie steckte die Nase in die vergrößerte Öffnung und schnüffelte hörbar.

Furz war nur zwei Körperlängen von der schwarzen, schnaubenden Schnauze enfernt. »Scheiße«, stöhnte er. »Wenn bloß der alte Fusel hier wäre, dann könnten wir zusammen sterben.«

»Sie riecht nach Kaninchen«, flüsterte einer der Bewohner. »So hungrig kann sie also nicht sein.«

»Sie denkt bestimmt, ein Häppchen Maus als Nachtisch kann nicht schaden«, stöhnte Frych.

Da die Füchsin witterte, daß ihre Beute ganz nah war, grub sie mit wachsender Begeisterung weiter.

Plötzlich schrie eine Maus etwas zu ihr hinaus: »Donata o oyobi dess ka?«

Die Füchsin hielt inne. Sie schien völlig verblüfft angesichts dieser unterirdischen Stimme, die ihre eigene Sprache beherrschte. »Donata-sama dess ka?« antwortete sie.

Auch die Bewohner der Löcher waren äußerst erstaunt, daß sich einer dieser Neuankömmlinge mit einer Füchsin unterhielt. Wie war er bloß nahe genug an diese schrecklichen Wesen herangekommen, um ihre Sprache zu erlernen? Sie waren erleichtert, daß die sich nicht auf einen Kampf mit diesen Eindringlingen eingelassen hatten. Die Fremdlinge durfte man offensichtlich nicht unterschätzen.

»Was hast du zu ihr gesagt?« wollte Trödler vom Kleinen Prinzen wissen.

»Ich habe gefragt, mit wem sie sprechen möchte.«

»Und was hat sie gesagt?«

»Sie wollte wissen, wer da in der Sprache der Hundeartigen mit ihr spricht.«

»Frage sie noch einmal, mit wem sie sprechen möchte.«

Der Kleine Prinz wiederholte seine Frage, und die Füchsin nannte daraufhin den Namen eines Freundes.

»Tut mir leid.« Der Kleine Prinz wagte sich bis zum Eingang

vor, so daß ihn die Füchsin sehen konnte. »Dein Freund ist gerade nicht da. Moshi-wake gozai-asen ga gai-shuts chu dess. Ashta mo ichido odenwas itadake-masen ka. Komm morgen wieder.«

Die Füchsin stieß ein langgezogenes Bellen aus. »Du bist eine sehr komische Maus. Sehr komisch!« sagte sie dann. »Ich denke, ich lasse dich leben, ich bin nicht sehr hungrig. Ich komme morgen wieder. Ich mag Mäusegeschmack.«

»Das ging mir einmal genauso«, murmelte der Kleine Prinz, »aber ich habe es seither oft bereut.«

Es war kaum zu glauben, doch die Füchsin verzog sich.

Eine Welle der Erleichterung schwappte durchs Labyrinth. Trödler spürte förmlich, wie sich die Spannung löste. Offensichtlich hatte die Füchsin genug gefressen und wollte sich für ein paar Brocken Maus nicht die Pfoten schmutzig machen.

Trödler wandte sich an die Bewohner. »Ich schlage vor, ihr sucht euch morgen eine neue Bleibe. Sie wird euch sicher noch einen weiteren Besuch abstatten.«

»Vielen Dank auch!« brummte einer der Gastgeber sarkastisch. »Wie schön, daß ihr sie angelockt habt. Kommt doch noch mal auf ein Schwätzchen vorbei.«

Trödler entschuldigte sich und beorderte seine Kolonne aus den Löchern. Er war bestrebt, diesen Wald endlich hinter sich zu lassen. Draußen sprach er den Kleinen Prinzen an. »Ich habe gehört, was du da drinnen gesagt hast – von wegen bereuen. Meinst du das ehrlich? Tut es dir aufrichtig leid?«

»Ich hoffe, niemand außer dir hat es gehört. Ja, ich fühle mich jetzt gut und bin froh darüber. Du hast mir klargemacht, daß ich auch noch eine andere Seite habe. Ich verabscheue mein früheres Selbst, finde es abstoßend. Ich weiß zwar, daß ich niemals eine so gute Maus wie du werden kann, aber ich werde mein Bestes geben.«

Trödler schaute den Kleinen Prinzen an und fragte sich, ob das alles der Wahrheit entsprach. Das Gesicht des anderen schien wirkliche Scham auszudrücken, und in den Augen lag echte Reue.

»Ich glaube nicht, daß ich eine gute Maus bin, freue mich aber über deinen Sinneswandel«, meinte Trödler. »Das tröstet mich mehr als ein ganzer Haufen Tugendmäuse.«

Eine Stunde später erreichten sie den Waldrand und wanderten einen Abhang hinunter. Am Ende der Wiese, die vor ihnen lag, entdeckte Trödler eine Hecke. Instinktiv wußte er, daß sie dort ihr Nachtlager aufschlagen konnten. Sie mußten einfach wieder richtig schlafen. Der Weg zum Gelobten Haus war weit. Trödler wußte selbst nicht, wo genau sie es finden würden, doch die Stimmen der Vorfahren trieben ihn voran. Sie dienten ihm als einziger Wegweiser.

Zum Glück war die Wiese im Herbst gemäht worden. Viele Tierpfade schlängelten sich durch das kurzgeschnittene Gras. Die Mäuse marschierten einfach hindurch, setzten Pfote vor Pfote, viel zu müde, um die herrliche, freie Natur zu genießen. Fast glaubten sie, die Stimme des naturliebenden Stone zu hören, der seine Litanei über die Rückkehr zu den Wurzeln herunterbetete. Die Muskeln schmerzten die Mäuse unerträglich, ihre Beine fühlten sich bleischwer und watteweich zugleich an, die Schwänze ließen sie achtlos über den Boden schleifen. Manche konnten kaum noch die Augen offenhalten und verließen sich auf ihre Vorderleute, die den Weg finden sollten, und auf die Mäuse hinter ihnen, die ihnen dann und wann einen Schubs versetzten. Gerüchte kursierten, nach denen die Vertreibung der Nacktlinge vielleicht nur ein Traum gewesen war.

Der Himmel bewölkte sich, die Sterne verschwanden. Als sie die Wiese zur Hälfte durchquert hatten, begann es zu regnen. Es war ein eisiger Graupelschauer, der auf ihre Felle trommelte.

Obwohl Trödler nicht mitten auf der Wiese anhalten wollte, da sie ihnen keinen Schutz vor Räubern bot, erkannte er, daß seine Mäuse dringend einen Unterschlupf benötigten. »Sucht euch irgendeine Deckung«, sagte er. »Sobald es zu regnen aufhört, marschieren wir weiter.«

Sie fanden Ampfer und andere großblättrige Pflanzen, die sie vor dem Regen schützten. Einige fragten, ob hier vielleicht auch Rhabarber mit seinen dicken, riesigen Schirmblättern wachse, aber Trödler erklärte ihnen, daß Rhabarber nicht auf Wiesen vorkomme.

»Wieso nicht?« wollte Gruffydd Grünzahn wissen. »Draußen vor dem Haus gab es Rhabarber.«

»Ich habe ihn bisher nur in Hausgärten gesehen«, antwortete Trödler. »Vielleicht findet ihr Hirschzunge oder Braunwurz, die erfüllen auch ihren Zweck.«

»Werde ich wohl kaum finden, wenn ich nicht weiß, wie sie aussehen«, meckerte Gruffydd. »Hätte ich bloß ein Buch über breitblättrige Pflanzen gefressen, bevor ich die Bibliothek verließ!«

Früher hatten sie den Regen nur gehört, wenn er auf das Dach des Hauses trommelte. Sie wußten zwar, daß er naß war, aber die Dachziegel hatten sie davor geschützt. Das Geräusch wirkte damals beinahe tröstlich. Nun lernten sie die andere Seite des Regens kennen. Sie wunderten sich über die donnernden Laute, mit denen das Wasser auf die Blätter prasselte und sie herabdrückte. Manche Blätter trugen an der Unterseite kleine Stacheln, Haken oder Haare, die die Haut reizten. Wer sich deswegen aus dem Schutz der Pflanze wagte, wurde von den harten Regentropfen getroffen.

Der Wolkenbruch dauerte eine halbe Stunde, die den heimatlosen Mäusen wie eine Ewigkeit erschien.

Trödler rief wieder: »Marschieren!«

»Oder sterben!« fügte Gunhild grimmig hinzu.

Die lange Wanderung wurde fortgesetzt. Plötzlich stieß Thorkils Dreibein einen Schrei aus.

»Der Kleine Prinz! Der Kleine Prinz ist mitten unter uns! Er hat sich unter dem Namen Eh-he eingeschlichen!«

Die ganze Kolonne hielt an und versammelte sich um die zitternde weiße Maus.

»Es war der Regen, meine Lieben. Er hat den Schmutz von

eurem süßen Kleinen Prinzen gewaschen. Keine Sorge, ich tue euch nichts. Ich bin jetzt ein gutes Mäuschen, nicht wahr, Trödler? Trödler, wo bist du?«

Der Anführer war schon unterwegs, um zu verhindern, daß der Kleine Prinz überwältigt und totgebissen wurde.

Gorm der Alte schrie: »Du willst uns nichts tun? Natürlich nicht! Ich habe das Recht auf den ersten Biß in diese Kreatur!«

»Ich auf den zweiten!« rief Furz.

»Wie ungezogen«, flüsterte der Kleine Prinz. »Aber was sein muß, muß sein. Hier ist meine Kehle. Zerreißt sie.«

Gorm nahm die Einladung sofort an und trat vor.

»Warte! Halt!« rief Trödler und drängte sich durch die Menge. Als er neben dem Kleinen Prinzen stand, sagte er: »Diese Maus hat uns soeben aus der Patsche geholfen. Ohne sie hätte uns die Füchsin gefressen. Wollt ihr jemand töten, der euch das Leben gerettet hat?«

»Ja«, knurrte Gorm, ohne zu zögern.

Limburger

Die Mäuse rückten mit grimmig entschlossenen Mienen näher. Viele von ihnen hatten schon lange darauf gewartet, sich an dem verhaßten Haustier des Kopfjägers zu rächen, dessen Kannibalismus die Stämme seit Generationen im Empörung versetzte. Es schien einfach nicht gerecht, daß es so viel länger lebte als anständige Mäuse. Sie wollten sein Leben hier und jetzt beenden.

»Eine herrliche Nacht, ihr Süßen«, rief der Kleine Prinz mit schriller, nervöser Stimme, während sie ihn immer enger umkreisten. »Stellt euch einfach vor, ihr wärt in eurer hübschen Küche oder auf dem Dachboden mit dem wunderbaren Gerümpel oder zwischen den Büchern eurer Bibliothek... Vorsicht, kommt mir nicht zu nahe; ihr solltet mich nicht unterschätzen.«

»Halt!« schrie Trödler und stellte sich schützend vor den Kleinen Prinzen. »Ich will nicht, daß unsere Expedition mit dem Blut eines Artgenossen besudelt wird.«

»Eines Artgenossen?« ereiferte sich Furz. »Er ist bloß eine Nacktlingspuppe, nicht wahr?«

»Er ist eine Maus«, antwortete Trödler fest.

»Dann ist er bald eine tote Maus«, knurrte Thorkils Dreibein.

»Dann nehmt mich zuerst«, erwiderte Trödler. »Ich werde keinen Widerstand leisten.« Er machte eine Gebärde der Unterwerfung. »Tötet mich. Laßt die weiße Maus leben und nehmt mich statt ihrer.«

»Nein!« schrie Leichtfuß.

»Du bist total bekloppt«, meinte Furz.

»Bescheuert«, fügte Nichtschwimmer hinzu.

»Vollkommen durchgedreht«, bestätigte Marredud.

Gorm der Alte wandte sich überraschend mit einer Rede an die Mäuse. »Schaut euch um«, grollte er, »seht euch nur um.«

Die Mäuse gehorchten. Sie blickten zur großen, dunklen Himmelsglocke empor, die sich unermeßlich und unerreichbar über ihnen wölbte. Sie richteten sich auf den Hinterbeinen auf, so daß ihre Köpfe gerade über das Gras schauten. Die Felder dehnten sich unendlich weit aus. Über ihnen ein schwarzer Ozean, um sie herum ein Meer von Gras. Der Anblick ließ sie erschauern.

»Ganz schön furchterregend«, meinte Gorm. »Ich gebe es gerne zu. Nicht *ein* Haus in Sicht – gar nichts. Ich habe keine Ahnung, wo wir sind. Ich würde auch den Rückweg nicht mehr finden... Tut mir leid, wir können Trödler nicht töten. Er ist zu wichtig. Folglich können wir auch den Kleinen Prinzen nicht töten, da Trödler ihn um jeden Preis beschützen will.«

»Ich will einfach keine unnötigen Verluste auf diesem Marsch«, erklärte Trödler. »Wir werden auch so genügend Mäuse verlieren. Fusel hat es bereits erwischt.«

Bei diesen Worten schluchzte Furz leise.

»Der Kleine Prinz hat seinen Wert bewiesen«, fuhr Trödler fort. »Ich vermute, wir werden ihn noch öfter brauchen. Versucht, seine furchtbare Vergangenheit zu vergessen, die auch ich zutiefst bedaure. Er ist klüger als einer von uns – und er hat Mut. Solche Eigenschaften werden wir brauchen, um zu überleben. Wir sind nicht Genies, das müßt ihr zugeben. Vielleicht schlau und trickreich, aber nicht wirklich klug... Der Kleine Prinz hat mir versichert, daß er ein neues Leben angefangen hat. Ich glaube ihm. Aber da ist noch etwas. Die Stimmen meiner Vorfahren sagen mir, daß eine weiße Maus Großes vollbringen und von uns verehrt werden wird. Der Kleine Prinz ist die einzige weiße Maus, die ich kenne.«

Der Kleine Prinz ergriff die Gelegenheit und wandte sich an die Menge. »Ja, wahrlich, ich sage euch, wenn ich jemals wieder einer Maus ein Leid zufüge, werde ich mich züchtigen und strafen, bis ich nicht mehr unter den Lebenden weile, und das ist die reine Wahrheit. Sollte eine Maus in Bedrängnis geraten, werde ich ihr zu Hilfe eilen. Sollte eine Maus schwer geprüft werden, werde ich ihr Trost spenden. Sollte eine Maus hungrig sein, werde ich selbst nicht essen, um ihren Magen zu füllen. Ich opfere mich für die Mausheit.«

»Was sagt er?« fragte Gorm.

»Er sagt, er wird so gut sein, wie sein Fell weiß ist«, erläuterte Frych.

»Das will ich ihm auch geraten haben«, knurrte Gorm.

Trödler übernahm wieder die Führung. »So, wir wandern jetzt zu der Hecke. Wenn wir sie nicht vor Einbruch der Dämmerung erreichen, haben wir ein Problem. Los!«

Und wieder setzten sie sich in Marsch. Jarl Gabelbart stieß den Kleinen Prinzen zwar in den Rücken und sagte: »Dich kriegen wir noch«, doch die weiße Maus durfte weiterleben. Ihr Leben verdankte sie Trödler.

Kurz vor der Dämmerung hatten sie die Hecke erreicht. Dort gebar Leichtfuß fünf Junge. Nicht einmal Trödler hatte sie von ihrer Schwangerschaft erzählt; der war in den vergangenen Nächten viel zu beschäftigt gewesen, um ihren schwellenden Bauch zu bemerken.

»Warum hast du mir nichts davon gesagt?« fragte er vorwurfsvoll.

»Weil es dich abgelenkt hätte«, sagte sie leise. »Im Haus herrschte Anarchie, dann mußtest du die Expedition planen. Es waren hektische Zeiten. Du solltest nicht nur an mich denken, da doch das Schicksal der Nation auf dem Spiel stand.«

»Aber – wieso hast du jetzt geworfen? Ausgerechnet im Winter.«

»Mäuse, die in Häusern leben, achten nicht weiter auf die Jahreszeiten.«

»Das solltet ihr aber.«

Vermutlich hatte er recht damit, denn alle Jungen bis auf eines starben in dieser Nacht. Schließlich hatte dessen Mutter während der Schwangerschaft gehungert und war dann wie eine Wilde marschiert. Doch Trödler und Leichtfuß waren dankbar, daß wenigstens dieses eine Junge überlebte.

Es war ein Weibchen und erhielt den Namen Gypsy. Leichtfuß erklärte, nach ein paar Stunden Rast könne sie Gypsy in der Schnauze tragen.

Der Rest der Nation war so müde, daß die Mäuse mehrere Stunden schliefen. Leichtfuß konnte während dieser Zeit neue Kraft sammeln. Frych die Gefleckte kam als erfahrene Mutter zu ihr und kümmerte sich um das Junge. Sie half Leichtfuß voller Freude, das Kleine abzulecken. Danach lief sie zu Hywel dem Bösen und schlug ihm vor, im ersten besten Haus ein gemeinsames Nest zu beziehen.

Insgeheim war Trödler froh, daß Gypsy ausgerechnet in einer Hecke zur Welt gekommen war, da er ja selbst von einem solchen Ort stammte. Auch wenn seine Tochter später in einem Haus lebte, hatte sie zumindest diese eine Verbindung zur Welt ihres Vaters. Trödler war glücklich, wieder in einer Hecke zu sein, auch wenn es sich nicht um seine handelte.

Hier kannte er niemand, doch vertraute Gerüche drangen ihm in die Nase, Gerüche von Geflecktem Aronstab, großen schwarzen Schnecken, Totengräberkäfern, Primeln, Kaninchendung, Schneckenspuren und einer Vielzahl anderer wacher und ruhender Pflanzen und Tiere. Als er die Augen schloß, saß er wieder mit Tinker und Diddycoy – ob letzterer wohl noch lebte? – in der Astgabel unter dem Nest der Drossel und fühlte sich eins mit Zweig und Blatt.

Und doch wußte er, daß er bald die Augen öffnen und seine Mäuse weiter durch die Wildnis führen mußte auf der entbehrungsreichen Suche nach einem neuen Haus, in dem die Stämme eine neue Gesellschaft aufbauen konnten.

Troô

Sie wanderten viele, viele Stunden, und die Pausen wurden immer kürzer. Es ging über Stock und Stein, über kahle, hartgefrorene Felder, durch vereiste Gebiete, in denen es kaum etwas zu fressen gab. Trödler mied die Straßen der Nacktlinge und folgte seinem eigenen Weg. Jedenfalls kam es den anderen Mäusen so vor, da sie die Stimmen der Vorfahren, die ihren Anführer leiteten, nicht hören konnten.

Die Reise wurde immer beschwerlicher. In der dritten Nacht stießen sie auf eine riesige Grasfläche, die von einem hohen Zaun umgeben war. Der Zaun bildete kein Problem, da die Mäuse einfach hindurchschlüpfen konnten. Hinter dem Gras ragte ein ungeheures Bauwerk empor, wie es nicht einmal die Buchfresser kannten. Es erstreckte sich beinahe bis zum Himmel hinauf, und seine Größe flößte den Mäusen Angst ein.

»Was ist das?« rief Furz. »Kann doch kein Haus sein, oder? Viel zu groß.«

»Ich weiß es nicht«, erwiderte Trödler aufrichtig, »aber der Anblick gefällt mir nicht. Es hat keine Fenster und nur diese beiden riesigen Türen. Sieht nicht gerade einladend aus.«

Iban meinte: »Warum warten wir nicht bis zum Morgen und

schauen es uns bei Tageslicht an? Vielleicht wirkt es dann freundlicher.«

Sie nahmen Ibans Vorschlag an und drängten sich eng an den Zaun, um sich vor Eulen zu schützen.

Als sie aufwachten, entdeckten sie zu ihrer Überraschung ein ungeheures, ovales graues Gebilde, das vor dem Riesenbauwerk schwebte und mit Seilen und Ketten am Boden befestigt war. Am Bauch dieses Giganten befand sich ein großer, hausähnlicher Kasten. An den Seiten gab es eine Reihe von Fenstern und auch eine Tür.

Tolpatsch wurde ausgesandt, dieses unheimliche Etwas zu untersuchen. Mit ihrer üblichen Geschicklichkeit kletterte sie auf eines der Halteseile, um einen Blick in das Gebilde zu werfen. Kurz darauf tauchte sie wieder auf, lief über das Seil zurück und erstattete Bericht. »Da drinnen sind viele Stühle und Betten, die an der Wand befestigt sind, und eine Küche mit Unmengen von Futter.«

»Nacktlinge?« fragte Trödler.

»Ein paar, aber ich habe keine Katzen gerochen. Nur einen Haufen dummer Nacktlinge, die sich wie üblich vollstopften. Futter in Mengen! Ich habe sogar Käse gewittert!«

»Klingt für mich nach Haus«, brummte Gorm. »Ich riskiere es. Hab' genug vom Marschieren.«

»Warte noch«, bat Trödler. »Wir wissen doch gar nichts Genaues. Wo bitte war dieses schwebende Haus, als wir heute nacht angekommen sind?«

»Wen interessiert das?« schnarrte Thorkils Dreibein, der mehr als alle anderen unter schmerzenden Gliedmaßen und wunden Füßen litt, obwohl er weniger davon besaß. »Los, gehen wir hinein!«

Trödler wandte sich an Tolpatsch. »Gibt es dort noch andere Mäuse? Oder Ratten? Wie steht es mit Hunden?«

»Nichts dergleichen. Habe jedenfalls nichts gerochen«, entgegnete Tolpatsch. »Ich habe ausgiebig geschnuppert. Kein Kot, keine Urinmarkierungen – alles war sehr, sehr sauber.«

»Sauber? Mir kommt Sauberkeit grundsätzlich verdächtig vor«, meinte Trödler.

»Ich berufe eine Versammlung ein«, rief Gorm der Alte.

»Du hast gar nichts einzuberufen«, protestierte Gunhild.

Gorm trat vor. Der Augenblick für eine Rebellion erschien ihm ideal. »Nun, hier stehe ich«, knurrte er, »und wer zu mir kommen möchte, soll das tun. Ich habe genug von den Befehlen eines emporgekommenen Unteroffiziers und eines Heckengelbhalses. Los, wer steht Seite an Seite mit Gorm dem Alten?«

Es herrschte betretenes Schweigen, bis Thorkils Dreibein zu Gorm hinüberhuschte, gefolgt von Jarl Gabelbart. Die drei Mäuse standen trotzig da und starrten die übrigen Expeditionsmitglieder herausfordernd an. Schließlich lief auch der junge Elisedd, der Bibliotheksmäuserich, der den Kleinen Prinzen entdeckt hatte, zu ihnen über.

»Gut«, schnarrte Gorm, »das war's dann wohl. Wie steht es mit dir, Elfwin, und dir, Ulf? Wollt ihr euch von diesem Emporkömmling herumkommandieren lassen?«

Elfwin nickte. »Falls du Trödler meinst – ich glaube, er tut sein Bestes für uns.«

»Ich fühle mich hin- und hergerissen«, erklärte Ulf, »aber wir sollten dem Führer vertrauen, den wir gewählt haben.«

»Wie wär's mit mir, Süßer?« piepste der Kleine Prinz.

»Dich wollen wir nicht«, rief Gorm. »Du kannst zur Hölle fahren.«

»Huch – gleichfalls!« meinte die weiße Maus. »Ich habe doch nur Spaß gemacht.«

»Gut, dann kommt, Leute. Dies ist unser neues Haus. Dort werden wir Käse finden! Ich rieche ihn schon von hier aus.«

Die vier Rebellen marschierten auf eines der Halteseile zu, als Astrid einen Schrei ausstieß: »Nein, bleibt hier! Ich sehe ein blendend weißes Licht, das den Himmel erhellt! Ein allesverschlingendes Weiß! Kommt zurück!«

Elisedd wirkte verängstigt, nachdem er die Prophezeiung der

Hohepriesterin vernommen hatte. Er lief zur Hauptgruppe zurück.

»Feigling«, knurrte Gorm. »Wenn du dieser alten Hure glauben willst, bitte.«

»Sie hat immer recht behalten«, gab Trödler zu bedenken. »Beim letzten Mal hast du nicht auf sie gehört, und deshalb sind wir jetzt hier.«

»Sie ist eine Betrügerin«, brüllte Gorm, »hat beim letzten Mal nur gut geraten.« Mit diesen Worten kehrte er ihnen den Rücken zu und führte die anderen über das gefährliche Seil zum schwebenden Haus empor. Sie kletterten so hoch, bis sie nur noch drei kleine schwarze Punkte auf einer dünnen Linie waren. Einmal stolperte Thorkils Dreibein und baumelte an einer Kralle vom Seil, doch fand er wieder Halt und hangelte sich auf die Halteleine zurück.

Schließlich waren die drei Mäuse oben angelangt und verschwanden in dem schwebenden Haus. Danach wurden sie von den Mäusen unten auf der Erde nicht mehr gesehen.

Trödler und seine Truppe marschierten am Zaun entlang, um nicht die riesige Grasfläche überqueren zu müssen. Plötzlich erscholl ein Schrei aus der Nachhut. Trödler drehte sich um und entdeckte, daß seine Mäuse nach oben schauten. Er tat es ihnen nach und bemerkte erstaunt, daß das schwebende Haus, befreit von Halteleinen und Ketten, sanft mit dem Wind gen Himmel trieb.

Auf dem Boden liefen geschäftige Nacktlinge umher, drehten große Winden, sicherten die abgeworfenen Leinen. Offensichtlich hatten sie erwartet, daß das Haus wegfliegen würde, denn sie wiesen keinerlei Anzeichen von Panik auf. Manche schwenkten sogar Taschentücher und Hüte und stießen erregte Rufe aus.

Gorm, Thorkils und Jarl waren offensichtlich unterwegs zu einem großen Abenteuer über den Wolken. Fast beneidete sie Trödler. Sie bewegten sich in ihrem herrlichen, fliegenden Haus hoch oben zwischen den Vögeln. »Wie es ihnen wohl geht?« fragte er nachdenklich.

»Sie müssen sich wie Götter fühlen!« rief Elisedd, der die Reise beinahe mitgemacht hätte.

Doch der Kleine Prinz murmelte: »Ihnen geht es sicher schlecht, so wie das alles schwankt.«

Das große graue Gebilde drehte die Nase allmählich in die Richtung, die auch Trödler und seine Mäuse eingeschlagen hatten. Von einer unsichtbaren Kraft angetrieben, zog es hoch über den wandernden Stämmen dahin, bis die Wolken es ihren Blicken entrückten.

Bleu de Bresse

Erst eine ganze Nacht später stießen die Wanderer auf ein Nacktlingsdorf mit vier oder fünf Häusern. Eine Vorhut der besten Kämpfer wurde vorausgeschickt – Gunhild, Seiltänzer, Ulf, Drenchie, Wisperer, Skuli, Gruffydd Grünzahn und Rhodri. Diese furchtlosen Acht erkundeten die Häuser und trafen alle auf den erbitterten Widerstand ortsansässiger Stämme.

»Ihr da drinnen«, rief Gunhild, ohne viele Worte zu machen, »wollt ihr eure neuen Kameraden nicht willkommen heißen?«

»Verpißt euch!« lautete die Antwort.

»Wir sind stark und gesund«, brüllte Gunhild.

»Ach ja? Such dir dein eigenes Haus...«

Als Trödler von den feindseligen Stämmen hörte, wußte er, daß sie das Gelobte Haus noch nicht gefunden hatten, spürte jedoch, daß es ganz in ihrer Nähe lag.

Draußen vor dem Dorf berief er eine Versammlung ein, um den Mäusen seine Ansicht mitzuteilen. Und so sammelten die Wanderer aus dem Haus der Stämme noch einmal ihre Kräfte und zogen wieder in die Wildnis. Sie waren allerdings noch nicht weit gekommen, als Gunhild und der Rest der Wilden mit Ausnahme von Astrid kundtaten, daß sie ins Dorf zurückkehren würden.

»Ich bin sicher, sie nehmen uns auf, wenn wir nicht so viele sind. Zieh weiter, Trödler, viel Glück.«

Und so marschierten die 13-K, die Buchfresser, die Totenköpfe und die Unsichtbaren ohne die Wilden weiter. Nach sieben Stunden waren sie endlich am Ziel.

Das Gelobte Haus stand an einer holprigen Straße: ein altertümliches Gebilde mit seltsamen Türmen, hohen Fenstern und Wällen. Das blaue Schieferdach war von rotem Efeu überwuchert. Auf einem Turm thronte ein Wetterhahn mit schwellendem Kamm. Das Anwesen war groß und wirkte recht gepflegt. Es gab nur wenige Blumenbeete, aber zahlreiche beschnittene Hecken. Im Garten standen ein solides Treibhaus, zwei Schuppen und ein Pavillon.

Die Mäuse betrachteten das vielversprechende Gebäude.

Astrid äußerte: »Ich habe mit einigen einheimischen Schatten gesprochen. Sie sagen, es seien gerade wieder Nacktlinge eingezogen; das Haus habe lange Zeit leergestanden.«

»Klingt gut«, meinte Trödler. »Vermutlich leben dann noch keine anderen Stämme darin.«

Wisperer wurde als Späher ausgeschickt und kam eine Stunde später zurück. »Nicht übel«, erklärte er. »Kaum Möbel oder Teppiche, aber eine riesengroße Küche, die für uns alle reicht. Sie riecht, als hätten sie noch vor kurzem darin gekocht. Und da hing auch so ein Hauch von Blauschimmel in der Luft…«

»Feindliche Stämme?« wollte Trödler wissen.

»Es gibt ein paar Mäuse, doch mir scheint, sie sind einzeln eingezogen. Scheinen überhaupt nicht organisiert zu sein. Ihre Markierungen sind ein wenig zufällig. Wir könnten sie ohne weiteres in unsere Reihen aufnehmen.«

»Gibt es eine Bibliothek?« wollte Frych wissen, die zum zigsten Mal trächtig war, diesmal von Hywel dem Bösen.

»Und was für eine – ein Geschenk der Götter!«

»Dachböden?« erkundigte sich Zaghaft.

»Dutzende – jeder Turm hat seinen eigenen.«

»Klingt ideal.«

»Keller?« krächzte Furz.

»Weinregale, so weit das Auge reicht«, verkündete Wisperer. »Deine Leber versagt innerhalb einer Woche, Furz.«

»Worauf warten wir noch?« rief Leichtfuß. »Bringen wir unsere Gypsy ins Warme.«

»Ja«, sagte Trödler, »geht hinein. Ich selbst werde, nachdem ich das Gelobte Haus gesehen habe, nicht mitkommen. Ich habe euch hergeführt und damit meine Pflicht als Pfadfinder erfüllt. Nun müßt ihr ohne mich weitermachen. Einer von euch wird euer Anführer sein. Ich kenne ihn und glaube, daß er sein Schicksal ebenfalls kennt, doch ihr braucht vielleicht ein wenig Zeit, um ihn anzunehmen.«

Die Mäuse schauten ihn verblüfft an.

Mycella

»Was sagst du da?« schrie Leichtfuß auf.

»Das meinst du nicht ernst – du mußt mitkommen – wir brauchen dich«, murmelte der Kleine Prinz.

»Meine Zeit mit euch ist vorüber, Kleiner Prinz, das weißt du besser als jeder andere. Du und ich saßen als einzige von uns hinter Gittern. Du hast beinahe eine Ewigkeit in Gefangenschaft verbracht. Aber durch deine Zeit bei den Nacktlingen hast du viel über sie erfahren. Du konntest nachdenken, deinen Verstand erweitern. Du bist die Maus, deren Wissen den alten Stämmen das Überleben ermöglichen wird…«

Leichtfuß und einige andere Mäuse verstanden, daß Trödler mit diesen Worten den Kleinen Prinzen zu seinem Nachfolger ernannte. Falls sie diese Verwandlung vom Feind zum Führer ablehnten, sagten sie es nicht. Sie achteten Trödlers Entscheidung.

»Viel Glück euch allen«, sagte Trödler.

»Bist du dir ganz sicher?« wollte Ulf wissen.

»Ja«, erwiderte Trödler. »Ich bin mir sicher, aber ich möchte es nicht erklären – niemand außer Leichtfuß ...«

Sie stand traurig in seiner Nähe.

Wisperer, Töricht, Nichtschwimmer, Tolpatsch, Grimmig, Zaghaft, Nesta, Mefyn und die anderen murmelten Abschiedsworte. Nur die Aufregung über das neue Haus dämmte ihre Traurigkeit ein wenig ein.

»Ist irgendwie nicht richtig, ohne dich hineinzugehen«, schniefte Furz mit einem Blick auf das Haus.

»Ich bin sehr gerührt«, entgegnete Trödler.

Furz drehte sich um und rümpfte die Nase, daß seine ungepflegten Schnurrhaare zuckten.

»Ich rede nicht von dir – hab' Fusel gemeint, klaro? Der alte Knabe ist wohl bloß noch Eulenmist, aber manchmal rede ich noch mit ihm, als wär' er hier.«

»Tut mir leid.«

»Schon gut, Meister«, meinte Furz versöhnlich. »Stoß auf mich an, wenn du das nächste Faß aufmachst.«

»Ganz bestimmt.«

Nacheinander zogen die Mäuse an Trödler vorbei und marschierten über die Wiese zum Haus. Schließlich blieb nur Leichtfuß übrig, die Gypsy in der Schnauze trug. Sie legte das Junge auf den Boden und schaute Trödler schweigend an.

Er blieb fest. »Ich muß in die Hecke zurückkehren.«

»Ich weiß.«

»Ich hätte Gypsy gerne aufwachsen sehen, aber sie wird schnell groß. Junge Mäuse brauchen ihre Eltern nicht lange.«

»Das stimmt«, meinte Leichtfuß.

»Ich glaube nicht, daß sie mich vermissen wird – es gibt so viele andere Mäuse im Haus.«

»Vermutlich nicht.«

»Und sie hat dich – das ist am allerwichtigsten«, meinte Trödler.

»Ja.«

»Ich werde irgendwann wiederkommen.«

Leichtfuß schüttelte den Kopf. »Nein, das wirst du nicht.«

Er seufzte. »Du hast recht – wahrscheinlich nicht. Ich würde dich bitten, mit mir zu kommen, aber in der Hecke könntest du keinen Monat überleben.«

»Ich weiß.«

»Tut mir leid.«

»Es macht nichts – ich meine, wir hatten eine wunderschöne Zeit miteinander. Paß auf dich auf in deiner Hecke. Und lege dich nicht mit den Füchsen an.«

»Nein. Lebe wohl, Leichtfuß.«

»Lebe wohl, Trödler.« Mit diesen Worten nahm Leichtfuß Gypsy in ihre Schnauze und huschte über die Wiese hinter den anderen her. Sie schaute noch einmal zurück, bevor sie das Gelobte Haus betrat.

Trödler stieß einen tiefen Seufzer aus und wandte sich nach Norden. In dieser Richtung vermutete er seine alte Hecke. Er war sich zwar nicht ganz sicher, daß sie dort lag, aber Sonne, Mond und Wind konnten ihm vielleicht den Weg nach Hause weisen.

Er war traurig wegen Leichtfuß, konnte und wollte aber in keinem Haus mehr leben. Als Landmaus mußte er zu seinen Wurzeln zurückkehren. Weißdorn und Schwarzdorn riefen nach ihm. Er wollte mit dem Geruch von Habichtskraut und Knoblauchsrauke in der Nase aufwachen. Er wollte im nächsten Frühling die Rotschwanzhummel sehen, die Maurerwespe und den Totengräberkäfer. Er wollte sein altes Nest unter dem breitblättrigen Ampfer beziehen, gleich neben den Larven des Maikäfers und den Puppen des braungeränderten Ochsenauges.

Er würde Leichtfuß einige Stunden vermissen, doch Mäuse blieben nur selten ein Leben lang zusammen. Dennoch würden sie einander nie vergessen. Leichtfuß war ein Teil von ihm und er ein Teil von ihr. Dieser Gedanke würde ihn bis ans Ende seines Lebens begleiten.

Quark

Die Nacht war beinahe zu Ende. Tinker, der alte Heckenmäuserich, sammelte eifrig frisches Stroh für sein Nest. Da in den frühen Morgenstunden ein Sturm getobt hatte, bei dem ein wenig Wasser in den Bau eingedrungen war, mußte die durchnäßte Polsterung ersetzt werden. Tinker freute sich nicht gerade über die zusätzliche Arbeit, doch sein Rheumatismus verlangte ein trockenes Bett.

Bei der Auswahl des Strohs gab er sich viel Mühe, denn zwischen den trockenen Halmen verbargen sich oftmals Disteln, auf die er im Bett gut verzichten konnte. Nichts war schlimmer, als von einem Stich im Rücken aufzuwachen. Er schätzte Behaglichkeit über alles. Als junger Mäuserich hätte er sich einfach zusammengerollt, doch wenn er jetzt aufwachte, fiel ihm das Wiedereinschlafen schwer.

Trotz seiner schlechten Augen entdeckte er einen brauchbaren Halm, knabberte ihn säuberlich ab und schleppte seinen Fund ins Nest.

»Wo willst du hin, Alter?« knurrte ein großer Gelbhals, der vor dem Eingang zu Tinkers Nest herumlungerte.

Tinker blieb seufzend stehen. Eine Horde junger Randalierer hatte den Bau heimgesucht. Sie faulenzten herum und nahmen sich, was sie brauchten, ohne danach zu fragen, wem es gehörte. Sie stahlen Futter, besetzten die schönsten Nester – eine wahre Plage.

»Ich mache nur mein Bett«, erklärte Tinker.

»Dann mach es schön bequem«, höhnte der Bursche.

Ein anderer stieß zu ihnen.

»Vielleicht möchten wir bald ein Nickerchen halten«, erklärte der erste.

»Nachdem wir bei Tageslicht unseren Spaß gehabt haben«, johlte der andere.

Tatsächlich feierten sie am hellen Tag, lärmten rücksichtslos und störten die anderen Mäuse beim Schlafen. Nachts, wenn die anständigen Mäuse Futter suchten und Nester bauten, schliefen sie natürlich. Ihr Treiben störte die Ruhe und Harmonie im Bau.

Nachdem er seinen Halm im Nest niedergelegt hatte, kehrte Tinker an die Oberfläche zurück und sammelte unter den Pöbeleien der Jungmäuse weiter Nistmaterial. Auf dem Rückweg zum Nest entdeckte er eine einsame Gestalt, die zwischen den Riesennesseln den Graben entlangwankte. Diese Maus, die nicht mehr die jüngste zu sein schien, kam ihm irgendwie bekannt vor. Er hätte schwören mögen, daß sie seinem Vetter glich, der die Hecke vor über zweihundert Nächten verlassen hatte, um ein Haus in der Fremde aufzusuchen.

Plötzlich blieb der Wanderer stehen und schaute Tinker an. »Bist du es?« fragte er. »Tinker, mein Vetter?«

»Trödler?« fragte Tinker verblüfft. »Ich dachte, du wärst verschollen oder tot.«

Trödler blickte sich um. »Ich bin froh, wieder zu Hause zu sein.«

Tinker wurde ganz aufgeregt. »Bist du jemals ins Haus gelangt? Was hast du erlebt? Natürlich kursierten Geschichten und Gerüchte – Neuigkeiten dringen auch bis zur Hecke vor – aber wer glaubt schon daran? Ich meine, sie wurden von Wieseln verbreitet. Schieß los!«

»Ich bin ins Haus der Stämme gelangt. Allein das ist schon eine lange Geschichte. Doch das Erstaunlichste war der Heimweg zur Hecke, nachdem ich das Gelobte Haus gefunden hatte.«

»Das Gelobte Haus?«

»Es kommt mir vor, als sei alles in einer anderen Welt passiert. Du würdest nicht glauben, welche Abenteuer ich erlebt habe. Ich kann von Glück sagen, daß ich noch heil und gesund bin. Bin ich doch, oder?« Er schaute an sich hinunter.

Tinker sagte mit einem abwägenden Blick auf seinen Vetter: »Du siehst ganz passabel aus, bis auf ein paar verbogene Schnurrhaare. Und die Schwanzspitze fehlt. Wie ist denn das passiert? Du mußt mir alles erzählen – jede Einzelheit. Fang mit dem Haus der Stämme an – wie war es? Voller Nacktlinge?«

»Laß mich erst zur Ruhe kommen. Ich möchte mein altes Nest sehen...«

Tinker lachte. »Dein altes Nest? Das ist schon lange besetzt. Zuerst ist ein Weibchen eingezogen, dann ein Männchen. Du lieber Himmel, wir konnten es doch nicht leerstehen lassen! Wer hätte geahnt, daß du eines Tages wieder auftauchst?«

»Niemand natürlich«, erwiderte Trödler ein wenig verwirrt. »Dann gehen wir eben in dein Nest. Vielleicht kannst du mich für ein paar Stunden aufnehmen, bis ich etwas Eigenes gefunden habe. Zunächst jedoch muß ich noch etwas erledigen.«

Tinker wartete beim Bau. Trödler nahm einen Schluck Wasser aus dem Graben und suchte nach der Hagebutte, die er vor so vielen Nächten bei seinem Abschied vergraben hatte. Zuerst konnte er die Stelle nicht finden, entdeckte sie nach einigem Suchen aber doch.

Zu seiner Freude sproß ein Schößling aus der Erde, ein sicheres Willkommenszeichen. Dieses neue Leben bedeutete auch, daß er, Trödler, einen neuen Zweig in die unsterbliche Hecke geflochten hatte. Er hatte seinen Teil zu der Welt beigetragen, in der er lebte, und eines Tages würde hier eine Heckenrose blühen und untrennbar mit ihr verbunden sein. Er spuckte das Wasser auf die neue Pflanze und kehrte zu Tinker zurück.

Dieser stand am Eingang zum Bau. Zwei fette junge Mäuseriche lagen in seiner Nähe und starrten Trödler unverschämt entgegen. Zweifellos hatten sie ihn beim Gießen des Heckenrosenschößlings beobachtet.

»Was glaubst du eigentlich, wer du bist, Wasserschnauze?« grollte der größere Gelbhals. »Ich könnte einfach hingehen und mir diesen saftigen Sproß als Abendessen holen. Was sagst du dazu?«

Trödler schaute Tinker an. Dessen Gesichtsausdruck verriet

ihm, daß es mit dem Bau nicht zum Besten stand. »Ich sage, das würde mich sehr, sehr wütend machen«, entgegnete Trödler laut und deutlich.

»Ach ja?« meinte der andere. »Noch etwas. Du glaubst wohl, du könntest einfach so in unseren Bau marschieren –«

Trödler sprang blitzartig und äußerst flink für sein Alter los und packte die größere Maus an der Kehle. Der Angriff kam so plötzlich, daß er die Randalierer völlig überrumpelte. Der Gelbhals rollte sich sofort auf den Rücken und starrte Trödler entsetzt an. Dieser ließ ihn los und packte den zweiten an der Schwanzwurzel. Der Gelbhals heulte vor Schmerz. Zufrieden ließ Trödler los, trat neben seinen Vetter und schaute die Randalierer prüfend an.

Weitere übermütige Gelbhälse tauchten aus dem Bau auf, blieben aber bei dem Anblick wortlos und mit erhobener Nase stehen.

»Ich heiße Trödler«, verkündete der heimgekehrte Held. »Ihr solltet euch meinen Namen merken. Auf andere Bezeichnungen höre ich nämlich nicht. Wenn ihr mir einen anderen Namen anhängt, kann ich sehr, sehr wütend werden … Da wäre noch etwas. Dieser Schößling ist eine heilige Pflanze, und wir wissen doch, was mit Mäusen passiert, die heilige Pflanzen fressen, oder nicht? Sie leiden unter schrecklichen Alpträumen, in denen sie der Herr dieser Pflanze heimsucht.«

Die beiden Randalierer hatten erkannt, daß sie einer ernsthaften Verletzung oder dem Tod nur knapp entronnen waren, und schwiegen. Dieser Trödler zeigte nicht die geringste Furcht vor ihnen. Da sie nur mit Hilfe der Angst den Bau beherrscht hatten, war ihre Zeit vorüber. Mit Trödler war wirklich nicht zu spaßen.

Trödler wandte sich an die Randalierer. »Ihr solltet euch schleunigst einen anderen Bau suchen. Wenn ich euch noch einmal in dieser Gegend rieche, weiß ich, daß ihr lebensmüde seid.« Er zuckte die breiten Schultern und wandte sich ab. »Und jetzt gehen wir in dein Nest, Tinker …«

»Woher weißt du, daß sie dich nicht angreifen?« flüsterte Tinker. »Du hast ihnen den Rücken gekehrt.«

»Weil ich sie zu Tode erschreckt habe«, murmelte Trödler. »Sie sind völlig verwirrt. Sie wissen nicht, wer ich bin und wo ich herkomme, das hat mir genützt. Es hat gar nichts mit Stärke zu tun, sondern mit dem Geheimnis alles Fremden. Entweder verschwinden sie, oder sie bitten mich um Verzeihung – jedenfalls haben sie den Respekt vor ihrem Anführer verloren.«

»Er könnte dich auch zum Zweikampf fordern.«

»Den würde er verlieren«, sagte Trödler nachdrücklich. »Und er weiß es auch.«

»Ich bin tief beeindruckt«, erklärte Tinker erfreut.

»Das solltest du nicht sein. Solche Schläger gehören leider zum Leben. Na ja, das Haus der Stämme war schon aufregend und das Gelobte Haus nicht zu verachten, aber der Rückweg erst – eine wahre Odyssee! Ich werde dir alles erzählen... Aber zuerst muß ich etwas fressen, frisches Stroh für mein Nest sammeln, es mir gemütlich machen – und dann werde ich dir alles erzählen...«